KB140942

힐빌리의 노래

일러두기

- 본문에서 도서는 『 』, 잡지는 「 」, 영화나 노래 등은 〈 〉으로 묶어 표시했다.
- 본문에서 각주는 •로, 미주는 아라비아숫자로 표시했다. 각주는 옮긴이주, 미주는 저자주다.
- 원서에서 이탤릭으로 표시한 문구는 본문에서 고딕으로 처리했다.

위기의 가정과 문화에 대한 회고

Hillbilly Elegy

힐빌리의 노래

J. D. 밴스 지음 | 김보람 옮김

흐름출판

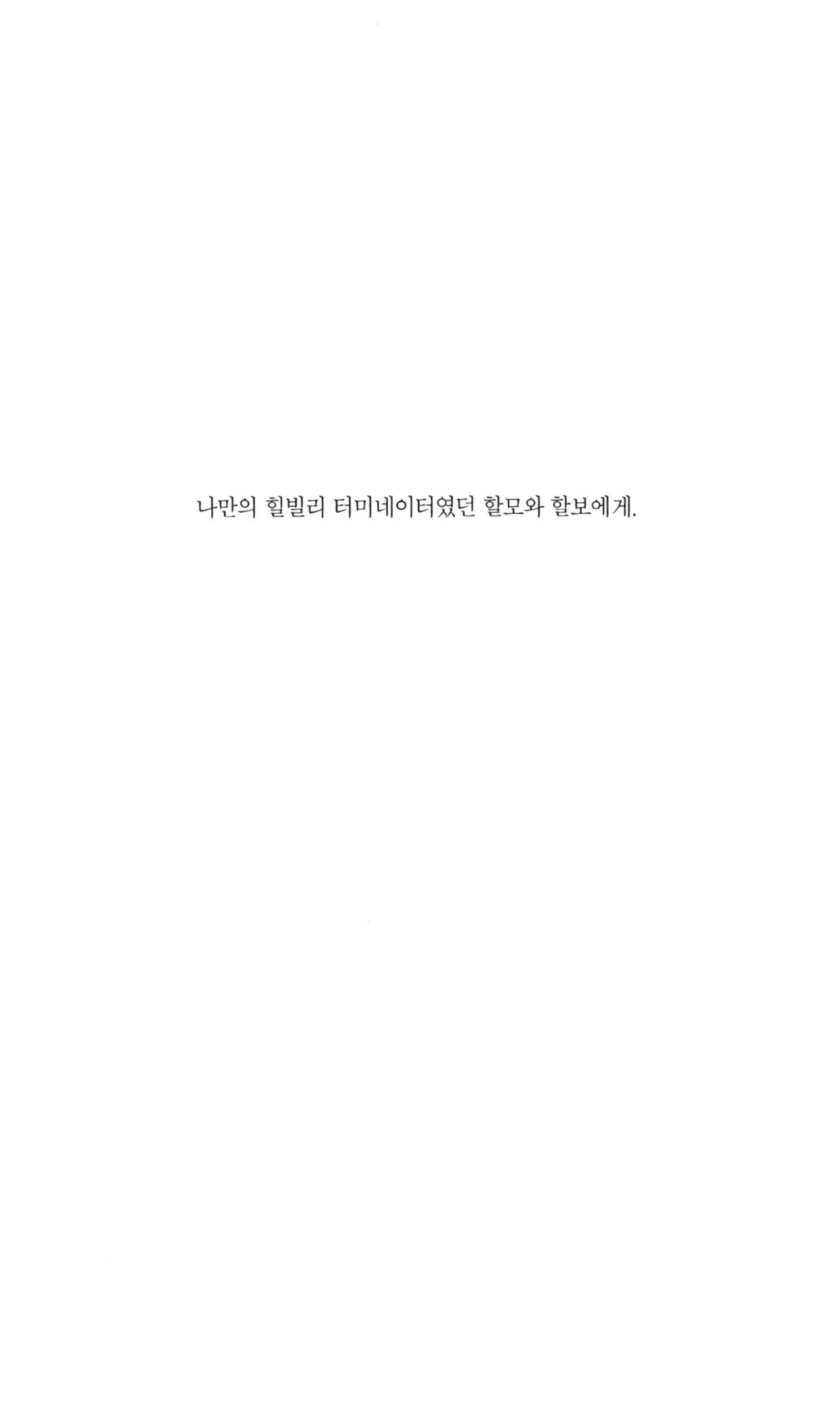

나만의 힐빌리 터미네이터였던 할모와 할보에게.

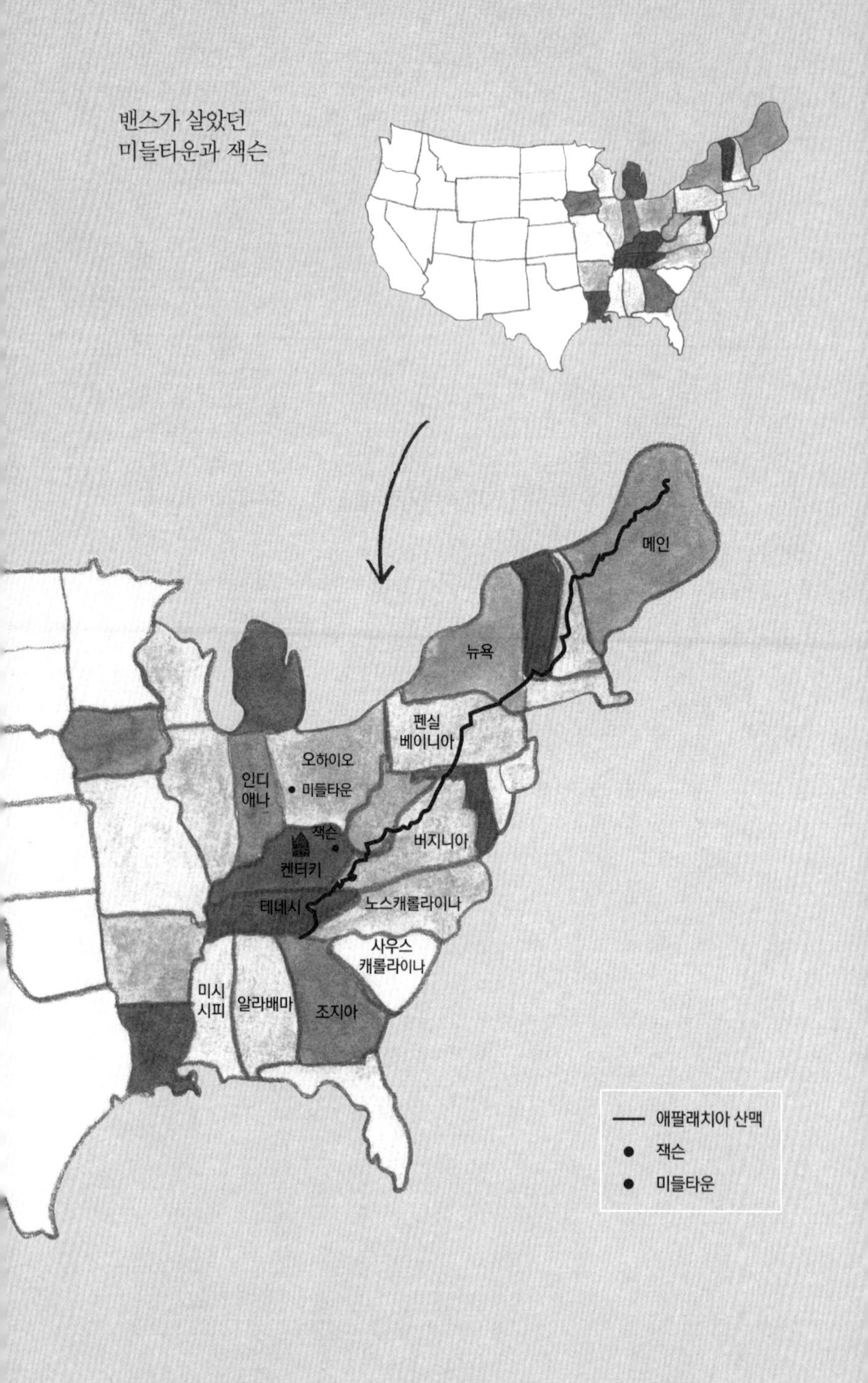

밴스가 살았던
미들타운과 잭슨
메인
뉴욕
펜실
베이니아
오하이오
인디
애나
미들타운
잭슨
켄터키
버지니아
테네시
노스캐롤라이나
사우스
캐롤라이나
미시
시피
알라배마
조지아
애팔래치아 산맥
잭슨
미들타운

이 책만의 독특한 표현에 대하여

힐빌리 | 미국의 쇠락한 공업 지대인 러스트벨트 지역에 사는 가난하고 소외된 백인 하층민을 가리키는 표현이다. 다른 표현으로 백인 쓰레기라는 뜻의 '화이트 트래시', 햇볕에 그을려 목이 빨갛다는 데서 유래된 교육 수준이 낮고 정치적으로 보수적인 미국의 시골 백인을 가리키는 모욕적 표현인 '레드넥' 등이 사용되기도 한다.

할모와 할보 | 우리말과 마찬가지로 영어에도 할머니와 할아버지를 부르는 애칭이 다양하게 존재한다. 그러나 'Mamaw' 'Papaw'라는 애칭은 저자가 본문에서 밝혔듯 미국에서 흔히 쓰이는 표현이 아니다. 이 글의 배경이기도 한 힐빌리 문화권에서만 쓰이는 독특한 애칭이다. 원문의 분위기를 최대한 살리고자 누가 들어도 할머니와 할아버지를 지칭하는 표현이라는 걸 알 수 있으며 'Mamaw' 'Papaw'와 어감이 비슷한 단어로 '할모' '할보'라는 애칭을 만들어 번역했다.

골창 | 'holler'는 산과 산 사이에 움푹 패어 들어간 곳, 즉 골짜기를 뜻하는 'hollow'의 남부 사투리다. 그래서 'holler'를 우리말의 남부 사투리인 '골창'으로 번역했다.

프롤로그

내 이름은 J. D. 밴스다. 이 책이 독자의 손에 들려 있다는 게 어딘가 우스꽝스럽다는 생각이 들어서 우선 고백으로 글을 시작해야 할 것 같다. 표지에 쓰여 있듯 이 책은 회고록인데, 나는 서른한 살밖에 되지 않았고, 아직 그렇게 대단한 일을 이루지도 못했다. 특히나 생면부지의 남이 돈까지 지불하고 내 책을 사서 읽어볼 만한 일을 한 것은 더더욱 없다.

그나마 내세울 만한 일은 예일 로스쿨을 졸업한 것이다. 이 또한 열세 살의 J. D. 밴스로서는 꿈도 꾸지 못했을 일이긴 하지만, 매년 그 학교를 졸업하는 사람만 해도 약 200명이다. 게다가 이들 중에 여러분이 읽어보고 싶을 만한 인생을 산 사람은 거의 없으리라고 확신한다.

나는 상원 의원도, 주지사도, 전임 장관도 아니다. 수십 억 달러의 가치가 있는 회사나 세상을 변화시키는 비영리 단체를 설립한 것도 아니다. 내게는 단지 안정된 직장과 행복한 가정, 안락한 집,

그리고 두 마리의 활력 넘치는 반려견이 있을 뿐이다.

한마디로 내가 책을 쓴 건 특별한 일을 이뤄내서가 아니다. 내가 해냈다고 할 만한 일이라야 지극히 평범한 일에 불과하다. 하지만 나와 같은 환경에서 자란 대부분의 아이에게는 쉽게 일어나지 않는 일이기 때문에 이 책을 쓰게 됐다.

나는 러스트벨트Rust Belt•에 속하는 오하이오의 철강 도시에서 가난하게 자랐다. 기억을 더듬어보면 그곳은 일자리와 희망이 걷잡을 수 없을 만큼 큰 폭으로 사라져가는 동네였다. 부모님과 나의 관계는 좋게 말해 복잡한데, 엄마는 거의 내가 태어났을 때부터 지금까지 약물 중독에서 벗어나지 못하고 있다. 나를 키워준 외조부모님은 고등학교도 나오지 않았고, 친척들까지 포함해도 우리 집안에서 대학에 진학한 사람은 거의 없다.

통계적으로 나 같은 아이들의 미래는 비참하다. 운이 좋으면 수급자 신세를 면하는 정도고 운이 나쁘면 헤로인 과다 복용으로 사망한다. 자그마한 우리 고향 동네에서 작년에만 수십 명이 그렇게 세상을 떠났다.

나도 비참한 미래를 앞둔 아이들 중 하나였다. 고등학교 중퇴를 가까스로 면했고, 주변 사람들을 향한 끓어오르는 분노를 이기지 못하고 망가지기 직전까지 가기도 했다. 최근에 알게 된 사

• 미국 중서부와 북동부의 사양화된 공업 지대.

람들은 아이비리그 출신이라는 간판과 직업만 보고서 내가 무슨 천재라도 되는 줄 안다. 특출하게 뛰어난 사람만이 지금의 내 위치에 오를 수 있다고 생각하니 그렇다. 그런 사람들에게는 미안한 말이지만, 그건 전부 헛소리다. 타고난 재능 따위를 운운할 수도 없는 것이, 내가 사랑하는 몇몇 사람이 구해주기 전까지 나는 시궁창 같은 삶에서 허덕이며 살고 있었다.

이것이 내가 실제로 경험한 인생이며 이 책을 쓴 까닭이다. 나는 자포자기 직전까지 간다는 게 어떤 느낌인지, 어쩌다 그런 상황까지 가게 되는지를 사람들에게 알리고 싶었다. 가난한 사람들의 인생에는 무슨 일이 일어나는지, 정신적·물질적 빈곤이 자녀에게 어떤 심리적 영향을 미치는지를 다른 사람들도 이해하길 바랐다. 우리 가족과 내가 마주했던 아메리칸 드림을 이해하길 바랐고, 신분 상승을 이루면 정말로 어떤 느낌이 드는지도 말하고 싶었다. 그리고 내가 최근에야 깨달은 바를 사람들에게 전하고 싶었다. 운 좋게 아메리칸 드림을 이루더라도 과거에 우리를 괴롭혔던 악령은 여전히 우리의 뒤를 밟고 있다는 사실을 말이다.

내 이야기에는 민족적 요소가 담겨 있다. 미국은 다양한 민족이 어울려 사는 사회인데도 '흑인' '아시아인' '백인 특권층'과 같이 주로 피부색으로만 용어를 정의한다. 물론 이런 광범위한 분류가 유용할 때도 있지만, 내 이야기를 이해하려면 이보다 더 세

부적으로 파고들어야 한다.

나는 백인이긴 하나, 북동부에 거주하는 미국의 주류 지배 계급인 와스프WASP는 아니다. 나는 스코틀랜드계 아일랜드인의 핏줄을 타고난 데다 대학 교육을 받지 못한 수백만 백인 노동 계층의 자손이다. 우리에게 가난은 가풍이나 다름없다. 우리 조상들은 대개 남부의 노예 경제 시대에 날품팔이부터 시작하여 소작농과 광부를 거쳐 최근에는 기계공이나 육체노동자로 살았다. 미국인들은 이런 부류의 사람을 힐빌리Hillbillies, 레드넥Rednecks, 화이트 트래시White Trash라고 부르지만, 나는 이들을 이웃, 친구, 가족이라고 부른다.

미국의 스코틀랜드계 아일랜드인은 아주 독특한 민족 집단이다. 어느 여행자는 이렇게 썼다. "미국에서 아직까지 가장 악착같고 고집스러운 문화를 고수하며 살아가는 스코틀랜드계 아일랜드인들 때문에 여행하는 동안 여러 번 당황했다. 거의 모든 곳에서 전통을 도매금으로 버리는 요즘 같은 시대에 이들은 가족 구조, 종교와 정치, 사회생활 등 모든 것을 그대로 유지하고 있었다."[1]

이토록 유별나게 문화적 전통을 이어오는 동안 대단한 의리와 가족과 나라를 향한 지독한 충성심 같은 장점이 남았지만, 이 때문에 생긴 단점도 상당하다. 이를테면 우리 같은 사람들은 외부에서 온 사람들이나 생김새나 행동, 특히 말투가 우리와 다른 사람들을 좋아하지 않는다. 나를 이해하려면 내가 본디 스코틀랜드계 아일랜드인 출신의 힐빌리라는 걸 알아야 한다.

민족성이 동전의 앞면이라면, 지리적 요인은 뒷면에 해당한다고 할 수 있다. 18세기에 첫 번째 이민 물결을 타고 스코틀랜드계 아일랜드인 이주자들이 신세계에 도착했을 때 그들은 애팔래치아 산맥의 매력에 깊이 빠져들었다.

애팔래치아 지역은 남부의 앨라배마와 조지아에서부터 오하이오를 거쳐 북부의 뉴욕 일부까지 뻗어 있으므로 굳이 강조할 필요가 없을 정도로 광활하지만, 그에 비해 문화는 놀랄 만큼 응집해 있다. 켄터키 북부의 산골 출신인 우리 가족은 스스로를 힐빌리라고 부른다. 그리고 루이지애나에서 태어나 앨라배마에 거주하는 컨트리 가수 행크 윌리엄스 주니어Hank Williams, Jr. 역시 시골 백인의 삶을 노래한 〈시골 소년은 살아간다네A Country Boy Can Survive〉라는 곡에서 자신을 힐빌리라고 표현한다.

닉슨 대통령 이후로 미국 정치가 재정립됐던 건 그레이터 애팔래치아Greater Appalachia• 지역이 민주당에서 공화당으로 지지 정당을 바꿨기 때문이었다. 백인 노동 계층의 미래가 가장 어두운 곳 역시 그레이터 애팔래치아 지역이다. 저조한 사회적 신분 상승에서부터 빈곤과 이혼, 마약 중독에 이르기까지, 내 고향은 오

• 웨스트버지니아에서 텍사스 북부를 아우르는 곳.

만 가지 불행의 중심지다.

이렇다 보니 우리를 비관적 무리들이라고 표현하는 것은 놀랍지도 않다. 그보다 놀라운 사실은 미국의 여러 민족 집단들 가운데 백인 노동 계층이 가장 염세적이라는 설문조사 결과다. 구성원 대부분이 상상도 못할 수준의 빈곤에 시달리는 라틴계 이주자나 물질적인 면에서 백인에게 뒤처지고 있는 흑인 집단보다도 더 염세적이라는 것이다. 이런 결과를 보면 쓴웃음이 나올 뿐이지만, 나 같은 힐빌리들이 다른 여러 집단들, 이를테면 우리보다 현저하게 궁핍한 사람들보다도 미래를 더욱 암울하게 바라본다니 우리에게 무슨 문제가 있는 게 분명하다.

사실 문제가 있다. 우리는 어느 때보다 사회적으로 고립된 채 살고 있으며, 그런 고립까지도 자녀들에게 고스란히 물려주고 있다. 종교의 역할도 달라졌다. 요즘 세워진 교회들은 감성적인 미사여구를 토해낼 뿐 가난한 아이들에게 정작 필요한 사회적 지지를 제대로 제공하지 않는다. 힐빌리 대부분은 노동에서 손을 떼거나 더 좋은 기회가 오더라도 뿌리치며 살아간다. 힐빌리 문화에서 남성다움이라는 명분으로 후대에게 세뇌하는 특성들 때문에 힐빌리 남자들은 변화하는 세상에서 점점 더 성공하기 어려워지는, 아주 희한한 위기에 빠져 있다.

내가 우리 지역 사회의 비참한 상황을 얘기할 때면 주변에서 항상 내게 하는 소리가 있다. "J. D., 백인 노동 계층의 전망이 악화하고 있는 건 맞지만, 당신은 지금 달걀보다 닭이 먼저라고 말하는 거나 다름없어요. 그 사람들이 이혼을 더 많이 하면서도 결혼은 더 드물게 하고 덜 행복하게 사는 건 경제 기회가 감소했기 때문이에요. 일자리를 더 쉽게 구할 수 있게 된다면 다른 문제들은 자연히 개선될 거예요."

한때는 나도 그렇게 생각했고 또 절실하게 믿고 싶어한 적도 있다. 일리가 있는 말이다. 일자리가 없으면 스트레스를 받게 되고, 생활비까지 부족해지면 그 스트레스는 배가 된다. 중서부 산업 지대의 공업 중심지가 붕괴되면서 백인 노동 계층은 경제적 안정뿐만 아니라 그에 수반하는 안정된 집과 가정생활까지 잃었다.

그러나 경험은 혹독한 스승이라더니, 경제적 불안정에 관해 이러쿵저러쿵 해봐야 달라지는 건 없다는 사실을 가르쳐줬다. 몇 해 전, 예일 로스쿨 입학을 앞두고 여름방학 동안에 나는 로스쿨이 있는 코네티컷의 뉴헤이븐으로 이사할 자금을 마련하기 위해 전일제 일자리를 알아보고 있었다.

그때 우리 가족과 알고 지내던 분이 자신이 동네 근처에서 운영하는 바닥 타일 물류창고에 일자리를 구해줬다. 바닥 타일은 굉장히 무겁다. 장당 못해도 1.5에서 3킬로그램 정도 나가는데 보통 8장에서 12장이 한 상자로 포장돼 나온다. 내가 해야 할 일은 화물을 선적할 수 있도록 팔레트 위에 타일 상자를 쌓는 것이었다. 쉬운 일은 아니었으나, 시간당 임금이 13달러였고 나는 그 돈이 필요했기에 제안을 수락하고 닥치는 대로 초과근무를 했다.

사업장에는 직원이 열 명 남짓 있었고 대부분은 수년간 근무한 사람들이었다. 그중에 투잡을 뛰는 남자가 한 명 있었는데, 그가 타일 창고에서 일하는 건 생계를 위해서가 아니라 비행기 조종사라는 꿈을 이루기 위해서였다. 꽤 괜찮은 아파트의 월세가 500달러쯤 하는 그 동네에서 시급 13달러를 받으면 혼자 살기에 충분했다. 게다가 타일 창고의 임금도 꾸준히 올랐다. 거기서 몇 년 이상 일한 직원들은 경기 불황 속에서도 최소 시간당 16달러를 받았으며, 이를 연봉으로 환산하면 4인 가족 기준 빈곤선을 훨씬 웃도는 3만2000달러였다.

이 정도면 비교적 안정적인 조건인데도 관리자들은 내 직책을 장기적으로 담당할 직원을 구하지 못해 애를 먹었다. 내가 그만두고 나올 때 창고에 남은 직원은 세 명이었는데, 당시 스물여섯 살이었던 나보다 훨씬 더 어린 사람들이었다.

나보다 몇 달 앞서 창고에 취직한 사람이 하나 있었다. 여기서는 편의상 밥이라고 부르겠다. 밥은 열아홉 살이었고 밥의 여자 친구는 임신한 상태였다. 인정 많은 관리자가 전화 응대를 주로 맡는 사무직에 밥의 여자 친구를 앉혀줬다. 그러나 둘 다 아주 형편없는 직원이었다. 그 여자애는 사흘에 하루꼴로 결근을 하면서 회사에 단 한 번도 미리 연락을 주지 않았다. 습관을 고치라고 수도 없이 경고를 받았으나, 결국 몇 달 버티지 못했다.

밥은 일주일에 한 번꼴로 결근을 했고 밥 먹듯 지각을 했다. 더 한 문제는 하루에 서너 번씩 화장실에 간다며 자리를 비우고, 그 때마다 30분 넘게 쉬다가 돌아왔다는 것이다. 갈수록 상황이 얼마나 심각해졌는지 내 계약 기간이 끝나갈 무렵에는 밥이 화장실을 가면 나와 동료 둘이서 게임을 할 정도였다. 우리는 밥이 화장실에 가면 타이머를 설정해놓고 일정 시간이 지날 때마다 창고 전체에 들리도록 목청껏 외쳤다. "35분!" "45분!" "1시간!"

결국 밥도 해고당했다. 해고 통지를 받자 밥은 관리자를 원망했다. "제게 어떻게 이러실 수 있어요? 제 여자 친구 임신한 거 아시잖아요?" 비단 밥뿐만이 아니었다. 밥 말고도 내가 타일 창고에서 일했던 짧은 기간 동안 해고되거나 그만둔 직원은 밥의 사촌을 포함해 최소 두 명이 더 있었다.

동등한 기회에 관해 이야기할 때 이런 예를 무시해서는 안 된다. 노벨상을 받은 경제학자들은 중서부 산업 지대가 쇠퇴하고 백인 노동 계층의 경제 축이 무너지는 현 상황을 우려한다. 제조업은 해외로 유출되고 있는데 대학 학위 없이는 중산층의 일자리를 구할 수 없는 현실을 염려하는 것이다.

맞는 말이다. 나 역시 그런 상황이 걱정된다. 그러나 그것이 내가 이 책에서 다루고자 하는 문제는 아니다. 이 책은 제조업 경제가 무너지면 실제 사람들의 삶에 어떤 일이 일어나는지에 관한 이야기이고, 나쁜 상황에서 최악의 방식으로 반응하는 사람들에 관한 이야기이며, 사회적 부패에 대항하기는커녕 그것을 더욱더 조장하는 문화에 관한 이야기다.

타일 창고에서 내가 목격한 현실은 거시 경제적 추세나 동향보다 훨씬 더 깊이 있는 문제다. 요즘엔 고된 일을 기피하는 젊은이가 너무 많다. 이들은 좋은 일자리가 있어도 얼마 버텨내질 못한다. 부양할 아내가 있거나 아기가 곧 태어날 예정이라 일을 해야만 하는 상황에 놓인 젊은이들조차 훌륭한 건강보험을 제공하는 좋은 일자리를 경솔하게 내던진다.

더 심각한 문제는, 일을 그르치고 나면 그때 가서 남 탓을 한다는 것이다. 인생을 주도할 만한 힘이 자신에게는 없다고 생각하면서, 자기를 제외한 모든 사람에게 비난의 화살을 돌린다. 현대 미국의 거시적인 경제 동향과는 상당히 동떨어진 모습이다.

내가 애팔래치아와 관련이 있는 백인 노동 계층의 삶을 집중적으로 다룬다고 해서 그들이 다른 사람들보다 더 많은 동정을 받아야 한다고 주장하는 건 아니다. 흑인을 비롯한 다른 민족 집단들보다 어째서 백인들이 더 많은 불평거리를 가지고 있는지를 다루는 책이 아니긴 하지만, 이 책의 저자로서 독자들이 인종적 편견을 거두고 계층과 가정이라는 요소가 가난한 이들에게 어떤 영향을 미치는지 이해하게 되길 간절히 바란다.

대다수가 '복지 여왕Welfare queen'•이라는 용어를 들으면 실업

수당에 의존해 생활하는 게으른 흑인 엄마 같은 못마땅한 이미지를 떠올릴 테지만, 이 책의 독자들은 책의 내용이 그런 끔찍한 흑인 엄마와는 별 연관성이 없음을 금세 알게 될 것이다. 나는 주변에서 복지 여왕을 여럿 봐왔다. 몇몇은 내 이웃이었고, 그들은 하나같이 백인이었다.

이 책은 학술 서적이 아니다. 지난 몇 년 동안 윌리엄 줄리어스 윌슨William Julius Wilson, 찰스 머레이Charles Murray, 로버트 퍼트넘Robert Putnam, 라즈 체티Raj Chetty 같은 저명한 학자들은 여러 편의 설득력 있는 논문을 공동 저술했다. 그들은 1970년대에 감소한 이후로 다시 복구되지 않고 있는 신분 상승에 관한 문제와 타지역에 비해서 훨씬 더 힘들게 살아가는 일부 지역 주민에 관한 문제(충격적이게도 애팔래치아와 러스트벨트가 낮은 점수를 받았다), 사회 전반에 널리 확산돼 내가 자라면서 목격했던 수많은 현상에 관한 문제를 논문 주제로 다루었다.

논문의 결론을 보면 트집 잡고 싶은 내용도 있긴 하나, 위 학자들은 문제를 겪고 있는 미국의 현실을 설득력 있게 논증했다. 책을 집필하면서 그런 자료를 활용하기도 할 것이고 때로는 내 주장의 정당성을 증명하기 위해서 학술적 연구에 의존하기도 할 것이다. 그러나 이들 논문이 어떤 문제를 지적하고 있는지 독자들

• 경제 활동을 하지 않으면서, 정부의 복지 혜택을 이용해 사치스럽고 게으르게 사는 사람을 일컫는 말.

에게 알리려는 의도는 없다. 다만, 가난을 타고났을 때 생기는 문제를 어떻게 받아들이게 되는지에 관한 나의 실제 경험담을 들려주겠다는 것이 이 책의 근본적인 목표다.

지금의 내가 있기까지 물심양면으로 도와준 가족들이 없었더라면 여기서 내 이야기도 전할 수 없었으리라. 그런 의미에서 이 책은 단지 개인의 회고록이 아니라 애팔래치아에서 태어난 어느 힐빌리 가족의 눈으로 본, 기회와 신분 상승의 역사를 담은 가족의 회고록이라고 할 수 있겠다.

2세대 이전에 우리 외조부모님은 찢어지게 가난한 상황에서 서로를 사랑했다. 둘은 주변에 깔려 있던 지독한 가난에서 탈출하겠다는 희망을 품고 결혼하자마자 북부로 이주했다. 훗날 그들의 손자(나)는 세계 유수의 교육기관을 졸업했다. 이것이 간략한 줄거리다. 자세한 이야기는 책장을 넘겨 읽어보길 바란다.

사생활을 보호하기 위해서 일부 등장인물의 이름을 바꾸었으나, 기억을 최대한 살려 그동안 목격한 세상을 가능한 한 정밀하게 묘사했다. 가공의 인물이나 넘겨짚은 이야기는 없다. 가능한 경우 생활통지표나 편지, 사진에 적힌 메모와 같은 기록물을 참고했으나, 모든 인간의 기억이 그렇듯 내 기억에도 잘못된 부분이 있을 것이다.

실제로 누나에게 초안을 읽어봐 달라고 부탁했을 때, 우리 둘은 내가 기록한 사건의 순서가 올바른지 아닌지를 놓고 30분 넘게 입씨름을 벌여야 했다. 결국 내가 기억한 순서 그대로 놔뒀는데, 그건 누나의 기억이 틀렸다고 의심해서가 아니라(사실은 누나의 기억이 더 정확하리라고 생각한다) 내 딴엔 내가 정리한 순서에서 배울 점이 있다고 생각해서였다.

물론 나도 아무런 선입견이 없다고 자신 있게 말할 수는 없지만, 내 책에 등장하는 거의 모든 사람은 하나같이 뿌리 깊은 결점을 지니고 있다. 살인을 시도했던 사람도 있고 실제로 살인에 성공한 이도 있다. 신체적으로든 정신적으로든 자녀를 학대한 사람도 있고 한때든 지속적으로든 약물을 남용한 사람도 많다.

그러나 나는 이들을 사랑한다. 내 정신 건강을 위해서 웬만하면 마주치지 않으려고 노력하는 사람들까지도. 만약 이 책을 읽으면서 내 삶에 나쁜 사람들이 많다는 인상을 받게 된다면, 독자 여러분과 그렇게 묘사된 이들에게 사과한다. 이 책에는 어떤 악인도 등장하지 않기 때문이다.

신의 보살핌 아래 그저 명예를 지키고자 애쓰며 살아가는, 오합지졸에 불과한 힐빌리만 등장할 뿐이다.

차례

제2부 힐빌리의 이방인, 그러나 벗어날 수 없는 그늘

제1부

내 인생의 뿌리,
힐빌리에 관하여

힐빌리 마을, 잭슨

여느 어린아이들과 마찬가지로, 나도 길을 잃어버리면 주변의 어른에게 도움을 요청하도록 일찌감치 집 주소를 외웠다. 어린 나는 도무지 이해할 수 없는 이유로 엄마가 끊임없이 주소를 바꿔 댔는데도, 유치원에 다닐 때 선생님이 내게 어디 사느냐고 물어보면 단숨에 주소를 읊을 정도였다.

나는 이미 그때부터 '주소지'와 '우리 집'을 구별해서 생각했다. 주로 엄마, 누나와 함께 시간을 보낸 곳이라면 그게 어디든 내 주소지였지만, 우리 집은 한 번도 달라지지 않았다. 우리 집은 언제나 켄터키 잭슨의 물 흐르는 산골창에 있는 외증조할머니네 집이었다.

잭슨은 켄터키 남동부 탄광촌의 중심부에 위치한, 6000명 정도의 인구가 사는 소도시다. 있는 것이라고는 고작 법원 하나와 그나마도 패스트푸드 체인점인 식당들, 그리고 상점 몇 군데가 전부라서 소도시라고 부르기도 뭣할 정도다. 주민들은 대부분 켄터키 15번 고속도로로 둘러싸인 산골 마을이나 트레일러 파크 Trailer park•, 정부 공급 주택, 작은 농장 또는 내 어릴 적 가장 소중한 추억의 무대가 된 산골 농가 같은 곳에서 산다.

잭슨 사람들은 지나가다 마주치는 모든 사람에게 인사를 건네는 것은 물론이고, 눈 더미에 빠진 낯선 이의 자동차를 빼내기 위해 기꺼이 자기 시간을 내어줄 뿐 아니라, 운구차 행렬이 있을 때면 예외 없이 차를 세우고 밖으로 나와 부동자세를 취한다. 내가 잭슨이라는 도시와 그곳의 주민들이 특별하다는 사실을 깨달은 건 나중 일이었다. "영구차가 지나가는데 왜 전부 다 길을 멈춰서는 거예요?" 모두 할모라고 불렀던 우리 외할머니에게 물어봤더니, 할모는 이렇게 대답했다. "아가, 우리는 산골 사람이잖니. 산골 사람들은 서로의 죽음에 경의를 표한단다."

우리 조부모님은 1940년대 말 잭슨을 떠나 오하이오 미들타운Middletown에서 가정을 꾸렸고, 훗날 나 또한 그곳에서 나고 자랐다. 나는 열두 살이 될 때까지 매해 여름방학과 휴일의 거의 대부분을 잭슨에 가서 보냈는데, 친구와 가족을 그리워하는 할모를 따라 잭슨에 갈 때마다 할모가 아끼는 사람들이 점점 줄어든다는 사실을 깨닫게 됐다. 시간이 흐르면서 우리는 무엇보다 할모의 어머니를 돌봐드리러 잭슨에 갔다. 우리는 할모의 어머니를 '블

• 값싼 이동 주택을 주거지로 삼는 사람들이 터를 이룬 곳으로, 빈곤층이 주를 이룬다.

랜턴 할모'라고 불러서 할모와 구분하려 했지만, 그래도 헷갈릴 때가 있었다. 잭슨에 갈 때면 할모와 나는, 블랜턴 할모가 남편이 일본군에 맞서 싸우러 태평양으로 떠나기도 전부터 살고 있던 집에서 함께 지냈다.

블랜턴 할모의 집은 크거나 화려하지는 않았지만, 내가 세상에서 가장 좋아하는 공간이었다. 할모 집에는 침실 세 개가 딸려 있었다. 현관 앞에는 그네가 딸린 포치porch가 있었고, 포치 앞으로는 너른 마당이 펼쳐져 있었다. 마당의 한 면은 산 쪽으로, 다른 한 면은 골창 꼭대기 쪽으로 뻗어 있었다. 그중 일부는 블랜턴 할모의 소유지였으나, 대부분은 사람이 살 수 없을 정도로 나뭇잎이 무성한 땅이었다.

뒷마당이라고 부를 만한 데는 없었지만, 집 뒤편이 바위와 나무로 가득한 아름다운 산등성이로 이어져 있었다. 그곳엔 언제나 골창이 있었고 그 골창을 따라 시냇물이 흘렀다. 뒷마당으로 삼기에 손색없는 공간이었다. 2층에는 마치 군대 생활관처럼 열 개 남짓한 침대가 나란히 놓여 있었고 그곳에서 내 또래 아이들이 다 같이 잠을 잤다. 사촌들과 나는 화가 난 할모가 그만 놀고 잠자리에 들라며 꾸중할 때까지 그곳에서 밤늦도록 장난을 치고 놀았다.

사방에 널린 산은 어린아이에게 천국이었다. 나는 애팔래치아 산맥에 사는 모든 동물을 못살게 굴며 대부분의 시간을 보냈다.

거북, 뱀, 개구리, 물고기, 다람쥐 어느 것 하나 예외가 없었다. 도처에 널린 빈곤이나 날로 악화하는 블랜턴 할모의 건강 상태를 눈치 채지 못한 채 그저 사촌들과 뛰어놀기 바빴다.

잭슨은 나와 누나, 할모가 진정한 고향이라고 여기는 유일한 동네였다. 오하이오도 좋았지만, 그곳을 떠올리면 온통 끔찍한 기억뿐이었다. 오하이오에서 나는 모르는 사람이나 다름없는 남자와 차라리 모르는 게 나았을 뻔한 여자에게서 버림받은 자식이었지만, 잭슨에 가면 모두가 알고 있는 가장 터프한 여성과 가장 노련한 자동차 정비공의 손자였다.

엄마는 연례 가족 모임이나 이따금 장례식이 있을 때만 켄터키에 갔는데, 그때마다 할모는 엄마에게 제발 아무 문제도 일으키지 말라고 당부했다. 잭슨에서 엄마는 소리를 질러서도 싸워서도 누나를 때려서도 안 됐으며, 특히 남자를 들여서는 '안' 됐다. 할모는 엄마의 다양한 연애 상대를 매우 못마땅해했고, 그들 누구도 켄터키에 들이지 못하게 했다.

오하이오에서 자라는 동안 나는 수많은 아버지 후보자들을 아주 능숙하게 상대해냈다. 이를테면 귀걸이를 한 것으로 미뤄 중년의 위기를 겪는 게 분명했던 스티브 아저씨에게는 그가 내 귀도 뚫어줘야겠다고 생각할 정도로 귀걸이를 좋아하는 척했다. 알코올 중독에 빠진 경찰이자 내 귀걸이를 '계집애다움'의 징후로 여겼던 칩 아저씨 앞에서는 뻔뻔하게 경찰차를 좋아하는 척했다.

엄마와 사귄 지 사흘 만에 프러포즈를 했던, 이해할 수 없는 켄 아저씨를 위해서는 그의 두 아들에게 상냥한 형제가 돼주었다. 그러나 어떤 행동도 진심이 아니었다. 나는 귀걸이라면 질색했고 경찰차도 끔찍이 싫어했으며 켄 아저씨의 자식들이 내년엔 나와 상관없는 사람들이 되리라는 사실도 알고 있었다.

켄터키에서는 굳이 내가 아닌 다른 사람인 척 연기할 필요가 없었다. 내 삶에 유일한 남자들이었던 할모의 남자 형제들과 제부들은 이미 나를 잘 알고 있었기 때문이다. 그분들에게도 잘 보이고 싶었느냐고? 물론 그랬다. 그러나 그것은 내가 그분들을 좋아하는 척했기 때문이 아니라 진심으로 사랑했기 때문이었다.

블랜턴가 남자들 중에 가장 나이가 많고 무서운 사람은 앵두 할아버지였다. '앵두'는 할아버지가 가장 좋아하는 껌이 앵두 맛이라 붙은 별명이었다. 앵두 할아버지는 당신의 아버지처럼 해군으로 복무하며, 제2차 세계대전에 참전했다. 하지만 내가 네 살 때 돌아가셔서 내가 실제로 기억하는 할아버지의 모습은 두 가지뿐이다.

하나는 잭나이프를 손에 든 앵두 할아버지가 죽기 살기로 도망치는 내 뒤를 바짝 쫓아오며, 잡히기만 하면 오른쪽 귀를 잘라 개밥으로 주겠다고 으름장을 놓는 장면이다. 그 끔찍한 게임은 내가 블랜턴 할모의 품속으로 뛰어들고 나서야 끝났다. 두 번째로 기억하는 장면은 병원에서 앵두 할아버지의 임종을 보지 못하게 하자 내가 잔뜩 성질을 부려서 결국 할모가 병원복을 걸치고 그 안에 나를 숨겨 병실로 들어가는 모습이다. 그런 걸 보면 나는 틀림없이 할아버지를 사랑했다. 병원복 속에 숨어서 할모에게 꼭 달라붙어 있었던 건 기억하지만, 내가 앵두 할아버지에게 작별인사를 건넸는지는 잘 기억나지 않는다.

앵두 할아버지 다음으로 나이가 많고 무서운 사람은 펫 할아버지였다. 키가 컸던 펫 할아버지는 신랄한 위트와 음란한 유머를 즐기는 분이었다. 블랜턴가 남자들 중에서 경제적으로 가장 성공하기도 했던 펫 할아버지는 이른 나이에 집을 떠나 목재, 건설업 같은 걸 시작하더니 곧 여가 시간에 경마를 즐길 정도로 많은 돈을 벌었다.

할아버지는 사업가 특유의 서글서글한 매력을 지닌 덕에 블랜턴가 남자들 중에 가장 교양 있는 사람처럼 보이기도 했다. 그러나 그런 매력 뒤에는 무시무시한 성깔이 감춰져 있었다. 한번은 할아버지의 사업장에 물자를 배달하러 온 트럭 운전사가 고지식한 힐빌리인 펫 할아버지에게 "자, 짐 내려라, 이 개자식아!"라고 외쳤다. 그러자 할아버지는 그 말을 곧이곧대로 받아들이고는 이렇게 대답했다. "자네가 그 따위로 말하는 건 내 사랑하는 노모를 욕보이는 짓이네. 내가 정중히 부탁하니 말 좀 가려하시게."

큰 덩치와 머리카락 색깔 때문에 '빅 레드'라는 별명을 가진 그 트럭 운전사는 다시 한번 똑같은 욕을 내뱉었고, 그때 펫 할아버지는 이성적인 사업가라면 누구나 했을 법한 행동을 취했다. 운전사를 트럭에서 끌어내려 의식을 잃을 때까지 두들겨 팬 뒤 전기톱으로 그의 몸을 썰어댄 것이다. 빅 레드는 거의 죽을 만큼 피를 흘렸으나, 곧바로 병원으로 옮겨진 덕분에 목숨을 구할 수 있었다.

그런데도 할아버지는 경찰에 잡혀가지 않았다. 마찬가지로 애팔래치아 사람이었던 빅 레드가 할아버지를 고발하거나 경찰에 이 사건에 관해 털어놓지 않았기 때문이었다. 그 역시 누군가의 어머니를 모욕한다는 게 힐빌리에게 어떤 의미인지 알고 있었다.

할모의 남자 형제들 중에 데이비드 할아버지만 유일하게 명예를 중시하는 문화에 개의치 않았던 것 같다. 삼단처럼 숱 많고 긴 머리카락과 그보다 더 긴 수염을 지녔던 데이비드 할아버지는 규율만 빼고 모든 걸 사랑하는, 나이 든 반항아였다.

그래서인지 내가 할아버지의 낡은 농가 뒷마당에서 엄청나게 큰 대마를 발견했을 때도 할아버지는 별 다른 해명을 하려 들지 않았다. 충격을 받은 내가 할아버지에게 불법 마약을 키워서 뭘 하시려는 거냐고 묻자 할아버지는 담배 마는 종이와 라이터를 가져오더니 내 앞에서 직접 대마초를 말아 피우는 시범을 보여줬다. 그때 나는 열두 살이었다. 나는 할모가 이 일을 알아내는 날이 곧 할아버지의 제삿날이 될 거라고 확신했다.

나는 정말로 데이비드 할아버지가 할모 손에 죽기라도 할까 봐 두려웠다. 할모가 진짜로 사람을 죽일 뻔한 적이 있다는 집안 어른들의 말을 들은 적이 있어서였다.

전해들은 이야기에 따르면, 할모가 열두 살쯤 됐을 때 가족이 키우던 소를 훔쳐 트럭에 실으려던 낯선 남자 둘을 목격했다. 할모는 집 안으로 곧장 뛰어가 소총을 집어들고 그대로 몇 발 쏘았다. 다리에 총을 맞은 남자는 그 자리에 쓰러졌고 다른 남자는 트럭으로 뛰어들어가 꽁무니를 뺐다. 할모가 총에 맞아 간신히 기어가기나 할 정도였던 절도 미수범에게 다가가 이마에 총부리를 들이댔을 때, 운 좋게도 펫 할아버지가 나타났다. 그렇게 할모의 첫 사살은 다음을 기약해야 했다.

권총을 휴대하고 다닐 만큼 할모에게 미치광이 기질이 있었다는 걸 잘 알지만, 이 이야기를 곧이곧대로 믿기엔 석연찮은 구석이 있다. 게다가 친척들에게 물어보니 절반 정도는 이 이야기를 들어본 적이 없다고 했다. 그러나 만약 이야기가 사실이고 그때 말리는 사람이 없었더라면 그 절도 미수범이 할모 손에 죽었으리라는 건 믿어 의심치 않는다.

할모는 의리를 저버리는 일을 혐오했으며 그중에서도 같은 처지의 사람들끼리 배신하는 짓이 가장 나쁘다고 믿었다. 누가 포치에 세워둔 내 자전거를 훔쳐가거나(내 기억에는 그런 일이 세 번 있었다) 할모의 자동차 문을 따고 동전을 꺼내가거나 집 앞에 놓인 배달물품을 훔쳐갈 때마다, 할모는 마치 군사들을 모아놓고 진격 명령을 내리는 장군처럼 내게 말했다. "없이 살면서 없는 사람 물건을 빼앗는 놈보다 더 천한 놈은 없단다. 안 그래도 모두가 먹고살기 힘든데, 없는 사람끼리 서로의 처지를 더 힘들게 만들 필요는 없단 얘기다."

블랜턴가 남자들 중에서 가장 나이가 어린 사람은 게리 할아버지였다. 집안의 막내였던 게리 할아버지는 내가 아는 가장 다정한 남자였다. 게리 할아버지는 어릴 때 집을 떠나 인디애나에서 지붕 사업으로 그럭저럭 성공을 거뒀다. 꽤 괜찮은 남편이었고 훌륭한 아버지였다. 할아버지는 날 보면 늘 "우리 J. D., 네가 자랑스럽구나"라고 말했고, 그럴 때면 내 콧대는 하늘 높은 줄 모르고 올라갔다. 집안 어른들 중 유일하게 내 엉덩이를 걷어차겠다거나 귀를 잘라버리겠다고 겁주지 않았던 게리 할아버지를 나는 가장 좋아했다.

우리 할모에게는 베티와 로즈라는 여동생도 있었다. 나는 두 분도 정말 사랑했지만, 그때는 블랜턴가 남자들에게 너무나 푹 빠져 있었다. 늘 할아버지들 틈에 끼어 앉아서 끊임없이 이야기를 들려달라고 졸라댔다. 할아버지들은 우리 가문의 문화를 구전으로 전하는 파수꾼이었고, 나는 그들의 수제자였다.

힐빌리 문화 대부분은 아이들이 듣기에 적합하지 않았다. 거의 모든 이야기에 폭력적인 요소가 담겨 있어서 결국 누구 하나가 감옥에 가야 결말이 났기 때문이다. 주로 잭슨이 속한 브레싯 카운티Breathitt County가 어떻게 '피의 브레싯'이라는 별명을 얻었는지를 설명하는 내용이었다. 원인은 다양했지만, 요지는 하나였다. 브레싯 사람들은 그들이 혐오하는 특정 종류의 일을 처리할 때 법을 필요로 하지 않았다.

가장 많이 들었던 '브레싯 살인 사건'은 어린 소녀를 강간한 죄로 기소된 동네 노인에 관한 이야기다. 할모의 이야기로는, 재판을 며칠 앞두고 등에 열여섯 발의 총상을 입은 노인이 호수에 얼굴을 처박고 죽은 채로 발견됐다. 경찰 당국은 끝내 그 살인 사건을 수사하지 않았고, 그 사건에 관한 언급이라고는 시신이 발견됐던 날 지역 조간신문에 난 짤막한 기사가 다였다. 기자는 이 사건의 골자를 '남성 시신 발견, 폭행치사 추정'이라는 간결한 표현으로 보도했는데 그걸 본 할모는 폭소를 터뜨렸다. "폭행치사 추정이라? 잘도 맞혔구먼. 피의 브레싯이 그 개자식을 처단한 게지."

그것 말고도 또 있다. 청년 시절 앵두 할아버지는 어떤 젊은 남자가 자신의 누이동생인 할모 이름을 들먹이며 "개 팬티를 먹고 싶다"고 말하는 걸 듣게 됐다. 할아버지는 곧장 집으로 차를 몰고 가서 할모의 속옷을 몇 장 집어 들고 그곳으로 돌아갔다. 그러고는 그 말을 뱉은 남자를 칼로 위협해 진짜로 속옷가지를 '먹게' 만들었다.

이쯤이면 내가 미치광이 집안 출신이라고 생각하는 사람들도 있을 것이다. 그러나 이런 이야기는 전형적으로 선악이 대결하는 내용이고 우리 가족들은 그중에서도 선한 편에 속했으므로 나는 이런 이야기를 들으며 힐빌리의 의리에 감동했다. 행동이 극단적이긴 했지만, 누이의 명예를 지키거나 죄인에게 죗값을 물릴 때처럼 어떤 명목이 있을 때만 그렇게 행동했다. 내가 할모라고 부르는 말괄량이 블랜턴 여사와 블랜턴 남자들은 힐빌리의 정의의 집행자였으며, 내게는 최고로 멋진 사람들이었다.

블랜턴가 남자들은 이러한 덕목을 중시했음에도, 아니 어쩌면 그런 덕목을 중시했던 탓에 문제투성이로 살기도 했다. 자녀를 방치하거나 아내를 두고 바람을 피운 이들도 있었고 두 가지 짓을 다 저지른 이들도 있었다. 그런 어른들은 대규모 가족 모임이 있거나 명절이 돼야 얼굴을 볼 수 있었으므로, 나는 그들을 잘 알지는 못했다. 그런데도 나는 그런 어른들까지 사랑하고 흠모했다.

어느 날인가 할모가 블랜턴 할모에게 내가 블랜턴가 남자들을 좋아하는 건 끊임없이 드나들었던 아버지 후보자들과 달리 늘 한자리에 있어서라고 말하는 걸 우연히 들었다. 분명 일리가 있는 말이다. 그러나 그보다도 블랜턴가 남자들은 켄터키 산골의 살아있는 화신이었다. 나는 잭슨을 사랑했기에 그들을 사랑했다.

블랜턴가 남자들을 향한 콩깍지는 나이가 들면서 자연스레 벗겨졌고 그 자리엔 감사함만 남았다. 완벽한 천국이라고 생각했던 잭슨의 실체를 알아버린 뒤에 느꼈던 것과 비슷한 감정이었다.

잭슨은 영원한 내 고향이다. 단풍이 무르익는 시월이면 마을의 모든 산이 마치 불이라도 난 듯 붉게 물드는 잭슨은 형언할 수 없을 만큼 아름답다.

그러나 경치가 그렇게 아름답고 그 속에 내 소중한 추억이 깃들어 있다는 걸 감안하더라도, 잭슨은 너무나 가혹한 곳이기도 했다. 잭슨은 내게 '산골 사람'과 '가난한 사람'이 보통 같은 의미로 쓰인다는 걸 가르쳐줬다. 블랜턴 할모네 집에 머물 때면 아침으로 스크램블드에그와 햄, 감자튀김, 비스킷을, 점심으로 볼로냐 소시지 샌드위치를, 저녁으로 누에콩 수프와 옥수수빵을 먹었는데, 동네의 다른 집들은 우리처럼 끼니를 챙길 수 있는 처지가 아니었다.

상황이 그렇다는 것을 나는 더 큰 뒤에야 알게 됐다. 어른들이 배를 곯고 있는 가여운 동네 아이들을 어떻게 도와야 할지 의논하는 대화를 우연히 듣게 된 것이다. 할모가 잭슨에서 일어나던 최악의 상황으로부터 나를 지켜줬지만, 궁지에 몰린 상황을 언제까지나 외면할 수는 없었다.

최근 잭슨에 다녀오면서 지금은 육촌형 릭이 가족과 함께 살고 있는 블랜턴 할모의 옛집에 들렀다. 거기서 형과 나는 변해버린 세상에 대해 대화를 나눴다. 릭 형이 말했다. "동네에 마약이 퍼졌어. 이제 끈기 있게 일하려는 사람도 없다." 나는 내가 사랑하는 골창 마을이 최악의 상황에서는 벗어났기를 마음속으로 바라며 조카들에게 산책을 다녀오자고 청했다. 나가보니 바깥에는 애팔래치아 지역의 빈곤을 드러내는 징후가 도처에 널려 있었다.

썩어가는 낡은 판잣집이며 음식을 구걸하는 유기견들, 잔디밭에 아무렇게나 널려 있는 헌 가구들을 보고 있자니 어느 상투적 표현처럼 가슴이 찢어지는 것 같았다.

훨씬 더 심각한 장면도 목격했다. 방이 두 개 딸린 어느 작은 집을 지나가던 중에 그 집 안방 창문의 커튼 뒤에서 누군가 나를 놀란 토끼 눈으로 쳐다보고 있는 걸 느꼈다. 호기심이 발동해 유심히 살펴보니, 창문 세 개에 나뉘어 붙어 있던 최소 여덟 쌍의 눈동자가 보였다. 두려움과 간절함이 심란하게 뒤섞여 있는 눈동자였다. 현관문 앞 포치에는 서른다섯 살이 채 안 돼 보이는 마른 남자가 앉아 있었다. 틀림없이 그 집의 가장이었다. 제대로 먹이지 않은 사나운 개 여러 마리가 줄에 묶인 채, 황량한 앞마당에 널린 헌 가구를 지키고 있었다.

조카에게 그 젊은 애아버지가 어떤 일을 하느냐고 물어보니, 조카는 그가 직업이 없는데 그것을 자랑으로 여긴다며 한마디 덧붙였다. "저 사람들 못됐어요, 저희는 최대한 안 마주치려고 해요."

더 지나친 면도 있지만, 그 집은 잭슨의 산골 사람들이 사는 모습을 거의 전형으로 보여주고 있었다. 잭슨은 전체의 3분의 1에 달하는 인구가 빈곤층이며, 이는 그 지역 아이들의 절반가량을 포함하는 수치다. 게다가 빈곤선을 약간 웃도는 대다수의 잭슨 사람을 포함하지 않은 수치이기도 하다. 약물 중독 문제도 유행처럼 번지며 뿌리를 내렸다. 게다가 공립학교의 부실화 문제가 너무 심각해서 최근에는 켄터키주 정부가 나서서 학교를 관리하기로 했다. 부모들은 형편이 넉넉지 않기에 문제가 있다는 사실을 알면서도 자녀를 공립학교에 보내고, 그런 학교들은 걱정스러울 정도로 꾸준히 학생들을 대학에 보내는 데 실패하고 있다.

이런 환경에 놓인 사람들은 육체적으로도 건강하지 못한데, 정부의 보조 없이는 가장 기본적인 치료조차 받지 못한다. 이들의 제일 큰 문제는, 남들이 자기 삶을 재단하는 것이 싫다는 단순한 이유만으로 자기 형편을 털어놓길 망설일 만큼 쩨쩨하다는 것이다.

2009년, ABC 뉴스에서는 당 함유량이 너무 높은 탄산음료 때문에 어린아이들의 치아가 심각하게 썩는 문제를 두고 지역 주민들이 이름 붙인 '마운틴 듀가 좀먹은 구강' 현상을 중심으로 애팔래치아 지역 주민의 삶에 관한 보도를 내보냈다.

주요 보도 내용은 빈곤과 결핍에 시달리는 애팔래치아 아이들에 관한 이야기였다. 대부분의 동네 사람이 그 보도를 접했으나, 이들은 일관되게 "제기랄, 당신들이 알 바 아니잖아"라는 싸늘한 반응을 보였다. 어떤 이는 온라인에 이런 댓글을 달았다. "일평생 들어본 말 중 가장 모욕적이다. ABC를 포함한 당신들 모두 부끄러운 줄 알아라." 여기에 붙은 다른 댓글은 이랬다. "애팔래치아에 대해 있는 그대로 표현하지 않고 케케묵은 가짜 고정관념을 심으려고 하다니 창피한 줄 알아야 한다. 이건 내가 실제로 산맥의 여러 마을을 돌며 만난 많은 이의 공통된 의견이다."

내가 이런 일이 있었다는 사실을 알게 된 건, 애팔래치아의 문제를 인정해야만 상황을 개선할 희망이 있다는 글을 올려서 페이스북의 혹평가들을 잠잠하게 만든 내 사촌 앰버 덕분이었다.

앰버는 나와 다르게 유년기 전체를 잭슨에서 보냈으므로 애팔래치아의 문제를 충분히 언급할 만한 입장이었다. 고등학생 시절에는 우등생이었고 자신의 직계가족 중에서는 처음으로 대학까지 나온 앰버는 잭슨의 참혹한 빈곤을 직접적으로 겪고 극복해낸 젊은이였다.

이들의 적대적 반응을 보면 애팔래치아 지역의 미국인을 연구한 논문의 주장에 한층 더 믿음이 생긴다. 2000년 12월에 발표된 논문에서 사회학자 캐럴 A. 마크스트롬Carol A. Markstrom과 실라 K. 마셜Sheila K. Marshall, 로빈 J. 트라이언Robin J. Tryon은 애팔래치아 10대들 사이에서 '상당히 예측 가능한 탄력성'에 대처하는 사고방식인 회피와 갈망을 발견했다. 그리고 힐빌리들은 어릴 적부터 불편한 진실을 마주할 때면 피해버리거나 더 나은 진실이 따로 존재하는 것처럼 행동하라고 배운다고 주장했다. 이런 경향은 심리적 회복탄력성에는 도움이 될지 모르나, 한편으로는 애팔래치아 사람들이 자신들의 내면을 솔직하게 바라보지 못하게 한다.

우리는 허풍을 떨거나 대강 줄잡아 말하고 자신의 장점을 미화하는 반면 단점을 등한시하는 경향이 있다. 가장 빈곤한 일부 지역을 있는 그대로 관찰해 내보낸 방송을 보고 애팔래치아 주민들이 그토록 격한 반응을 보인 것도 바로 그런 까닭이다. 또한 내가 블랜턴가 남자들을 우러러본 까닭이기도 하며, 열여덟 살 때까지 세상에서 나를 제외한 모든 게 문제라고 생각했던 까닭이기도 하다.

진실은 냉혹하다. 그중에서도 산골 사람들에게 가장 냉혹한 진실은 자신의 처지를 솔직히 털어놓아야 한다는 것이다. 잭슨은 믿을 수 없을 만큼 상냥한 사람들로 가득하다. 그러나 약물 중독자도 널려 있고, 여덟 명의 아이를 만들 시간은 있었지만 부양할 시간은 없는 사람이 최소한 한 명 이상 있다. 잭슨의 경치는 두말할 것 없이 아름답지만, 환경 폐기물과 마을 곳곳에 널린 쓰레기가 그 아름다움을 가린다. 열심히 일하는 사람도 있지만, 많은 이가 푸드스탬프Food stamp•에 의지한 채 살아가며 땀 흘리는 노동에는 관심을 보이지 않는다. 잭슨은 블랜턴가 남자들만큼이나 모순투성이다.

작년 여름에 사촌 마이크가 모친의 장례식을 치르자마자 어머니가 살던 집을 내놓겠다고 할 때 보니, 잭슨의 상황이 굉장히 악

• 정부가 저소득층에 지급하는 식료품 구매권.

화되어 있었다. 마이크는 집을 팔겠다며 이렇게 말했다. "더는 여기서 못 살아. 그렇다고 빈집만 두고 떠날 수도 없잖아. 비어 있으면 마약쟁이들이 차지할 게 빤하다고." 잭슨은 늘 가난했지만, 어머니의 집을 비워놓고 떠날 것을 염려해야 할 만큼 심각한 동네는 아니었다. 내가 고향이라고 부르는 동네의 상황이 걱정스럽게 돌아가고 있었다.

이 문제가 산간벽지 촌구석에만 해당하는 것이라고 비판하고 싶은 사람이 있다면 내가 살아온 인생을 잠깐이라도 들여다보길 바란다. 그럼 잭슨의 상황이 이미 일반적인 추세가 됐음을 금세 알아차릴 수 있을 것이다. 훨씬 더 가난한 애팔래치아 지역을 떠나 오하이오, 미시건, 인디애나, 펜실베이니아, 일리노이 등지로 대거 이주한 힐빌리들을 따라 이들의 가치관도 널리 퍼졌다. 실제로 내가 자란 오하이오 미들타운에는 켄터키 이주자들과 그 자녀들이 얼마나 많았는지, 그런 아이들은 친구들 사이에서 '미들터키Middletucky'라고 불리며 놀림감이 되기도 했다.

켄터키 토박이였던 우리 외조부모님은 더 나은 삶을 찾아서 미들터키의 길을 택했고, 어떻게 보면 더 나은 삶을 이루었다. 그러나 달리 보면 끝내 과거에서 벗어나지 못하기도 했다. 잭슨에 만연한 약물 중독이 이들의 큰딸에게까지 손을 뻗어 성인 시절 내내 그녀를 괴롭혔다. '마운틴 듀가 좀먹은 구강'은 특히 잭슨에서 심각한 문제였지만, 외조부모님은 미들타운에 와서까지도 동일한 문제를 겪어야 했다. 우리 엄마가 9개월 된 내게 펩시가 든 젖병을 물리는 모습을 할모가 봤던 것이다.

잭슨에서는 도덕적으로 올바른 아버지를 찾아보기 쉽지 않은데, 조부모님의 손주들 세대인 지금도 그런 아버지가 똑같이 드물다. 수십 년간 잭슨을 벗어나려 애썼던 사람들은 이제 미들타운을 벗어나려 애쓰고 있다.

문제의 시발점이 잭슨이라면 그 종착점은 어디인지 명확하지 않다. 수년 전 할모의 장례식 행렬을 지켜보면서 나는 내가 어쩔 수 없는 산골 사람이라는 것을 깨달았다. 미국 백인 노동자 계층의 상당수가 나와 마찬가지로 산골 사람들이다. 그리고 우리 산골 사람들은 여전히 안녕하지 못하다.

할모와 할보의 결혼

힐빌리들은 여러 단어를 자기들만의 표현으로 '꼬는' 걸 즐긴다. 예컨대 피라미를 '꽂가래'라고 부르고 가재를 '까재'라고 부르는 식이다.• '골짜기'는 원래 '곡시나 협간'을 일컫는 말이지만, 나는 친구에게 '골창'의 뜻을 설명할 때를 제외하고는 한 번도 '골짜기'라는 단어를 써본 적이 없다. 사람들에게는 저마다 할부지, 할모니, 할배, 할매 등 조부모를 부르는 표현이 있게 마련이다. 그러나 나는 우리 동네 사람들 외에 누군가가 자신의 할머니, 할아버지를 '할모' '할보'라고 부르는 걸 본 적이 없다. 할모, 할보는 오로지 힐빌리의 할머니, 할아버지들에게만 쓰이는 호칭인 것이다.

내가 우리 할모와 할보의 손자라는 건 두말 할 것도 없는 가장 큰 축복이었다. 두 분은 내게 사랑이 넘치고 안정적인 환경이 얼마나 중요한지를 행동으로 보여주고, 다른 애들이 부모로부터 얻

• 원문은 'We call minnows "minners" and crayfish "crawdads"'이다. 편의상 전라도 방언을 차용해 번역했다.

는 삶의 교훈을 대신 내게 가르쳐주며 생의 마지막 20여 년을 보냈다. 두 분 다 내가 자신감을 갖고 정당하게 기회를 얻어 아메리칸 드림을 이룰 수 있게끔 각자의 역할에 충실했다.

그러나 정작 할보 짐 밴스와 할모 보니 블랜턴은 어린 시절 삶에 큰 목표가 있었던 것 같지 않다. 어떻게 그럴 수 있었을까? 유치원부터 고등학교 졸업반까지 반 친구들이 달라지지 않는, 애팔래치아 구릉지의 교실 하나짜리 학교에서 학생들에게 큰 꿈을 심어주긴 어렵지 않았겠는가.

할보의 어린 시절에 관해서는 내가 아는 게 별로 없는데, 앞으로도 알게 될 기회가 없을 것 같다. 그나마 아는 것이라고는 할보가 나름 혈통 있는 힐빌리 집안 출신이라는 사실이다. 할보의 먼 사촌이자 할보와 이름이 같은 짐 밴스 할아버지는 햇필드Hatfield 가문과 결혼해서 남북전쟁 당시 '와일드캣Wildcats'이라는 이름으로 활동했던 남부 연합군에 가담했다. 짐 할아버지가 북부 연방군 병사였던 아사 하먼 맥코이Asa Harmon McCoy를 죽임으로써 햇필드 가문의 이름난 앙숙이었던 맥코이 가문의 일원을 해치운 일도 있다. 햇필드 가문과 맥코이 가문 간의 오랜 반목은 미국 역사에서도 유명한 이야기다.

할보는 1929년에 태어나 제임스 리 밴스라는 이름을 얻었다. 중간 이름은 돌아가신 할보의 아버지 리 밴스를 기리기 위해 그대로 물려받았다. 외증조할아버지는 할보가 태어나고 몇 달 지나지 않아 돌아가셨고 상심한 외증조할머니 골디는 소규모 목재 사업을 운영하던 엄한 친정아버지 톨비에게 아들을 맡겼다. 이후 외증조할머니는 이따금 돈을 보낼 뿐, 어린 아들을 보러 오는 일은 거의 없었다. 그렇게 할보는 켄터키 잭슨에서 톨비 할아버지와 일생의 첫 17년을 살게 됐다.

톨비 할아버지가 살았던 방 두 개짜리 작은 집은, 블레인과 해티라는 부부가 여덟 명의 아이와 함께 살던 블랜턴가 집에서 몇 백 미터 떨어지지 않은 곳에 있었다. 해티는 부모를 잃은 사내아이를 안타깝게 여겨서 마치 엄마처럼 그 꼬마를 돌봐줬다. 꼬마는 시간이 날 때마다 블랜턴가 사내아이들과 뛰어놀았고, 대부분의 끼니를 그 집 부엌에서 해결하며 곧 블랜턴네 군식구가 됐다. 그러니 훗날 그 집의 큰딸과 결혼까지 한 것도 전혀 이상한 일은 아니었다.

할보는 난폭하기로 소문난 집에 장가를 들었다. 블랜턴가는 브레싯에서도 알아주는 다혈질 집안으로, 할보네 집안만큼이나 화려한 앙숙의 역사를 품고 있었다.

할모의 증조할아버지가 20세기 초에 카운티 판사 후보로 출마했는데, 아들이자 할모의 할아버지인 틸든이 선거 당일 경쟁자의 가족을 살해하고서야 판사로 당선됐다.[2] 「뉴욕타임스The New York Times」는 이 끔찍한 사건을 다루며 두 가지 사실에 주목했다. 첫째, 틸든이 이 사건으로 처벌받지 않았다는 것.[3] 둘째, 「뉴욕타임스」의 표현을 그대로 옮기자면, '분규가 [있었던 것으로] 추측됨.' 나도 그랬으리라고 추측한다.

미국에서 가장 많이 판매되는 신문에서 이 섬뜩한 이야기를 읽자마자 밀려든 감정은 자랑스러움이었다. 우리 집안에서 「뉴욕타임스」에 이름을 올려본 적이 있는 다른 조상은 아마 없을 것이다. 설령 그런 어른이 있었더라도 원수를 갚았다는 기사를 봤을 때만큼 내가 자랑스러워하지는 않았을 것 같다. 그 사건이 선거의 판도를 바꿔놓았다고 하더라도 상관없었다! 할모가 늘 했던 말마따나 켄터키 안에서 소년을 빼낼 수는 있어도 소년 안에 있는 켄터키를 빼낼 수는 없나 보다.

할보가 도대체 무슨 생각으로 할모와 결혼했는지 도무지 모르겠다. 할모는 다툼이 생기면 언쟁을 생략하고 곧장 방아쇠를 당기는 집안 출신이었다. 할모의 아버지는 해군으로 복무할 때 무공훈장을 받은 험상궂고 고지식한 힐빌리였고, 할모의 할아버지가 세운 피 냄새나는 업적은 「뉴욕타임스」의 한 면을 장식할 정도로 강렬했다. 섬뜩한 윗세대의 혈통에 전혀 뒤처지지 않았던 보니 할모의 성격은 수십 년 후 해병대 징모관이 내게 할모와 사는 집보다 신병 훈련소가 더 편할 거라고 말했을 정도로 무시무시했다. 그때 그는 내게 이렇게 말했다. "훈련 교관들은 성질이 더럽다. 그래도 너희 할머니만큼은 아닐 것이다."

교관의 성질이 아무리 더러워도 우리 할모에 비하면 새 발의 피였다. 어쨌든 우리 할모와 할보는 1947년, 10대의 나이로 잭슨에서 결혼생활을 시작했다.

당시는 제2차 세계대전의 승리에 도취됐던 미국 국민들이 점차 평화로운 세상에 적응하는 단계였는데, 그 안에서 잭슨의 주민들은 두 부류로 나뉘었다. 오랜 주거지를 떠나 새로운 미국의 공업 중심지로 삶의 터전을 옮기는 부류와 그렇지 않은 부류였다. 열넷, 열일곱이라는 어린 나이에 우리 조부모님은 어떤 무리에 합류할지를 결정해야 했다.

언젠가 할보가 내게 말해줬는데, 그때 할보 또래가 돈을 벌 수 있는 방법이라고는 잭슨에서 멀지 않은 곳에 있는 '광산'에 취직해 채굴 작업을 하는 것뿐이었다고 한다. 그때 잭슨에 남은 사람들은 가난의 늪에 빠져 허덕이거나 평생 그 언저리를 맴돌며 살았다. 할보는 가정을 꾸리자마자, 급격하게 공업화가 진행되고 있던 오하이오의 작은 도시인 미들타운으로 거처를 옮겼다.

여기까지가 우리 조부모님이 내게 들려준 이야기로, 여느 집에 전해 내려오는 이야기처럼 큼직한 줄거리는 사실이지만, 세세한 내용은 뒤죽박죽이었다.

최근 친척들을 만나러 잭슨에 갔을 때 할모의 제부이자 잭슨 사람의 마지막 세대인 아크 할아버지가 내게 보니 사우스 여사를 소개해줬다. 사우스 여사가 여든넷 평생을 살아온 집은 우리 할모가 어릴 적 살던 집에서 100미터도 떨어지지 않은 곳에 있었다. 할모가 오하이오로 이사하기 전까지 두 분은 단짝으로 지냈다고 했다. 그리고 사우스 여사가 기억하는 이야기 속에는 우리가 몰랐던, 할모와 할보가 잭슨을 떠날 수밖에 없었던 원인이 된 추문이 하나 더 담겨 있었다.

1946년에 보니 사우스와 할보는 연인 사이였다고 한다. 당시 잭슨에서 연인이라는 말이 약혼을 준비했다는 건지 그저 같이 시간을 보냈다는 건지 어떤 의미였는지는 잘 모르겠다. 사우스 여사는 할보에 관해 "매우 미남이었다"라는 한마디 외에 별말씀이 없었다. 그나마 남아 있다는 다른 기억은 1946년 언젠가 할보가 자신의 가장 절친한 친구였던 우리 할모와 바람을 피웠다는 것이었다.

할모가 열세 살, 할보가 열여섯 살이었지만, 이들의 불륜은 임신으로 이어졌다. 그리고 임신은 당장 잭슨을 떠나야만 하는 이유가 됐다. 머리카락이 희끗하게 셌는데도 여전히 위협적인 참전용사 출신 할모의 아버지와 이미 할모의 명예를 지켜낸바 있던 할모의 오라버니들, 그리고 서로 긴밀한 사이라서 보니 블랜턴의 임신 사실을 금세 알아차릴, 총을 상시 휴대하는 힐빌리들 때문이었다. 무엇보다 보니와 짐 밴스는 자신들의 끼니를 스스로 해결하는 데 익숙해지기도 전에 먹여 살려야 할 식구가 하나 더 늘어날 예정이었다. 그렇게 할모와 할보는 오하이오 데이턴Dayton으로 갑작스레 떠났고, 미들타운에 정착하기 전까지 그곳에서 잠시 살았다.

훗날 할모가 가끔 태어난 지 얼마 되지 않아 죽은 딸 얘기를 꺼냈고, 그때마다 할모는 그 딸이 두 분의 장손인 지미 삼촌보다 아래라고 말했다. 할모는 지미 삼촌을 낳은 뒤 우리 엄마를 낳기까지 10년 동안 여덟 번의 유산을 겪었기 때문에 그러려니 했다.

그런데 최근에 누나가 '갓난아기' 밴스라고 쓰인, 그동안 우리가 전혀 몰랐던 이모의 출생증명서를 발견했다. 너무 일찍 죽는 바람에 이모의 출생증명서에는 사망일자까지 기록돼 있었다. 할모와 할보를 오하이오로 이사하게 만든 아기는 채 일주일도 살지 못했다.

출생증명서를 보니 상심한 아기 엄마는 서류를 작성할 때 나이를 속인 게 분명했다. 당시 할모는 겨우 열네 살이었고 할보는 열일곱 살이었으니, 병원 관계자들이 할모를 잭슨으로 돌려보내거나 할보를 교도소에 보낼까 봐 사실대로 말할 수 없었으리라.

어른의 삶으로 이어지려던 할모의 첫 도약은 그렇게 비극으로 끝났다. 아기가 생기지 않았더라면 할모가 잭슨을 떠났을까? 과연 짐 밴스를 따라 낯선 곳으로 줄행랑을 쳤을까? 요즘 들어 이런 생각이 자주 든다. 겨우 엿새 동안 세상 빛을 본 아기가 할모의 인생과 우리 가족의 발자취를 바꿔놓은 것은 아닐까?

경제적 기회와 가족의 필요조건이 어떻게 맞아떨어졌건 간에 두 분은 오하이오로 떠났고 켄터키로 다시 돌아갈 일은 생기지 않았다. 할보는 대형 철강회사인 암코Armco에 취직했다. 당시 암코는 켄터키 동부의 탄광 마을에서 대단히 적극적으로 직원을 채용했다. 암코에서 파견한 대리인들은 잭슨 같은 마을에 몰려와서, 북쪽으로 이주해 공장에서 일할 마음이 있는 젊은이들에게는 지금보다 더 나은 미래를 보장하겠다고 (진실되게) 약속했다.

암코에서 일하는 가족을 둔 지원자들을 1순위로 채용하겠다는 특별 정책이 대대적인 이주를 부추겼다. 암코는 단순히 애팔래치아 산맥의 켄터키 지역 젊은이들만 고용하겠다고 한 게 아니었다. 젊은이들이 그들의 대가족을 모두 데리고 공장이 있는 지역으로 이주하길 적극 권장했다.

여러 기업에서 비슷한 전략을 활용했고, 이는 구직자들에게 잘 먹혀들어가는 듯했다. 그 시대에는 잭슨 같은 곳도, 미들타운 같은 곳도 많았다.

연구자들이 애팔래치아 지역에서 중서부의 공업 중심 경제지로의 이주를 이끌었던 두 번의 큰 파도에 대해 상세히 기록한바 있다. 첫 번째 파도는 제1차 세계대전 이후 퇴역 군인들이 아직 공업화되지 않은 켄터키, 웨스트버지니아, 테네시 등의 산맥 지역에서 취직하기가 거의 불가능하다는 것을 깨달으면서 발생했다. 이 물결은 대공황이 북부 경제에 큰 타격을 입히며 잠잠해졌다.[4] 우리 조부모님은 1940~1950년대에 퇴역 군인들과 급증한

청년들로 이루어진 두 번째 파도를 타고 이주했다고 볼 수 있다.[5]

켄터키와 웨스트버지니아의 경제가 주변 주州들에 뒤처지면서, 애팔래치아 산맥에 위치한 이 지역들의 생산품 가운데 북부의 공업 경제가 필요로 하는 것은 두 개밖에 남지 않게 됐다. 바로 석탄과 산골 사람들이었다. 결국 애팔래치아는 이 둘을 엄청나게 공급했다.

인구조사를 할 때 보통 '순이동 인구율'은 총 전입 인구에서 총 전출 인구를 뺀 값을 전체 인구로 나눠서 측정하므로 정확히 몇 명이나 이주했는지, 그 수치를 집어내기는 어렵다. 고향과 도시를 들락날락하며 생활한 가구가 많아서 수치가 왜곡되기도 했다. 그러나 수백만 명이 '힐빌리 고속도로'를 따라 이동했다는 건 틀림없는 사실이다. (힐빌리 고속도로란 북부 사람들이 자신들이 살던 도시와 동네에 우리 조부모님 같은 사람들이 바글거리는 모습을 보고 비유적으로 표현하여 만들어낸 용어다.)

이주 규모는 어마어마했다. 1950년대에는 켄터키 인구 100명 중 13명이 켄터키를 떠났다. 유출 인구가 이보다 훨씬 더 많은 곳도 있었다. 가령 아카데미 수상작이자 광산 노동자의 파업을 다룬 다큐멘터리•의 배경지로 유명세를 얻은 할런 카운티Harlan County는 전체 인구의 30퍼센트를 다른 주로 떠나보냈다.

• 바버라 코플(Barbara Kopple) 감독의 〈할런 카운티 USA〉라는 다큐멘터리로, 1976년에 개봉했으며 1978년 제49회 아카데미 시상식에서 장편 다큐멘터리상을 수상했다.

1960년에는 오하이오의 1000만 인구 가운데 100만 명이 켄터키나 웨스트버지니아, 테네시에서 태어난 사람들이었다. 이는 애팔래치아 산맥 남부 지역에서 온 다수의 이주민, 윗세대와 마찬가지로 뼛속까지 산골 사람들이었던 이주민들의 자녀 또는 손주들을 포함하지 않은 수치다. 오하이오 원거주자에 비해 힐빌리의 출생률이 현저히 높았기 때문에 이들의 자녀나 손주들도 당연히 많았다.[6]

한마디로 우리 조부모님의 이주는 극히 평범한 일이었다. 전 지역의 상당한 인구가 공장을 따라 북부로 이주했다. 더 확실한 증거를 보고 싶다면 추수감사절이나 크리스마스 다음날 켄터키나 테네시에서 고속도로 북행 차로를 타보길 권한다. 거의 모든 번호판이 오하이오, 인디애나, 미시간 중 한 곳 출신인 걸 보게 될 것이다. 고향에서 명절을 보내고 집으로 돌아가는 힐빌리 이주자들의 자동차로 도로가 가득 메워진 광경이 연출되는 것이다.

할모의 가족들은 적극적으로 이주의 물결에 뛰어들었다. 할모의 일곱 형제 중 펫, 폴, 게리 할아버지가 인디애나로 이주해 건설업에 종사했다. 셋은 모두 사업에 성공하면서 상당한 부를 축적했다. 로즈, 베티 할머니와 앵두, 데이비드 할아버지는 고향에 남았다. 남은 형제 중 데이비드 할아버지는 잭슨의 기준을 적용했을 때 비교적 안락한 생활을 누렸으나, 다른 분들은 금전적으로 어려움을 겪었다. 잭슨을 떠났던 네 형제는 남아 있던 네 형제에 비해 살아생전 현저히 높은 경제·사회적 지위를 누렸다. 우리 할보가 젊은이였을 때 생각했던 대로, 힐빌리로서 출세하는 가장 좋은 방법은 고향을 벗어나는 것이었다.

새로운 도시에서 독립적으로 살아간다는 건 우리 조부모님이 쉽게 받아들일 수 없는 일이었을 것이다. 그래도 만약 할모와 할보가 켄터키의 가족들과 완전히 멀어지는 길을 택했더라면 미들타운의 수많은 이웃들과 사이가 틀어질 일도 없었으리라. 도시 거주자 대부분이 새로 생긴 공업 시설에서 일하려고 타지에서 이주해온 사람들이었으며 거의 애팔래치아 출신이었다.

가족 기반 채용을 실시했던 주요 기업들[7]이 원하던 효과를 얻자 당연한 결과가 이어졌다. 중서부 공업 지대 전역에 애팔래치아 이주자들과 그들의 가족으로 구성된 새로운 지역 사회가 우후죽순처럼 생겨난 것이다. 한 연구에서 지적한 것처럼 "이주를 통해 이웃과 가족 문화가 붕괴됐다기보다는 이동했다고 볼 수 있다".[8] 1950년대 미들타운에서 내 조부모님은 익숙하기도 하고 낯설기도 한 환경에 처하게 된 셈이었다. 태어나서 처음으로, 그동안 익숙하고 폭넓었던 애팔래치아의 지원망에서 떨어져나와 있었기에 그곳은 분명 낯선 환경이었다.

그러나 여전히 바글거리는 힐빌리 주위에서 살고 있었으므로 생활환경은 두 분이 익숙하게 느끼기에 충분했다.

우리 조부모님이 새로운 환경에서 어떻게 번창했고 어떻게 행복한 가정을 꾸렸으며 어떻게 중산층으로 안락하게 은퇴할 수 있었는지 여러분에게 말해줄 수 있다면 좋겠지만, 그렇게 한다면 이 책은 그저 반쪽짜리 진실만 담게 될 것이다. 무슨 일이 있었는지 완전한 진실을 말하자면, 우리 조부모님은 새로운 환경에서 고전을 면치 못했고 이런 상황은 수십 년간 지속됐다.

가장 먼저 일러둬야 할 것은, 더 나은 삶을 찾아 켄터키 산골을 떠난 사람들에게 이상한 낙인이 찍혔다는 사실이다. 힐빌리들은 조상보다 자신이 더 낫다고 젠체하는 사람을 보면 '분수도 모르는 인간'이라고 비난한다. 우리 조부모님도 오하이오로 이주하고 나서 오랫동안 고향 사람들에게 같은 소리를 들었다.

두 분은 가족을 버리고 떠났다는 고통에 시달린 나머지 정말로 해야 할 일도 잊고서 주기적으로 고향을 방문했다. 애팔래치아 출신 이주자들 사이에서 흔히 볼 수 있는 일이었다. 열에 아홉은 일평생 '고향 집'을 방문했고, 열에 한 명 이상은 다달이 고향에 갔다.[9] 1950년대에 미들타운에서 잭슨으로 가려면 대략 20시간을 꼬박 운전해야 했는데도, 우리 조부모님은 어떨 땐 주말마다 갈 정도로 잭슨에 자주 갔다. 이들의 경제적 이동에는 너무나 큰 압박감과 책임감이 따랐던 것이다.

낙인은 양쪽 모두에서 찍혔다. 미들타운의 이웃들이 힐빌리를 의심 어린 눈초리로 바라봤기 때문이다. 이주해온 힐빌리들은 백인 오하이오인으로 구성된 기성 중산층에는 어울리지 않는 사람들이었다. 자식이 너무 많았고 고향에서 방문하는 친척들은 너무 오랫동안 머물다 갔다. 할모의 남자 형제들과 여동생들도 산골을 벗어나 일자리를 찾아보려고 오하이오에 올 때마다 할모, 할보와 수개월간 함께 살다 갔다. 바꾸어 말하면, 토박이 미들타운 사람들이 힐빌리의 문화와 관습을 매우 못마땅해했다는 얘기다.

『애팔래치안 오디세이Appalachian Odyssey』라는 책에서 저자는 디트로이트로 유입된 산골 사람들에 관해 이렇게 기록했다. "도시의 백인들인 중서부인을 불편하게 만들었던 원인은 단지 애팔래치아 이주민, 즉 이방인들이 어울리지 않게 도시에 주거한다는 데에 있지 않았다. 그보다는 이주자들이 북부 백인들의 옷차림이나 말하는 방식, 행동하는 방식 등을 전반적으로 무너뜨린다는 생각 때문이었다. (…) 충격적인 건 힐빌리들의 피부색이었다. 겉보기에 이들은 지역 사회와 국가의 경제, 정치, 사회의 권력을 장악한 백인들과 전혀 다르지 않았다. 그러나 힐빌리들은 디트로이트로 이주해온 남부 흑인들과 더 많은 특성을 공유했다."[10]

할보가 오하이오에서 알게 된 힐빌리 출신의 친구 한 사람은 새로 이사 온 동네에서 우편집배원으로 일했다. 그는 오하이오에 온 지 얼마 되지 않았을 때 마당에서 키우던 닭 한 무리 때문에 미들타운시 정부와 분쟁에 휘말렸다. 그는 집 마당에서 아침마다 달걀을 거두고, 닭의 머릿수가 늘어나면 노계들을 잡아 목을 비틀어

토막을 치는 등, 우리 할모가 잭슨의 뒷 골창에서 하던 식으로 닭을 잡았던 것이다. 켄터키에서 이사 온 이웃이 꽥꽥 우는 닭을 도살하는 모습을, 불과 몇 미터 앞에 사는 점잖은 가정주부가 창을 통해 보고 있다고 상상해보라.

누나랑 나는 아직까지도 그 나이든 집배원 할아버지를 '꼬꼬 아저씨'라고 부른다. 그 일이 있고 수년이 흐른 뒤에, 우리 할모가 시정부에서 떼로 몰려와 꼬꼬 할아버지를 공격했었다는 말을 듣더니 특유의 독설을 날렸다. "빌어먹을 토지이용제한법 같으니라고. 제기랄, 엿이나 먹으라지!"

미들타운으로 이사를 하면서 다른 문제들도 생겨났다. 잭슨이라는 산골에서, 사생활이란 실현된다기보다 그저 이론에 지나지 않는 개념이었다. 잭슨에서는 가족, 친구, 이웃들이 예고도 없이 갑자기 집에 들이닥친다. 어머니들은 딸에게 자식 교육에 관해 잔소리를 늘어놓고 아버지들은 아들의 돈 버는 일에 참견한다. 오빠나 남동생은 매부에게 아내를 이렇게 저렇게 대하라며 들고 난다. 잭슨에서 가정생활이란 그때그때 이웃들의 지대한 도움을 받으며 터득하고 익혀나가는 것이었다. 그러나 미들타운에서 집은 가장의 성城이나 다름없었다.

할모와 할보의 성은 비어 있었다. 두 분은 핵가족으로 사생활을 중시하며 살아가는 세상에 산골 마을의 구닥다리 대가족 구조를 들여오려고 했다. 할모와 할보는 신혼부부였는데 이들에게 결혼생활에 대해 가르쳐줄 사람이 아무도 없었다. 할모와 할보는 부모였으나 집안일을 도와줄 조부모나 이모, 삼촌, 사촌이 없었다. 그나마 가까이 사는 친척이라고는 할보의 어머니인 골디 여사뿐이었다. 할보에게 골디 여사는 거의 모르는 사람이나 진배없었고, 할모 역시 골디 여사가 할보를 버렸다는 데서 오는 경멸을 억누를 수 없었다.

몇 해가 지나서야 할모와 할보는 적응해나가기 시작했다. 할모는 근처 아파트에 살던 '이웃집 여사'(할모는 본인이 좋아하는 이웃들을 이렇게 불렀다)들과 가깝게 지냈고, 할보는 여가 시간에 자동차만 손질하다가 차차 직장 동료들과도 친밀하게 지냈다.

1951년에는 장남인 지미 삼촌이 태어났고, 그전까지 본인들은 누려본 적 없었던 물질적 풍요를 아들에게 선물했다. 나중에 할모는 내게 지미 삼촌이 생후 2주일 만에 몸을 가누고 앉았고 네 달 만에 걸었으며 돌이 지나자마자 완벽한 문장을 구사했고 세 살 때는 고전 소설을 읽었노라고 자랑했다. (더 나중에 지미 삼촌은 "아주 약간 허풍이 섞였어"라고 인정했다.)

두 분은 아들을 데리고 인디애나폴리스에 놀러가서 할모의 오빠들을 만나고 새로 사귄 친구들과 나들이를 다녔다. 지미 삼촌은 그때를 '전형적인 중산층의 생활'이었다고 회상했다.

어떻게 보면 따분하기도 하지만, 따분하지 않은 생활이 어떤 것인지를 경험하고 나서야 감사함을 느낄 수 있다는 면에서는 행복한 일상이었다.

일이 항상 순조롭게 풀렸던 건 아니다. 가족끼리 크리스마스 선물을 사러 연휴의 인파로 들끓는 쇼핑몰에 갔던 어느 날, 할보와 할모는 아들이 스스로 원하는 장난감을 찾을 수 있도록 혼자서 쇼핑몰을 둘러보게 했다. 그때 어떤 장난감을 찾고 있었는지를 최근에 삼촌이 말해줬다. "텔레비전 광고에 나오는 장난감이었어. 제트 전투기의 계기판 모양으로 생긴 플라스틱 콘솔이었는데, 불을 밝힐 수도 있었고 다트놀이도 할 수 있었지. 그 장난감으로 놀고 있으면 마치 전투기 조종사가 된 것 같은 기분이 들었단다."

지미 삼촌은 그 장난감을 팔고 있던 약국 잡화점으로 들어가서 그걸 가지고 놀기 시작했다. "가게 점원이 언짢아보였어. 곧 내게 장난감을 내려놓고 나가라고 말하더구나." 점원에게 꾸중을 들은 어린 지미 삼촌은 쇼핑몰을 둘러보던 할모와 할보가 아들을 발견하고 잡화점에 들어가고 싶으냐고 물어볼 때까지 잡화점 문 밖에서 있었다.

"전 못 들어가요." 지미 삼촌이 할보에게 말했다.

"왜 못 들어간다는 거니?"

"그냥 안 돼요."

"당장 말하지 못해!"

그러자 삼촌이 점원을 가리키며 울먹였다. "저 아저씨가 화내면서 나가라고 했어요. 저는 못 들어간대요."

할모와 할보는 곧장 가게로 쳐들어가서 점원을 붙잡고 어린아이에게 그런 행동을 한 이유를 캐물었다. 점원은 지미 삼촌이 값비싼 장난감을 가지고 놀고 있어서 그랬다고 해명했다.

"이거 말하는 거요?" 할보가 장난감을 집어들며 다시 물었다. 점원이 고개를 끄덕이자 할보는 그 장난감을 바닥에 냅다 던져버렸다. 곧 난장판이 벌어졌다. 지미 삼촌은 당시 상황을 이렇게 설명했다.

"두 분 다 이성을 잃었던 거야. 아버지는 다른 장난감을 집어서 가게 안을 가로지르게 던져버리고는 매우 위협적으로 점원에게 다가갔고, 어머니는 진열장 위에 놓인 물건들을 손에 잡히는 대로 쓸어다가 바닥에 내동댕이쳤지. '엿 먹어라 이 새끼야! 엿이나 먹어!'라고 고래고래 소리를 지르면서. 그런 다음에 아버지가 점원을 향해 몸을 숙이고는 똑똑히 말했어. '내 아들에게 한소리만 더 했다가는 내 손에 네 놈 모가지가 부러질 줄 알아라.' 그 불쌍한 남자는 완전 겁에 질렸고, 나는 거기서 나가고 싶다는 생각뿐이었단다."

점원에게 사과를 받고나서, 밴스 가족은 아무 일도 없었다는 듯 태연하게 크리스마스 쇼핑을 계속했다.

그렇다. 가장 잘나가던 시기에도 할모와 할보는 적응하는 데 고전하고 있었던 것이다. 미들타운은 전혀 다른 세상이었다. 미들타운에서 할보에게 요구하는 역할은 직장에 다니고 무례한 상점 직원에 대해 관리자에게 정중하게 항의하는 것이었다. 할모의 역할은 요리와 빨래, 자녀 돌보기였다.

하지만 바느질 모임이나 소풍, 진공청소기 방문 판매원 응대 따위의 일은, 열두 살이라는 어린 나이에 사람을 죽이려고 한 적이 있었던 할모에게 어울리지 않았다. 할모는 자식들이 아직 어려 지속적인 관심이 필요할 때 아이들을 거의 돌보지 않았으므로, 남는 시간에 딱히 할 일이 없었다. 수십 년이 지나서야 할모는 1950~1960년대에서 시간이 멈춰버린 것만 같았던 교외의 삶이 얼마나 외로웠는지, 당시를 회상했다. 그 시대를 떠올리며 할모는 특유의 퉁명스러운 말투로 말했다. "여자들은 그저 있으나 마나 한 존재였다니까."

할모에게도 꿈이 있었지만, 그 꿈을 이룰 수 있는 기회가 없었다. 할모가 가장 사랑하는 대상은 아이들이었다. 구체적인 대상으로 자신의 자녀들과 손주들을 사랑했고 노년에는 오로지 손주들에게서만 기쁨을 얻는 것 같았다. 보편적인 대상으로 모든 아이들을 사랑했던 할모는 학대를 당하거나 방치되거나 실종된 아이들에 관한 프로그램을 즐겨 봤고, 조금이라도 여윳돈이 생기면 이웃의 가난한 아이들에게 신발이나 학용품 따위를 사주지 않고는 못 배겼다.

할모는 방치된 아이들을 보면 인간으로서 깊은 고통을 느끼는 것 같았고, 아이들을 학대하는 인간들을 볼 때면 혐오스럽다는 말을 자주 내뱉었다. 할모가 어릴 적에 학대를 당한 경험이 있는 것인지 아니면 자신의 유년기가 너무 갑작스럽게 끝나버린 게 못내 아쉬워서인지, 할모의 이런 감정이 어디서 비롯됐는지는 도무지 알 길이 없다. 나는 평생 가도 모르겠지만, 틀림없이 어떤 이유가 있었으리라.

할모는 그런 열정을 직업으로 연결시켜서, 스스로 목소리를 낼 수 없는 아동을 보호하는 변호사가 되고 싶어했다. 그러나 실질적으로 그 꿈을 좇은 적은 없다. 아마 변호사가 된다는 게 어떤 일인 줄 몰랐기 때문이었을 것이다. 할모는 고등학교 문턱에도 가본 적이 없다. 할모는 합법적으로 운전면허를 딸 수 있는 나이가 되기도 전에 첫아이를 출산했고 곧 그 아이를 하늘로 떠나보냈다. 변호사가 되려면 어떤 요건을 갖춰야 하는지 알았더라도, 세 아이와 남편을 둔 새로운 환경에서 법대에 진학할 마음을 먹을 수는 없었을 것이다.

꿈을 포기해야만 하는 현실 속에서도 우리 조부모님은 땀 흘리는 노동의 가치와 아메리칸 드림을 종교처럼 믿었다. 그렇다고 부나 특권이 미국에서 중요하지 않다는 환상을 품었던 건 아니다. 예를 들어보면 정치에 관해서 할모는 "죄다 사기꾼들이야"라는 일관된 반응을 보였지만, 할보는 헌신적으로 민주당을 지지했다. 할보가 암코에서 일하는 데 어떤 문제가 있었던 건 아니었으나, 광산 노동자들의 오랜 파업을 계기로 할보 같은 사람들은 하나같이 켄터키의 탄광 회사를 싫어하게 됐다. 이런 이유로 할보와 할모에게는 모든 부자가 나쁜 건 아니지만, 나쁜 사람들은 모두 부자라는 의식이 깊이 뿌리박혔다.

할보는 민주당이 노동 계층을 보호한다는 믿음으로 민주당을 지지했다. 이런 신념은 할모에게도 전파되어 할모는 '정치인들이 모두 사기꾼일 수도 있지만, 예외가 있다면 당연히 프랭클린 델러노 루스벨트의 뉴딜 연합 세력일 것이다'라고 생각을 바꾸게 됐다.

그래도 할모와 할보는 땀 흘려 노력하는 것이 더욱 중요하다고 믿었다. 두 분은 사는 게 녹록지 않다는 걸 알았으며, 무엇인가 이루려고 할 때 본인들과 같은 부류의 사람들이 더 오랫동안 고생할 가능성이 높다는 걸 알았다. 그러나 그것이 실패자의 변명이 될 수는 없다고 생각했다. 할모는 틈만 나면 내게 이렇게 말했다. "절대 자기 앞길만 높은 벽으로 막혀 있다고 생각하는 빌어먹을 낙오자처럼 살지 말거라. 네가 하고 싶은 일이면 뭐든 할 수 있단다."

지역 공동체 사람들은 이러한 신념을 공유했고, 1950년대 들어 그 신념이 맺은 결실이 드러났다. 두 세대 만에 힐빌리 이주자들은 수입과 빈곤선에서 원거주자를 완전히 따라잡았던 것이다. 힐빌리의 경제적 성공은 그들이 겪고 있던 문화적 불안을 감추었다. 나는 경제적으로 원거주자들을 따라잡았던 우리 조부모님이 정말로 새로운 문화에 동화된 적이 있었는지 알고 싶다. 두 분은 항상 새로운 삶에 한 발을, 과거의 삶에 다른 한 발을 담근 채 살았기 때문이다. 새로운 인생을 살아가며 몇몇 친구를 사귀기도 했으나, 두 분의 뿌리는 늘 켄터키 고향 땅에 깊숙이 박혀 있었다. 두 분은 개와 고양이를 기르자는 아이들의 청을 결국에는 들어줬지만, 집에서 동물을 기른다는 걸 끔찍하다고 생각했으며, '가축'은 식용 외에는 쓸모가 없다고 여기는 사람들이었다.

그러나 자식들은 달랐다. 우리 엄마 세대는 중서부 공업 지역에서 자란 첫 번째 세대로서, 걸쑥한 사투리나 교실 하나짜리 산골 학교와는 거리가 멀었다. 엄마 세대 사람들은 수천 명의 학생들과 함께 현대식으로 건축된 고등학교에 다녔다. 우리 조부모님의 이주 목적은 켄터키를 벗어나 자식들에게 유리한 조건에서 시작할 수 있는 환경을 만들어주는 것이었고, 유리한 입장에서 출발한 자녀들이 차례차례 원하는 바를 이뤄가기를 기대했다. 그러나 자녀의 삶은 그들의 바람대로 풀리지 않았다.

린든 존슨Lyndon Johnson•과 애팔래치아 지역 위원회Appalachian Regional Commission가 켄터키 남동부에 새로운 도로를 건설하기 전까지 잭슨과 오하이오를 잇는 주요 도로는 '23번 국도Route23'였

• 1960년대 미국의 부통령과 대통령을 역임한 정치인으로 다양한 진보 정책을 실시했다.

다. 이 도로가 대규모 힐빌리 이주에 얼마나 중요한 역할을 했는가 하면 미국의 컨트리 가수 드와이트 요아캄Dwight Yoakam이 23번 국도를 소재로 가사를 쓰기도 했을 정도다. 애팔래치아 어린이들이 리딩Reading, 라이팅Rightin•, 루트23Route23을 '3R'이라고 배우는 상황을 못마땅해 하는 북부 사람들을 향한 가사였다. 켄터키 남동부 출신의 이주자였던 요아캄이 자신의 경험에 비추어서 지은 노랫말은 할모의 일기장에서 발췌했다고 해도 믿을 만한 내용이었다.

"사람들은 리딩, 라이팅, 루트23이 한 번도 경험하지 못한 행복한 삶으로 데려다줄 거라고 생각했지.
그 옛날 국도가 비참한 세상으로 이어졌으리라고는 생각하지 못했네."

할모와 할보는 켄터키를 벗어났지만, 그들과 그 자녀들은 갖은 고생 끝에 23번 국도를 통과해도 꿈꾸던 세상은 존재하지 않는다는 교훈을 얻었다.

• '쓰기'라는 뜻의 영어 단어 '라이팅'의 올바른 철자는 Writing이다.

실패한 중산층

할모와 할보는 삼남매를 두었다. 지미 삼촌, 우리 엄마인 베브, 그리고 로리 이모다. 지미 삼촌은 할모와 할보가 새로운 삶에 한창 물들어가던 1951년에 태어났다. 이후 지독한 악운과 수차례의 유산이 거듭됐지만, 자식 욕심이 많았던 두 분은 아이를 갖기 위해 무던히 노력했다. 할모는 아홉 아이를 잃었다는 상처를 평생 가슴에서 지워내지 못했다.

나는 극도의 스트레스가 유산을 유발할 수 있으며, 특히 임신 초기에는 그럴 확률이 더 높다는 사실을 대학교에 가서 배웠다. 두 분의 신혼생활은 술에 빠져 살았던 할보 때문에 한층 더 힘들었을 것이다. 만약 신혼생활이 그렇게 힘들지 않았더라면 지금 내게 삼촌과 이모가 얼마나 더 많이 있었을까 하는 궁금증이 머릿속에서 떠나질 않는다.

어쨌든 10년간 계속된 실패에도 굴하지 않았던 두 분의 노력은 마침내 결실을 맺었다. 존 F. 케네디 대통령의 취임식이 있었던 1961년 1월 20일, 우리 엄마가 태어난 것이다. 그리고 2년이 채 지나지 않아 로리 이모가 태어났다. 어떤 이유에서인지 할모와 할보는 더는 아이를 낳지 않았다.

언젠가 지미 삼촌이 자신의 동생들이 태어나기 전의 이야기를 해준 적이 있다. "그저 행복하고 평범한 중산층 가족이었단다. 어느 날은 〈비버는 해결사Leave It to Beaver〉•를 보면서 꼭 우리 집 같다고 생각했었어." 삼촌에게 처음 이 이야기를 들었을 때 나는 고개를 찬찬히 끄덕이며 삼촌 말을 곧이곧대로 믿었다. 그런데 나중에 돌이켜보니 모르는 사람이 들으면 열에 아홉은 미쳤다고 생각할 만한 말이었다. 정상적인 중산층 가정의 부모라면 점원이 자기 자녀를 약간 거칠게 대했다는 이유로 가게를 결딴내지 않는다. 물론 중산층을 가늠하는 지미 삼촌의 기준이 잘못됐을 수도 있다. 할모와 할보에게 가게 물건을 부수고 점원을 위협하는 일은 지극히 평범한 일상이었다. 그건 자기 자식을 건드리는 사람을 대하는 스코틀랜드계 아일랜드인 출신 애팔래치아 사람들의 방식이었다.

내가 지미 삼촌을 몰아붙이니 삼촌은 한발 물러섰다. "그러니까 삼촌 말은, 두 분이 이웃들이랑 사이좋게 잘 어울려 살았다는 말이야. 그렇지만 너도 알잖니. 평소에는 다른 식구들처럼 아무

• 1957~1963년에 방영됐던 가족 시트콤으로 미국 중산층 가정이 주요 배경이다.

렇지 않다가도, 언제든 누구 하나 죽일 기세로 달려들 준비가 돼 있었던 거지."

두 분이 결혼 초기에 얼마나 똘똘 뭉쳐 살았건 간에 내가 위 이모Aunt Wee라고 부르는, 두 분의 딸 로리가 태어난 1962년 이후부터 그런 끈끈함은 서서히 사라졌다.

1960년대 중반부터 할보는 습관적으로 술을 마시기 시작했고, 할모는 바깥세상으로부터 자신을 고립시키기 시작했다. 동네 아이들이 우편집배원에게 매킨리 가에 사는 '사악한 마녀'를 조심하라고 일러줄 정도였다. 아이들의 충고를 귓등으로 흘려들었던 집배원은 곧 특대 사이즈 멘톨 담배를 입에 문 채 자기 마당에서 썩 꺼지라고 말하는, 기골이 장대한 여성과 마주쳤다. 물건을 버리지 못하고 강박적으로 쌓아두는 사람을 가리키는 '호더hoarder'라는 말이 일상적으로 쓰이기 전이었지만, 호더라는 말은 당시의 할모에게 꼭 들어맞는 표현이었다. 할모가 세상과 담을 쌓을수록 호더 기질은 더 심해졌다. 침실엔 싸구려 장신구와 그 하찮은 쪼가리만이 가득했고, 집 안에는 쓰레기가 쌓여갔다.

당시의 이야기를 듣다 보니, 할모와 할보가 두 가지 생활을 유지했다는 걸 알 수 있었다. 그중 하나가 겉으로 보이는 공개적인 생활이었다. 공개적인 생활에는 직장생활과 자녀들을 학교에 보낼 준비를 하는 생활이 포함됐다. 우리 할보는 고향 친구들과는 가히 비교도 안 될 만큼 높은 임금을 받았다. 할보는 일을 즐겼고 또 능숙하게 해냈다. 자식들은 넉넉한 기금을 보유한 현대식 학교에 다녔다. 할모는 185제곱미터가 넘는 크기에 네 개의 침실이 딸린 집에서 현대식 배관 시설을 갖추고 살았는데, 이런 집은 잭슨 기준에서 볼 때 대저택이었다. 외부 사람들 눈에 비치는 이들의 대외적 삶은 틀림없이 성공적이었다.

하지만 가정생활은 달랐다. 지미 삼촌은 그때를 돌아보며 말했다. "내가 10대 때였는데 처음엔 몰랐지. 그 나이 때는 자기 앞에 닥친 일로도 벅차서 주변에 무슨 일이 일어나는지 모르잖니. 그런데 나만 못 느낄 뿐이었어. 아버지는 밖으로 도는 시간이 더 많았고, 어머니는 집안일을 아주 놔버렸던 거야. 더러운 그릇들과 쓰레기가 집 안 곳곳에 쌓였지. 두 분은 전보다 훨씬 더 자주 싸우셨고. 정말 힘든 시기였단다."

지금도 그럴지 모르겠지만, 당시 힐빌리 문화는 난폭한 명예의식과 가족을 향한 헌신, 별난 성차별주의가 한데 엉키면서 종종 일촉즉발의 상황을 일으켰다. 결혼 전에 할모의 오빠들은 여동생을 경시했던 사내들을 죽이려 했었다. 그런데 여동생이 외부인이라기보다는 친동생이나 다름없는 남자와 결혼을 하자, 골창에서라면 죽임을 당하고도 남았을 할보의 행동을 감싸고돌았다.

지미 삼촌이 당시를 회상했다. "아버지와 진탕 술을 마시러 나가려고 외삼촌들이 집에 놀러오곤 했어. 밖에 나가서 술 마시고 여자 뒤꽁무니나 쫓아다니셨지. 펫 삼촌이 항상 앞장서셨대. 그런 얘기를 듣고 싶지는 않았는데, 어쩌다 보니 항상 듣고 있더라고. 그때는 남자라면 그렇게 밖에 나가서 하고 싶은 걸 하고 놀아야 한다고 생각하는 문화였거든."

할모는 깊은 배신감을 느꼈다. 할모는 가족을 향한 완벽한 헌신에 조금이라도 금이 갈 것 같은 행동이라면 어떤 것이든 혐오하는 사람이었다. 집 안에서는 "내 성격이 지랄 맞아서 미안하구나" "엄마가 너 사랑하는데 그냥 미친년이라 이러는 거 알지?"와 같은 말도 서슴지 않았으나, 식구 중 누군가가 다른 사람에게 할모 발톱에 낀 때만큼이라도 가족의 흉을 봤다는 걸 알게 되면 발끈하며 고함을 쳤다. "누군지도 모르는 사람들이야. 그런 낯선 사람들한테 다시는 가족 흉보고 다니지 말거라. 절대 안 된다!"

린지 누나와 나는 집 안에서 서로 잡아먹을 듯이 싸워댔고, 대부분은 할모도 우리끼리 해결하도록 놔뒀다. 그러나 내가 친구에게 우리 누나가 밉다고 말하는 걸 어쩌다 할모가 듣기라도 하면, 할모는 그걸 기억해뒀다가 집에 둘만 남았을 때 나를 불러다 놓고 내가 의리를 저버리는 큰 죄를 저질렀다고 꾸짖었다. "그 콩알만 한 바보 녀석 앞에서 어찌 함부로 누나 얘기를 할 수 있니? 5년만 지나 봐라. 너는 그 녀석 이름도 기억 못 할 게다. 그런데 누나는 어떠냐? 누나는 평생 함께할, 하나밖에 없는 진짜 친구가 아니냐."

그러나 정작 아이 셋을 둔 할모의 인생에서 누구보다 자신에게 의리를 지켰어야 할 오라버니들과 남편은 자기 등 뒤에서 작당 모의를 하고 있었다.

할보는 사회에서 기대하는 중산층 아버지의 역할을 거부했고, 그 때문에 가끔 아주 우스운 일이 벌어졌다. 할보가 가게에 다녀올 건데 필요한 게 있느냐고 자식들에게 물어보더니 집에 돌아올 때 새 차를 끌고 온 것이다. 지붕이 열리는 쉐보레 자동차를 한 달쯤 타면, 다음 달은 올즈모빌Oldsmobile의 고급 세단을 탔다. "이거 어디서 났어요?"라고 자식들이 물으면 할보는 태연하게 대답했다. "어디서 나긴. 차 바꿨지."

할보의 이런 일탈이 끔찍한 결과를 낳을 때도 있었다. 어릴 때 이모와 엄마는 할보의 퇴근 시간이 다가올 때마다 게임을 했다. 할보가 차분히 주차를 하는 날에는 게임이 재미있어졌다. 주차를 마치고 집으로 들어오면 보통 가족들처럼 한자리에 모여앉아 저녁식사를 하고 화기애애하게 담소를 나눴다.

그러나 할보가 차분히 주차하는 날은 그리 많지 않았다. 차고로 너무 급하게 후진을 하거나 길가에 대충 차를 대거나 심지어 방향을 틀다가 차가 전봇대에 긁히는 날도 있었다. 그런 날이면 게임은 이미 끝이었다. 엄마와 위 이모는 집으로 달려 들어가 할모에게 할보가 술에 취했다고 알렸다. 뒷문으로 뛰어나가 할모의 친구네 집에 가서 자고 올 때도 있었다. 그마저도 할모가 허락하지 않는 날엔 엄마와 위 이모는 뜬눈으로 긴 밤을 지새워야 했다.

어느 크리스마스이브에, 거나하게 취해 집에 들어온 할보가 갓 차린 뜨끈한 저녁식사를 내오라고 할모에게 말했다. 뜻대로 되지 않자 할보는 크리스마스트리를 집어서 뒷문 밖으로 냅다 던져버렸다. 이듬해에는 딸의 생일파티에 초대된 아이들을 맞이하자마자 모두의 발에 튈 만큼 거대한 가래를 뱉었다. 할보는 아이들을 향해 미소를 지어 보이고는, 맥주를 꺼내러 냉장고로 가버렸다.

어릴 적 내가 그렇게 좋아했던 온화한 할보가 난폭한 술주정뱅이였다니 도무지 믿기지 않았다. 어느 정도는 할모의 성격 탓이기도 했다. 할모는 술을 마시지는 않았지만 난폭했다. 그리고 상상할 수 있는 가장 생산적인 방법으로 자신의 불만을 표출했다. 바로 할모만의 은밀한 전쟁을 개시하는 것이다.

할보가 (술에 취해) 소파에 앉은 채로 의식을 잃었을 때 할모는 할보가 다음번에 소파에 앉을 때 바지 솔기가 터지도록 가위로 솔기를 잘라놓았다. 또 단지 할보의 화를 돋우려고 지갑을 훔쳐다가 오븐 안에 숨겨놓기도 했다. 할보가 퇴근하고 돌아와 뜨끈한 저녁밥을 지어달라고 하면 할모는 뜨끈한 쓰레기 한 접시를 정성스레 내주곤 했다. 할보가 한소리라도 할라치면 할모는 지는 법 없이 맞받아쳤다. 한마디로 할모는 할보의 술 취한 인생을 생지옥으로 만드는 데 몰두했던 것이다.

지미 삼촌은 어린 시절의 행복한 기억 덕분에 망가져 가는 가정의 징후를 처음엔 눈치 채지 못했지만, 문제는 곧 걷잡을 수 없을 만큼 심각해졌다. 삼촌은 부모님이 싸우던 날을 떠올리며 말했다. "가구들을 내동댕이치는 소리가 들리더니 정말 치고받고 싸우기 시작하시는 거야. 두 분 다 소리소리 지르면서. 오죽하면 내가 아래층으로 내려가서 제발 그만들 하시라고 빌었다니까."

그래도 두 분은 멈추지 않았다. 할모는 꽃병을 잡더니 살벌하게 팔을 휘두르며 꽃병을 던져버렸고, 그 꽃병은 정확히 할보의 미간을 강타했다. "아버지가 꽃병에 맞아서 이마가 잔뜩 찢어졌는데, 피를 철철 흘리면서 집을 나가더니 그대로 차를 몰고 가버리셨어. 다음날 등교할 때까지도 그 장면이 머릿속에서 떠나질 않더구나."

유독 과격했던 밤이 지나고 나서 할모는 할보에게 한 번만 더 술에 취해서 집에 들어오면 죽여버리겠다고 으름장을 놓았다. 일주일 후 할보는 또다시 술을 마신 채로 귀가해 소파에서 잠이 들었다. 빈말이라고는 해본 적이 없는 할모는 차분히 차고로 가서 휘발유 통을 가져오더니 휘발유를 남편의 온몸에 붓고 불붙은 성냥을 그의 가슴팍에 떨어뜨렸다. 할보의 몸에서 불길이 치솟자 열한 살짜리 딸이 재빨리 나서서 불을 꺼 아버지의 목숨을 구했다. 기적적으로 할보는 가벼운 화상만 입은 채 그날의 위기를 넘겼다.

이들은 산골 사람이라는 이유로 철저하게 두 가지 생활을 구분해야 했다. 아주 광범위한 의미에서, 외부인에게 가족 간의 갈등을 드러내서는 안 됐다. 지미 삼촌은 열여덟 살이 되자마자 암코에 취업해서 독립했다. 삼촌이 떠나고 얼마 지나지 않은 어느 날, 위 이모가 유난히 심하게 다투고 있던 할모와 할보 사이에 서 있다가 할보의 주먹에 얼굴을 맞고 말았다. 할보의 고의는 아니었지만, 어쨌든 얻어맞은 이모의 눈은 심하게 멍들었다.

친오빠인 지미 삼촌이 집에 들렀을 때 위 이모는 오빠가 자기의 멍든 얼굴을 보지 못하도록 지하실에 숨어 있었다. 삼촌이 더는 가족들과 함께 살지 않았으므로 집 안에서 일어나는 일을 알아서는 안 됐기 때문이다. 이모는 당시 상황을 이렇게 설명했다.
"엄마가 특히 심했지만, 모두가 그런 식으로 살았어. 그냥…… 드러내기 너무 부끄러웠던 거야."

할모와 할보의 결혼생활이 어쩌다 파탄에 이르렀는지 정확하게 아는 사람은 없다. 어쩌면 할보가 알코올 중독을 못 이겨내서 그랬을 수도 있다. 지미 삼촌은 할보가 결국 할모를 '배반'했을 거라고 의심한다. 아니면 옆에 있는 세 아이와 하늘로 보낸 한 아이, 그 사이에 계속된 유산으로 할모의 심신이 지쳐버렸는지도 모른다. 그렇다고 누가 할모를 비난할 수 있겠는가?

비록 결혼생활은 과격했으나, 두 분 모두 자식의 미래에 관해서만큼은 한결같이 낙관했다. 잭슨에서 교실 한 칸짜리 학교에 다닌 이들이 교외의 이층집에서 안락하게 사는 중산층이 됐다면, 당연히 자식이나 손주들은 대학에 가고 아메리칸 드림을 이루는 데 걸림돌이 없어야 한다고 생각했다. 할모와 할보는 켄터키에 남은 형제들에 비해 말도 안 되게 부유했다. 어린 시절에는 신시내티 바깥으로 나가본 적이 없었지만, 어른이 된 후로는 대서양과 나이아가라 폭포까지 가본 사람들이었다. 본인들이 이 정도로 성공했으니, 자녀들은 훨씬 더 크게 성공하리라 기대했던 것이다.

그러나 이는 하나만 알고 둘은 모르는 너무나 단순한 생각이었다. 세 자녀 모두가 어수선한 가정생활에서 엄청나게 큰 영향을 받고 있었다. 할보는 지미 삼촌이 제철소에서 씨름하는 대신 학업을 이어가길 바랐다. 삼촌에게 고등학교를 졸업하자마자 직장에 들어가면 돈이 마약처럼 돼버려서 처음에야 그 맛이 달콤하겠지만, 결국 돈 때문에 진정 해야 할 일을 못하게 될 것이라고 경고했다. 심지어 암코 지원서의 추천인란에 본인의 이름을 쓰지도 못하게 했다. 할보는 암코가 아들에게 그저 돈만 쥐어주는 게 아니라는 사실을 몰랐다. 암코에 취직하면 삼촌은 어머니가 아버지의 이마에 꽃병을 내던지는 집구석에서 독립할 수 있었다.

로리 이모는 출석을 제대로 안 했던 탓에 학교 성적이 신통치 않았다. 할모가 이모를 학교에 데려다주고 집에 와보면 자기보다 이모가 먼저 집에 도착해 있을 때도 있었다는 농담을 자주 했을 정도다.

이모가 고등학교 1학년 때, 이모의 남자 친구가 펜시클리딘

Phencyclidine, PCP●을 훔쳤고, 둘은 약물을 흡입하려고 할모의 집으로 돌아왔다. "걔가 자기 몸집이 더 크니까 더 많이 해야 한다고 그랬는데. 그 다음은 기억이 안 나요." 할모와 할모의 친구였던 캐시 아주머니가 정신을 잃은 이모를 찬물이 가득 담긴 욕조에 집어넣자, 이모는 곧 정신을 차리고는 그렇게 말했다.

그러나 이모의 남자 친구는 아무런 반응을 보이지 않았다. 캐시 아주머니는 그 청년의 숨이 아직 붙어 있는지조차 확신할 수 없었다. 할모는 캐시 아주머니에게 남자애를 길 건너 공원으로 끌어내라고 했다. "저 놈이 빌어먹을 우리 집에서 죽는 꼴을 볼 수는 없지." 말은 그렇게 했으나 할모는 사람을 불러 이모의 남자 친구를 병원으로 옮겼고, 그는 중환자실에 닷새 동안 입원해 있다가 퇴원했다.

이듬해 만 16세가 된 로리 이모는 고등학교를 중퇴하고 결혼했다. 그러나 결혼을 하자마자 이모는 그토록 벗어나고 싶었던 자기 집과 똑 닮은 폭력적인 가정의 덫에 빠졌다는 사실을 깨달았다. 이모의 남편은 아내를 침실에 가두고 친정 식구들을 못 만나게 했다. 당시를 떠올리며 이모는 "정말 감옥 같았어"라고 말했다.

다행히 지미 삼촌과 로리 이모는 이후의 삶을 잘 헤쳐나갔다.

● 마약으로 분류 및 관리되는 환각제.

삼촌은 야간 학교를 졸업하고 존슨앤드존슨Johnson & Johnson 영업부에 취직했다. 삼촌은 우리 가족들 중에 처음으로 '커리어맨'이 됐다. 이모는 서른 살이 되면서 방사선과에 취직했고 아주 상냥한 남편을 만나 재혼에 성공했다. 어찌나 괜찮은 사람이었는지 할모가 가족들 앞에서 이렇게 말할 정도였다. "혹시라도 너희 둘이 이혼한다고 하면 나는 사위 편이다."

안타깝게도 통계는 밴스 가족을 비껴가지 않았고 우리 엄마인 베브는 번듯하게 살지 못했다. 엄마도 다른 형제들처럼 일찍 집을 떠났다. 고등학교를 다닐 때만 해도 전도유망한 학생이었으나, 열여덟 살에 임신을 하는 바람에 대학 진학을 미뤄야 했다. 고등학교를 졸업하자마자 남자 친구와 결혼했고, 새로운 생활에 정착하려 했지만 정착은 엄마에게 어울리는 단어가 아니었다. 어릴 때 너무도 잘 보고 배운 탓이었다. 결혼생활을 하는 동안 어릴 때 집에서 봤던 것과 똑같은 다툼과 사건이 반복되자 엄마는 이혼 소송을 제기했고 홀로서기를 시작했다. 학위도 남편도 없는 열아홉 살의 엄마 곁에는 어린 딸, 린지 누나뿐이었다.

할모와 할보는 결국엔 마음을 다잡았다. 할보는 1983년에 술을 끊었다. 건강 문제로 금주를 한 것도 아니었고, 술을 끊겠다고 미리 허세를 부리지도 않았다. 별안간 술을 끊더니 그 문제에 관해서는 일언반구 말이 없었다. 사이가 틀어진 할보와 할모는 별거를 했다. 이후에 화해한 뒤에도 두 분은 각자의 집에서 살았으나, 깨어 있는 시간의 대부분을 함께 보냈다. 그러면서 그동안 본인들이 꼬아놓은 실타래를 풀어보려 애썼다.

이를테면 폭력적인 결혼생활에서 벗어날 수 있도록 로리 이모를 도왔다. 엄마에게는 돈을 빌려주고 육아를 도왔다. 거처 또한 마련해줬고 중독 치료를 받게 했으며 간호대 학비도 대줬다. 무엇보다 할모와 할보는 엄마가 부모의 역할을 제대로 하지 못하는 상황이 되면 엄마 대신 그 자리를 채워줬다. 두 분이 과거에 엄마에게 적절하게 해주지 못했던 부모 노릇을 손주들에게 해준 것이다.

두 분은 어린 베브를 제대로 키우는 데 실패했지만, 그 시절의 과오를 만회하는 데 여생을 쏟아부었다.

쇠락하는 미들타운

나는 1984년 늦여름에 태어났다. 할보가 처음이자 마지막으로 공화당의 로널드 레이건 후보에게 표를 던지기 몇 달 전이었다. 당시 레이건 후보는 할보처럼 러스트벨트에 거주했던 기존의 민주당 지지자들에게 전폭적인 지지를 받으며 근대사에 남을 정도의 압도적 승리를 거뒀다.

나중에 할보에게 들은 말은 뜻밖이었다. "사실 레이건을 그렇게 좋아한 적은 없단다. 단지 먼데일• 그 개자식이 너무 싫었어." 레이건의 상대였던 민주당 후보는 북부 출신의 고학력 진보주의자로, 우리 힐빌리 할보와 정반대의 문화적 배경을 지닌 사람이었다. 먼데일은 끝내 기회를 얻지 못했고, 그가 정치판에서 사라지자 할보는 본인이 사랑하는 '노동자의 당'을 다시는 배신하지 않았다.

• 월터 먼데일(Walter Mondale)을 가리킨다. 먼데일은 1977~1981년 동안 지미 카터 정부에서 부통령을 역임했다.

내 마음은 항상 켄터키 잭슨을 향하겠지만, 나는 인생의 대부분을 오하이오주 미들타운에서 보냈다. 내가 태어난 동네는 40년 전 우리 조부모님이 이주해왔던 때의 모습과 여러모로 흡사했다. 힐빌리 고속도로를 따라 물밀듯 밀려오던 이주 바람이 시들해졌던 1950년대 이래로 인구수조차 거의 달라지지 않았다. 내가 나온 초등학교는 1930년대에 지어졌는데 그때는 우리 조부모님이 잭슨을 떠나기도 전이었고, 내가 나온 중학교는 조부모님이 태어나기도 전이었던 제1차 세계대전 직후에 개교한 곳이었다.

암코는 여전히 동네에서 가장 큰 고용 기업이어서, 금방이라도 위기가 닥칠 것 같은 아슬아슬한 상황에서도 미들타운은 심각한 경제 문제를 피해갈 수 있었다. 공립학교에서 수십 년 동안 근무한 우리 동네의 토박이는 과거의 미들타운을 오하이오에서 가장 잘나가는 도시들과 비교했다. "우리 동네가 셰이커 하이츠Shaker Heights나 어퍼 알링턴Upper Arlington처럼 정말 건실하다고 생각했어요. 더 말해 뭐하겠습니까, 이런 날이 올 거라고는 아무도 몰랐다니까요."

미들타운은 오하이오를 가로질러 흐르는 마이애미강으로의 접근성 덕분에 1800년대에 오하이오주로부터 일찌감치 자치권을 획득한 소도시다. 어릴 적 친구들과 나는 동네의 위치가 하도 상징적이라 그때 사람들이 따로 이름을 지어야겠다는 생각도 안 했을 거라며 키득거렸다. 신시내티와 데이턴의 중간Middle에 있는 마을Town, 그래서 우리 동네는 미들타운이었다. 우리 동네만의 얘기가 아니다. 몇 킬로미터 밖에는 중간에 있는 도시라는 뜻을 가진 '센터빌Centerville'이라는 마을도 있다.

미들타운은 다른 면에서도 상징적이었다. 제조업에 기반을 둔 러스트벨트 지역에서 경제가 팽창하는 모습을 아주 전형적으로 나타내는 동네였다. 사회경제적 측면에서 봤을 때는 대체로 노동 계층이 인구의 주를 이룬다. 인종적 측면에서는 힐빌리처럼 대규모 이주로 유입된 흑인과 백인이 다수를 차지하며, 그 외의 인종은 소수 존재한다. 문화적 측면에서는 매우 보수적이다. 미들타운에서 문화적 보수주의와 정치적 보수주의가 언제나 같은 맥락으로 쓰인 건 아니었지만 말이다.

내가 미들타운에서 자라면서 만난 사람들은 잭슨 사람들과 별반 다르지 않았다. 특히 대다수의 동네 사람이 다녔던 암코에서는 그런 분위기가 더욱 뚜렷했다. 실제로 켄터키 출신 직원들이 많아서 한때 암코의 작업 환경을 보고 있노라면 켄터키의 한 마을을 보는 듯한 착각이 들었다. 한 작가는 이렇게 기록했다. "부서 간 출입문 안내판에는 '모건 카운티Morgan County에서 안녕히 가십시오. 다음은 울프 카운티Wolfe County입니다'라고 쓰여 있었다."[11] '켄터키'는 애팔래치아 이주자들을 따라 도시로 이동했다.

나는 어렸을 때 미들타운을 세 지역으로 구분했다. 첫 번째는 지미 삼촌이 고등학교 4학년•이었던 1969년에 개교한 고등학교 주변이다. (할모는 2003년에도 그 학교를 여전히 '새 학교'라고 불렀다.) 학교 주변에는 '부잣집' 아이들이 살았다. 사무실 단지와 잘 정돈된 공원이 큼직큼직한 집들과 잘 어울렸다. 아버지가 의사라면 분명 집이나 병원, 아니면 둘 다 그 동네에 있을 터였다. 나는 커서 맨체스터 매너Manchester Manor에 집을 사겠다는 꿈을 품었다. 맨체스터 매너는 학교에서 2킬로미터도 떨어지지 않은 곳에 위치한 신개발 지구였는데, 샌프란시스코에서 괜찮은 집 한 채를 살 수 있는 돈이면 거기서 좋은 집 다섯 채를 살 수 있었다.

두 번째는 암코 근처에 정말로 찢어지게 가난한 아이들이 사는 지역이다. 한때 그곳에 있었던 좋은 집들마저도 이미 다세대 주택으로 변해버린 뒤였다. 그 지역 내에 미들타운 흑인 노동 계층의 거주 구역과 백인 극빈층의 거주 구역이 또 나뉘어 있었다는 걸, 나는 최근에 들어서야 알았다. 저소득층을 위한 공영 주택 단지들도 바로 이 동네에 들어섰다.

그리고 마지막이 우리가 살았던 곳인 단독 주택 밀집 지역이다. 거기서 조금만 걸어가면 버려진 창고와 공장들이 있었다. 이제와 돌이켜보면, '찢어지게 가난한' 동네와 내가 살았던 동네 사이에 무슨 차이가 있었는지 모르겠다. 정말 가난하다고는 믿고 싶지 않은 마음에서 그렇게 구분했던 건 아니었는지 모르겠다.

• 미국 고등학교는 4년제로 운영된다.

우리 집 맞은편에는 한 블록 전체가 그네와 테니스장, 야구장, 농구장으로 들어찬 마이애미 공원이 있었다. 그 동네에서 자랄 때 보니, 테니스장에 그려진 선은 달이 갈수록 눈에 띄게 옅어졌고, 시청에서는 더 이상 바닥에 벌어진 틈을 메우거나 농구장의 낡아 빠진 골대를 갈지 않았다. 테니스장이라야 듬성듬성 잔디가 난, 시멘트 블록보다 조금 나은 정도였는데 내가 어린 나이였을 때부터 이미 그랬다.

일주일 동안 자전거 두 대를 도둑맞고 나니 '내리막길'로 접어들었다는 우리 동네의 현실이 와닿았다. 할모가 아이들을 키울 때는 자전거에 자물쇠를 채우지 않은 채로 마당에 대놓아도 걱정할 일이 없었다고 했다. 그러나 이제 할모의 손주들은 아침에 눈을 뜨면 절단기에 잘려 두 동강 난 두꺼운 자물쇠를 마주해야 했다. 그때부터 나는 그냥 걸어 다니기로 했다.

내가 태어날 무렵까지도 미들타운은 달라진 게 없었지만, 태어난 직후부터 동네에 불길한 징조가 나타나기 시작했다. 이런 변화는 산사태처럼 순식간에 일어난 게 아니라, 아주 조금씩 깎이는 침식 현상처럼 서서히 일어났기 때문에 주민들조차 쉽게 알아차리지 못했다.

그러나 조금만 주의를 기울이면 동네가 예전과 같지 않다는 사실이 금세 눈에 들어왔다. 한 번씩 고향에 방문하는 사람들의 입에서는 "세상에, 미들타운이 어쩌다 이 모양이 된 거야"라는 볼멘소리가 마치 유행가 가사처럼 흘러나왔다.

1980년대 미들타운은 굉장히 한가롭고 위풍당당했다. 쇼핑몰은 북적거렸고 제2차 세계대전이 일어나기 전부터 장사를 해오던 식당들이 여전히 그 자리에 있었으며 할보 같은 남자들이 제철소에서 고된 하루를 보내고 한데 모여 맥주 한잔할 수 있는 (혹은 진탕 마실 수 있는) 술집도 몇 군데 있었다.

그중에서 나는 케이마트Kmart를 가장 좋아했다. 서너 개의 지점을 보유한 지역 식료품 잡화점인 딜먼스Dilman's의 한 지점 근처에 있었던 케이마트는 상점들이 나란히 붙어 있는 스트립 몰Strip mall에서 가장 인기 있는 가게였다. 이제 그 몰은 거의 텅 비었다. 케이마트는 빈 채 서 있고 딜먼네 가족도 그 큰 지점을 비롯해 나머지 지점들까지 모두 접었다.

마지막으로 미들타운에 갔을 때 보니 패스트푸드점 아비스Arby's와 식료품 할인 판매점, 그리고 한때 미들타운 상업의 중심지였던 중식 뷔페 식당만 남아 있었다. 이제 미들타운의 어딜 가더라도 그런 모습을 흔히 볼 수 있다. 잘되고 있는 사업은 거의 없고 대부분이 완전히 문을 닫았다. 20년 전에는 쇼핑몰이 두 군데나 있었지만, 이제 하나는 주차장이 됐고 다른 하나는 노인들의 산책 코스가 됐다. (몇몇 상점은 여전히 운영 중이지만.)

오늘날의 미들타운은 미국의 눈부셨던 공업의 영광을 기리는 유적지에 지나지 않는다. 센트럴 애비뉴Central Avenue와 메인 스트리트Main Street가 만나는 도심에는 버려진 상점들이 창문이 깨진 채로 늘어서 있다. 노란색과 초록색이 뒤섞인 흉물스러운 간판이 여전히 리치스Richie's 전당포의 자리를 지키고 있지만, 전당포는 문을 닫은 지 이미 오래다.

리치스는 미들타운이 한창 잘나가던 시절에 루트비어Root beer• 에 바닐라 아이스크림을 띄운 디저트와 각종 탄산음료를 팔았던 약국 잡화점이 있던 자리에서 그리 멀지 않은 곳에 있다. 그 맞은편에 영화관처럼 생긴 건물에는 거대하고 세모난 간판에 'ST___L'이라는 간판이 붙어 있다. 떨어져나간 가운데 문자는 끝내 새로 달리지 않았다. 대부업체나 금 거래소를 찾고 있다면 미들타운 시내 말고는 가볼 것도 없다.

텅 빈 상점들과 판자로 덧대어진 창문으로 가득한 번화가에서 멀지 않은 곳에 조르그 맨션Sorg Mansion이 있다. 19세기에 영향력 있는 공업 재벌 가문이었던 조르그가는 미들타운에서 대규모 제지 공장을 운영했다. 이들은 시내 오페라 극장에 이름을 올릴 만큼 큰돈을 기부했고, 미들타운이 어엿한 도시로 발전해 암코를 유치할 수 있도록 힘껏 도왔다. 으리으리한 대저택인 조르그 맨션은 옛날에 잘나갔던 미들타운 컨트리클럽 근처에 그대로 있다. 빼어

• 갈색 빛을 띠는 탄산음료의 일종.

난 아름다움을 자랑하는 맨션을 최근 메릴랜드 출신의 부부가 워싱턴디시Washington, D.C. 내 여러 개의 방이 딸린 어지간한 아파트 매입가의 반값 정도밖에 되지 않는 22만5000달러에 매입했다.

말 그대로 중심가인 메인 스트리트에 위치한 조르그 맨션은 한 창 때 미들타운의 부자들이 살았던 수많은 호화 주택이 몰려 있던 바로 그 거리에 자리해 있다. 호화 주택들은 여러 아파트로 쪼개져 빈민층 거주지로 쓰인 다른 건물들과 달리 그 상태 그대로 유지됐고, 그 바람에 이제 대부분 파손된 채 빈집으로 남겨졌다. 그 거리는 한때 미들타운의 자존심이었으나, 이제 마약 중독자와 밀매상이 접선하는 장소로 전락했다. 오늘날 메인 스트리트는 어둠이 내리면 사람들이 피해 다니는 거리가 됐다.

미들타운의 이러한 변화는 주거지 분화 현상의 심화라는 새로운 경제 상황을 드러내는 징후다. 극빈가에 거주하는 백인 노동계층 인구가 꾸준히 증가하고 있다. 1970년에는 백인 어린이의 25퍼센트가 빈곤율이 10퍼센트 이상인 동네에 거주했다. 2000년에는 그 수치가 40퍼센트로 증가했다. 현재의 수치는 이를 훨씬 웃돌 게 분명하다.

2011년에 브루킹스 연구소Brookings Institution•에서 발표한 보고

• 진보 성향의 정책 연구소.

서에 따르면 "2000년과 비교했을 때 2005~2009년 사이 극빈가 거주자들은 백인, 미국 태생, 고등학교 또는 대학 졸업자, 자택 소유자, 정부의 보조를 받지 않는 사람일 확률이 높았다".[12] 다시 말해서 안 좋은 동네라는 문제가 비단 도심의 게토에만 해당하는 게 아니라 교외로까지 뻗어가고 있는 것이다.

이렇게 된 데는 여러 가지 복잡한 이유가 있다. 지미 카터 정부 시절의 '지역재투자법Community Reinvestment Act'에서 조지 W. 부시 정부의 '오너십 소사이어티Ownership Society'에 이르기까지 정부의 연방 주택 정책은 꾸준히 '내 집 마련'을 부추겼다. 그러나 정부의 말을 믿고 내 집을 마련한 미들타운 사람들은 터무니없는 사회적 비용을 치러야 했다.

동네에서 일자리가 대거 사라졌지만, 집값이 떨어지는 바람에 발목이 잡힌 것이다. 이사를 하고 싶어도 집을 사겠다는 사람이 나타나지 않는 탓에 옴짝달싹 못하게 된 것이다. 이제는 집을 팔아봤자 대출금을 갚지 못한다. 이사 비용이 지나치게 많이 들어서 떠나지 못하는 사람도 많다. 물론 오도 가도 못하는 사람들은 보통 형편이 어려운 사람들이고, 이사할 여유가 있는 사람들은 다들 동네를 떠난다.

시의 지도자들은 미들타운 시내를 되살리려 했으나 실패했다. 이들이 가장 헛수고를 쏟아부은 데가 바로 센트럴 애비뉴 끄트머리에 있는 마이애미 강둑이다. 그곳은 과거엔 꽤 낭만적인 곳이었다. 무슨 영문이었는지 시의 전문위원회에서 사회기반 시설 프로젝트의 일환이라며 그 아름다운 강변을 '미들타운 호수'로 바꾸기로 결정했다. 엄청난 흙을 퍼다 강에 쏟아부으며 무엇인가 재미있는 일이 생기길 바랐으리라. 그러나 그 강은 이제 한 블록 정도 넓이의 인공 진흙 섬이 돼버렸을 뿐 어떠한 결실도 거두지 못했다.

미들타운의 번화가를 개혁하겠다는 노력을 볼 때마다 또다시 쓸모없는 짓을 하고 있다는 생각이 든다. 유행하는 편의 시설이 없다는 이유로 사람들이 미들타운을 떠난 것은 아니다. 그런 시설을 이용해줄 손님이 사라졌기에 편의 시설이 문을 닫고 떠난 것이다.

그렇다면 지갑을 열어야 할 고객이 왜 사라졌을까? 바로 그런 고객들을 고용할 일자리가 충분치 않기 때문이다. 미들타운 시내의 참담한 모습은 그 지역 주민들에게 들이닥친 모든 일, 특히 암코-가와사키스틸Armco Kawasaki Steel이 무너지며 나타난 징후였다.

AK스틸은 1989년 암코스틸과 가와사키스틸의 합병으로 탄생한 기업이다. 가와사키스틸은 우리가 어릴 때 '크로치 로켓'이라고 불렀던 소형 고출력 오토바이를 생산하는 회사와 동일한 기업이다.

사람들이 이 회사를 여전히 암코라고 부르는 데는 두 가지 이유가 있다. 첫 번째 이유는 우리 할모의 말마따나 '암코가 이 빌어먹을 동네를 만들었기' 때문이다. 거짓말이 아니었다. 시내의 번듯한 공원과 편의 시설 대부분이 암코에서 낸 돈으로 세워졌다. 암코 사람들이 주요 지역 기관들의 이사회 위원이어서 학교 기금을 모으는 데도 큰 역할을 했다. 게다가 우리 할보처럼 학력이 달리는 미들타운 사람을 수천 명씩 고용해서 이들에게 상당한 돈을 벌게 해줬다.

암코는 꼼꼼한 설계로 명성을 얻었다. 채드 베리Chad Berry는 저서 『남부 이주자, 북부 망명자Southern Migrants, Northern Exiles』에서 "1950년대까지 마이애미밸리Miami Valley 지역의 '4대' 고용주는 신시내티의 프록터앤드갬블Procter and Gamble, P&G, 해밀턴의 챔피언페이퍼앤드파이버Champion Paper and Fiber, 미들타운의 암코스틸, 데이턴의 내셔널캐시레지스터National Cash Register였으며, 이 기업들이 평화로운 노사 관계를 유지할 수 있었던 이유 중 하나는 이주자로 출발한 직원들의 가족과 친구들을 '고용한' 덕분이었다.

일례로 미들타운의 인랜드컨테이너Inland Container의 급여 대상자 명단을 보면 켄터키 출신 직원이 220명 있었는데, 그중 117명이 울프 카운티 출신이었다"고 밝혔다. 1980년대 노사 관계가 악화했을 때도 암코와 그 유사한 기업들의 노사 관계에는 아무런 문제가 없었다.

많은 사람이 이 회사를 여전히 암코라고 부르는 다른 이유는 가와사키스틸이 일본 기업이었고, 미들타운에는 제2차 세계대전

참전 용사들과 그 가족들이 가득했기 때문이다. 합병 소식이 알려졌을 때 주민들은 마치 도조 히데키가 오하이오 남서부에 상점을 차리기라도 하는 줄 알았을 것이다.

그러나 합병에 반대하는 사람들의 목소리는 한낱 소음에 불과했다. 심지어 한때 자식들에게 일본산 차를 구매했다가는 연을 끊겠다던 할보마저도 합병 소식이 발표되고 며칠 만에 불평을 멈췄다. 할보는 내게 이렇게 말했다. "사실은 말이다. 이제 일본은 미국과 친구 사이란다. 우리가 어딘가와 싸우게 된다면, 그건 빌어먹을 중국일 게야."

가와사키스틸과의 합병은 불편한 진실을 담고 있었다. 세계화된 시대에서 미국의 제조업은 살아남기 어려워졌다. 암코 같은 회사가 살아남으려면 재정비는 불가피했고 가와사키에서 암코에게 기회를 주지 않았더라면 미들타운을 대표하는 기업은 살아남지 못했을 터였다.

꽤 자란 후에도 친구들과 나는 세상이 변하고 있다는 걸 전혀 눈치 채지 못했다. 할보는 겨우 몇 년 전에 퇴직했고 암코의 주식을 보유하고 있었으며 수익성이 좋은 연금까지 받고 있었다. 암코 공원은 동네에서 가장 멋지고 고급스러운 유원지였고, 그런 사설 유원지에 드나드는 사람은 사회적 신분이 높은 사람으로 여겨졌다. 즉, 아버지나 할아버지가 존경받는 직장에 다니는 사람임을 증명하는 것이었다. 나는 암코가 우리 동네를 영영 떠나버려 장학금 지급이나 공원 조성, 무료 콘서트 개최 같은 혜택들이 없어지리라고는 한 번도 생각해본 적이 없었다.

그럼에도 암코에서 일하고 싶다는 친구들이 거의 없었다. 꼬마였을 때는 우리도 다른 애들처럼 우주 비행사나 미식축구 선수, 액션 히어로가 되고 싶다는 꿈을 꿨다. 나는 강아지와 놀아주는 전문가가 되고 싶었는데, 그때는 매우 그럴듯한 장래희망이라고 생각했다.

6학년에 올라가자 우리는 수의사나 의사, 목사, 사업가가 되고 싶다고 생각했다. 그러나 제철소 노동자를 꿈꾸는 애들은 없었다. 미들타운의 지리적 위치 때문에 대학 교육을 받은 학부모가 거의 없었던 루스벨트초등학교에도 생산직과 그 일자리가 가져다줄 모양새 좋은 중산층의 삶을 꿈꾸는 학생은 없었다. 우리는 암코에 취직하면 다행일 거라고 생각한 적이 단 한 번도 없었다. 암코의 존재를 그저 당연하게 여겼을 뿐이다.

요즘 아이들도 비슷하게 생각하는 것 같다. 몇 해 전, 미들타운의 한 고등학교에서 위기 청소년과 함께 일하는 교사인 제니퍼 맥거피Jennifer McGuffey와 대화를 나눈 적이 있다. 맥거피 선생은 고개를 저으며 말했다. "정말 많은 학생들이 지금 세상이 어떻게 돌아가고 있는지 전혀 몰라요. 야구 선수가 되겠다면서, 코치가 무서워서 야구부에 안 들어가겠다는 애들이 있고요. 성적이 썩 좋지 않아서 졸업 후에 뭘 할 거냐고 물어보면 AK 얘기를 꺼낸다니까요. '아 AK 들어가면 돼요. 삼촌이 거기서 일해요'라면서요. 요새 동네 사정이 어떤지를 전혀 모르고 AK에 일자리가 넘쳐날 거라고 생각하나 봐요."

맥거피 선생의 말을 듣고 처음에는 이런 생각이 들었다. '애들이 그걸 어떻게 모를 수가 있지? 자기들 눈앞에서 동네가 그렇게 변하는데 그걸 모른다는 게 말이 되나?' 그러나 내가 틀렸다는 사실을 금세 깨달았다. '하긴, 우리도 몰랐는걸. 애들이라고 어떻게 알겠어?'

우리 조부모님에게는 암코가 자신들을 켄터키 산골에서 미국의 중산층으로 끌어준 수단이자 경제적 구세주였다. 애사심이 강했던 할보는 암코에서 생산하는 강철로 만들어진 자동차 브랜드와 모델을 줄줄 꿰고 있었다. 심지어 미국 내 대부분의 자동차 회사가 강철로 자동차 몸체를 만들지 않게 된 이후에도, 중고차 매장에 구형 포드 자동차나 쉐보레가 진열돼 있으면 그냥 지나치는 법이 없었다. 꼭 매장에 들러서는 내게 이렇게 말했다. "이 강철이 암코에서 만든 거란다." 할보가 그렇게 진심으로 자부심을 드러내는 모습을 나는 별로 본 적이 없다.

할보는 직업에 대한 자긍심이 그렇게 대단했는데도 내가 암코에서 일하는 데는 전혀 관심이 없었다. 언젠가 할보가 그랬다. "네 세대에는 손이 아니라 머리를 써서 먹고 살아야 한다." 내가 암코에서 일을 하겠다고 나선다면 할보가 허용할 만한 직책은 엔지니어뿐이었고, 그마저도 용접 공장의 엔지니어 조수는 허락하지 않을 터였다.

미들타운에 사는 대부분의 부모와 조부모들은 틀림없이 할보와 비슷한 생각을 했을 것이다. 그들이 생각하는 아메리칸 드림은 한 자리에 머물러 있거나 뒤로 물러설 수 있는 성질의 것이 아니었다. 육체노동은 신성한 일이지만, 그건 그들 세대의 일이었다. 우리는 그와는 다른 일을 해야 했다. 출세한다는 것은 앞으로 나아간다는 것이었다. 그러려면 우리는 대학에 가야 했다.

그러나 대학에 못 간다고 해서 수치심이 든다거나 무슨 큰일이 일어날 것 같지는 않았다. 선생님들이 우리에게 대학에 가기에는 너무 멍청하다고 또는 너무 가난하다고 말한 적은 없었지만, 그런 분위기는 마치 공기처럼 늘 우리 주변을 가득 메우고 있었다. 우리 가족 중에 대학에 간 사람은 아무도 없었고, 동네 선배들이나 형제들은 직업 전망이 어찌 됐든 미들타운에 눌러앉아 완전히 만족하며 살았다. 오하이오를 떠나 명문대에 진학한 사람을 아는 사람은 우리 중에 없었지만, 실직했거나 단 한 번도 돈을 벌어보지 않은 청년을 모르는 사람도 없었다.

미들타운에서는 공립 고등학교 입학생의 20퍼센트가 졸업에 실패한다. 그리고 대다수가 대학을 졸업하지 못한다. 사실상 오하이오를 벗어나 대학에 진학하는 학생이 없다. 주변에서 별로 기대를 하지 않으므로 학생들도 스스로에 대한 기대치가 높지 않다. 부모들도 이런 분위기를 따라간다.

내 경우만 보더라도, 할모가 내 성적에 관심을 갖기 전까지는 성적이 나쁘다고 혼난 기억이 없다. 우리 누나나 내가 학교 공부를 제대로 따라가지 못할 때면 어른들 사이에서 이런 말들이 오갔다. "뭐, 린지가 분수를 썩 잘하지 못하나 보네." "J. D.는 숫자에 강하잖아. 그러니까 받아쓰기 시험은 좀 못 볼 수도 있지."

예나 지금이나 우리 동네 사람들은 성공한 사람을 보면 무조건 두 부류 중 하나라고들 생각한다.

첫 번째 부류는 행운아다. 이들은 부유하고 인맥이 좋은 집안 출신으로, 태어난 순간부터 이미 삶이 정해져 있는 사람들이다. 두 번째는 실력파다. 이들은 타고난 두뇌 덕에 실패를 하려야 할 수가 없다. 미들타운에는 첫 번째 부류에 속하는 행운아는 거의 없기 때문에, 누군가 성공했다고 하면 그저 굉장히 똑똑한 사람이라고만 생각한다. 평균적으로 미들타운 사람들은 고된 노력을 재능만큼 중요하게 여기지 않는다.

부모님이나 선생님들이 우리에게 열심히 노력하라는 말을 안 하는 건 아니다. 당연히 자기 자식이나 학생들이 가난하게 살았으면 좋겠다고 큰 소리로 노래를 부르며 다니지는 않지만, 그런 태도는 이들이 하는 말보다 행동에 더 녹아 있다.

이웃에 살던 한 할머니는 평생 정부에서 보조금을 지원받는 기초생활수급자였는데, 본인은 우리 할모에게 차를 빌리거나 푸드 스탬프에 웃돈을 얹어서 팔려고 하면서 남들에게는 성실하게 살아야 한다고 떠들어댔다. "이 제도를 악용하는 사람들이 하도 많아서 열심히 사는 사람들이 필요한 도움을 못 받는다니까."

어떤 생각으로 사는지 그 할머니의 머릿속이 훤히 들여다보였다. 수급자들은 거의 씀씀이가 헤픈 부랑자이지만, 정작 평생 동안 일 한 번 해보지 않은 본인만은 절대 그렇지 않다는 생각이었으리라.

미들타운 같은 곳에 사는 사람들은 열심히 일해야 한다는 말을 입에 달고 산다. 그러나 미들타운을 돌아다녀보면, 젊은이의 30퍼센트가 주당 20시간 미만으로 일하는 동네인데도 자신이 게으르다는 사실을 인정하는 사람을 단 한 명도 만나지 못할 것이다.

2012년 선거 기간에 좌파 성향의 싱크탱크인 공공종교연구소Public Religion Institute에서 백인 노동 계층에 관한 보고서를 발행했다. 보고서에서 이들은 백인 노동자들이 대학 교육을 받은 백인들에 비해 더 오랜 시간 근로한다고 주장한다. 그러나 백인 노동 계층이 평균적으로 더 오래 일한다는 주장은 명백한 오류다.[13] 공공종교연구소는 기본적으로 설문조사에 근거해 결론을 도출했다. 사람들에게 전화를 걸어 의견을 물어본 것이다.[14] 그 보고서가 유일하게 증명해낸 사실은 많은 사람이 자신의 근로 시간을 부풀려서 말한다는 것이다.

물론, 가난한 사람들이 다른 사람들만큼 일하지 않는 이유는 복잡다단해서 그들의 게으름만 탓할 수는 없다. 구할 수 있는 일이라고는 아르바이트뿐인 사람들이 대다수다. 암코 같은 회사들이 점점 사라지고, 현대 경제 사회에서는 그들이 지닌 기술을 더 이상 찾지 않기 때문이다. 그러나 이유가 어찌 됐든 노력을 강조하는 주민들의 미사여구는 일상의 현실과 배치된다. 미들타운의 아이들은 이런 모순에 빠져 허덕이고 있다.

스코틀랜드계 아일랜드인 이주자들은 다른 것들도 그렇지만 특히 이런 면에서 골창에 두고 온 그들의 친척들과 매우 비슷하다. HBO 방송에서 방영한, 켄터키 동부의 산골 사람들에 관한 다큐멘터리를 본 적이 있다. 거기에는 어느 애팔래치아 대가족의 가장이 등장했는데, 그는 본인을 남자가 해야 하는 일과 여자가 해야 하는 일이 분명히 따로 있다고 믿는 사람이라고 소개했다.

그 가장이 어떤 것들을 '여성의 일'이라고 생각하는지는 뚜렷한 반면, 본인이 한다는 남성의 일은 도대체 무엇인지 알 수 없었다. 월급을 받으며 직장에 다니는 일을 일컫는 건 분명 아니었다. 그 남자는 일평생 돈벌이를 해본 적이 없었기 때문이다.

참다못한 아들이 쏘아붙인 쓴소리에 남자는 결국 입을 다물었다. "아빠가 여태 일을 하셨다고요? 엉덩이 붙이고 앉아 있는 일 말고는 개뿔이나 한 일이 뭐가 있어요? 까놓고 한번 말해보자고요. 아빠 알코올 중독자였잖아요. 매일같이 술에 절어 있었으면서 식구들 끼니를 잘도 챙기셨겠네요. 우리를 먹여 살린 사람은 엄마죠. 엄마가 아니었으면 우린 다 굶어 죽었을 거예요."[15]

우리는 이렇게 자가당착에 빠져 생산직을 홀대하면서도 어떻게 해야 사무직에 종사할 수 있는지에 관해서는 전혀 아는 바가 없었다. 전국의 모든 아이들, 심지어 우리 동네 아이들마저 성공을 위한 경쟁에 이미 뛰어들었다는 것조차 몰랐다.

초등학교 1학년 때 아침마다 게임을 했다. 선생님이 오늘의 숫자를 알려주면 우리가 한 명씩 돌아가며 그 숫자를 값으로 내는 등식을 발표하는 게임이었다. 오늘의 숫자가 4라면 "2+2"라고 대답한 학생이 상품을 받는 식이다. 상품은 보통 작은 사탕 한 알이었다. 오늘의 숫자가 30이었던 날이었다. 내 앞의 애들은 "29+1" "28+2" "15+15"처럼 쉬운 답을 냈다. 그러나 내 실력은 그 정도가 아니었다. 나는 조만간 선생님을 깜짝 놀라게 해줄 작정이었다.

내 차례가 오자 나는 "50-20"이라고 자신 있게 대답했다. 선생님은 내게 칭찬을 한바탕 쏟아냈고, 나는 겨우 며칠 전에 배웠던 뺄셈을 시도한 대가로 사탕을 두 알이나 받았다. 발표를 마치고 우쭐거리고 있는데 조금 지나서 어떤 학생이 "10×3"이라고 대답했다. 나는 그게 무슨 말인지 당최 알아들을 수 없었다. '곱하기라니? 저 놈은 뭐지?'

선생님은 훨씬 더 크게 감동했고 날 이긴 경쟁자는 두 알이 아니라 세 알의 사탕을 의기양양하게 받아갔다. 선생님은 곱셈이 무엇인지 간략하게 설명한 뒤, 곱셈의 존재를 아는 학생이 또 있느냐고 물었다. 손을 드는 학생은 아무도 없었다. 나로서는 코가 납작해지는 기분이었다. 집으로 돌아오자 눈물이 왈칵 쏟아졌다. 성격적 결함이 타고난 것이듯, 무식도 타고난 것이라고 확신했다. 그냥 내가 멍청하다는 생각밖에 들지 않았다.

'곱하기'라는 말을 그날 처음 들었다는 게 내 잘못은 아니었다. 학교에서 아직 배우지 않은 연산이었고, 그렇다고 우리 집이 가족끼리 보여앉아 수학 문제를 푸는 환경도 아니었으니 말이나. 그러나 학교에서 공부로 인정받고 싶었던 어린아이에게는 쓰라린 참패나 매한가지였다. 성숙하지 못했던 내 머리로는 지능과 지식의 차이를 이해할 수 없어서 스스로 바보라고 여겼던 것이다.

그날 학교에 있을 때까지는 곱셈을 몰랐지만, 집에 돌아와 할보를 붙잡고 무슨 일이 있었는지 얘기하자 할보가 곧 내 비통함을 승리감으로 바꿔주었다. 나는 그날 저녁을 먹기도 전에 할보에게 곱셈과 나눗셈을 배웠다. 이후 2년 동안 할보와 함께 일주일에 한 번씩 점점 더 복잡한 수학 문제를 풀었고, 문제를 착실히 푸는 날에는 아이스크림을 상으로 받았다.

이따금 개념이 이해되지 않으면 자책하며 자리를 박차고 나가 좌절하기도 했다. 그러나 내가 뿌루퉁하고 있을 때마다 할보는 언제나 다가와 다시 한번 문제를 풀어보자며 나를 달랬다. 엄마는 평생 수학과는 거리가 먼 사람이었지만, 내가 글자를 알기도 전에 나를 도서관에 데려가 도서 대출 카드를 만들어주고 어떻게 사용하는지 알려주며 언제든지 어린이 책을 집으로 빌려올 수 있게끔 해줬다.

한마디로 내가 살던 동네와 지역 사회에 만연한 분위기 속에서도 우리 집에서는 다른 가르침을 받았던 것이다. 그리고 바로 그런 가르침이 나를 구원했을는지도 모른다.

길게 줄 선 아버지 후보자들

예닐곱 살 이전의 일을 제대로 기억하지 못하는 사람이 나 혼자는 아니리라 믿는다. 그래도 우리 가족이 조그마한 아파트에서 살았을 때 내가 '인크레더블 헐크'라며 식탁 위로 기어 올라가서, 어떤 건물보다 내가 더 강하다는 걸 증명하겠다며 벽을 향해 냅다 머리를 던졌던 게 네 살이었던 건 기억한다. 사실은 그마저도 잘못된 기억이었다.

앵두 할아버지의 임종을 보려고 병실에 숨어 들어갔던 때도 기억난다. 해가 뜨기도 전이었는데, 할모는 성경 구절을 읽고 있었고 나는 할모 무릎 위에 앉아 있었다.

그때 할모 턱에 난 구레나룻을 어루만지며 신이 모든 할머니의 얼굴에 털을 심었는지 궁금해했던 일도 기억난다. 골창에 놀러갔을 때 하이돈 씨에게 내 이름을 "J. D., 그러니까 알파벳 제이, 그리고 디"라고 설명했던 일도 기억한다. 오하이오주 연고 팀인 우리 신시내티 벵골스Cincinati Bengals를 상대로 한 슈퍼볼 경기에서 상대편 선수 조 몬태나Joe Montana가 터치다운을 이끌며 승리를 거머쥔 경기를 관람했던 일도 기억한다.

그리고 엄마와 린지 누나가 유치원으로 나를 데리러 와서는 앞으로는 아빠를 볼 수 없을 거라고 말했던 9월 초의 어느 날도 기억한다. 엄마와 누나는 아빠가 내 친권을 포기했다고 말했다. 그렇게 슬픈 감정은 태어나서 처음이었다.

내 아빠인 돈 보먼은 엄마의 두 번째 남편이었다. 엄마와 아빠는 1983년에 결혼했다가 내가 걷기 시작할 즈음에 갈라섰다. 2년쯤 지나고서 엄마는 다른 남자와 재혼했다. 아빠는 내가 여섯 살 때 친권을 포기했다. 이후 6년 동안 내게 아빠는 유령 같은 존재였다.

아빠와 함께 뭔가를 한 기억이 거의 없다. 다만, 아빠가 아름다운 산맥과 말이 뛰노는 푸른 구릉지가 펼쳐진 켄터키를 사랑했다는 건 알고 있었다. 아빠는 RC 콜라•를 마셨으며 남부 억양이 강했다. 원래 술을 마셨지만, 오순절교로 개종하고 나서는 술을 끊었다. 아빠와 함께 시간을 보낼 때면 나는 항상 사랑받는다는 느낌을 받았고, 그래서 엄마와 할모가 내게 "아빠가 더는 너를 만나고 싶어하지 않는다"고 했을 때 매우 충격을 받았다. 아빠에겐 새로운 아내와 두 명의 어린 자녀가 있었고, 내 자리는 없었다.

• '로열 크라운(Royal Crown) 콜라'의 줄임말로, 미국에서 1905년에 개발되었다.

훗날 내 법적 아버지가 된 새아버지 밥 하멜은 린지 누나와 나를 다정하게 대해줬다는 점에서 꽤 괜찮은 사람이었다. 하지만 할모는 밥 아저씨를 탐탁해하지 않았다. 그래서 엄마와 대화를 할 때면 아저씨를 꼭 '병신 같은 합죽이'라고 불렀는데, 할모가 아저씨를 싫어했던 건 아마 두 가지 이유 때문이었을 것이다.

할모는 자식들을 자기보다 더 나은 환경에서 키우기 위해 온 힘을 기울였다. 결코 부자는 아니었으나, 자식들만은 버젓하게 교육을 받고 사무직에 취직하여 말쑥한 중산층, 그러니까 어느 모로 보나 할모, 할보 같지 않은 사람을 만나 결혼하길 바랐다.

그러나 밥 아저씨는 전형적인 힐빌리였다. 아저씨에게는 두 명의 친자식이 있었고 이들은 미들타운에서 15킬로미터 남짓 떨어진 해밀턴에 살았지만, 아저씨는 친자식을 거의 만나지 않았다. 밥 아저씨 또한 자기 아버지란 사람과 왕래가 거의 없었으므로, 어릴 때 아버지의 역할을 제대로 보고 배우지 못한 터였다. 아저씨의 치아 절반은 이미 썩어 문드러졌고 나머지 절반도 시꺼멓거나 누렇고 들쭉날쭉했다. 평생 마운틴듀를 마셔대면서도 치과 검진은 아마 한 번도 받지 않았을 것이다. 게다가 밥 아저씨는 고등학교를 중퇴하고 트럭을 몰며 생계를 유지했다.

나중에는 가족들 모두 밥 아저씨가 썩 좋은 사람이 아니라고 생각하게 됐다. 그러나 할모가 처음부터 아저씨를 싫어했던 건 본인과 너무도 닮아 있는 모습 때문이었다. 내가 20년이나 걸려서 깨우친 사실을 할모는 그때부터 알고 있었던 게 분명하다. 미국의 사회 계층은 돈이 전부가 아니라는 사실을 말이다.

할모는 자식들이 본인보다 더 잘 살길 바랐던 만큼 학교생활과 취직, 결혼 또한 잘하길 바랐다. 의식을 했건 못했건 간에 할모는 자녀의 배우자이자 손주의 부모가 될 사람을 볼 때면 본인이 부족한 사람이라고 느꼈던 것이다.

밥 아저씨가 내 법적 아버지가 되자 엄마는 '제임스 도널드 보먼'이었던 내 이름을 '제임스 데이비드 하멜'로 바꿨다. 원래 내 중간 이름은 친아빠의 이름을 따온 것이었는데, 엄마는 입양 절차를 밟아서라도 내게서 친아빠의 흔적을 지우려 했다.

하지만 당시 모두가 나를 'J. D.'라고 불렀기 때문에, 엄마는 내 이름의 이니셜 'D'는 바꾸지 않았다. 그러고는 내 중간 이름이 할모의 큰 오라버니이자 대마초를 말아 피우던 데이비드 할아버지의 이름을 딴 것이라는 얼토당토않은 말을 갖다붙였다. 고작 여섯 살이었던 내가 듣기에도 좀 억지스러운 데가 있었다. 어쨌거나 엄마는 도널드만 아니라면 알파벳 'D'로 시작하는 옛날 이름 중 어느 것이든 상관하지 않는 듯했다.

밥 아저씨와 시작한 새로운 생활은 겉으로 보기에는 가족 시트콤에 나올 법한 모양새였다. 엄마와 밥 아저씨의 결혼생활은 행복해 보였다. 두 분은 할모네 집에서 몇 블록 떨어지지 않은 곳에 집을 샀다. 두 집이 얼마나 가까웠는지 우리 집 화장실에 사람이 있거나 간식이 먹고 싶을 때면 그냥 할모네 집으로 걸어갈 정도였다. 엄마는 곧 간호사 자격증을 취득했고 밥 아저씨의 보수도 넉넉했기에 우리 집은 금전적으로 여유로웠다. 집 밖에는 총을 든 채 담배를 피우는 할모가 있었고 집 안에는 새로 생긴 법적 아버지가 있는 희한한 가정이었지만, 그래도 우리는 행복했다.

내 일상은 매일 똑같았다. 학교에 갔다가 집에 오면 저녁을 먹었고, 거의 매일 할모, 할보네 집에 갔다. 할보가 담배를 피우며 포치에 앉아 있으면, 나는 그 옆에 앉아서 할보가 정치나 철강 노조에 관해 투덜거리는 소리를 들었다. 내가 글을 배우자 엄마는 내게 처음으로 『우주의 말썽쟁이SpACEs Brat』라는 이야기책을 사줬고, 책을 빨리 읽었다며 크게 칭찬했다. 나는 책읽기를 좋아했고 할보와 함께 수학 문제를 푸는 것도 좋아했으며, 내가 한 일을 보고 엄마가 기뻐하는 모습을 보는 것도 좋아했다.

엄마와 여러 가지 것들을 함께하며 공감대를 쌓았는데, 그중에서도 우리는 미식축구를 특히 좋아했다. 나는 역대 최고의 쿼터백인 조 몬테나에 관한 읽을거리가 있으면 한 글자도 놓치지 않고 모조리 읽었고, 몬테나가 속했던 포티나이너스49ers와 치프스Chiefs• 에 팬레터를 보내기도 했다. 엄마가 도서관에서 미식축구

• 포티나이너스는 샌프란시스코, 치프스는 캔자스시티를 연고로 하는 NFL 소속 미식축구팀이다.

전략에 관한 책을 빌려오면, 우리는 판지와 동전으로 조그마한 경기장 모형을 만들었다. 1센트짜리는 수비팀으로, 5센트짜리와 10센트짜리는 공격팀으로 세우는 식이었다.

엄마는 내가 단지 미식축구의 규칙만 알기보다는 전략을 이해하길 바랐다. 우리는 판지로 만든 경기장 모형에서 갖가지 만일의 사태를 설정해가며 연습했다. 이 라인맨•이 방어에 실패한다면 어떻게 해야 할까? 공을 받아줄 리시버••가 없을 때 쿼터백은 어떻게 해야 할까? 우리 집에서는 체스 대신 미식축구를 하는 셈이었다.

가족들 누구보다도 엄마는 나와 린지 누나가 다양한 사람들을 만나보길 원했다. 엄마의 친구 스콧은 상냥하고 나이가 많은 게이 아저씨였는데, 엄마가 나중에 말해주기로 예기치 않게 세상을 떠났다고 했다. 또 엄마는 수혈을 받다가 에이즈에 감염된 이후 학교로 돌아가기 위해 법적 싸움을 벌여야 했던 내 또래 소년, 라이언 화이트Ryan White에 관한 영화를 보여주기도 했다.

내가 학교생활에 불만을 토로할 때마다 엄마는 라이언 화이트의 이야기를 꺼내며, 배울 수 있다는 게 얼마나 큰 축복인지를 내게 일깨워줬다. 엄마는 소년의 이야기에 크게 감명을 받아서 1990년에 라이언 화이트가 세상을 떠나자 그의 어머니에게 손

• 미식축구에서 공격선이나 방어선에서 활동하는 선수.

•• 미식축구에서 쿼터백이 던진 공을 받아 전진하는 선수.

편지를 써서 보내기도 했다.

엄마는 교육의 중요성을 굳게 믿는 사람이었다. 고등학생 때 엄마는 졸업식 개회사를 낭독할 정도로 총명했지만, 졸업한 지 몇 주 만에 린지 누나가 태어나는 바람에 대학에 가지 못했다. 그래도 엄마는 나중에 지역 전문대에 입학해서 간호학으로 준학사 학위를 받았다.

엄마가 전일제 간호사로 일하기 시작했던 게 아마 내가 일고여덟 살쯤이었던 것 같은데, 그때 나는 엄마에게 내가 조금이나마 도움이 된다는 생각에 즐거워했다. 나는 엄마의 온몸을 기어 다니며 엄마의 공부를 '도와줬고', 어린이의 혈관에서 피를 뽑는 연습을 할 수 있게 엄마에게 팔을 내줬다.

교육을 향한 엄마의 집착이 지나칠 때도 있었다. 내가 3학년 때 과학 박람회 프로젝트를 준비하는데 엄마가 계획 단계부터 연구 노트 작성, 작품 조립까지 모든 단계를 일일이 도와줬다. 발표 전날 밤, 내 과제물은 약간의 게으름을 피운 3학년 학생이 만든 듯한, 딱 그 정도의 모양새였다. 나는 그럭저럭 볼 만한 과제물에 만족하고 잠자리에 들었다. 그 과학 박람회는 경연 대회였고 나는 약간의 말재간을 부리면 다음 라운드로 진출할 수도 있겠다고 생각했다.

그런데 다음 날 아침에 일어나 보니 엄마가 내 과제물을 완전히 개조해놓았다. 그건 마치 과학자와 전문 예술가가 힘을 합쳐 만들어놓은 대단한 작품 같았다. 심사위원들은 처음에 감탄을 숨기지 못하다가, 내가 쏟아지는 질문에 대답을 하지 못하자(작품을 진짜로 만들었던 사람은 답을 알았을 테지만), 곧 무엇인가 잘못됐음을 눈치 챘다. 결국 나는 결승에 진출하지 못했다.

그 일을 계기로 나는 숙제는 스스로 해야 한다는 것 외에 엄마가 굉장히 진취적이고 적극적인 사람이라는 사실을 알게 됐다. 엄마는 다른 어느 때보다도 내가 책을 다 읽었다고 하거나 다른 책을 사달라고 할 때 가장 기뻐했다. 내 주변 사람들은 자기가 아는 사람 중에 엄마가 가장 똑똑하다고 입을 모았다. 나는 그 말을 믿었다. 엄마는 내가 아는 사람들 중에서도 가장 똑똑했다.

내가 어린 시절을 보냈던 오하이오 남서부에서는 아이들에게 의리와 명예를 중시하며 강하게 살아야 한다고 가르쳤다. 나는 다섯 살 때 처음으로 코피가 터졌고, 여섯 살 때 처음으로 눈에 멍이 들었다. 두 번 다 상대방이 우리 엄마 욕을 해서 시작된 싸움이었다. 나는 엄마를 모욕하는 사람을 절대 내버려둘 수 없었고, 누구라도 할모를 모욕했다가는 내 작은 주먹이 내릴 수 있는 가장 혹독한 처벌을 받아야 했다.

할모와 할보는 내게 싸움의 기본 규칙을 확실히 일러줬다. "절대 먼저 싸움을 걸어서는 안 돼. 하지만 누가 싸움을 걸어온다면 반드시 끝장을 내야 한다. 원래는 절대 안 되지만 상대방이 가족을 모욕한다면 싸움을 시작해도 괜찮을 거야." 마지막 항목은 공공연하지는 않았지만 우리 동네 사람들 사이에서는 매우 명백한 규칙이었다.

린지 누나에게는 데릭이라는 남자 친구가 있었다. 아마 첫 번째 남자 친구였던 것 같다. 그런데 그 자식이 사귄 지 며칠 만에 누나를 차버리는 바람에, 누나는 세상에서 가장 슬픈 열세 살 소녀가 되어버렸다. 어느 날 나는 우리 집 앞을 지나가는 데릭 형을 지켜보다가, 갑자기 한판 붙어야겠다는 충동을 느꼈다. 형은 나보다 다섯 살이나 많았고 몸무게도 15킬로그램 정도 더 나갔다. 내가 형에게 달려들자 형은 한 손으로 가볍게 날 밀쳐냈지만, 나는 포기하지 않고 한 번 더 덤벼들었다. 세 번째로 덤벼들자 형은 더 참지 못하고 나를 흠씬 두들겨 팼다.

나는 약간의 피를 흘리며 할모 집으로 달려가 반창고를 붙여 달라며 엉엉 울었다. 할모는 인자한 미소를 지으며 내게 말했다. "우리 아가 잘했다. 정말 잘했어."

언제나 그랬듯 할모는 싸움도 경험을 통해 배우도록 했다. 할모는 한 번도 내게 손찌검을 한 적이 없었지만(아마도 본인이 겪었던 끔찍한 과거 때문이었으리라), 내가 주먹으로 얼굴 부위를 맞으면 어떤 느낌이 드는지를 물었을 때는 망설임 없이 직접 시범을 보여줬다. 할모의 손이 재빠르게 날아와 내 뺨을 정통으로 가격했다. "어떠냐? 그렇게 아프지는 않지?"

정말 그랬다. 얼굴을 맞았는데도 내가 상상했던 것만큼 끔찍하게 아프지는 않았다. 이것이 할모가 가르쳐준 가장 중요한 싸움의 기술이었다. '제대로 때릴 줄 아는 사람이 휘두르는 주먹이 아니라면 얼굴도 맞을 만하다. 피하다가 때릴 기회를 놓치는 것보다는 얼굴을 한 대 맞는 게 낫다.'

두 번째로 중요한 기술은 '상대가 가격할 수 있는 면적을 최소화하도록' 왼쪽 어깨를 상대방을 향해 내밀고 비스듬하게 서서 가드를 올리는 것이다. 세 번째 기술은 주먹에 온 힘을, 그중에서도 특히 '엉덩이 힘을 실어 가격하라'는 것이다. 할모는 주먹 힘만으로 펀치를 날리는 게 아니라는 사실을 아는 사람은 거의 없다고 말했다.

할모는 먼저 싸움을 걸어서는 안 된다고 경고했지만, 힐빌리들 사이에는 가족의 명예를 건드리는 사람은 가만두지 않는다는 무언의 규칙이 있었기에 상대방이 먼저 싸움을 걸게 만드는 건 일도 아니었다. 정말 때려주고 싶은 놈이 있다면 그 애의 엄마를 모욕하기만 하면 됐다. 자기 엄마를 욕하는 상대를 앞에 두고 화를 억누를 수 있는 사람은 아무도 없었다.

"너희 엄마는 엉덩이가 너무 커서 엉덩이 우편번호가 따로 있다며?" "너희 엄마는 뼛속까지 힐빌리라서 의치까지 썩었다며?" 아니면 단순히 "에라! 네 어미!"와 같은 말 한마디면 어떤 의도였든지 간에 싸움이 벌어졌다. 그런 모욕적인 소리를 듣고도 보복을 태만히 했다가는 자기 체면은 물론이고 자존심, 심지어 친구들마저 잃을지 몰랐다. 게다가 집에 돌아가서는 가족의 체면에 먹칠을 했다는 걸 고백해야 했다. 아주 부끄럽고 두려운 일이었다.

이유는 모르겠으나 그로부터 몇 년이 지나서는 싸움에 관한 할모의 생각이 달라졌다. 3학년 때 내가 경주에서 졌는데, 상대가 나를 이겼다고 비아냥거리는 꼴을 보자 놈을 상대할 방법이 한 가지밖에 떠오르지 않았다. 운동장에서 막 한판 벌이려는 찰나에, 근처에서 보고 있던 할모가 끼어들었다.

할모는 상대가 먼저 덤벼들 때만 싸우라는 가르침을 잊었냐며 엄한 목소리로 나를 꾸짖었다. 나는 무슨 말을 해야 할지 몰랐다. 불과 몇 해 전까지만 해도 자존심을 건드릴 때는 싸워야 한다는 암묵적 규칙에 할모도 동의했었기 때문이다.

할모에게 물었다. "저번에 싸웠을 때는 나더러 잘했다고 하셨잖아요." 할모의 대답은 이랬다. "그랬다면 할모가 그때 틀린 소릴 했구나. 정 어쩔 수 없는 경우가 아니면 싸우지 말거라." 돌이켜보면 참 감동적인 상황이었다. 할모는 결코 실수를 인정하지 않는 사람이었기 때문이다.

이듬해 나는 우리 반에서 따돌림을 주도하는 애가 새로운 희생양을 정했다는 걸 알아차렸다. 그 불쌍한 애는 나도 거의 말을 해 본 적이 없는 약간 희한한 학생이었다. 나는 과거의 화려한 전적 덕분에 따돌림을 받을 일이 없기도 했고, 대부분의 아이처럼 그런 못된 애들 눈에 거슬릴 만한 일을 한 적도 없었다.

그러던 어느 날 따돌림 주동자가 자기가 점찍은 애에 관해 나불거리는 소리를 우연히 듣게 됐다. 그러다 그 불쌍한 애를 돕고 싶다는 마음이 간절히 들었다. 피해 학생은 주동자의 태도에 이미 상처를 받은 것 같았고, 나는 그런 피해자가 불쌍했다.

집으로 돌아와 할모에게 학교에서 있었던 이야기를 하며, 나는 울음을 터뜨리고 말았다. 주동자가 한 사람의 삶을 생지옥으로 만들어버릴 거라는 말을 그저 앉아서 듣고만 있었지 그 불쌍한 애를 위해 나설 용기를 내지 못했다는 죄책감이 너무 컸던 것 같다.

할모는 선생님에게 이 일을 알렸는지 물었고, 내가 그렇다고 대답하자 이렇게 말했다. "그 얘길 듣고도 가만히 앉아만 있었다니 그 선생년을 감옥에 처넣어야겠구나." 그러더니 내가 평생 잊지 못할 한마디를 덧붙였다. "아가, 살다 보면 자기를 위한 일이 아니더라도 싸워야 할 때가 있단다. 싸우는 게 옳은 선택일 때가 있는 법이야. 내일은 그 친구를 보호해주렴. 너를 보호할 일이 생기거든 그렇게 하고."

그러고서 할모는 내게 꼭 엉덩이를 돌리면서 세차고 재빠르게 상대의 배를 가격하라고 알려줬다. "그 녀석이 공격하려고 들면 잊지 말고 그놈 배꼽 오른쪽에 주먹을 날리려무나."

다음 날 학교에 간 나는 초조한 마음에 따돌림 주동자가 결석하기를 바랐다. 그러나 급식을 받기 위해 줄을 서 있는 혼잡스러운 틈에 주동자인 크리스가 희생양에게 다가가서 오늘도 울 작정이냐고 놀려대기 시작하는 걸 보고 말았다. 그때 내가 나섰다.
"닥쳐, 걔 좀 내버려두란 말이야."

크리스가 다가와 거칠게 나를 밀치면서 뭘 어쩔 거냐며 시비를 걸었다. 나는 곧장 크리스에게 다가가 오른쪽 엉덩이를 돌리며 녀석의 오른쪽 배를 불시에 가격했다. 크리스는 곧장 무릎을 꿇으며 털썩 주저앉더니 숨을 제대로 쉬지 못하는 것 같았다. 그제야 내가 제대로 한 방 먹였다는 생각이 들었다. 크리스는 기침과 숨고르기를 번갈아가며 하더니 적은 양이지만 피까지 뱉어냈다.

크리스는 보건실로 갔다. 나는 크리스의 생명에 지장이 없다는 것과 내가 경찰에게 잡혀가지 않을 거라는 사실을 확인하자마자 퇴학을 당하게 될지, 정학을 당한다면 기간이 얼마나 될지, 교내 징계위원회에서 어떤 결정을 내릴지에 온 신경이 쓰였다. 쉬는 시간이라 다른 학생들은 놀고 있었고, 크리스는 보건실에서 회복 중이었다.

그때 선생님이 나를 교실로 데려갔다. 나는 선생님이 곧 부모님께 연락할 거라고, 그리고 너는 학교에서 쫓겨나게 될 거라고 얘기할 줄 알았다. 그러나 선생님은 내게 싸우면 안 된다고 훈계를 하고는, 밖에 나가 노는 대신 글씨 연습을 하라고 지시했다. 선생님도 내 행동을 인정하는 듯한 분위기였다.

혹시 당시 학교에 왕따를 주도하는 학생을 선생님이 적절하게 훈육할 수 없었던 어떤 정치적 이유라도 있었던 건지 문득문득 궁금할 때가 있다. 좌우간 할모는 하교하고 돌아온 나를 붙잡고 캐물어 그날 무슨 일이 있었는지 알게 됐고, 아주 잘했다며 나를 칭찬했다. 그날 이후로 나는 두 번 다시 주먹다짐에 휘말리지 않았다.

우리 집 상황이 무엇인가 잘못되고 있는 것 같다는 낌새를 알아차릴 무렵, 이웃집 사람들과 우리 식구들 사이에 비슷한 점이 상당히 많다는 것 또한 눈에 보이기 시작했다.

우리 부모님은 격하게 다투는 편이었는데, 다른 집 부모들도 마찬가지였다. 내 인생에서 할모와 할보가 엄마와 밥 아저씨만큼이나 큰 역할을 했으나, 그 역시 힐빌리 가정에서는 흔히 볼 수 있는 모습이었다. 우리 집은 평화롭게 사는 소규모 핵가족이 아니라 삼촌, 이모, 할머니, 할아버지, 사촌들이 한데 어울려 복작이며 사는 시끌벅적한 집이었다. 이것이 내게 주어진 삶이었고, 그 안에서 나는 꽤 행복한 아이였다.

내가 아홉 살쯤 됐을 때부터 집안 분위기가 흐트러지기 시작했다. 할보의 끊임없는 방문과 할모의 '간섭'에 지친 엄마와 밥 아저씨가 미들타운에서 50여 킬로미터 떨어진 한적한 농촌마을인 프레블 카운티Preble County로 이사하기로 결정한 것이다. 어린 나이였지만, 나는 이사가 내게 일어날 수 있는 가장 최악의 일임을 단박에 알았다.

할모와 할보는 내 가장 소중한 친구들이었다. 두 분은 내 숙제를 도와주기도 했고, 내가 바르게 행동하거나 어려운 과제를 끝마칠 때면 간식을 주며 나를 우쭐거리게 만들기도 했다. 날 지켜주는 수호자인 동시에 내가 아는 가장 무서운 사람들이었다. 두 분은 어딜 가든 외투 주머니나 자동차 좌석 아래에 장전된 총을 준비하고 다니는 전형적인 힐빌리들로, 한마디로 내면에 괴물을 숨겨놓고 사는 사람들이었다.

밥 아저씨는 엄마의 세 번째 남편이었는데, 세 번째 결혼생활이라는 게 썩 아름답지는 않았다. 프레블 카운티로 이사 갈 무렵부터 엄마와 밥 아저씨는 툭하면 싸우기 시작했고, 부부 싸움 때문에 내가 잘 시간을 훌쩍 넘겨서까지 깨어 있던 날도 많았다.

부부 싸움이 벌어질 때면 친구나 가족 사이에서는 절대 하지 말아야 할 말들이 오갔다. "꺼져!" "그 잘난 트레일러파크로 돌아가버려!" 이렇게 엄마는 밥 아저씨의 결혼 전 생활을 언급하며 쏘아붙이기까지 했다. 엄마가 우리를 동네 모텔로 데려가는 날도 있었는데, 그럴 때면 할모나 할보가 나서서 집안 문제는 피하지 말고 대면해서 해결해야 한다고 엄마를 설득할 때까지 우리는 며칠이고 그곳에 숨어 있어야 했다.

엄마는 할모의 불같은 성미를 참 많이 닮았다. 본인이 부부 싸움의 피해자가 되는 일을 결코 용납하지 않았다는 의미다. 또한 별 것 아닌 논쟁을 지나치게 큰 싸움으로 몰고 갈 때가 많았다는 의미이기도 하다.

내가 2학년 때 뛰었던 어느 미식축구 경기에서, 키 크고 뚱뚱한 어느 학부모가 어떻게 내가 먼젓번 경기에서 공을 받은 거냐며 볼멘소리를 늘어놨다. 그 아주머니의 뒷줄 외야석에 앉아 있던 엄마가 우연히 그 소리를 듣고는, 내가 공을 받을 수 있었던 건 내가 그 여자의 아들처럼 "돼지 같은 엄마 손에 자란 돼지 같은 아들놈이 아니기 때문"이라고 받아쳤다.

나는 사이드라인에서 그 난리를 지켜보고 있었는데, 밥 아저씨가 그 아주머니의 머리채에서 엄마의 손을 떼어낸 후에도 엄마 손에는 여전히 그 여자의 머리칼이 한 움큼 쥐어져 있었다. 경기가 끝나고 엄마에게 무슨 일이 있었던 거냐고 물었더니, 엄마는 간결하게 대답했다. "어디서 감히 우리 아들을 욕하고 있어." 나는 우쭐함에 미소가 절로 흘러나왔다.

프레블 카운티로 이사하면서 우리 집이 할모와 할보의 집에서 45분 정도 떨어지고 나니, 엄마와 밥 아저씨의 부부 싸움은 마치 고함치기 시합이라도 벌이듯 큰 소리로 이어졌다. 오하이오 시골에 살면서 맞벌이 소득이 10만 달러가 넘는 부부가 금전적으로 허덕인다는 게 말이 안 되는 듯하지만, 어쨌든 둘은 주로 돈 문제로 싸웠다. 새 승용차, 트럭, 수영장 같이 필요 없는 물건들을 사들인 탓이었다. 둘의 짧은 결혼생활이 파국에 이를 무렵에는 어디에 썼는지도 모르는 빚이 수만 달러씩이나 쌓여 있었다.

사실 재정 상황은 별 문제도 아니었다. 처음에는 엄마와 밥 아저씨 사이에 폭력이 오가지는 않았는데, 그마저도 차츰 달라지기 시작했다.

어느 날 유리 깨지는 소리에 잠에서 깬 나는 무슨 일인지 살펴보려고 아래층으로 뛰어 내려갔다. 엄마가 밥 아저씨에게 접시를 집어던져서 난 소리였다. 아저씨는 엄마를 부엌 조리대쪽으로 밀어붙인 채 움직이지 못하게 붙잡고 있었고, 엄마는 아저씨를 사정없이 때리고 깨물고 있었다.

엄마가 그 자리에 털썩 주저앉자 나는 얼른 엄마 무릎으로 달려가 안겼다. 그리고 밥 아저씨가 가까이 다가왔을 때 자리에서 일어서서 아저씨 얼굴에 주먹을 날렸다. 아저씨의 몸이 뒤로 돌아갔고, 나는 아저씨가 내게 주먹을 휘두를까 봐 양팔로 머리를 감싼 채 바닥에 쪼그려 앉았다.

하지만 주먹은 끝내 날아오지 않았고(사실 밥 아저씨는 단 한 번도 물리적 폭력을 가한 적이 없는 사람이었다), 어찌 됐든 내가 끼어듦으로써 싸움이 끝났다. 아저씨는 소파로 걸어가 벽을 바라보며 가만히 앉아 있었고 엄마와 나는 조용히 위층 침실로 올라갔다.

엄마와 밥 아저씨를 보면서 나는 부부 갈등을 해소하는 방법을 배워나갔다. 내가 배운 방법이란 이런 것들이다. 고함을 지를 수 있을 때라면 적당한 크기의 목소리로는 말하지 않는다, 싸움이 격해지면 남자가 먼저 때리지 않는 한 따귀를 때리거나 주먹질을 해도 된다, 감정 표현은 항상 배우자에게 모욕이나 상처를 주는 방식으로 한다, 어떤 방법도 통하지 않을 때는 아이들과 강아지를 데리고 동네의 모텔로 가되 배우자에게 행선지를 알리지 않는다. 배우자가 아이들이 어디에 있는지를 알게 되면 걱정을 덜 하게 되므로 가출의 효과가 떨어진다.

그즈음부터 학교생활이 엉망이 되기 시작했다. 가구 흔들리는 소리, 발 구르는 소리, 고함치는 소리, 어떤 때는 유리 깨지는 소리 때문에 자려고 누워도 잠들 수 없는 밤이 계속됐다. 다음 날이면 피곤하고 우울한 상태로 잠에서 깼고, 학교에 있을 때도 집에 가면 무슨 일이 벌어질지를 끊임없이 생각하며 산만하게 일과를 보냈다. 그저 조용한 곳으로 숨어 들어가고 싶었다.

우리 집에서 벌어지는 일은 단순히 부끄러운 정도가 아니었기에 누구에게 터놓고 말할 수도 없었다. 학교도 싫었지만, 집에 가는 건 그보다 더 싫었다. 하교를 알리는 종이 울릴 시간이 다가오면 선생님이 우리에게 책상 정리를 시켰고, 그 시간만 되면 가슴이 철렁 내려앉았다. 시계가 마치 시한폭탄 같았다. 심지어 할모조차 그때 상황이 얼마나 심각한지 몰랐다. 미끄러지듯 추락하는 성적이 당시 상황의 심각성을 알리는 첫 번째 징후였다.

물론 매일 그랬던 건 아니다. 그러나 표면상 집안이 평화로워 보일 때조차 내 마음은 한순간도 편치 않았다. 엄마와 밥 아저씨는 서로에게 미소를 지어 보이지 않았고, 더 이상 린지 누나와 내게 상냥하게 말을 건네지도 않았다. 조용히 저녁을 먹다가도 언제 끔찍한 싸움이 벌어질지, 언제 접시나 책이 방 안으로 날아들며 어릴 적에 있었던 사소한 일탈로 꼬투리를 잡힐지 짐작할 수 없었다. 마치 한 발이라도 잘못 디뎠다간 '쾅!' 하고 터져버리는 지뢰밭에서 사는 기분이었다.

그전까지 나는 아주 보기 좋게 건강한 아이였다. 꾸준히 운동을 했고, 식단 관리를 하지는 않았지만 굳이 그럴 필요도 없는 체격이었다. 그러나 그 무렵부터 살이 오르기 시작하더니 5학년에 올라갈 즈음에는 완전히 통통해졌다. 아픈 일도 잦아져서 보건 선생님을 찾아가 심한 복통을 호소하는 일도 늘었다.

그때는 몰랐지만 집에서 겪었던 정신적 충격이 내 건강에 영향을 미친 게 틀림없었다. 가정에서의 정신적 트라우마로 고통받는 아이들을 상대하는 학교 관리자를 위한 자료를 읽어보니 이렇게 쓰여 있었다. "초등학생 아이들은 복통이나 두통 같은 신체적 통증을 호소함으로써 극심한 스트레스를 표출하기도 한다. 과민성, 공격성, 분노 증가와 같은 행동 변화를 동반하는 경우도 있다. 또 일관성 없는 행동을 보이는 경우도 있다. 학업 성적의 변화, 주의 집중력 결핍, 잦은 결석률을 동반하는 경우도 있다."

나는 그저 내가 변비에 걸렸거나 새로 이사 간 동네가 너무 싫어서 그런 줄만 알았다.

엄마와 밥 아저씨가 그렇게 비정상적인 사람들은 아니었다. 우리 가족끼리 싸우는 것 말고도, 그동안 내가 목격했던 싸움이나 고성이 오갔던 현장을 일일이 열거하려면 며칠 밤을 지새워야 할 정도이기 때문이다.

이웃에 사는 친구와 친구네 집 뒷마당에서 놀다가 그 아이의 부모님이 소리를 지르기 시작하면 우리는 뒷골목으로 숨어들었다. 할보의 이웃 사람은 어찌나 크게 소리를 지르던지 할보네 집 안에 있어도 그 소리가 다 들릴 정도였으며, 그럴 때면 할보는 흔히 있는 일인 양 "제기랄, 또 시작이군" 하며 중얼거렸다. 중식 뷔페에서 젊은 남녀 사이에 오가던 가벼운 언쟁이 악담과 욕설로 번지는 장면을 목격한 적도 있었다. 할모와 나는 옆집에 살던 패티 아주머니가 남자 친구와 뭐라고 말하며 서로 죽일 듯이 싸우는지 들으려고 한쪽 창문을 열어두기도 했었다.

서로 욕하고 고함치고 어떤 때는 치고받고 싸우는 사람들을 보는 건 그저 일상의 한 조각이었다. 시간이 조금만 흐르고 나면 남들이 싸우는지 어쩌는지 신경이 쓰이지도 않았다.

나는 늘 그게 어른들끼리 말하는 방식이라고 생각했다. 로리 이모가 댄 이모부와 결혼할 때가 되어서야 그렇지 않은 어른도 있다는 걸 처음으로 알았다. 할모는 이모부가 여느 남자들과 다르기 때문에 이모와 이모부가 서로를 향해 절대 언성을 높이지 않는 거라며 이모부를 늘 칭찬했다. "너희 이모부는 성자야."

이모부의 부모와 형제를 알아갈수록 이모부네 가족이 원래 그렇게 서로 상냥하게 대한다는 걸 알게 됐다. 다른 사람들이 있는 데서 서로 언성을 높이는 일이 별로 없었고, 사람들이 없는 데서도 큰 소리를 내지 않았다. 나는 그게 진짜 모습일 리 없다고 생각했다. 그러나 이모의 생각은 달랐다. "시댁 식구들은 정말로 이상한 사람들인 것 같아. 그게 자기들 본모습인 걸 내가 알거든. 그러니까 진짜로 이상하다는 거야."

끝이 없는 싸움을 지켜보면서 받는 스트레스는 보통이 아니었다. 지금도 그때를 생각하면 초조해진다. 심장이 쿵쾅거리고 속이 메스껍다. 아주 어릴 때는 싸움 소리가 안 들리도록 그 장소를 벗어나든 할모에게 가든 그저 어디로든 사라지고 싶은 마음뿐이었다. 그러나 언제나 싸움으로 둘러싸여 있었기 때문에 내겐 싸움을 피해 숨을 곳조차 없었다.

시간이 갈수록 극적인 상황을 즐기게 됐다. 싸움이 나면 숨기보다는 아래층으로 달려 내려가거나 벽에 귀를 대고 대화를 엿들었다. 여전히 심장이 쿵쾅거렸지만, 농구 경기에서 골을 넣기 직전에 느껴지는 기대감에서 쿵쾅거리는 것 같은 느낌이었다. 금방이라도 밥 아저씨가 나를 때릴 것 같다는 생각이 들 정도로 심한 싸움이 벌어지는 날에도, 나는 용감하게 나서서 싸움을 말리기는커녕 지나치게 가까이까지 다가가서 그 싸움을 구경했다. 일종의 마약에 중독되듯, 그토록 혐오했던 행동에 중독되고 있었다.

하루는 학교를 마치고 집에 돌아왔더니 집 앞에 할모의 차가 주차돼 있었다. 우리가 프레블 카운티로 이사하고 난 뒤로는 할모가 한 번도 연락 없이 집에 들른 일이 없었던 터라 불길한 예감이 들었다. 알고 보니 엄마가 자살 기도에 실패하고 병원에 실려 가는 바람에 할모가 평소와 다르게 연락도 없이 집에 와 있었던 것이다.

그때 열한 살짜리의 눈에 담기에는 주변에 너무 많은 일들이 일어나고 있었다. 엄마는 당시 직장이었던 미들타운 병원에서 만난 소방관과 사랑에 빠져 수년간 바람을 피웠다. 그날 아침, 밥 아저씨가 엄마에게 불륜 관계를 따져 물으며 이혼을 요구하자 엄마는 새로 산 미니밴을 몰고 집을 나갔다. 그러고는 죽어버리겠다며 차로 전봇대를 들이받았다. 사실이 어쨌든 엄마 입에서 나온 사건의 전말은 이러했다.

하지만 할모의 생각은 전혀 달랐다. 할모는 엄마가 자신의 불륜과 경제적 문제에 집중된 관심을 딴 데로 돌리려고 자살 소동을 벌였다고 생각했다. "죽겠다는 년이 망할 차를 들이받아? 정말 죽으려고 마음먹었어 봐라. 내가 가진 총만 해도 몇 자루냐?"

린지 누나와 나는 할모의 말이 더 그럴듯하다고 믿었다. 어쨌거나 우리는 엄마가 많이 다치지 않았다는 사실과 엄마의 자살 소동으로 프레블 카운티에서의 생활이 끝나리라는 생각에 안도했다. 엄마는 이틀 만에 퇴원했다. 한 달도 지나지 않아서 우리 가족은 식구 한 명을 줄여 미들타운으로 돌아왔고, 예전보다 할모네 집에서 한 블록 더 가까운 집으로 이사했다.

친숙한 동네로 돌아왔는데도 엄마의 행동은 나날이 이상해졌다. 엄마는 부모라기보다 룸메이트 같았고, 그것도 아주 방탕한 룸메이트처럼 행동했다.

나는 잠에 들었다가도 린지 누나가 여느 10대들처럼 놀다가 집에 들어오는 열두 시쯤이 되면 잠에서 깼다. 그러고서 엄마가 들어오는 새벽 두세 시쯤 다시 한번 잠에서 깼다. 그맘때 엄마는 새 친구들을 사귀었는데, 거의 엄마보다 어리고 자녀도 없는 사람들이었다. 엄마는 몇 개월마다 상대를 바꿔가며 남자 친구를 사귀어댔다. 당시 내 절친한 친구가 엄마를 보고 '이달의 취향'을 지닌 여사라고 평할 만큼 그 정도가 지나쳤다.

나는 나이를 먹으면서 어느 정도의 불안에는 익숙해졌으나, 그건 흔하게 일어나는 문제일 때의 이야기였다. 흔한 문제란, 이를테면 곧 싸움이 벌어질 거라거나, 싸움을 피해 도망쳐야 할 상황이 생길 거라거나, 싸움이 격해지면 우리에게 불똥이 튀어서 엄마가 우리를 꼬집거나 때릴 거라는 식의 불안한 상황이었다.

그것도 끔찍이 싫었지만(누군들 좋아했을까?), 전에 본 적 없었던 엄마의 행동은 그냥 너무 이상했다. 엄마의 전력이 화려하긴 했어도 파티광이었던 적은 한 번도 없었다. 우리가 미들타운으로 돌아왔을 때는 그마저도 달라졌다.

파티는 술을 불렀고, 술은 알코올 남용과 전보다 훨씬 더 기이한 행동을 불러왔다. 내가 열두 살쯤 됐던 어느 날, 엄마가 내게 어떤 말을 했다. 그게 무슨 내용이었는지는 기억나지 않는데, 그 말을 듣자마자 내가 신발도 신지 않은 채 할모 집으로 뛰쳐나갔던 게 기억난다. 그 일이 있고서 이틀 동안 나는 엄마와 만나기도, 말하기도 싫다고 했다. 딸과 손자의 관계가 무너질까 봐 걱정한 할보가 나서서 내게 엄마를 만나보라고 달래고 타일렀다.

결국 나는 그전에도 수없이 들어봤던 사과를 또다시 들었다. 엄마는 언제나 사과를 잘했다. 어쩌면 그럴 수밖에 없었는지도 모르겠다. 엄마가 '미안하다'라는 말이라도 하지 않았으면 린지 누나와 나는 두 번 다시 엄마와 말을 섞지 않았을 테니 말이다. 그래도 나는 엄마의 사과가 진심이었으리라고 믿는다. 엄마도 마음속 깊은 곳에서는 항상 자기가 초래한 일에 죄책감을 느끼고, 본인의 약속처럼 '다시는 그럴 일이 없을 것'이라고 믿었을 수도 있다. 그러나 그런 일은 항상 되풀이됐다.

그날도 다를 바가 없었다. 엄마는 평소보다 훨씬 더 큰 잘못을 저지른 만큼 평소보다 더 미안해했다. 용서를 해달라며 내건 조건도 훨씬 매혹적이었다. 쇼핑몰에 데려가서 내게 미식축구 카드를 사주겠다고 약속했던 것이다. 미식축구 카드는 내 크립토나이트•였기 때문에 나는 엄마를 따라나서기로 했다. 하지만 그건 내 인생 최대의 실수였다.

고속도로에 진입했을 때 내가 내뱉은 어떤 말이 엄마의 화를 돋웠다. 그러자 엄마는 시속 160킬로미터는 족히 될 것 같은 속도로 달리며 같이 죽자고 했다. 나는 혹시 안전벨트 두 개를 한꺼번에 매면 사고가 나더라도 살 수 있지 않을까 생각해서 뒷자리로 얼른 뛰어 넘어갔다.

그런 내 행동에 화가 머리끝까지 치솟은 엄마는 날 두들겨 팰 작정으로 차를 세웠다. 그때 나는 차에서 뛰쳐나와 죽기 살기로 도망쳤다. 차에서 내린 곳은 외딴 시골 마을이었고, 내리자마자 나는 너른 풀밭을 가로지르며 전속력으로 달렸다. 속도를 낼 때마다 키 큰 풀들이 내 발목을 철썩철썩 때렸다.

한참을 내달리다가 우연히 높은 수영장이 딸린 작은 집을 발견했다. 엄마와 비슷한 또래의 펀펀하게 살이 찐 주인아주머니가 유월의 따뜻한 날씨를 즐기며 수영장 물 위에 둥둥 떠 있었다.

나는 아주머니를 향해 소리쳤다. "우리 할모한테 전화 좀 걸어주세요! 지금 엄마가 저를 죽이려고 해요." 내가 두려움에 가득 찬 눈길로 엄마가 오고 있는지 두리번거리는 동안 아주머니가 수영장 바깥으로 나왔다. 아주머니는 나를 집 안으로 데리고 들어

• 만화 출판사 DC코믹스의 만화 캐릭터인 슈퍼맨의 유일한 약점.

갔고, 나는 할모에게 전화를 걸어 그 집 주소를 반복해 일러주며 외쳤다. "빨리요, 빨리. 엄마가 금방 쫓아올 거예요."

엄마는 정말로 나를 찾아냈다. 내가 고속도로에서 어느 방향으로 달려가는지 봤을 터였다. 엄마는 현관문을 두드리며 내게 밖으로 나오라고 했다.

내가 주인아주머니에게 제발 문을 열지 말아달라고 애원하자, 아주머니는 문을 걸어 잠그며 엄마에게 계속 들어오려고 하면 개 두 마리(몸집이 중간 크기의 집고양이보다도 작았다)에게 공격을 당할 거라고 경고했다. 결국 엄마는 문을 부수다시피 열었고, 방충망 문, 계단 난간, 땅바닥의 풀 같이 잡히는 거라면 뭐든 부여잡고 소리소리 지르는 나를 밖으로 끄집어냈다.

가만히 서서 이 상황을 보고만 있는 주인아주머니가 원망스러웠지만, 사실 아주머니가 아무것도 안 한 건 아니었다. 내가 할모에게 전화를 걸고, 엄마가 대문을 두드리기 시작한 시점 사이에 경찰에 신고를 한 게 틀림없었다. 엄마가 나를 차에 욱여넣고 있을 때 순찰차 두 대가 집 앞에 멈춰 섰다. 곧이어 차에서 내린 경찰들이 엄마에게 수갑을 채웠다. 물론 순순히 따라갈 엄마가 아니었다. 엄마는 순찰차 뒤에서 경찰들과 한동안 몸싸움을 벌이다가 곧 시야에서 사라졌다.

할모를 기다리는 동안 다른 경찰 한 명이 나를 자기 순찰차 뒷좌석에 태웠다. 전에 느껴보지 못한 외로움이 밀려왔다. 그 경찰이 조그마한 경비견들에게 둘러싸인 채 여전히 홀딱 젖은 수영복 차림을 하고 있는 집주인과 면담을 하는 동안, 나는 내부에서는 문을 열 수 없는 경찰차 뒷좌석에 앉아 꼼짝없이 기다려야 했다. 할모가 언제 올지는 알 길이 없었다.

내가 공상에 빠져들기 시작할 때 자동차 문이 활짝 열리더니 린지 누나가 순찰차 좌석으로 기어들어와 숨을 쉬지 못할 정도로 나를 꽉 껴안았다. 우리는 아무 말도 하지 않았고 울지도 않았다. 나는 그저 숨이 막힐 만큼 꼭 끌어안긴 채로 가만히 앉아 있었다. 그제야 모든 게 제자리를 찾아가고 있는 것 같다는 안도감이 들었다.

우리가 차에서 내리자 할모와 할보가 나를 안아주며 괜찮으냐고 물었다. 할모는 나를 한 바퀴 돌려보며 몸 구석구석을 찬찬히 살폈다. 그러고는 경찰관에게 어디를 가야 구금된 딸을 만날 수 있느냐고 물었다. 린지 누나는 한시도 내게서 눈을 떼지 않았다. 내 생애 가장 끔찍한 날이었다. 하지만 제일 힘들고 무서운 상황은 그걸로 끝이었다.

집에 돌아왔을 때 아무도 입을 떼지 못했다. 할모는 겉으로 티를 내지는 않았지만 무시무시한 분노에 휩싸여 있었다. 나는 엄마가 구치소에서 나오기 전에 할모의 화가 가라앉기만을 바랐다. 너무 지쳐 있었던 나는 그저 소파에 누워 텔레비전이나 보고 싶었다. 누나는 위층으로 올라가 낮잠을 잤다. 할보는 웬디스에 가서 먹을거리를 사오겠다며 우리에게 원하는 메뉴를 물었다. 현관으로 걸어가던 할보가 소파에 멈춰서더니 가만히 나를 바라봤다. 할모가 잠시 자리를 비웠을 때였다.

할보는 내 이마에 손을 얹더니 흐느끼기 시작했다. 나는 너무 놀라서 할보의 얼굴을 똑바로 쳐다보지도 못했다. 그때까지 할보가 우는 소리를 들어본 적도, 우는 모습을 본 적도 없었다. 오히려 할보는 너무 강한 사람이니까 아기였을 때도 울지 않았을 거라고 생각하고 있었다.

한참을 흐느끼며 서 있던 할보는 할모가 다시 거실로 돌아오는 소리가 들리자 마음을 가라앉히고 눈가를 훔친 뒤 자리를 떴다. 그 후로 할보도 나도 그 순간을 한 번도 입 밖에 내지 않았다.

엄마는 보석금을 내고 풀려났지만, 가정 폭력으로 기소됐다. 판결이 어떻게 나올지는 전적으로 내게 달려 있었다. 그런데도 나는 엄마에게 위협을 당한 적이 있느냐는 신문에 아니라고 증언했다. 이유는 단순했다. 우리 할모와 할보가 미들타운에서 최고로 잘나가는 변호사를 선임하느라 엄청난 돈을 들였기 때문이다.

두 분 다 엄마에게 몹시 화가 나 있었으나, 자신의 딸이 감옥에 가기를 바라지는 않았다. 변호사는 대놓고 내게 거짓말을 하라고 하진 않았지만, 내가 뭐라고 답하느냐에 따라 엄마의 형량이 늘어나거나 줄어들 수 있다고 분명하게 말했다. "엄마가 감옥에 가는 건 싫잖아, 그렇지?"

그래서 나는 엄마가 풀려나오더라도 언제든 할모와 함께 살 수 있게 해달라는 조건으로 거짓말을 했다. 서류상으로 엄마는 내 양육권을 유지했지만, 그날 이후로 나는 내가 원할 때만 엄마와 살기로 했고 할모는 엄마가 그 약속을 제대로 지키지 않거든 총으로 문제를 해결하겠노라고 내게 약속했다. 할모가 말하는 힐빌리의 정의는 나를 실망시키지 않았다.

그 분주한 법정에 앉아 있던 날이 기억난다. 주변에 대여섯 가정이 있었는데, 모두 우리 가족과 비슷해 보였다. 근처에 앉아 있던 엄마, 아빠, 조부모들은 변호사, 판사들과 달리 징장차림이 아니었다. 그들은 운동복바지나 스판바지에 티셔츠를 입고 있었다. 머리칼은 약간 곱슬곱슬했다. 나는 뉴스 앵커들이 사용하는 표준 발음인 '방송용 억양'을 그때 처음으로 직접 들었다. 사회복지사와 판사, 변호사 모두 방송용 억양으로 발음했다. 우리 식구들 중에 그런 발음을 구사하는 사람은 아무도 없었다. 법원에서 일하는 사람들은 우리와는 다른 사람들이었다. 그러나 재판을 받는 사람들은 우리와 별반 다르지 않았다.

정체성이라는 건 참 희한하다. 내가 왜 처음 보는 사람들에게 동질감을 느꼈는지 그때는 이해가 안 됐다. 그로부터 몇 달이 지나서 처음으로 캘리포니아 여행을 갔을 때에야 비로소 이해하기 시작했다.

지미 삼촌이 린지 누나와 나를 삼촌 집이 있는 캘리포니아 나파Napa로 데려갔다. 나는 삼촌 집에 놀러가게 된다는 것을 알게 되자마자 만나는 모든 사람을 붙잡고 여름방학에 캘리포니아에 갈 것이라며, 태어나서 처음으로 비행기도 타게 됐다고 자랑하고 다녔다.

그러면 사람들은 주로 우리 삼촌이 친자식도 아닌 두 조카에게 캘리포니아행 비행기 표를 끊어줄 만큼 재산이 넉넉하다는 사실을 믿지 못하겠다는 반응을 보였다. 친구들은 내 자랑을 듣자마자 가장 먼저 비행기 표 가격을 물어봤다. 당시 내 또래의 계급의식이 어땠는지를 알 수 있는 대목이다.

서부로 여행을 가서 내가 블랜턴가 할아버지들만큼이나 동경하는 지미 삼촌을 만난다니 생각만 해도 한껏 신이 났다. 너무 들뜬 나머지, 나는 아침 이른 시간에 출발했는데도 신시내티에서 샌프란시스코까지 날아가는 6시간 동안 한시도 눈을 붙이지 못했다.

이륙할 때 땅덩어리가 작아지는 모습과 가까이서 본 구름의 모습, 끝없이 열린 하늘의 모습, 성층권에서 바라본 산맥의 모습 등 모든 게 매우 흥미진진했다. 콜로라도를 지날 무렵, 나를 유심히 살펴보던 승무원 덕에 조종석에 들락거리게 됐고(9·11테러가 일어나기 전이라 가능했다), 거기서 조종사는 내게 비행기 조종에 관해 간략히 설명해주며 우리가 어디쯤 와 있는지 틈틈이 알려줬다.

모험은 이제 막 시작이었다. 물론 이전에도 오하이오를 벗어나 놀러간 적이 있었다. 조부모님을 따라 사우스캐롤라이나와 텍사스로 자동차 여행을 간 적이 있었고, 켄터키에는 자주 갔었다. 그러나 여행을 가서도 우리 가족들을 제외한 낯선 사람들과는 대화를 해본 적이 거의 없었기 때문에 특별한 차이를 느낄 일도 없었다.

그런데 나파는 완전히 딴 세상이었다. 10대 사촌들 그리고 그들의 친구들과 어울려 놀았던 캘리포니아에서는 매일매일 새로운 일이 펼쳐졌다. 동성애자들의 집단 거주지로 유명한 샌프란시스코 카스트로Castro District of San Francisco에 갔던 날에는 사촌인 레이첼 누나의 말마따나 동성애자들이 내게 치근덕내려고 길거리를 돌아다니는 게 아니라는 사실을 깨달았다. 어떤 날엔 포도주 양조장에 갔다. 또 어떤 날엔 네이트 형의 고등학교 미식축구 연습을 도와줬다. 그날그날이 재밌었다.

만나는 사람들마다 날 보고 마치 켄터키 사람처럼 발음한다고 했다. 그도 그럴 것이 나는 어떻게 보면 켄터키 출신이기도 했다. 사람들이 내 억양을 듣고 깔깔대며 웃는 것도 재밌었다. 내게 캘리포니아가 정말 색다른 곳으로 느껴졌다는 의미다. 전에도 피츠버그나 클리블랜드, 콜럼버스, 렉싱턴 같은 도시에 가본 적이 있었다. 사우스캐롤라이나나 켄터키, 테네시, 아칸소 주에서는 꽤 많은 시간을 보내기도 했었다. 도대체 캘리포니아는 무엇이 그렇게 달랐던 걸까?

나는 그 해답을 바로 우리 할모와 할보를 켄터키 동부에서 오하이오 남서부로 데려다준 힐빌리 고속도로에서 찾았다. 남부 지역과 중서부 공업 지역은 지역적으로도 경제적으로도 차이가 있었지만, 주로 내 여행지는 우리 가족들과 비슷하게 생기고 비슷하게 행동하는 사람들이 사는 곳으로 제한돼 있었다. 그곳 사람들과 우리 가족은 같은 종류의 음식을 먹었고 같은 운동경기를 관람했으며 같은 종교를 믿었다.

내가 법정에서 본 사람들은 나처럼 이리 보나 저리 보나 딱 힐빌리 이주자들이었다. 내가 그들에게 그렇게 큰 동질감을 느낀 건 바로 그 이유 때문이었다.

하늘에 계신 아버지와 생물학적 아버지

만나는 어른들마다 내게 형제자매가 있느냐고 물어봤는데, 나는 이 질문이 정말 싫었다. 어릴 때는 고개를 가로저으며 "그게 좀 복잡해요"라고 말하고 넘길 수가 없지 않은가. 특출한 소시오패스가 아니라면 거짓말을 꾸며내는 데도 한계가 있다.

그래서 한동안은 사람들에게 얽히고설킨 가족관계도를 보여주며 예의 바르게 일일이 설명했다. 생물학적 아버지가 내 친권을 포기하는 바람에, 내게는 얼굴도 모르는 이복동생이 둘 있다. 게다가 이부異父 형제자매들은 수도 없이 많다. 하지만 엄마의 현재 남편의 자식들로 범위를 한정하면 두 명뿐이다. 거기에 생물학적 아버지의 아내가 있고, 그 아주머니에게도 아이가 한 명인가 있으니 그 애까지 내 형제자매 목록에 넣어야 할 것이다.

이런 이유로 가끔 나는 '형제자매'라는 말이 어떤 의미인지 철학적으로 고민했다. 엄마의 전남편들의 자식들을 계속 형제자매로 쳐야 하나? 만약 그렇다면 엄마의 전남편들이 앞으로 낳을 아이들과는 어떤 관계가 되는가? 그런 식으로 따지면 나와 관계 있는 형제자매들이 열 명도 넘을 것이다.

그러나 내게 '형제자매'라는 단어가 꼭 들어맞는 사람은 딱 한 사람뿐이다. 바로 린지 누나다. 누나를 소개할 때 어떤 수식어가 필요할 때면 난 늘 자랑스럽게 '온전한' 누나 또는 '친'누나, '큰'누나라고 말했다.

린지 누나는 그때나 지금이나 내가 가장 자랑스럽게 여기는 사람이다. 내가 '이부 남매'라는 단어에 담긴 뜻을 알고 나서 받은 엄청난 충격을 아직도 잊을 수가 없다. 그것은 내가 누나를 얼마나 사랑하는지와는 아무 상관없이 유전학적 성질로만 정의된다는 사실, 그래서 아버지가 다르다는 이유만으로 누나와 내 사이가 생면부지의 타인과 똑같은 관계가 되어버릴 수도 있다는 사실을 의미했다.

어느 날 내가 잠자리에 들려고 샤워를 마치고 나왔는데, 할모가 태연하게 이 이야기를 꺼냈다. 나는 마치 기르던 개가 죽었다는 소식을 듣기라도 한 아이처럼 목 놓아 울었다. 나는 할모가 어느 누구도 다시는 린지 누나와 나를 '이부 남매'라고 부르지 못하게 하겠다고 약속하고 나서야 겨우 진정했다.

나보다 다섯 살 많은 '우리 누나' 린지 리는 엄마가 고등학교를 졸업한 후 겨우 두 달 만에 태어났다. 나는 자기 형이나 누나라면 마냥 좋아하는 다른 애들처럼 누나를 따르기도 했고, 우리 집의 특수한 상황 때문에 더 누나에게 의지하며 매달렸다.

나를 대신해 나섰던 누나의 영웅 같은 행동은 가히 전설적이었다. 한번은 누나와 내가 차 안에서 프레첼빵을 두고 말다툼을 벌이자, 엄마가 누나에게 동생이 없는 세상이 어떨지 보여주겠다며 나를 텅 빈 주차장에 내려놓고 가버린 적이 있다. 그때 누나는 슬픔에 못 이겨 발작을 일으키다시피 했고 이를 본 엄마는 곧바로 주차장으로 돌아왔다.

또 언젠가 엄마가 집에 데리고 들어온 남자와 격하게 싸우는 동안 할모와 할보에게 도와달라는 전화를 걸려고 서둘러 방으로 들어갔던 사람도 린지 누나였다. 누나는 배고픈 내게 젖병을 물렸고, 아무도 신경 쓰지 않을 때 내 기저귀를 갈아줬다. 할모와 위 이모는 내 몸무게가 누나와 거의 맞먹었을 때까지도, 어딜 가든 누나가 나를 데리고 다녔다고 말해줬다.

누나는 언제나 내게 어른 같아 보였다. 10대 시절 남자 친구에게 화가 났을 때도, 갑자기 자리를 박차고 나가버리거나 문을 '쾅!' 하고 세게 닫는 식으로 화를 표출한 적이 없었다. 엄마가 야근을 하거나 아니면 다른 이유로 늦게까지 집에 들어오지 않을 때면, 누나는 저녁거리가 있는지 꼭 확인했다. 어린 남동생이 으레 그러하듯 내가 귀찮게 해도, 누나는 절대 내게 소리를 지르거나 무섭게 말하지 않았다.

왜 그랬는지 기억도 안 나는 이유로 누나와 몸싸움을 벌였던 때를 떠올리면 정말 창피하다. 내가 열 살인가 열한 살이었으니까 누나가 열다섯 살 때쯤이었을 것이다. 그때 나는 누나보다 힘이 세졌다는 걸 알았지만, 여전히 누나에게는 어린애 같은 구석이 전혀 없다고 생각했다. 무엇보다도 누나는 할보가 늘 하던 말처럼 '우리 집에 한 명뿐인 참된 어른'이었고, 할모보다도 더 가까운 곳에서 날 지켜주는 1차 방어선이었다.

누나는 필요할 때 내 식사를 챙겼고 아무도 하지 않을 때 빨래를 했으며 순찰차 뒷좌석에 앉아 있던 나를 구해줬다. 하나부터 열까지 누나에게 의지했던 나는 그때 누나의 진짜 모습을 보지 못했다. 사실 누나는 운전면허도 따지 못하는 어린 나이에 자신과 어린 남동생을 동시에 돌보는 기특한 소녀였다.

우리 가족이 린지 누나에게 꿈을 좇을 기회를 주기로 한 날부터 상황이 달라졌다. 누나는 참 예뻤다. 친구들과 세상에서 가장 예쁜 여자들 순위를 매길 때면, 나는 데미 무어Demi Moore나 파멜라 앤더슨Pamela Anderson 같은 쟁쟁한 여배우들 대신 누나를 으뜸으로 꼽을 정도였다. 데이턴 호텔에서 모델 채용 박람회가 열린다는 소식을 듣고, 엄마와 할모, 누나, 나는 할모의 뷰익Buick에 올라타서 부대끼며 북쪽으로 출발했다. 누나는 들뜬 마음을 감추지 못했고 그건 나도 마찬가지였다. 누나는 물론이고 우리 가족 전부에게 결정적인 기회가 될 터였다.

호텔에 도착하자 한 여성이 우리에게 표지판을 따라 대연회장에 들어가 줄을 서서 기다리라고 안내했다. 1970년대를 연상시키는 추한 카펫에 커다란 샹들리에, 간신히 제 발에 걸려 넘어지지 않을 정도의 어둑한 불빛이 비추는 연회장은 조잡스러움 그 자체였다. 기획사 관계자들이 누나의 미모를 제대로 알아볼 수나 있을지 의문이었다. 어두워도 너무 어두웠다.

마침내 차례가 다가왔다. 기획사 관계자는 누나를 좋게 본 것 같았다. 우리에게 누나의 미모를 칭찬하는 말을 건네고는 누나에게 다른 대기실로 가 있으라고 말했다. 놀랍게도 내게도 모델 기질이 있다며 누나를 따라가서 다음 단계 진출에 관한 설명을 들어보라고 했다. 나는 신이 나서 그러겠다고 대답했다.

대기실에서 얼마간 기다린 후, 다른 합격자들과 우리는 예선을 통과했으며 본선은 뉴욕에서 개최될 것이라는 설명을 들었다. 기획사 직원들은 우리에게 본선에 관한 정보가 담긴 소책자를 나눠주며 몇 주 안에 참석 여부를 알려줘야 한다고 당부했다. 집으로 돌아가는 길에 누나와 나는 한껏 들떴다. 우리는 곧 유명한 모델이 되기 위해 뉴욕에 갈 것이었다.

뉴욕까지 가는 경비가 만만치 않은데, 만약 우리를 정말로 모델감이라고 생각했다면 아마도 기획사에서 우리 대신 오디션 비용을 지불해줬을 것이다. 지나고 보니 참가자들과 대화 몇 마디 나누는 게 전부였던 그 '오디션'은 재능 발굴이라기보다 사기에 더 가까웠던 것 같다. 그러나 모델 오디션이 어떻게 돌아가는지는 내 전공으로 알 수가 없으므로 진실이 무엇인지는 아직까지도 잘 모르겠다.

내가 아는 것이라고는 누나와 내가 누리던 기쁨이 집에 도착할 때까지 유지되지 않았다는 사실이다. 엄마는 큰 소리로 여행 경비를 걱정하기 시작했고, 그 소리를 들은 누나와 나는 서로 뉴욕에 가겠다고 티격태격했다. 그때 내가 버릇없이 굴었던 건 두말할 것도 없다.

화가 치밀어오르기 시작한 엄마는 이내 폭발해버렸다. 그 다음에 일어난 일은 놀랄 것도 없다. 비명과 주먹이 오갔고, 갓길에 세운 자동차에서는 두 아이의 흐느끼는 소리가 울려퍼졌다. 감당할 수 없는 지경에 이르기 전에 할모가 끼어들어 상황을 정리하긴 했어도, 교통사고로 목숨을 잃지 않은 게 기적이었다.

엄마는 운전을 하면서 뒷좌석에 앉아 있던 우리에게 손찌검을 해댔고, 조수석에 있던 할모는 엄마를 때리며 소리를 질렀다. 엄마가 동시에 여러 가지 일을 하는 재주가 있긴 했긴 했지만, 그런 엄마도 감당할 수 없었기에 차를 세웠으리라. 할모에게서 한 번만 더 욱했다가는 면상에 총알을 박아버리겠다는 경고를 들은 후에야 잠잠해진 엄마가 집으로 차를 몰았다. 그날 밤 누나와 나는 할모네 집으로 갔다.

그날 자기 방이 있는 2층으로 올라가던 린지 누나의 표정을 나는 평생 잊지 못할 것이다. 누나의 얼굴에는 일순간에 천국과 지옥을 경험한 사람만이 알 수 있는 쓰라린 좌절이 서려 있었다. 아침까지만 해도 누나는 오랫동안 키워온 꿈의 실현을 앞두고 들떠 있었지만, 이제는 그저 절망에 빠진 여느 10대와 다를 게 없었다.

할모는 소파로 향했다. 할모가 평소에 앉아서 범죄 수사 드라마 〈범죄전담반Law & Order〉을 시청하고 성경을 읽고 잠을 자기도 하는 소파였다. 주방과 거실을 나누는 좁은 통로에 서 있던 나는, 차에서 할모가 엄마에게 안전하게 운전하라고 명령할 때부터 계속 궁금했던 질문을 했다. "할모, 신이 정말 우리를 사랑해요?" 할모는 고개를 떨구고 나를 껴안더니 꺽꺽 울기 시작했다.

할모는 우리 가족들 중에서도 특히 기독교 신앙을 기반으로 살아왔던 터라 내 질문을 듣고 크게 상처를 받았던 것 같다. 우리 가족은 켄터키에서 특별한 일이 있을 때나 엄마가 우리에게 종교가 필요하다는 결단을 내릴 때가 아니면 교회에 가지 않았다.

그러나 할모 개인의 신앙심은 비록 별스럽긴 해도 아주 깊었다. 할모는 '기성 종교'를 논할 때 늘 경멸조로 말했다. 할모는 교회를 변태와 환전상•의 온상이라고 생각했다. 또한 서슴없이 신앙심을 드러내며 때를 가리지 않고 자신의 독실함을 자랑하려는

• 신약 시대 성전에서 제사장들과 결탁해 고리의 환전 수수료를 착복하며 화폐를 바꿔주던 환전상을 비유한다.

사람들을 '큰 소리로 영광을 외치는 사람들'이라고 부르며 끔찍이 싫어했다. 그런데도 할모는 여전히 영화 〈엑소시스트〉에 나오는 목사와 똑같이 생긴 도널드 아이슨 목사님이 목회하는 교회들을 비롯해 켄터키 잭슨의 몇몇 교회에 여윳돈을 기부하고 있었다.

할모의 논리로는 신은 결코 우리 곁을 떠난 적이 없다. 신은 좋은 일이 있을 때면 우리와 함께 기뻐했고, 그렇지 않을 때는 우리를 위로했다. 한번은 이런 일도 있었다. 켄터키로 가는 길에 할모가 주유소에 잠깐 들르고서 고속도로에 진입하려는 찰나였다. 그때 할모가 이정표를 주의 깊게 확인하지 않은 탓에 길을 잘못 들어 나들목 출구로 향하는 일방통행 도로에 서게 됐고, 잔뜩 화가 난 운전자들은 우리 앞에서 방향을 홱홱 틀어댔다. 나는 깜짝 놀라서 소리를 지르고 있었는데, 3차선 고속도로에서 유턴을 한 할모는 한마디를 툭 내뱉을 뿐이었다. "괜찮아, 제기랄! 신이 할모랑 함께 차에 타고 있다는 걸 모르니?"

할모가 내게 가르쳐준 신학은 단순했지만, 교훈은 분명했다. 인생을 만만하게 산다는 건 신이 허락한 재능을 낭비하는 것이므로 열심히 살아야 한다는 교훈이었다. 기독교인의 의무를 다하려면 가족을 잘 보살펴야 했다. 꼭 엄마가 아니라 나 자신을 위해서라도 용서를 실천해야 했다. 신은 모든 계획을 가지고 있으므로 나는 결코 절망할 필요가 없었다.

할모가 자주 들려주던 이야기가 있다. 끔찍한 폭풍우가 몰아치던 날, 어느 청년이 집 안에 앉아 있었다. 집은 몇 시간 만에 물에 잠기기 시작했고, 그때 차를 타고 지나가던 사람이 청년의 집에 들러 함께 고지대로 올라가자고 했다. 청년은 "신이 저를 돌봐줄 것입니다"라고 말하며 거절했다.

몇 시간 후 빗물이 청년의 집 1층을 완전히 집어삼켰을 때, 배를 타고 지나가던 선장이 청년에게 안전한 곳으로 데려다주겠다고 했다. 청년은 "신이 저를 돌봐줄 것입니다"라고 말하며 거절했다. 그로부터 몇 시간이 지나자 집은 완전히 물에 잠겼고 청년은 지붕 위에 올라가 있었다. 헬리콥터를 타고 지나가던 조종사가 청년에게 육지로 데려다주겠다고 했다. 청년은 신이 돌봐줄 거라고 말하며 거듭 제안을 거절했다.

얼마 지나지 않아 폭우가 청년을 덮쳤고, 천국에 간 청년은 신 앞에 섰을 때 자신의 운명에 이의를 제기했다. "제가 믿기만 한다면 절 돕겠다고 약속하셨잖아요." 신이 대답했다. "내가 차도 보내고 배도 보내고 헬리콥터도 보내지 않았느냐. 네가 죽은 건 네 잘못이니라." 신은 스스로 돕는 자를 돕는다. 이것이 '할모록'이 담고 있는 지혜였다.

기독교에서 묘사하는 타락한 세상은 내가 사는 세상과 엇비슷했다. 행복한 드라이브가 한순간에 비참해지는 곳이었고, 한 사람의 잘못된 행동이 가족과 공동체의 생활에 어마어마한 파문을 일으키는 곳이었다. 내가 할모에게 신이 우리를 사랑하느냐고 물었던 건, 상황이 끔찍하더라도 믿음을 잃을 필요가 없다는 말을 듣고 싶어서였다. 이 고통과 혼란이 곧 끝날 거라고 나를 안심시켜줄 사람이 필요했다.

모델이 되겠다는 린지 누나의 어릴 적 꿈이 연기 속으로 사라지고 얼마 지나지 않아 8월 2일이 됐고, 나는 할모와 외외종이모인 게일 이모와 함께 잭슨에서 열한 번째 생일을 맞았다. 늦은 오후가 되자 할모는 그래도 법적으로는 아버지인데 아직까지 전화 한 통 없다며 나더러 밥 아저씨에게 전화를 걸어보라고 했다.

미들타운으로 돌아오자마자 밥 아저씨와 엄마가 이혼을 했으니 아저씨와 연락이 뜸해진 건 어떻게 보면 당연했다. 그러나 내 생일은 특별한 날이었고, 그런 날에도 연락이 없다는 건 좀 의아했다. 할모의 말대로 아저씨에게 전화를 걸어봤지만, 전화는 자동응답기로 넘어갔다. 몇 시간이 지나고 다시 걸었을 때도 결과는 같았다. 이제 아저씨를 다시는 보지 못할 거라는 직감이 들었다.

내가 안쓰러워 보여서 그랬는지 아니면 내가 개를 좋아한다는 걸 알아서 그랬는지 게일 이모는 나를 근처의 동물 가게에 데려갔고, 그곳에는 새로 들어온 독일셰퍼드 새끼들이 진열돼 있었다. 정말로 한 마리 데리고 가 키우고 싶었다. 생일이라 용돈을 받아서 누구에게 손 벌리지 않아도 살 수 있을 만큼 주머니도 두

둑했다.

게일 이모는 개를 기른다는 게 얼마나 손이 많이 가는 일인지를 설명하며, 우리 가족(엄마라는 뜻이었다)이 개를 기르다가 다른 데로 보냈던 일을 잊었느냐고 물었다. "맞는 말씀 같아요. 그런데 걔들이 너-무 귀엽잖아요!" 차분하게 타일러도 통하지 않자 이모는 단호하게 말했다. "아가, 미안하지만, 허락할 수 없단다."

블랜턴 할모네 집으로 돌아올 무렵에 나는 두 번째 아버지를 잃었다는 사실보다 강아지를 데려오지 못했다는 사실에 더욱 심통이 나 있었다.

밥 아저씨가 떠났다는 사실은 그 이후에 닥칠 혼란에 비하면 별일도 아니었다. 아저씨는 그저 길게 줄서 있는 아버지 후보자들 중에 가장 최근에 탈락한 피해자일 뿐이었다. 후보자 중에는 말투만큼 기질도 부드러웠던 스티브 아저씨가 있었다. 스티브 아저씨는 성격도 좋고 직업도 좋아서 나는 엄마가 그 아저씨와 결혼하길 바랐다. 그러나 둘은 헤어졌고 엄마는 동네 경찰이었던 칩 아저씨를 만났다. 칩 아저씨는 전형적인 힐빌리였다. 값싼 맥주와 컨트리 음악, 메기 낚시를 좋아했고, 아저씨 역시 우리를 떠나기 전까지는 우리와 잘 어울려 지냈다.

솔직히 가장 끔찍했던 건, 밥 아저씨가 떠나고 나면 이미 얽히고설킨 우리 가족의 성이 한층 더 복잡해지리라는 사실이었다. 린지 누나의 성은 생부의 성과 같은 루이스였고, 엄마는 그때그

때 결혼하는 사람의 성을 따랐다. 할모와 할보의 성은 밴스였고 할모의 남자 형제들은 모두 블랜턴이라는 성을 썼다.

나는 내가 좋아하는 그 누구와도 같은 성을 쓰지 않았고, 그 사실만으로도 충분히 짜증스러웠다. 이제 밥 아저씨가 떠났으니, 내 이름이 왜 J. D. 하멜인지 설명하려면 어색한 상황이 전보다 더 늘어날 터였다. "아, 제 법적 아버지의 성이 하멜이에요. 저희 아버지를 만나보신 적은 없을 거예요. 저도 이제 안 보는 사이거든요. 아뇨, 왜 연락을 안 하고 살게 됐는지는 저도 잘 몰라요."

어린 시절 내가 싫어했던 모든 것들 중에 끝없이 드나들던 아버지 후보자를 이길 만한 것은 없다. 그나마 다행인 것은 엄마가 폭력적이거나 우리에게 소홀한 동반자를 집에 들이지 않았던 덕에, 내가 학대당하거나 방치되는 일이 없었다는 점이다.

그렇다 하더라도 혼란스러운 일상은 너무 싫었다. 내가 엄마의 남자 친구들에게 마음을 열기 시작할 즈음만 되면 그들이 어김없이 내 인생에서 사라져버리는 일도 싫었다. 나보다 나이도 많고 똘똘했던 린지 누나는 어떤 아저씨도 믿지 않았다. 누구라도 때가 되면 떠나버리리라는 현실을 알고 있어서였다. 나는 그걸 밥 아저씨가 떠난 뒤에야 깨달았다.

엄마는 제법 그럴듯한 이유로 남자들을 집에 들였다. 엄마는 종종 칩, 밥, 스티브 아저씨가 괜찮은 '아버지 상像'이었는지 몹시 궁금해했는데, 그럴 때면 이런 말을 덧붙였다. "너 데리고 낚시도

갔잖아. 아주 바람직한 일이지." "네 나이 때는 남자답다는 게 어떤 건지 가르쳐줄 남자 어른이 가까이 있어야 해."

그런데 나는 엄마가 저들 중 누구에게 소리를 지르거나, 심하게 다툰 후 바닥에 앉아 흐느껴 울거나, 헤어지고 나서 실의에 빠져 있는 모습을 볼 때면, 엄마가 나 때문에 이런 일을 겪는다는 생각에 죄책감이 들었다. 나중에는 아버지 자리는 할보 한 사람이면 충분하다고 생각했다.

엄마가 이별을 겪을 때마다 나는 엄마에게 괜찮을 거라고, 잘 헤쳐나갈 거라고, 또는 (할모를 따라하며) 빌어먹을 남자 놈들은 필요 없다고 말하며 엄마를 위로했다. 물론 엄마가 우리를 위하는 마음에서만 남자를 만났던 건 아니라는 걸 알고 있다. 우리 모두와 마찬가지로 엄마에게도 애정과 공감의 욕구가 있었으리라. 그렇지만 그건 우리를 위한 행동이기도 했다.

그러나 의도가 아무리 좋더라도 결과까지 항상 좋다는 보장은 없다. 린지 누나와 나는 다양한 아버지 후보자를 겪으면서도 남자가 여자를 어떤 태도로 대해야 하는지에 관해서는 아무것도 배우지 못했다.

칩 아저씨는 내게 낚시 바늘 묶는 법을 가르쳐줬지만, 아저씨가 내게 가르쳐준 남자다운 모습은 술을 많이 마시고, 아내가 소리를 지르면 더 큰 소리로 같이 고함을 치라는 것뿐이었다. 마침내 내가 배운 유일한 교훈은 세상에 믿을 놈 없다는 것이었다. 어느 날 누나가 말했다. “남자들은 툭하면 떠나버리더라니까. 자식들한테는 신경도 안 쓰고 책임도 안 져. 그냥 사라져버리잖아. 그것도 얼마나 시답잖은 이유를 들먹이면서 떠나는지 몰라.”

엄마도 밥 아저씨가 나를 호적에 올린 걸 후회하고 있다는 낌새를 알아차렸던 것 같다. 어느 날 나를 거실로 불러 생물학적 아버지인 돈 보먼과 통화를 시켜준 걸 보면 말이다. 짧았지만 기억에 남는 통화였다. 아빠는 내가 전에 말과 소, 닭들이 있는 농장을 갖고 싶다고 말했던 걸 기억하느냐고 물었고, 나는 그렇다고 대답했다. 아빠는 동생들인 코리와 첼시를 기억하느냐고 물었고, 나는 조금밖에 기억이 나지 않아서 “그런 것 같아요”라고 대답했다. 아빠는 내게 다시 자신을 만나고 싶은지를 물었다.

나는 내 생물학적 아버지에 대해 아는 게 거의 없었고, 밥 아저씨가 나를 양자로 들이기 전에 내 삶이 어땠는지 기억나는 것도 없었다. 나는 아빠가 내 양육비를 지급하지 않으려고 나를 떠났다는 사실을 엄마에게 들어서 알고 있었다.

아빠가 셰릴이라는 여자와 재혼했고, 키가 컸다는 것, 사람들이 보기에 내가 아빠를 닮았다는 것도 알고 있었다. 또 아빠가, 할모의 표현을 빌리자면 오순절교의 ‘광신도’라는 것도 알고 있었다. 할모는 ‘교회에서 뱀을 다루고 소리를 지르며 통곡하는’ 독실한 신자들을 ‘광신도’라고 일컬었다. 이 정도면 내 호기심을 자극하기에 충분했다. 종교 교육을 거의 받아본 적이 없었던 나는 제대로 된 교회에 정말 가보고 싶었다.

아빠를 만나도 되느냐고 물어보자 엄마는 그러라고 했고, 그렇게 법적 아버지가 내 삶에서 사라진 바로 그해에 생물학적 아버지가 돌아왔다. 엄마는 한 바퀴를 빙 돌아 원점으로 돌아갔던 것이다. 내게 아버지를 만들어주려고 수많은 남자들을 찾아 헤매다가 결국 원래의 내 아버지에게 정착했다.

내 친아빠 돈 보먼은 내가 생각했던 것보다 훨씬 더 우리 외갓집 식구들과 비슷했다. 내 친할아버지이기도 한, 아빠의 아버지 돈 C. 보먼도 일자리를 찾아 켄터키 동부에서 오하이오 남서부로 이주했다. 이후 결혼을 하고 가정을 꾸렸지만, 할아버지는 젊은 아내와 어린 자식 둘을 뒤로 하고 갑작스레 세상을 떠났다. 할머니는 재혼했고, 아빠는 어린 시절의 대부분을 자신의 조부모가 살던 켄터키 동부에서 보냈다.

비슷한 상황을 겪어서인지 아빠는 내게 켄터키가 어떤 의미인지 누구보다도 더 잘 이해했다. 아빠의 어머니는 일찌감치 재혼했고, 어머니의 두 번째 남편은 좋은 사람이긴 했으나, 강한 성격을 지닌 외부인이었다. 원래 의붓아버지가 아무리 좋은 사람이라도 익숙해지는 데 시간이 좀 걸린다. 어쨌든 아빠는 넓게 펼쳐진 초원과 자기가 좋아하는 사람들이 있는 켄터키에 가면 원래의 모습을 찾을 수 있었다.

그건 나도 마찬가지였다. 나는 주변 사람들을 두 부류로 나누어 대했다. 누군가에게는 잘 보이고 싶어서 행동을 조심했고, 누군가에게는 창피를 당하고 싶지 않아서 행동을 조심했다. 모든 외부인은 후자에 속했는데 켄터키에는 그런 사람이 아무도 없었다.

여러모로 아빠는 한때 본인이 살았던 켄터키를 떠오르게 하는 삶을 살고 있었다. 내가 처음으로 만나러 갔을 때 아빠는 총 5만 6000여 제곱미터의 아름다운 대지에 지어진 수수한 집에서 살고 있었다. 거기엔 물고기로 채워진 중간 크기의 연못, 소와 말이 뛰노는 들판, 외양간, 닭장 따위가 있었다.

아침마다 아이들은 닭장으로 달려가 달걀을 주워왔고, 그렇게 모은 달걀은 다섯 식구에게 안성맞춤인 일고여덟 알쯤 됐다. 낮 동안엔 개를 데리고 신나게 뛰어놀며 개구리를 잡고 토끼를 쫓았다. 아빠가 어릴 적 놀던 모습 그대로였고, 내가 켄터키에서 할모와 함께 놀던 모습 그대로였다.

아빠가 기르던 콜리 종 강아지인 대니와 들판을 뛰어다니던 기억이 생생하다. 대니는 지저분하지만 멋진 강아지였다. 성격이 얼마나 온순했는지 한번은 새끼 토끼를 잡아서 사람에게 검사를 해달라고 입에 물고 왔는데, 어찌나 살살 물었는지 토끼가 하나도 다치지 않았을 정도였다. 왜 그렇게 달렸는지는 모르겠지만, 대니와 나는 지쳐 쓰러질 때까지 달리다가 잔디밭에 드러눕곤 했다. 대니가 내 가슴팍을 베고 누우면 나는 파란 하늘을 바라보았다. 아무런 걱정도 스트레스도 없이 그때처럼 마음 편히 행복했던 적이 또 있었는지 모르겠다.

아빠의 집은 신경에 거슬릴 정도로 평온했다. 아빠가 셰릴 아주머니와 다툴 때는 있었어도 서로 언성을 높이는 일은 거의 없었고, 엄마 집에서는 예삿일이었던 무지막지한 모욕이 오가는 일도 결코 없었다. 주변에는 술을 마시는 친구들은 물론이고 그런 분위기를 즐기는 친구들조차 없었다. 체벌이 필요하다고 생각하는 사람들이었지만, 절대 지나친 벌을 주거나 언어폭력을 행사하지 않았다. 체계적으로 체벌을 했고, 결코 개인적인 분노를 담는 법이 없었다. 남동생과 여동생은 대중가요나 R등급• 영화 없이도 아주 즐겁게 살고 있었다.

엄마와 이혼하기 전 아빠의 성격에 대해 내가 아는 거라곤 다른 사람들에게 전해들은 말이 전부였다. 할모, 위 이모, 린지 누나, 엄마는 각자 다른 일화를 들어가며 결국 아빠가 못된 사람이었다는 똑같은 말을 했다. 엄마에게 시도 때도 없이 소리를 질렀고, 어떤 때는 손찌검까지 했다고 했다. 어릴 적에 누나가 말해줬는데, 내가 유별나게 크고 못난 두상을 타고 난 건 임신 중이었던 엄마를 아빠가 세게 밀쳤기 때문이라고 했다.

아빠는, 엄마는 물론이고 그 누구에게도 신체적 폭력을 가한

• 17세 미만 청소년에게 성인 동반하에 관람을 허가하는 미국의 영상물 등급.

적이 없다고 주장했다. 나는 엄마가 다른 남자들과 그랬던 것만큼 아빠와도 서로 폭력을 주고받지 않았을까 생각한다. 조금 밀치고 접시도 몇 장 집어던졌겠지만, 더 심한 폭력은 없었을 것 같다. 한 가지 확실한 건, 아빠가 엄마와 이혼하고서 셰릴 아주머니와 새 출발하는 사이에(내가 네 살 때였다) 좋은 쪽으로 변했다는 사실이다. 아빠는 신앙심이 더 깊어진 덕분이라고 말했다.

수십 년간 사회과학자들이 관찰한 현상이 아빠의 삶에서 고스란히 드러났다. 연구 결과를 보면 종교적인 사람들이 그렇지 않은 사람들보다 훨씬 더 행복하게 산다. 규칙적으로 교회에 가는 사람들은 그렇지 않은 사람들에 비해 범죄를 덜 저지르고, 건강 상태가 더욱 양호하며, 수명이 길고, 수입이 더 많으며, 고등학교 자퇴율이 낮고, 대학 졸업률은 더 높다.[16]

매사추세츠공과대학MIT 경제학자 조너선 그루버Jonathan Gruber는 종교와 성공하는 사람들 사이에 밀접한 인과관계가 존재한다고 밝혔다. 성공한 사람들이 우연히 교회에 다니고 있는 게 아니라 교회에서 교인들에게 좋은 습관을 길러주는 것으로 보인다는 주장이다.

문화적으로 보수적인 남부 출신의 개신교도를 향한 고정관념은 사실과 다를 때가 많지만, 종교적인 면에서 아빠는 그런 고정관념대로 살았다. 개신교도들은 신앙생활에 집착하기로 유명했으나, 집에 돌아와 생활하는 모습을 보면 그들은 아빠보다는 할모와 더 비슷했다. 신앙심은 아주 깊었지만, 어떤 교회 공동체에도 속해 있지 않았다. 실제로 내가 아는 보수 개신교도 중에서 규칙적으로 교회에 나가는 사람은 우리 아빠와 아빠의 가족들뿐이었다.[17] 바이블벨트Bible Belt•의 중심지에서도 적극적인 교회 출석률은 사실 꽤 낮은 편이다.[18]

사람들의 생각과는 달리 애팔래치아 지역, 특히 앨라배마 북부 조지아에서부터 오하이오 남부에 이르는 지역의 교회 출석률은 로키산맥 일대의 중서부 지역이나, 미시간에서 몬태나 사이에 있는 대부분의 지역보다 훨씬 저조하다. 희한하게도 우리는 실제로 가는 것보다 더 자주 교회에 간다고 생각한다. 최근에 실시한 갤럽 여론조사 결과를 보면 남부와 중서부 사람들의 교회 출석률이 미국에서 가장 높다. 그러나 남부 지역의 **실질적** 교회 출석률은 설문조사 결과보다 훨씬 더 낮다.

이러한 기만행위는 문화적 강박과 관련이 있다. 내가 태어난 오하이오 남서부에 있는 신시내티와 데이턴의 도심 지역 교회 출석률은 급진적 자유주의 성향이 강한 샌프란시스코와 비견할 만큼 저조하다. 내가 아는 샌프란시스코 사람 중에 교회에 나가지 않는다고 인정하는 걸 부끄럽게 여길 사람은 없다. 오히려 교회에 나간다고 인정하기를 부끄러워할 사람은 있을 것 같기도 하

• 보수 기독교인이 많은 미국 남부 지역을 일컫는 말로 성서 지대라고도 불린다.

다. 그러나 오하이오의 분위기는 정반대다. 나 또한 어렸을 때 사람들이 교회에 빠지지 않고 나가느냐고 물어보면 그렇다고 거짓말을 했다. 갤럽의 결과를 보면 그런 강박을 느낀 사람이 나 혼자는 아니었음을 알 수 있다.

참 희한하다. 종교 단체가 사람들의 삶에 긍정적인 영향을 미치는데 제조업 쇠퇴, 실업, 약물 중독, 결손 가정 문제로 몸살을 앓는 지역의 교회 출석률은 감소하고 있다니.

아빠가 다니는 교회에서는 나 같은 사람들에게 절대적으로 필요한 것들을 제공했다. 알코올 중독자들에게는 공동체 모임을 지원함으로써 그들이 홀로 중독에 맞서 싸우고 있는 게 아니라는 사실을 알게 했다. 임신부에게는 무료 숙소를 마련해주고, 직업 교육과 육아 수업을 제공했다. 누군가 직장이 필요하면 교인이 직접 일자리를 마련해주거나 소개해줬다. 아빠가 재정난에 빠졌을 때도 교인들이 십시일반으로 몇 푼씩 모아 아빠의 가족에게 중고차를 사줬다. 나를 둘러싸고 있던 무너진 세상에서, 그리고 그런 세상에서 허덕이는 사람들을 위해서 종교는 신도들이 순조롭게 살아나갈 수 있도록 실질적인 도움을 제공했다.

아빠가 종교에 빠져서 나를 포기했고, 그래서 이렇게 오랫동안 아빠를 볼 수 없었다는 걸 오래 전부터 알고 있었는데도 나는 아빠의 신앙심에 끌렸다. 아빠와 함께 보내는 시간은 매우 즐거웠지만, 아빠가 나를 버린 적이 있다는 아픔은 도무지 가시지 않았다. 그래서 아빠에게 애초에 그런 일이 어떻게, 왜 일어난 건지 시시때때로 물었다. 아빠의 입장에서 이야기를 들었던 건 그때가 처음이었다.

아빠는 양육비와 친권 포기는 전혀 관련이 없는 일이라고 했다. 나를 '포기하려고' 했다는 할모와 엄마의 말은 사실이 아니며, 오히려 나를 보내지 않으려고 여러 변호사를 선임하는 등 온당한 범위 내에서 할 수 있는 모든 일을 했다고 말했다.

마침내 아빠는 양육권을 둘러싼 분쟁 때문에 내가 망가질까 봐 걱정했다고 속내를 털어놨다. 아빠가 내 친권을 포기하기 전에 면접 교섭권으로 나를 만날 때면, 나는 아빠에게 납치를 당해 할모를 다시는 못 보게 될까 봐 몇 시간 동안 침대 밑에 숨어 있곤 했다. 그 정도로 겁에 질려 있는 아들을 보고서 아빠는 마음을 바꿔야 했던 것이다.

할모가 아빠를 싫어했던 건 내가 두 눈으로 직접 확인한 사실이었다. 그러나 아빠는 자신을 향한 할모의 미움 또한 완벽과는 거리가 멀었던 초창기 모습만 봤기 때문이라고 말했다. 가끔 아빠가 나를 데리러 오는 날이면, 할모는 품 안에 숨긴 무기를 움켜쥐고 포치에 서서, 눈도 깜빡이지 않고 아빠를 노려봤다.

아빠는 법정에서 아동정신과 의사와 면담을 하는 중에 내가 유치원에서 말썽을 부리기 시작했고 정서상의 문제를 보이고 있다는 사실을 알게 됐다. (나도 기억한다. 나는 유치원을 다닌 지 몇 주 만에 유급을 당했다. 20년이 흐른 뒤에 그때 나를 담당했던 유치원 선생님과 우연히 마주친 적이 있다. 선생님은 당시 부임한 지 3주밖에 안 됐는데, 내가 말을 너무 안 들어서 직장을 그만두려고까지 했다고 얘기했다. 20년이 지났는데도 날 기억한다니 그때 내가 얼마나 망나니짓을 하고 다녔는지 알 만했다.)

결국 아빠는 신에게 친권 포기가 나를 위한 최선의 선택이라는 세 가지 계시를 내려달라고 기도했다. 그리고 뚜렷한 계시를 받은 탓에, 나는 1년도 알고 지내지 않은 밥 아저씨의 수양아들이 됐던 것이다. 아빠가 거짓말을 했으리라고 생각하지 않고 힘들게 내린 결정이었다는 걸 충분히 이해하지만, 그래도 자기 자식의 운명을 신의 계시에 맡긴다는 발상은 결코 이해되지 않는다.

그러나 전체적으로 보면 그 또한 사소한 문제에 지나지 않았다. 아빠가 날 걱정했었다는 사실을 아는 것만으로도 어릴 때 겪었던 아픈 기억이 많이 지워졌다. 이렇게 저렇게 따져보더라도 나는 아빠와 아빠가 다니는 교회가 좋았다. 교회라는 조직이 좋았던 건지, 아니면 그저 아빠에게 중요한 가치를 함께 나누고 싶었던 건지는 잘 모르겠지만(아마 둘 다였을 것이다), 나는 헌신적인 개종자가 됐다.

젊은 지구 창조론Young Earth Creationism•에 관한 책이라면 닥치

• 지구의 나이를 6000~12000년 정도로 보고, 최초의 6일 동안 모든 창조가 이루어졌다는 기독교 창조론에 입각한 유사과학이자 종교적 신념을 가리킨다.

는 대로 읽었고, 진화론을 주장하는 과학자들과 맞설 요량으로 온라인 채팅방에 가입도 했다. 천년왕국설 신봉자들의 예언을 접하고서는 2007년이 되면 세상이 멸망할 거라고 믿었다. 심지어 블랙 사바스Black Sabbath•의 앨범들까지 쓰레기통에 버렸다. 이런 모든 행동은 세속적 과학의 타당성과 세속적 음악의 도덕성에 의문을 품었던 아빠의 교회에서 권장한 일이었다.

법적으로 관계가 있는 사이는 아니었지만, 나는 아빠와 좀더 긴 시간을 함께 보내기 시작했다. 공휴일이면 거의 아빠를 보러 갔고, 한 주 걸러서 한 번씩 아빠 집에서 자고 왔다. 수년간 보지 못했던 고모, 삼촌, 사촌들도 만나고 싶었지만, 엄마와 아빠는 이미 남남이었다. 아빠는 엄마네 식구를 만나기 꺼려했고, 그건 엄마도 마찬가지였다. 린지 누나와 할모는 내 삶에 다시 들어온 '아버지의 역할'을 받아들이면서도 여전히 아빠를 신뢰하지 않았다. 할모에게 아빠는 중요한 시기에 나를 버린 '정자 기증자'였다. 물론 나도 과거 일에 대해서는 아빠를 원망했지만, 할모처럼 마냥 고집을 부린다고 해서 나아질 일도 아니었다.

나는 아빠와의 관계뿐만 아니라 교회와의 관계도 꾸준히 발전시켜나갔다. 다만 한 가지 불만은 내가 바깥세상과 단절된다는 것이었다. 아빠네 집에 있을 때는 에릭 클랩튼Eric Clapton의 음악

• 1968년부터 활동한 영국의 하드록 밴드로, 어둡고 침울한 음악을 주로 발표했다.

을 들을 수 없었다. 가사가 부적절해서가 아니라 에릭 클랩튼에게 악령이 깃들었다는 이유 때문이었다. 레드 제플린Led Zepplelin의 〈천국으로 가는 계단Stairway to Heaven〉을 거꾸로 재생하면 악마의 주술이 들린다고 농담을 하는 사람들을 본 적은 있었지만, 교회에는 마치 그 미신이 사실인 양 떠드는 사람들이 있었다.

워낙 말도 안 되는 지침이라서, 처음에는 따르든 말든 내가 선택할 수 있는 다소 엄한 규정쯤으로 생각했다. 나는 호기심이 많은 아이였는데, 복음주의 신학에 깊이 빠져들수록 점점 사회의 여러 분야를 맹목적으로 불신하도록 강요받는다는 느낌이 들었다. 진화론과 빅뱅이론은 이해가 아닌 맞서야 할 이론이 됐고, 내가 들었던 설교의 대부분은 다른 기독교인을 비난하는 내용이었다. 신학적으로 다투기 위한 선을 그어놓고, 반대편에 있는 사람들을 향해 단순히 성서 해석이 틀렸다고 지적하는 게 아니라 어떻게든 그들을 기독교 정신에 어긋나는 사람들로 몰아갔다.

나는 댄 이모부를 누구보다 존경했으나, 이모부가 믿는 천주교에서 진화론을 인정한다는 말을 듣자 그 존경심에 불신이 파고들었다. 내 안에 새롭게 싹튼 믿음이 이교도를 경계하게 만든 것이다. 아무리 좋은 친구라도 성경 구절을 나와 다르게 해석하면, 내게 나쁜 영향을 미치는 친구가 됐다. 할모의 종교관과 빌 클린턴을 향한 호감이 동일 선상에 있었으므로, 당시의 내게는 할모마저 타락한 사람이었다.

10대의 어린 나이로 내가 무엇을 믿고 또 왜 믿는지 처음으로 진지하게 생각해보니, '진정한' 기독교인들이 궁지에 몰리고 있다는 생각이 들었다. '크리스마스 전쟁'이라는 말이 있는데, 내가 알기로는 주로 미국시민자유연합ACLU 활동가들이 성탄 장식을 하는 작은 마을을 고소하면서 생긴 말이다. 나는 기독교인들이 여러모로 박해를 당한 내용을 묘사한 데이비드 림보David Limbaugh의 『박해Persecution』라는 책을 읽었다. 인터넷은 예수와 성모 마리아의 얼굴에 똥칠을 한 작품을 주제로 열린 뉴욕의 미술 전시회 관련 이야기로 떠들썩했다. 태어나서 처음으로 내가 박해받는 소수가 된 것 같았다.

진정한 기독교인이라고 할 수 없는 기독교인, 청년들을 세뇌하는 세속주의자, 우리의 믿음을 모욕하는 미술 전시회, 엘리트에 의해 이루어지는 박해에 관한 모든 논란은 세상을 무섭고 낯선 곳으로 만들었다.

보수 개신교도 사이에서 특히 큰 화젯거리인 동성애자의 인권을 예로 들어보자. 나는 내가 동성애자라고 생각했던 순간을 결코 잊을 수 없다. 여덟아홉 살이거나 더 어렸을 때였는데, 텔레비전 채널을 돌리다가 우연히 열성적인 전도사가 나오는 방송을 보게 됐다. 그는 동성애자의 악폐와 그들이 어떻게 우리 사회에 잠입했는지를 설명하며, 동성애자는 진지하게 회개하지 않으면 지옥에 떨어지게 될 운명을 피할 수 없으리라고 설교했다.

당시 내가 동성애자에 관해 아는 것이라고는 남자인데 여자보다 남자를 더 좋아한다는 단 한 가지뿐이었다. 그리고 그건 나를 완벽하게 묘사하는 말이기도 했다. 나는 여자애들을 싫어했고, 세상에서 나와 가장 친한 친구는 빌이었다. '세상에, 나는 지옥에 떨어질 거야.'

나는 할모에게 내가 동성애자라고 고백하면서 지옥 불에 떨어질까 봐 걱정된다며 방송에서 들은 설교 이야기를 꺼냈다. 할모는 "등신같이 굴지 좀 말아라, 네가 동성애자라는 건 어떻게 아니?"라고 물었다. 나는 어떻게 그런 결론을 내리게 됐는지 할모에게 설명했다. 할모는 빙그레 웃더니, 내 나이의 사내아이에게 어떻게 설명하는 게 좋을지를 생각하는 듯 보였다.

마침내 할모가 내게 물었다. "J. D., 너 고추를 빨고 싶으냐?" 나는 소스라치게 놀랐다. 도대체 왜 그러고 싶단 말인가? 할모가 다시 한번 물었을 때야 나는 입을 뗐다. "당연히 아니죠!" 그러자 할모는 이렇게 말했다. "그렇다면, 너는 동성애자가 아니란다. 설령 그렇더라도 괜찮다. 그래도 신은 널 사랑하시거든."

그로써 모든 문제는 해결됐다. 이제 내가 동성애자인지 걱정할 일이 명확히 사라졌다. 나이가 더 들고 나서 보니, 당시 할모가 느꼈을 감정의 깊이를 이해할 수 있었다. 동성애자가 우리에게 친숙한 존재는 아니었지만, 그렇다고 할모의 존재를 위협하는 행동을 하는 존재도 아니었다. 기독교인들은 그보다 더 중요한 일들을 걱정해야 했다.

반면에 새로 다니게 된 교회에서는 기독교인이 품어야 할 성품에 관한 이야기보다 동성애자들의 로비나 크리스마스 전쟁에 대해서 더 많은 이야기를 들었다. 나는 그리스도의 사랑을 실천하지는 않고 생각하기만 하는 세속주의자에 관한 얘기를 들을 때, 할모와 나눴던 대화가 떠올랐다. '도덕성'은 동성애 의제Gay agenda•나 진화론, 클린턴식 자유주의, 혼외정사와 같은 이러저러한 사회적 병폐에 휘말리지 않는 것으로 정의됐다.

아빠가 다니는 교회에서는 내게 요구하는 게 거의 없었다. 그래서 기독교인으로 사는 게 어렵지 않았다. 내 기억에 교회에서 유일하게 강조했던 가르침은 절대 바람을 피우지 말라는 것과 다른 사람에게 복음을 전하는 일을 두려워하지 말라는 것, 두 가지였다. 그래서 나는 결혼을 한 번만 하기로 인생을 계획했고 다른 사람에게 전도하려고 노력했다. 심지어 중학교 1학년 때 과학을 가르쳤던 선생님도 개종시키려고 애썼다. 선생님이 무슬림이었는데도 말이다.

세상이 고모라의 도덕적 타락을 닮아가며 휘청거렸다. 우리는 휴거가 다가오고 있다고 생각했다. 내가 탐독했던 역대 최고의

• 미국의 일부 기독교 단체를 비롯해, 동성애를 반대하는 사람들이 이를 찬성하는 측을 못마땅하게 일컬을 때 쓰는 말.

베스트셀러 연작소설 『레프트 비하인드』 시리즈와 매주의 설교가 종말론적 이야기로 채워졌다.

사람들은 적그리스도가 벌써 나타났는지, 그렇다면 세상의 통치자는 누가 될 것인지에 관해 토론했다. 어떤 사람은 내가 결혼할 나이가 되도록 그리스도가 재림하지 않는다면 매우 예쁜 여자와 결혼할 것 같다고 말했다. '마지막 때'는 미끄러지듯 빠른 속도로 지옥을 향해 타락하는 문화가 맞이할 수밖에 없는, 예정된 최후였다.

한편 여러 작가가 복음주의 교회의 형편없는 유지율을 언급하며, 위와 같은 이론을 퍼뜨리기 때문에 복음주의 교회가 쇠퇴하고 있노라고 콕 집어 비난했다.[19]

어렸을 때는 그게 무슨 의미인지 몰랐다. 그리고 그때 아빠와 함께 형성했던 종교적 견해 때문에 나중에 기독교 신앙을 전적으로 거부하게 되리라는 사실도 몰랐다. 내가 알았던 거라고는 교회가 내림세에 있었음에도 새로운 교회와 그 교회를 소개해준 사람 모두를 내가 좋아했다는 것이다. 결과적으로 내가 그 둘에 빠진 시기는 더할 나위 없이 적절했다. 그달 이후부터 하늘에 계신 아버지와 세속의 아버지 두 분 모두가 절실히 필요해질 터였기 때문이다.

할보의 죽음과 엄마의 폭주

내가 열세 살이 되던 해 가을에 엄마는 연하의 소방관인 맷 아저씨와 사귀기 시작했다. 나는 처음부터 맷 아저씨를 좋아했다. 엄마와 만났던 남자들 중에 내가 가장 좋아하는 사람이었고, 우리는 아직도 연락을 하고 지낸다. 하루는 집에서 텔레비전을 보며, 퇴근길에 저녁으로 먹을 KFC치킨 한 통을 사들고 올 엄마를 기다리고 있었다.

그날 내가 해야 할 심부름은 두 가지였는데, 하나는 '린지 누나가 배고플지도 모르니 누나가 어디에 있는지 알아두기'였고 다른 하나는 '엄마가 도착하자마자 할모네 집에 음식을 가져다 드리기'였다. 엄마가 올 시간이 거의 다 됐을 때 할모에게서 전화가 걸려 왔다.

"너희 엄마 어디 있냐?"

"모르겠어요. 무슨 일이예요, 할모?"

수화기에서 전에 들어본 적 없는 할모의 생기 없는 목소리가 흘러나왔다. 할모의 목소리에는 걱정을 넘어서서 두려움까지 묻어 있었다. 평소에는 감추던 힐빌리 억양도 입 밖으로 툭툭 튀어나왔다. "아무도 너희 할보를 못 봤다는구먼. 통화한 사람도 없다고 허네." 나는 엄마가 집에 오는 대로 전화를 드리겠다고 말했다. 곧 엄마가 도착할 시간이었다.

처음에는 할모의 반응이 지나치다고 생각했다. 그런데 가만히 생각해보니 할보의 일과는 철저하게 예측 가능했다. 할보는 알람도 없이 새벽 여섯 시면 일어났고, 일곱 시가 되면 맥도날드로 차를 몰고 가 암코에서 일할 때부터 알고 지낸 오랜 친구들과 커피를 마셨다. 두어 시간 정도 대화를 나누고 돌아오면 할모네 집으로 느긋하게 걸어가서 텔레비전을 보거나 카드를 치며 오전을 보냈다.

할보가 저녁을 먹기 전에 할모네 집을 나섰다면, 틀림없이 폴 할아버지네 철물점에 잠깐 들렀을 것이다. 내가 학교를 마치고 돌아올 시간이 되면 할보는 예외 없이 할모네 집에서 나를 맞아줬다. 내가 엄마와 사이가 좋을 때는 할모네가 아니라 곧장 엄마네 집으로 갔는데, 그럴 때면 할보는 꼭 엄마네 집에 들러서 내게 잘 자라는 인사를 하고 집으로 돌아갔다. 그러니 할보가 이 중에 아무것도 하지 않았다는 건 아주 심각한 문제가 생겼다는 뜻이었다.

할모와 통화하고 몇 분 지나지 않아 엄마가 현관으로 들어왔을 때 나는 이미 흐느끼고 있었다. "하, 할보…… 할보가 돌아가신 것 같아요." 이후의 기억은 흐릿하다. 아마 할모에게 들은 말을 엄마에게 전달했던 것 같다. 엄마와 나는 길 아래편에서 할모를 태우고 몇 분 걸리지 않는 거리를 과속까지 해가며 할보네 집으로 향했다.

도착하자마자 나는 현관문을 쾅쾅 두드렸다. 엄마는 뒷문으로 달려가더니 비명을 질렀고, 다시 현관으로 돌아와서는 할보가 의자에 구부정하게 앉아 있다는 말을 전하면서 돌멩이를 집어 들었다. 그러고는 돌멩이로 창문을 깨뜨려 집 안으로 들어가 잠긴 문을 열어주고서 자신의 아버지에게 달려갔다. 할보는 거의 하루 전부터 돌아가신 상태였다.

구급차를 기다리는 동안 엄마와 할모는 주체할 수 없이 눈물을 흘렸다. 나는 할모를 안아주려고 했지만, 할모는 어찌할 바를 모르고 나한테조차 아무런 반응을 보이지 않았다. 마침내 눈물을 훔쳐낸 할모는 나를 가슴팍에 꼭 끌어안더니 병원 사람들이 시신을 옮기기 전에 할보에게 작별인사를 하라고 일렀다.

나는 그러려고 했지만, 할보 옆에 무릎을 대고 앉아 있던 구조대원의 표정을 보니 나를 마치 시체 구경을 원하는 소름끼치는 놈이라고 생각하는 것 같았다. 구부정하게 앉아 있는 할보 앞에서 뒷걸음질 쳤던 진짜 이유를 할모에게는 끝내 말하지 못했다.

구급차가 할보의 시신을 싣고 떠나자 우리는 즉시 차를 타고 위 이모네 집으로 달려갔다. 포치 아래로 마중을 나와 있던 이모의 눈에 눈물이 가득 고인 걸 보니 엄마가 이모에게 미리 전화를 한 것 같았다. 우리는 모두 이모를 안아준 뒤, 차에 끼어 타고 할모네 집으로 되돌아갔다. 어른들은 내게 린지 누나를 찾아서 비보를 전하라는 골치 아픈 임무를 맡겼다. 휴대전화가 나오기 전이어서 열일곱 살의 누나를 찾는 건 쉽지 않았다. 집으로 전화를 해봐야 누나가 받을 리 없었고, 누나 친구들 집으로 전화해도 아무도 내 전화를 받지 않았다.

할모네 집과 엄마네 집 주소는 각각 매킨리 313과 303으로, 두 집은 실제로 다섯 집을 사이에 두고 있었다. 나는 어른들이 계획을 세우는 소리를 엿들으며 창밖으로 누나가 오는지 살펴봤다. 어른들이 장례 절차를 논의하며 할보가 어디에 묻히고 싶어할지(할모는 "당연히 잭슨이지, 제기랄!"이라고 고집했다), 누가 지미 삼촌에게 이 소식을 전하고 집으로 부를 것인지 의논했다.

린지 누나는 자정이 다 돼서야 집에 돌아왔다. 나는 할모네 집에서 나와 집으로 터벅터벅 걸어가 현관문을 열고 안으로 들어갔다. 2층 계단에서 내려오던 누나는 온종일 울어서 울긋불긋 벌게진 내 얼굴을 보고서 그 자리에 멈춰 섰다. 내가 불쑥 말을 내뱉었다. "할보가, 할보가 돌아가셨어." 누나가 계단에 털썩 주저앉았고 나는 재빨리 달려가 누나를 끌어안았다.

우리는 몇 분간 그 자리에 앉아 인생에서 가장 소중한 사람이 죽었다는 소식을 들은 아이들처럼 펑펑 울었다. 곧 누나가 말을 꺼냈는데 무슨 내용이었는지 정확한 문장은 기억나지 않지만, 할보가 돌아가시기 얼마 전에 누나 차를 고쳐준 일이 있었다는 건 기억한다. 누나는 눈물을 흘리며 자기가 필요할 때만 할아버지를 찾았다고 웅얼거렸다.

그때 린지 누나는, 자기가 모든 것을 안다고 생각하고 다른 사람들이 자기를 어떻게 보는지를 가장 많이 신경 쓸 나이인 10대였다. 할보는 다양한 모습을 지닌 사람이었지만, 멋쟁이였던 적은 없었다. 가슴팍에 딱 담배 한 갑이 들어갈 만한 주머니가 달린 낡은 티셔츠를 매일 입고 다녔다. 할보에게서는 항상 곰팡내가 났다. 옷을 빨긴 했지만, 세탁한 옷가지를 세탁기 안에 그대로 방치해두고 세탁물이 '알아서' 마르도록 내버려둔 탓이었다.

일생을 이어온 흡연은 할보에게 마르지 않는 가래라는 축복을 선물했고, 할보는 시간과 장소를 가리지 않고 누구 앞에서든 그 가래를 뱉어댔다. 컨트리 가수 조니 캐시Johnny Cash의 음악을 끊임없이 반복해서 들었고, 어딜 가든 쉐보레의 승용 픽업트럭인 엘 카미노El Camino를 끌고 다녔다. 활발한 사교생활을 즐기는 어여쁜 열일곱 살 소녀와 함께 다니기에 할보가 이상적인 친구는 아니었다는 말이다.

누나는 할보를 사랑하며 존경했고 할보에게 도와달라고 손을 내밀 때도 있었으나, 친구들과 함께 어울려 놀 때는 할보를 크게 신경 쓰지 않았다. 필요할 때만 아버지를 찾는 여느 딸들처럼 누나도 그런 식으로 할보를 찾았던 것이다.

이날까지도 나는 누군가를 '필요할 때만 찾을 수' 있다는 말을 부모가 있다는 의미로 해석한다. 누나와 나는 굶는 한이 있더라도 남에게 폐를 끼치면 안 되는 줄 알고 살았다. 우리가 의지했던 사람 대부분이 사실은 우리에게 그런 역할을 해줄 필요가 없다는 사실을 직관적으로 알고 있었기 때문에, 누나는 할보가 돌아가셨다는 소식을 듣자마자 그런 생각을 했던 것이다.

우리는 너무도 당연하게 남에게 의존하면 안 된다고 생각했다. 평생에 걸쳐 받아야 할 호의를 미리 다 써버리지 않도록 삶의 안전판이 필요하다는 생각 때문에, 어릴 때도 먹을 음식이 없거나 자동차가 고장 났을 때 도움을 구하는 행동조차도 과하게 하면 안 되는 사치로 여겼다.

우리 남매의 이런 경향을 없애주려고 할모와 할보가 무던히도 애를 썼다. 드물게 좋은 식당에 갈 때면 두 분은 내가 스테이크가 먹고 싶다고 솔직하게 대답할 때까지 내게 무엇이 먹고 싶으냐고 끈질기게 물었다. 내가 솔직하게 대답을 하고 나면, 안 먹겠다고 우겨도 내 몫으로 스테이크를 주문했다. 그 누가 아무리 거세게 밀어붙여도 내 안의 그런 감정을 지울 수는 없었다. 그나마 가장 근접하게 성공했던 존재가 할보였으나, 끝내 완벽하게 마무리하지 못한 채 할보는 세상을 떠나버렸다.

할보가 돌아가신 건 화요일이었다. 다음 날 아침에 맷 아저씨가 식구들이 먹을 음식을 사러 가자며 나를 데리고 동네 식당으로 향했다. 가는 길에 라디오에서 레너드 스키너드Lynyrd Skynyrd의 〈화요일은 지나갔어Tuesday's Gone〉라는 노래가 흘러나왔기 때문에 아직도 기억한다. '어떻게든 흘려보내야 해 / 화요일은 바람과 함께 사라졌지'라는 가사를 듣는데 그제야 할보가 영영 돌아오지 않을 거라는 현실이 뇌리에 박혔다.

어른들은 사랑하는 사람이 세상을 떠났을 때 해야 하는 일들을 하나씩 해나갔다. 장례식 계획을 세우고, 비용을 어떻게 치를지 결정하고, 고인이 떠나는 길이 쓸쓸하지 않길 바라며 최선을 다해 장례를 준비했다. 우리는 지역 사람들이 할보의 죽음을 애도할 수 있도록 그 주 목요일에 미들타운에서 조문객을 맞았고, 장례를 치르기 하루 전인 금요일에는 잭슨에서 두 번째 조문객을 맞이했다. 할보는 죽어서까지 한 발은 오하이오에 다른 한 발은 골창에 담갔다.

내가 보고 싶었던 사람들 모두가 잭슨에서 치른 장례식에 참석했다. 지미 삼촌과 삼촌의 자녀들, 다른 친척들과 가족의 지인들, 여전히 팔팔했던 블랜턴 할아버지들까지 한데 모였다. 우리 집안의 거목들을 보자, 처음 11~12년 동안은 이들을 가족 모임이나 명절, 나른한 여름방학, 긴 주말처럼 행복할 때만 봤는데 최근 2년간은 장례식에서만 만나고 있다는 생각이 들었다.

전에 가봤던 다른 힐빌리 어른들의 장례식에서처럼 목사님은 모두에게 자리에서 일어나 고인을 추억하며 한마디씩 하라고 권했다. 지미 삼촌 옆자리에 앉아 있었던 나는 장례식이 진행된 한 시간 내내 흐느껴 우는 바람에 장례식이 끝날 때쯤이 되자 앞이 거의 보이지 않을 정도로 눈이 가려웠다. 그렇지만 이번이 정녕 마지막이란 것과 지금 (할보에게) 내 마음을 전하지 않으면 평생을 두고 후회하리라는 것을 알고 있었다.

나는 거의 10년 전에 있었던 일을 떠올리며 그때 들었던 말을 생각해내려 했으나 기억이 나질 않았다. 네 살인가 다섯 살 때였는데, 그때도 외외종조부의 장례식에 참석하러 잭슨에 와서 이번과 마찬가지로 디턴Deaton 장례식장의 신도석에 앉아 있었다.

미들타운에서 출발했던 우리 가족은 잭슨까지 오려면 장시간 운전을 해야 했다. 우리가 도착하자마자 목사님은 조문객들에게 고개를 숙이고 기도를 하자고 했고, 나는 고개를 숙이고 그대로 기절해버렸다. 할모의 오빠인 펫 할아버지가 나를 옆으로 눕히고 성경책을 베개 삼아 머리에 받쳐준 뒤 더 이상 크게 신경 쓰지 않았다.

나는 잠에 취해 있었던 터라 그 뒤로 무슨 일이 일어났는지 직접 보지 못했지만, 나중에 사람들이 하는 얘기를 한 100번쯤 들었을 것이다. 요즘까지도 그때 그 장례식에 참석했던 사람을 마주치기라도 하면 그들은 예외 없이 우리 힐빌리 할모와 할보 이야기를 꺼낸다.

교회에서 쏟아져나오는 조문객 틈에 내가 보이지 않자 할모와 할보는 의혹에 사로잡혔다. 두 분은 잭슨에도 변태들이 산다며, 오하이오나 인디애나, 캘리포니아에 있는 변태들만큼이나 나를 '따먹고' 싶어서 안달이 난 놈들이라고 말하는 분들이었다.

할보는 계획을 꾸몄다. 디턴 장례식장의 출구는 두 곳뿐이고, 차를 몰고 떠난 사람은 아직 없었다. 할보는 차로 달려가 본인이 쓸 44구경 매그넘과 할모에게 건넬 38구경 스페셜을 꺼내왔다. 그러고는 장례식장의 출구를 봉쇄하고 모든 차를 뒤지기 시작했다. 그리다 오랜 친구와 마주치면 상황을 설명하고 도움을 구했다. 또 다른 아는 사람을 만나면 그들까지 합세하여 마치 마약 단속국 요원들이라도 된 것처럼 차들 내부를 샅샅이 뒤지고 다녔다.

그때 펫 할아버지가 왜 교통을 차단하고 있느냐고 따지며 다가왔다. 할모와 할보가 상황을 설명하자 펫 할아버지는 배꼽을 잡고 웃으며 말했다. "지금 교회 신도석에 누워서 자고 있어. 어디에 있는지 내가 보여주지." 두 분은 나를 찾아낸 후에야 차들이 다시 자유롭게 통행할 수 있도록 통제를 풀었다.

할보가 내게 조준경이 달린 비비총을 사줬던 일도 떠올랐다. 할보는 총을 작업대 위에 놓고 바이스로 고정시킨 다음 목표물을 향해 반복해서 발사했다. 한 발씩 쏠 때마다 우리는 비비탄이 표적에 맞은 지점을 확인하며 십자선과 조준경을 조정했다. 그런 다음 할보는 내게 표적이 아닌 가늠 장치에 초점을 맞추는 방법과 방아쇠를 당기기 전에 숨을 내쉬어야 한다는 것 따위의 총 쏘는 방법을 가르쳐줬다.

수년이 흘러 내가 해군 신병 교육대에 있을 때, 사격 교관들은 총을 쏠 줄 '안다'는 풋내기들은 사실 원리를 잘못 배워온 경우가 태반이라서 오히려 성적이 형편없다고 말했다. 영 틀린 말은 아니었으나, 단 한 명의 예외가 있었다. 바로 나였다. 할보에게 총 쏘는 원리를 완벽하게 배웠던 나는 우리 소대에서 최고 기록을 달성하며 M16소총을 다루는 특등 사수가 됐다.

할보는 이해하기 어려울 정도로 무뚝뚝했다. 누구든 자기 마음에 들지 않는 말이나 행동을 하면 "쓸데없는 소리!"라며 호통을 쳤다. 그 말은 모두 입 닥치고 가만히 있으라는 신호였다. 할보는 자동차를 구입하고 되팔고 고치길 좋아했다. 자동차가 곧 할보의 취미였던 셈이다. 할보가 술을 끊고 며칠 지나지 않았을 때, 지미 삼촌이 집에 와보니 할보가 집 밖에서 오래된 자동차를 고치고 있었다고 한다.

"아버지가 욕을 퍼붓고 계셨어. '빌어먹을 일제 자동차, 싸구려 쓰레기 같으니라고. 얼마나 멍청한 새끼기에 부품을 이 따위로 만들었담!' 주변에 아는 사람이라고는 아무도 없었는데 말이야. 가만히 서서 들어보니까 쉴 새 없이 투덜거리면서 넋두리를 하시더구나. 얼마나 안쓰러워 보이던지."

취직한 지 얼마 안 됐던 삼촌은 자기가 번 돈으로 아버지를 몹시 도와주고 싶어서 할보에게 정비소에 가서 차를 수리해오자고 제안했다. 삼촌의 제안에 할보는 완전히 당황했다. "뭐라고? 왜?" 할보가 천진난만하게 물었다. "차 고치는 게 얼마나 재미있는데."

할보는 술배가 불룩하고 얼굴도 통통했지만, 팔다리는 가늘었다. 할보는 결코 말로써 사과하는 사람이 아니었다. 할보가 미국 땅 끝에서 끝으로 이사하는 위 이모를 도와주러 갔을 때, 이모는 과거 술에 빠져 살던 할보를 원망하며 부녀간에 대화할 시간이 왜 이렇게 없었던 거냐고 따지듯 물었다. "뭐, 지금 얘기하려무나. 지금 너랑 나랑 온종일 빌어먹을 차 안에 있게 생기지 않았냐." 말은 그렇게 했지만 할보는 행동으로 잘못을 비는 사람이었다. 가끔이지만 할보가 내게 욱하고 화를 낼 때면 언제나 새로운 장난감을 사주거나 같이 아이스크림을 먹으러 갔다.

할보는 시기와 장소에 따라 무시무시한 힐빌리가 되기도 했다. 위 이모의 이삿짐을 싣고 가던 아침 이른 시간에 둘은 고속도로 휴게소에 들렀다. 이모는 머리를 빗고 양치도 하느라 할보가 예상했던 시간보다 더 오랫동안 여자 화장실에 머물러 있었다. 할보는 배우 리암 니슨Liam Neeson이 나오는 영화의 주인공처럼 실탄을 장전한 권총을 손에 쥐고 화장실 문을 발로 차 열었다. 나중에 할보는 그때 이모가 변태 놈에게 강간을 당하고 있는 게 분명하다고 생각했다고 둘러댔다.

그 일이 있고 수년이 흐른 뒤, 이모가 기르던 강아지가 이모의 아기에게 으르렁거리는 모습을 본 할보는 댄 이모부에게 개를 치워버리지 않으면 부동액에 절인 고기를 개밥으로 주겠다고 경고했다. 농담으로 하는 소리가 아니었다. 30년 전, 옆 집 개가 우리 엄마를 물 뻔했을 때 할보는 그 개의 주인에게 똑같은 경고를 했었다. 그리고 일주일 뒤 그 개는 죽은 채로 발견됐다. 장례식장에서 나는 이런 일들을 떠올렸다.

그래도 가장 많이 떠올랐던 기억은 할보와 나에 관한 일이었다. 나는 갈수록 더 복잡해지는 수학 문제를 시간 가는 줄 모르고 풀었던 날이 떠올랐다. 할보는 내게 지식이 부족한 것과 지능이 부족한 건 다르다는 사실을 가르쳐줬다. 지식이 부족한 경우에는 인내심을 갖고 열심히 노력하면 해결할 수 있다고 했다. 지능이 부족한 경우라면? "젠장, 뭐 글러먹은 거지."

이모의 어린 딸과 나를 데리고 놀아주려고 할보가 어린아이처럼 바닥에 엎드렸던 장면도 떠올랐다. 할보가 "쓸데없는 소리!"라고 고함치고 투덜거리긴 했어도 우리를 맞이할 때 진심이 우러나지 않은 포옹이나 입맞춤을 한 적은 없었다.

할보는 후진 자동차 한 대를 사고 그것을 수리해서 린지 누나에게 선물했고, 누나가 사고로 그 차를 망가뜨리자 누나가 '가진 게 아무것도 없다'는 느낌이 들지 않도록 다른 차를 또 사서 그것도 고쳐주었다.

내가 엄마나 누나, 할모에게 화를 낼 때면 평소와 다르게 불같이 성을 내던 할보의 모습도 떠올랐다. 할보가 언젠가 내게 말했던 것처럼 "자기 집안의 여성들을 대하는 태도를 보면 그 남자를 알 수 있다"는 이유에서였다. 지난날 집안 여성들을 온당하게 대우하지 못했던 본인의 경험에서 얻은 지혜였다.

장례식장에서 나는 할보가 내게 얼마나 소중한 존재였는지 모든 사람에게 말하기로 마음먹고 자리에서 일어났다. "제게는 아빠가 있었던 적이 없습니다." 그리고 차근차근 말을 이었다. "그러나 그 자리엔 언제나 할보가 있었고, 할보는 제게 남자가 알아야 할 것들을 가르쳐줬어요." 그러고서 나는 할보가 내 삶에 어떤 영향을 미쳤는지 간략하게 말했다. "할보는 누구라도 부러워할 만한 최고의 아빠였습니다."

장례식이 끝나고 여러 사람이 다가와 내 용기를 칭찬했다. 그 사람들 가운데 엄마가 없다는 게 의아했다. 인파 속에 서 있던 엄마를 발견했는데, 마치 넋이 나간 사람 같았다. 엄마는 말을 걸어오는 사람들에게조차 별 대꾸를 하지 않았고, 몸이 축 늘어진 듯 움직임이 둔했다.

할모도 어딘가 언짢아 보였다. 할모는 원래 켄터키에 오면 물 만난 물고기라도 된 듯 편안해했다. 미들타운에서는 한 번도 마음 편하게 본모습을 드러낸 적이 없었다. 미들타운에서 우리가 가장 좋아했던 퍼킨스레스토랑Perkins에 아침을 먹으러 가면 매니저가 나와 할모에게 목소리를 낮춰달라거나 말을 가려서 해달라고 주의를 주기도 했다. 그러면 할모는 해달라는 대로 하면서도 불쾌해하며 "저 개자식"이라고 작게 중얼거렸다.

그러나 잭슨에서 저녁식사를 즐길 만한 유일한 식당인 빌스레스토랑Bill's Family Diner에서는 주방 직원들에게 "염병할! 밥 빨리 안 줄 거야?"라고 고함을 쳐댔고, 직원들은 할모에게 웃으며 "가요 가, 보니"라고 대꾸했다. 그럼 할모는 날 쳐다보며 이렇게 말했다. "저 친구들 골려주려고 그냥 장난치는 거란다, 알지? 저치들도 내가 꼰대가 아닌 걸 알거든."

진짜 힐빌리들과 오랜 친구들이 있는 잭슨에서는 할모가 말을 조심해서 뱉을 필요가 없었다. 몇 해 전에 있었던 할모의 오빠 장례식에서 할모와 할모의 조카인 데니스 이모가 운구자 중 한 사람을 변태라고 의심하고서 장례식장 사무실에 잠입해, 그 사람의 소지품을 뒤진 일이 있었다.

두 분은 방대한 양의 잡지 더미에서 「비버 헌트Beaver Hunt」• 몇 부를 발견했다. 장담컨대 이 잡지는 수생 포유류와는 전혀 관련 없는 잡지였을 것이다. 할모는 그 상황이 우습다고 생각했는지 "비버 헌트라니! 염병하네!"라며 깔깔거렸다.

• 1970년대에 미국에서 발행했던 포르노 월간지.

"한심한 인간 같으니라고." 할모와 데니스 이모는 잡지를 집으로 챙겨가 운구자의 아내에게 우편으로 보낼 작정이었다. 그러나 짧은 고민 끝에 할모가 마음을 바꿨다. "오늘 일진을 보아하니, 오하이오로 돌아가는 길에 교통사고라도 나겠는데. 그럼 경찰이 우리 차 트렁크 열었다가 빌어먹을 잡지를 발견하겠지? 졸지에 동성애자에 변태로 몰릴 거라 생각하니 끔찍하다, 얘."

두 분은 '그 변태 놈에게 교훈을 주려고' 잡지를 버리고는 그 일을 일절 입 밖에 내지 않았다. 잭슨이 아니면 할모의 이런 면모를 거의 볼 수 없었다.

할모가 「비버 헌트」를 훔쳤던 잭슨의 디턴 장례식장은 교회처럼 꾸며져 있었다. 건물 한가운데에는 제단이 있었고, 제단의 양 옆으로는 소파와 탁자가 비치된 넓은 방들이 있었다. 앞뒤로 난 복도는 직원 사무실과 작은 부엌, 화장실로 가는 출구로 이어져 있었다.

나는 그 조그마한 장례식장에서 외외증조할머니와 외외증조할아버지를 비롯한 여러 친척 어른들에게 작별인사를 고하며 인생의 많은 시간을 보냈다. 그리고 장례의 대상이 오랜 친구든 친오빠든 사랑하는 엄마든 간에, 할모는 매번 디턴에서 크게 웃고 위풍당당하게 욕지거리를 퍼부으며 일일이 조문객을 맞이했다.

그렇기에 내가 할보의 장례식 조문객을 맞다가 쉴 데를 찾느라 두리번거리던 중에 발견한 할모의 모습에 놀라지 않을 수 없었다. 할모는 장례식장 구석에 홀로 앉아서 절대 방전될 것 같지 않아 보였던 에너지를 충전하고 있었던 것이다.

할모는 멍하니 바닥을 바라보고 있었다. 할모의 눈빛에는 불같은 성미 대신에 처음 보는 어떤 그림자 같은 게 드리워져 있었다. 나는 할모 곁에 꿇어앉아 아무 말 없이 할모의 무릎을 베고 누웠다. 할모가 천하무적이 아니라는 사실을 그때 처음으로 깨달았다.

지나고 나서 생각해보니, 당시 할모와 엄마의 행동에는 슬픔 이상의 감정이 깃들어 있었다. 린지 누나와 맷 아저씨, 할모는 내게 그걸 보여주지 않으려고 최선을 다했다. 할모는 슬픔을 달래려면 내가 필요하다는 핑계를 대며, 내가 엄마 집에서 지내지 못하게 했다. 내게 할보의 죽음을 애도할 여유를 주려고 했던 걸까? 사실 잘 모르겠다.

처음에는 일이 잘못 흘러가고 있음을 눈치 채지 못했다. 할보는 돌아가셨고, 우리는 각자 다른 방법으로 슬픔을 이겨나갔다. 린지 누나는 대부분의 시간을 친구들과 함께 보내며 항상 분주하게 지냈다. 나는 최대한 할모와 붙어 지냈고 성경을 열심히 읽었다. 엄마는 평소보다 더 많이 잤는데, 나는 그게 엄마가 슬픔을 극복하는 방법이겠거니 하고 생각했다.

집에서 엄마는 아주 조금도 화를 참지 못했다. 누나가 설거지를 제대로 하지 않거나 개를 산책시키는 일을 깜빡하기라도 하면 엄마는 불같이 성질을 내며 고함을 쳤다. "날 정말 이해해준 사람은 아빠밖에 없었어! 이제 아빠도 없는데 너까지 날 힘들게 하는구나!" 그러나 원래 화가 많은 사람이었기에 그때도 나는 그러려니 하고 넘겼다.

엄마는 자기 혼자서만 슬퍼해야 한다고 생각하는 것 같았다. 엄마가 봤을 때 엄마와 할보 사이에는 특별한 유대감이 형성돼 있었으므로 위 이모는 슬퍼할 자격이 없었다. 마찬가지로 할모도 할보를 좋아하지도 않았고, 끝내 한 지붕 아래서 더 이상 같이 살지 않기로 했으니 할보의 죽음을 슬퍼할 자격이 없었다. 돌아가신 할아버지가 우리 아버지가 아니라 엄마의 아버지였으므로 린지 누나와 나는 그 두 사람 틈에 낄 수조차 없었다.

우리 삶이 달라지리라는 징후가 처음 나타났던 건, 내가 아침에 일어나서 엄마와 누나가 자고 있을 엄마네 집으로 걸어갔던 어느 날 아침이었다. 나는 집에 들어서자마자 누나 방으로 갔는데 누나는 자기 방이 아닌 내 방에서 자고 있었다. 자는 누나 옆에 무릎을 대고 앉아 누나를 깨우자 누나가 별안간 나를 꼭 끌어안았다. 누나는 한동안 그러고 있다가 애잔한 목소리로 말했다.

"곧 괜찮아질 거야, J(누나는 나를 J라고 불렀다). 괜찮을 거야."

그날 밤 누나가 왜 내 방에서 잤는지는 아직도 모르지만, 어떤 연유로 곧 괜찮아지리라고 말했는지는 곧 알게 됐다.

장례식을 치르고 며칠 지나서, 할모네 현관 포치에서 길거리를 내려다보다가 말도 안 되는 난리를 목격했다. 엄마가 자기 집 앞마당에서 목욕 수건만 걸치고는 자기를 진심으로 사랑하는 몇 안 되는 사람들을 향해 고래고래 악을 쓰고 있었다.

맷 아저씨에게는 "빌어먹을! 이 형편없는 놈아!"라고, 린지 누나에게는 "이기적이기만 한, 나쁜 년아! 네 아빠가 아니라 내 아빠라고! 그러니까 제발 내 앞에서 아빠 잃은 사람처럼 행동하지 마!"라고 소리쳤다. 또 믿기 힘들 정도로 엄마를 상냥하게 대해줬던, 동성애자라는 비밀을 갖고 있었던 태미 아주머니에게는 "날 어떻게 한번 해보려고 친구처럼 군거잖아!"라고 욕을 퍼부었다.

나는 곧장 달려가서 엄마에게 제발 좀 진정하라고 사정하려 했지만, 그땐 이미 경찰차가 도착한 뒤였다. 내가 현관 포치에 도착했을 때 한 경찰관이 엄마의 어깨를 그러잡고 있었고, 엄마는 주저앉아 발을 구르며 몸부림을 쳤다. 곧 경찰관은 엄마를 붙잡아 경찰차로 끌고 갔고, 엄마는 끌려가는 내내 반항했다.

포치에는 피가 떨어져 있었다. 누군가 엄마가 손목을 그었다고 말했다. 무슨 일이 있었는지는 모르지만, 그날 경찰관이 엄마를 체포했던 것 같진 않다. 할모가 엄마네 집으로 와서 누나와 나를 데리고 갔다. 그때 할보가 있었더라면 무엇을 해야 할지 알았으리라는 생각을 했던 기억이 난다.

할보의 죽음은 그동안 어둠 속에 가려져 있던 문제를 훤히 드러냈다. 아주 어린 꼬마가 아니고서야 그런 불길한 징조를 놓칠 사람은 없었을 것이다.

난동을 부리기 1년 전에 엄마는 인라인스케이트를 타고 응급실을 가로질러 다니다가 미들타운 병원에서 해고당했다. 그때는 엄마가 밥 아저씨와 이혼한 충격으로 이상한 행동을 한다고 생각했다. 마찬가지로 할모가 엄마를 두고 '술에 절었다'고 표현하는 것도 아무 말이나 뱉기 좋아하는 사람의 입에서 나온 의미 없는 말인 줄만 알았지, 실제로 더 나빠지는 현실을 꼬집은 말인 줄은 몰랐다.

엄마가 실직하고 얼마 지나지 않아서 캘리포니아로 여행을 떠났던 내가 엄마에게서 연락을 받은 건 딱 한 번뿐이었다. 그때는 할모가 나를 캘리포니아로 아예 보내야 할지를 두고 지미 삼촌과 도나 숙모와 비밀리에 의논하고 있었다는 사실을 전혀 몰랐다.

엄마가 길 한복판에서 악을 쓰며 부렸던 행패는 내가 지난날 몰랐던 일들이 쌓이고 쌓이다가 폭발한 것이었다. 엄마는 우리가 프레블 카운티로 이사한 지 얼마 되지 않았을 무렵부터 마약성 진통제를 복용하기 시작했다. 나는 엄마의 약물 복용이 합법적인 처방전에서 시작됐을 거라고 믿는다. 그러나 엄마는 곧 자기 환자들의 약까지 빼돌려가며, 응급실을 스케이트장으로 만들면 재미있겠다는 생각을 할 정도로 약에 빠져버렸다.

어느 정도는 사람 구실을 하는 중독자였던 엄마는, 할보의 죽음을 겪으면서 어른스러운 행동의 기본 규범조차 따라가지 못하는 심각한 중독자로 전락했던 것이다.

할보의 죽음이라는 사건은 이렇게 우리 가족의 삶의 방향을 완전히 비틀어놓았다. 할보가 세상을 떠나기 전까지 나는 할모와 엄마의 집을 오가며 혼란스럽긴 했어도 행복한 일상을 보냈다. 엄마의 남자 친구들이 들락거렸고, 엄마가 기분이 좋은 날도 그렇지 않은 날도 있었지만, 내겐 언제나 퇴로가 열려 있었다. 할보가 세상을 떠나고 엄마가 신시내티의 중독 치료 센터(우리는 Cincinnati Center for Addiction Treatment의 앞 글자 C.A.T.를 따서 캣하우스라고 불렀다)에 입원하자 내가 마치 할모의 짐짝처럼 느껴졌다.

물론 할모가 내게 그런 눈치를 줬던 적은 결코 없었으나, 이미 할모는 평생 가시밭길을 걸어온 터였다. 가난에 허덕이던 골창의 삶에서부터 할보의 폭력까지, 위 이모의 10대 결혼부터 엄마의 전과 기록까지, 할모는 일흔 살이 되도록 거의 일평생 위기를 해결하며 살아왔다. 그리고 비슷한 연배의 노인들이 은퇴의 단맛을 즐기고 있을 때 할모에게는 돌봐야 할 10대 손주가 둘이나 딸려 있었다.

일을 도와주는 할보마저 없으니 할모의 짐이 두 배는 더 무거워 보였다. 할보가 돌아가시고 몇 달이 흘렀을 때 내 머릿속에 디턴 장례식장 구석에 홀로 앉아 있던 여성이 떠오르면서, 우리 앞에서 얼마나 강한 모습을 보였든 간에 할모의 내면 어딘가에는 그때 그 모습을 한 여성이 존재한다는 생각을 떨쳐낼 수 없었다.

그래서 할모네 집으로 달려가거나 엄마에게 문제가 생길 때마다 할모에게 전화를 거는 대신, 린지 누나와 내가 모든 일을 스스로 해결하기로 했다. 누나는 막 고등학교를 졸업했고, 나는 초등학교를 졸업한 나이였지만, 우리는 꽤 잘 헤쳐나갔다.

맷 아저씨나 태미 아주머니가 음식을 갖다줄 때도 있었으나, 대부분의 끼니는 햄버거 헬퍼•나 즉석식품, 팝타르트••, 시리얼 등으로 우리가 알아서 해결했다. 공과금을 누가 지불했는지는 잘 모르겠다. (아마 할모였지 싶다.) 별다른 규율이 있던 건 아니었지만, 어떻게 보면 규율이 썩 필요하지도 않았다. 하루는 누나가 일을 마치고 집에 돌아왔는데, 그때 누나 친구들과 내가 술에 취해 있었다. 내가 누나 친구에게 술을 받아 마셨다는 걸 알게 됐을 때 누나는 냉정함을 잃지도, 그냥 웃어넘기지도 않았다. 누나는 친구들을 모조리 내쫓고서 내게 약물 남용에 관한 훈계를 늘어놨다.

우리는 할모를 자주 만났고, 할모는 줄곧 우리에게 어떻게 지내느냐고 물었다. 우리는 둘 다 독립생활을 즐겼고, 또 서로를 제외한 누구에게도 짐이 되고 있지 않다는 느낌도 좋아했었던 것 같다. 온 세상이 뒤집어지더라도 침착함을 잃지 않을 수 있을 정도

• 파스타 포장 식품의 브랜드명.

•• 주로 아침 대용이나 간식으로 먹는 페이스트리 제품으로, 단맛이 나는 잼이나 크림 등이 첨가돼 있다.

로 위기 대처에도 아주 능숙했기에, 우리 둘을 챙기는 것쯤이야 식은 죽 먹기였다. 우리가 엄마를 사랑하는 마음과는 별개로, 돌볼 사람이 하나 줄어든 우리의 삶은 확실히 이전보다 더 수월했다.

문제는 없었느냐고? 물론 있었다. 한번은 지역 관리 기관에서 우편물을 보내왔다. 내 무단결석 일수가 너무 많아서 부모님을 학교에서 소환하거나 시에서 고발할 수도 있다는 내용이었다. 누나와 나는 우편물을 읽으며 키득거렸다. 부모 중 한 명은 이미 고발당할 위기에 처해 있는 데다 마음대로 걸어다닐 자유조차 없는 상태이며, 다른 한 명은 어디서 어떻게 사는지도 모르는 상태이니 '소환'을 하려면 탐정을 써야 할지도 모를 노릇이었다.

그러나 한편으로는 두렵기도 했다. 우편물에 법적 보호자의 서명을 받는 것 외에는 도대체 뭘 어째야 할지 몰랐기 때문이다. 우리는 다른 문제들과 마찬가지로 이 일도 임시변통으로 처리했다. 누나가 엄마의 서명을 위조했고, 기관에서는 더 이상 우편물을 보내지 않았다.

지정된 평일과 주말이 되면 우리는 캣하우스에 가서 엄마를 만났다. 켄터키 산골, 할모와 할모의 총, 엄마의 폭발까지 모두 이전에 봤었던 익숙한 것들이라고 생각했다. 그러나 최근에 엄마의 새로운 문제가 드러나면서 나는 약물 중독에 물든 미국 사회의 밑바닥을 마주하게 됐다.

캣하우스에서 수요일은 항상 가족 훈련과 같은 집단 활동을 하는 날이었다. 가족 훈련은 널찍한 방에서 중독자들이 각 가정에 배정된 탁자에 둘러앉아 가족들에게 자신이 빠진 중독과 그 유발인자가 무엇이었는지를 설명하는 식으로 진행됐다. 한번은 엄마가 가계를 꾸리는 스트레스와 할보의 죽음을 받아들이는 고통에서 도망가려고 마약을 했다고 고백했다. 또 다른 시간에 누나와 나는, 평범한 수준의 남매 갈등도 엄마가 마약의 유혹을 뿌리치지 못하게 하는 데 한몫했었다는 사실을 알게 됐다.

이러한 훈련은 말다툼과 정제되지 않은 감정만 불러일으켰는데, 그게 프로그램의 목적이었던 것 같다. 그 거대한 방에서 나른 가족들(흑인이 아니면 우리처럼 남부 사투리를 쓰는 백인이었다)과 둘러앉아 있는 밤이면 고함을 치며 싸우는 소리, 자식들이 부모에게 끔찍하다고 질책하는 소리, 부모들이 일제히 자식들에게 용서를 구하며 흐느끼는 소리, 그러다 금세 가족들을 비난하는 소리가 여기저기서 들려왔다. 린지 누나가 엄마에게 할보의 장례를 치르고서 슬퍼하기는커녕 엄마만 신경 써야 했던 게 얼마나 원망스러웠는지, 그리고 결국 우리를 떠나버릴 엄마의 남자 친구들과 내가 가까이 지내는 걸 보는 게 얼마나 속상했는지를 말하는 걸 처음 들었던 곳도 바로 거기였다.

그곳의 분위기 때문이었는지 아니면 열여덟 살 가까이 됐던 누나의 나이 때문이었는지 모르겠지만, 엄마에게 맞서는 모습을 보니 누나가 정말로 어른으로 보이기 시작했다. 게다가 우리 집에서의 일상은 그런 누나의 위상을 더욱 강화할 뿐이었다.

엄마의 재활은 빠른 속도로 진행됐고, 시간이 갈수록 엄마의 상태도 눈에 띄게 나아졌다. 일요일은 가족과 자유로운 시간을 보내도록 일정이 짜여 있었다. 엄마를 바깥으로 데리고 나갈 수는 없었지만, 평상시처럼 엄마와 함께 밥을 먹고 텔레비전을 보며 대화를 나눌 수 있었다. 대체로 일요일에는 즐거웠지만, 우리가 할모와 너무 가깝게 지낸다는 이유로 엄마가 성내며 잔소리를 한 적이 한 번 있었다. "할모가 아니라 내가 너희 엄마잖니." 그때 나는 그동안 엄마가 누나와 내게 심었던 씨앗을 후회하기 시작했다는 걸 알아차렸다.

몇 달 뒤 엄마가 집에 왔을 때 엄마 손에 못 보던 용어집이 들려 있었다. 엄마는 「평온을 비는 기도」를 자주 외웠다. 「평온을 비는 기도」란 신에게 '바꿀 수 없는 것을 받아들이는 평온'을 구하는 기도문으로, 신도들로 구성된 중독자 집단에서 거의 필수적으로 활용하는 주요한 자료집이다. 엄마는 약물 중독은 질병이므로, 종양으로 암환자를 판단하지 않는 것처럼 마약성 진통제 중독자를 그 사람의 행동으로 판단해서는 안 된다고 했다.

그러나 열세 살의 내가 듣기에는 그저 터무니없는 소리에 지나지 않았다. 엄마가 새롭게 얻었다는 지식이 과학적으로 근거가 있는 주장인지 아니면 가족을 파멸로 몰고 간 중독자들의 변명인지를 놓고 엄마와 나는 자주 다퉜다. 아주 묘하게도 둘 다 사실인 것 같다.

연구자들이 밝혀낸 바에 의하면, 약물 중독에 유전적 기질이 작용하지만, 자신의 중독 증세를 질병으로 인지하는 사람들은 중독에 맞서 이겨내려는 경향이 덜했다. 결국 엄마는 스스로 진실을 말하고 있었으나, 그 진실이 엄마를 중독이라는 질병으로부터 자유롭게 해주지는 않았다.

나는 어떤 표어나 경구를 믿지는 않았지만, 엄마가 노력했다는 건 믿었다. 중독 치료를 받으면서 엄마에게 목적의식이 생긴 것 같았고 그 덕분에 우리는 조금 더 가까워질 수 있었다. 나는 엄마의 '질병'에 관해 읽을 수 있는 것들을 찾아 읽었고, 엄마가 참석하는 약물 중독자 모임 몇 군데에도 꼬박꼬박 따라갔다.

그런 모임은 생각하는 거의 그대로 진행됐다. 우울한 회의실과 열 개 남짓한 의자, 둥글게 모여 앉아서 "전 밥입니다. 중독자예요."라고 소개하는 낯선 사람들이 있었다. 나는 내가 모임에 따라가면 엄마의 상태가 정말로 더 나아질지도 모른다고 믿었다.

어느 모임에 갔을 때 한 남자가 쓰레기통에서나 날 듯한 냄새를 풍기며 제시간보다 몇 분 늦게 걸어 들어왔다. 엉킨 머리칼과 더러운 옷차림을 보니 노숙자 같았는데, 남자가 입을 떼자마자 내 추측이 들어맞았음을 알 수 있었다. "아이들이 저와 말하려고 하지 않아요. 아무도요." 남자는 말을 이었다. "저는 여기저기서 돈을 슬쩍해서 헤로인을 사는 데 씁니다. 오늘은 돈을 구할 데도 없고 헤로인도 없어서 여기로 왔습니다. 따뜻해 보이더라고요."

모임의 간사가 하루라도 마약을 끊어볼 생각이 있느냐고 묻자, 남자는 감탄스러울 만큼 솔직하게 대답했다. "그렇다고 대답할 수도 있습니다만, 솔직히 말하면 전 못 합니다. 그러겠다고 말해도 내일 밤이면 어제와 똑같은 짓을 하고 있겠죠."

그 후로 그 남자를 두 번 다시 보지 못했다. 남자가 문을 나서기 전에 누군가 그에게 어디에 사느냐고 물었다. "아, 저는 여기 해밀턴에서 거의 쭉 살았습니다. 고향은 켄터키 동부에 있는 오슬리 카운티Owsley County고요." 그때 나는 그 남자에게 그의 고향이 우리 조부모님의 고향 집에서 30킬로미터도 채 떨어지지 않은 곳이라고 말해줄 만큼 켄터키의 지리를 잘 알지 못했다.

덫에 걸린 기분

내가 중학교 2학년을 마칠 무렵에는 엄마가 1년 이상 맑은 정신을 유지하고 있었고, 맷 아저씨와도 2년인가 3년째 만나고 있었다. 나는 학교생활을 질하고 있었고, 할모는 두어 번의 휴가를 다녀온 뒤였다. 한 번은 지미 삼촌을 보러 캘리포니아에 다녀왔고, 또 한 번은 친구인 캐시 할머니와 라스베이거스 여행을 다녀왔다. 린지 누나는 할보가 돌아가시고 얼마 지나지 않아서 결혼했다. 나는 매형인 케빈을 좋아했고, 그건 지금도 마찬가지다. 누나를 막 대하지 않는다는 단순한 이유 때문이지만, 그게 내가 누나의 배우자에게 바라는 전부였다.

둘은 결혼한 지 1년이 채 안 돼서 아들을 낳았고 아들에게 카메론이라는 이름을 지어줬다. 누나는 엄마가 됐고, 엄마라는 역할을 굉장히 잘해냈다. 누나가 자랑스러웠고, 새로 생긴 조카가 사랑스러웠다. 위 이모도 두 아이를 낳아서 내가 예뻐할 아이들이 세 명이나 됐다. 나는 이런 모든 변화를 우리 가족이 다시 일어서는 징후로 여겼다. 고등학교 입학을 앞둔 여름이었고, 나는 희망에 찬 방학을 맞이했다.

그러나 그해 여름에 엄마는 내가 데이턴에 있는 맷 아저씨네 집으로 들어가게 될 거라고 알렸다. 나는 맷 아저씨를 좋아했고 그때는 이미 엄마가 아저씨네 집에서 한동안 살고 있기도 했다. 그러나 데이턴은 할모네 집에서 자동차로 45분이나 걸리는 거리에 있었고, 엄마는 내게 데이턴에서 학교를 다니라고 못을 박았다.

나는 미들타운에서 계속 살고 싶었다. 미들타운에 있는 고등학교에 가고 싶었고 미들타운에서 사귄 친구들과 헤어지기 싫었다. 보편적인 일은 아니었지만 주중에 엄마네와 할모네 집을 오가며 시간을 보내고 주말에는 아빠와 어울리는 내 삶이 만족스러웠다. 무엇보다 필요하면 언제든지 할모네 집에 갈 수 있었는데, 그게 내게는 아주 중요했다. 그런 안전판이 없을 때 내 삶이 어땠는지가 여전히 생생했고 그때로 돌아가고 싶은 마음은 추호도 없었다. 더군다나 어디로 가든 거기엔 누나와 조카가 없을 것이었다. 그래서 엄마가 맷 아저씨네 집으로 들어갈 거라고 말할 때 나는 "절대 안 돼요!"라고 소리치며 뛰쳐나갔다.

그 일을 계기로 내게 분노 문제가 있다고 생각한 엄마가 내 이름으로 본인의 상담치료사therapist와 상담 예약을 잡았다. 나는 엄마에게 상담치료사가 있다는 것도 몰랐고 비용을 지불할 여유가 있다는 것도 몰랐지만, 어쨌든 그 사람을 만나보기로 했다. 그 다음 주에 오하이오 데이턴 근처의 곰팡내 나는 낡은 사무실에서 처음으로 상담치료사를 만났다. 거기서 별 특징이 없는 중년 여성과 엄마와 내가 모여 앉아 그때 내가 왜 그렇게 화가 났던 건지 이해하려고 머리를 맞댔다.

나는 인간이란 자기 자신을 제대로 판단하지 못하는 존재라는 걸 알고 있었다. 그때 엄마에게 화를 낸 정도가 주변에서 봐왔던 다른 사람들보다 더 심하지는 않았다는(사실, 그보다 훨씬 덜했다) 내 생각이 틀렸을 수도 있었다. 엄마 말대로 내게 정말 분노 문제가 있었을지도 몰랐다. 나는 어느 쪽으로든 판단하지 않으려고 애썼다. 적어도 그 아주머니가 엄마와 내게 우리의 문제를 해결할 수 있는 기회라도 주겠거니 하고 생각했다.

그러나 대화의 시작부터 마치 기습 공격을 당한 기분이 들었다. 치료사는 다짜고짜 내게 어째서 엄마에게 고함을 치고 나가버렸는지, 내가 엄마의 자식이면 엄마와 함께 사는 게 법적으로 마땅한데 그걸 왜 받아들이지 않는 건지 물었다. 그러고는 내가 과거에 '폭발'했다는 사건들을 연대순으로 쭉 열거했는데, 그중에는 기억이 나지 않을 만큼 옛날 일도 있었다.

이를테면 다섯 살 때 백화점에서 물건을 사달라고 떼를 썼던 일이나, 학교에서 다른 애와 싸웠던 일(할모의 말에 용기를 얻어 따돌림 주동자를 패줬던 일이었다), 엄마의 '훈육' 때문에 집에서 뛰쳐나와 할모 집으로 도망갔던 일들까지 끄집어냈다. 엄마의 일방적인 얘기만 듣고서 날 판단한 게 분명했다. 치료사의 말을 듣고 있으니, 없던 분노까지 생길 것만 같았다.

"지금 무슨 소리를 하시는 줄이나 아세요?" 내가 물었다. 나는 열네 살이었고 적어도 최소한의 직업윤리 의식에 관해서는 알고 있었다. "저를 비난만 할 게 아니라 제 의견을 물어봐야 하는 거 아닌가요?"

1시간 동안 나는 그때까지의 내 인생을 간략하게 설명했다. 단어를 신중하게 선택해야 했기에 하나부터 열까지 모든 이야기를 늘어놓지는 않았다. 1~2년 전 엄마의 가정 폭력 소송 중에 누나와 내가 엄마의 잘못된 양육 방식을 드러내는 사소한 일들을 무심코 입 밖에 냈다가, 그게 새로운 학대 사실로 간주되는 바람에 가족 문제 상담사가 아동보호기관에 보고해야 했던 일이 있었다. (엄마를 보호하기 위해) 또다시 아동보호기관에서 개입하지 않도록 상담치료사에게 거짓말을 해야 하는 역설적인 상황에서 이번에는 실수하지 않았다. 그러고도 상황을 충분히 잘 설명했다. 한 시간이 지나고 상담치료사는 짧게 대답했다. "둘이 따로 얘기 좀 해야겠네요."

나는 그 여자를 내게 도움을 줄 사람이 아니라 넘어야 할 장애물, 엄마가 설치해놓은 장애물로 생각했다. 그래서 내가 어떤 심정인지 겨우 절반 정도만 설명했다. 평생 의지하고 지냈던 모든 사람들과 나 사이에 45분이라는 장벽을 세우고 싶은 마음이 전혀 없다고, 새로운 곳에서 다시 자리를 잡으라는 말은 날 내쫓겠다는 협박이나 다름없다고 말했다. 상담치료사는 내 말을 정확하게 이해했다.

내가 그녀에게 털어놓지 않았던 나머지 절반은, 살면서 처음으로 덫에 걸린 기분이 든다는 것이었다. 이제 할보는 없다. 폐기종이라는 질병을 보면 알 수 있듯 오랫동안 흡연가로 살았던 할모는 열네 살 사내아이를 돌보기엔 너무 늙고 지쳐 보였다. 이모와 이모부에게는 두 자녀가 있었다. 린지 누나는 갓 결혼을 해서 자기 자식을 낳았다. 내게는 갈 곳이 없었다.

그동안 혼란과 다툼, 폭력, 마약 문제가 뒤섞인 매우 불안정한 상태에 노출된 채 살았으면서도 출구가 없다는 느낌을 받은 적은 없었다. 상담치료사가 내게 어떻게 하고 싶으냐고 물었을 때 나는 아빠와 사는 게 좋을 것 같다고 대답했다. 그녀도 좋은 생각이라고 말했다. 사무실을 나설 때 나는 시간을 내준 상담치료사에게 고마운 마음이 들었다. 그리고 그녀를 다시 볼 일이 없으리란 걸 알았다.

엄마가 세상을 바라보는 눈에는 중대한 맹점이 존재했다. 내게 데이턴으로 이사를 가자고 한 일이나, 싫다는 내 반응에 진심으로 놀란 일이나, 치료사에게 나를 일방적으로 소개해놓고 상담을 받게 한 일로 미루어보건대, 엄마는 누나와 내 불만이 무엇인지 전혀 이해하지 못하고 있었다. 언젠가 누나는 내게 이런 말을 했다. "엄마는 그냥 아무것도 몰라." 처음에 나는 누나의 의견에 반대했다. "아냐, 엄마도 당연히 알아. 근데 그냥 그게 엄마 성격이라 그래. 못 바꾸는 성격." 나는 치료사를 만나고 나서야 누나 말이 옳았다는 걸 깨달았다.

내가 아빠와 살겠다고 말하자 할모는 물론이고 모두가 언짢아했다. 아무도 수긍하지 않았지만, 일일이 설명한다고 해결될 것 같지도 않았다. 내가 사실대로 말하면 누군가는 남는 방을 내주겠다고 할 터였고, 앞으로 쭉 나를 데리고 살겠다는 할모의 주장에 반대할 사람도 없을 것을 알았다.

할모와 함께 살게 된다면 엄청난 죄책감에 시달리게 될 것도 알았다. 보는 사람마다 내게 왜 엄마나 아빠가 아니라 할머니와 함께 사느냐고 질문 공세를 퍼부으리란 것도 알았다. 이제 휴식을 취하며 노후를 즐겨야 한다고 오지랖을 부리는 사람들에게 할모가 시달리게 되리란 것도 알았다.

전에는 내가 할모에게 짐이 되리라는 생각을 해본 적이 없었다. 그러나 조그마한 단서들이 꾸준히 그렇다고 말하고 있었다. 할모가 나지막이 중얼거리는 넋두리가 그랬고, 어두운 색 옷처럼 할모를 감싸고 있던 피로도 그랬다. 나는 할모의 짐이 되고 싶지 않았기에 가장 덜 나빠 보이는 선택을 했던 것이다.

어떤 면에서는 아빠와 함께 사는 게 좋았다. 내가 항상 바랐던 삶의 모습처럼 아버지의 삶은 정상적이었다. 의붓어머니는 시간제로 일했지만, 대개 집에 있었다. 아빠는 거의 매일 비슷한 시간에 퇴근했다. 저녁식사 준비는 주로 의붓어머니가 했으나, 가끔 아빠가 할 때도 있었다. 어쨌든 둘 중에 한 명은 매일 식사 준비를 했고, 항상 가족이 한데 모여 저녁을 먹었다. 식전에는 언제나 감사기도를 했다. (나는 늘 그 시간을 좋아했지만, 켄터키가 아닌 곳에서는 한 번도 해본 적이 없었다.) 주중 저녁이면 다 같이 가족 시트콤을 시청했다.

무엇보다 아빠와 셰릴 아주머니는 서로에게 절대로 고함치지 않았다. 언젠가 둘이서 돈 문제로 목소리를 높여 다투는 소리를 들었으나, 언성을 조금 높였을 뿐 고함과는 거리가 먼 것이었다.

아빠네 집에서 처음 맞이한 주말에 남동생이 주말 내내 같이 놀 친구를 집에 데리고 왔다. 월요일이 오더라도 다른 집에 가지 않으리란 사실을 알게 된 이후 처음으로 아빠와 함께 보내는 주말이었다. 다 같이 연못에서 낚시를 하고, 말에게 먹이를 주고, 저녁에는 스테이크를 구워 먹었다. 밤부터 이른 새벽까지 영화 〈인디애나 존스〉 시리즈를 봤다.

그러는 동안에 싸우는 사람도, 욕을 퍼붓는 사람도, 화를 참지 못하고 바닥이나 벽에 유리그릇을 던져 깨부수는 사람도 없었다. 지루한 저녁이었다. 하지만 그건 내가 아빠의 가정에 끌린 이유이기도 했다.

그래도 나는 결코 경계심을 늦추지 않았다. 내가 아빠네 집으로 들어갔을 때는 아빠를 다시 만나고 2년이 흐른 뒤였다. 나는 아빠가 좋은 사람이고 약간 조용한 편이며 엄격한 전통을 따르는 독실한 기독교인이라는 걸 알고 있었다. 다시 만났을 때 아빠는 내 음악 취향인 클래식 록, 특히 레드 제플린의 음악이 마음이 들지 않는다고 딱 잘라 말했다. 그렇다고 내게 무섭게 굴지는 않았고(아빠는 그런 성격이 아니었다), 내가 가장 좋아하는 밴드의 음악을 듣지 말라고 하지도 않았다. 그저 내게 클래식 록 말고 기독교 록 음악을 들으라고 조언했을 뿐이다.

아빠에게 내가 '매직 더 개더링'•이라는, 멍청해 보이는 트레이딩 카드를 수집한다는 얘기를 차마 할 수 없었다. 아빠가 내 카드를 보고서 내가 사탄을 숭배한다고 생각할까 봐 두려워서였는데, 어쨌든 교회 학생부에서는 '매직 더 개더링' 얘기를 자꾸 꺼내며 그 게임이 어린 기독교인에게 사악한 영향을 미친다고들 했다. 또 나는 10대라면 대부분 그렇듯 믿음에 여러 의문이 들기도 했다. 이를테면 믿음이 현대 과학과 양립할 수 있는지 또는 특정 교리 분쟁에서 어떤 종파가 옳은지와 같은 것들이었다.

이런 걸 묻는다고 아빠가 화를 낼 것 같지는 않았지만, 어떻게 반응할지 몰랐기에 한 번도 물어보지 않았다. 사탄의 자식이라고

• 마법사들의 전쟁을 모티브로 하는 전략 게임.

꾸짖으며 날 내쫓을지도 몰랐다. 다시 만난 아빠가 나를 좋은 아이라고 생각하고 있는지 어떤지도 몰랐다. 어린 동생들이 있는 집에서 레드 제플린 시디를 듣다가 들키면 아빠가 뭐라고 할지도 몰랐다. 아무것도 모른다는 사실 때문에 난 견딜 수 없을 정도로 괴로웠다.

일일이 설명을 듣지 않았어도 할모는 내가 무슨 생각을 하는지 다 알고 있었던 것 같다. 할모와 자주 통화를 했는데, 하루는 할모가 누구보다 나를 사랑한다는 걸 꼭 기억하라는 말과 함께 돌아올 준비가 되면 언제든 집으로 돌아오길 바란다고 말했다. "J. D., 여기가 너희 집이란다. 언제나 그럴 거야." 다음 날 나는 린지 누나에게 전화를 걸어 나를 데리러 와달라고 부탁했다. 누나에게는 직장과 집안일, 남편과 아기까지 있었다. 그러나 누나는 추호의 망설임도 없이 대답했다. "45분 후에 도착할 거야."

내가 아빠에게 사과의 말을 전하자 아빠는 내 결정에 상심한 듯했지만, 그래도 나를 이해한다고 말했다. "정신 나간 네 할머니를 벗어날 수 없겠지. 할머니가 너한테 얼마나 잘해주는지는 아빠도 잘 알고 있단다."

할모는 단 한 번도 아빠를 칭찬한 적이 없었는데, 아빠가 할모를 인정하고 있었다니 전혀 뜻밖이었다. 그리고 그때 내가 그동안 겪어온 복잡하고 상반된 감정을 아빠가 이해하고 있다는 걸 처음으로 알게 됐다. 내겐 아주 의미 있는 일이었다. 누나와 누나의 가족이 나를 데리러 왔을 때 나는 차에 올라타 한숨을 짓고서 누나에게 인사를 했다. "집에 데려다줘서 고마워." 그러고는 어린 조카의 이마에 입을 맞추고 할모네 집에 도착할 때까지 아무런 말도 하지 않았다.

남은 여름방학을 거의 할모와 함께 보냈다. 아빠와 지낸 몇 주 동안 에피파니epiphany•의 순간이 찾아오거나 하는 일은 없었다. 나는 여전히 할모와 지내고 싶은 마음과, 나 때문에 할모가 노년의 안락함을 누리지 못하리라는 두려움 사이에 붙잡혀 있었다. 결국 고등학교에 입학하기 전에 나는, 미들타운에서 고등학교를 가게 해주고 언제든 할모를 보러갈 수 있게 해준다면 데이턴으로 따라가겠다고 엄마에게 말했다. 엄마는 1년 뒤에 데이턴으로 전학을 해야 할 거라고 말했지만, 그건 그때 가서 걱정하기로 했다.

엄마, 맷 아저씨와 함께 사는 내내 마치 세상 끝으로 내달리는 롤러코스터의 맨 앞줄에 앉아 있는 느낌이었다. 나나 엄마의 기준에서 보면 꽤 평범한 싸움이었지만, 가엾은 맷 아저씨는 언제 뜬금없이 미친 동네로 가는 롤러코스터에 오르게 될지 불안해할 게 뻔했다. 집안에는 우리 셋뿐이었고, 셋 다 이대로는 안 되리란 사실을 똑똑히 알고 있었다. 시간문제였다. 맷 아저씨는 좋은 남자였고, 누나와 내가 농담으로 했던 말처럼 좋은 남자는 누구도

• '인생을 변화시키는 한순간의 경험'을 의미한다.

우리 가족 앞에서 살아남지 못했다.

이듬해 학교를 일찍 마치고 돌아온 어느 날, 엄마는 내게 결혼 소식을 알렸다. 나는 엄마와 맷 아저씨의 관계가 어떤지 잘 알고 있었으므로 놀라지 않을 수 없었다. 아마 눈에 보이던 것만큼 상황이 나쁘지는 않았던 모양이라고 생각하며 엄마에게 말했다. "솔직히 맷 아저씨랑 곧 헤어지실 줄 알았어요. 거의 매일 싸우시잖아요." 엄마는 더 놀라운 대답을 들려줬다. "그게, 그 사람과 결혼한다는 게 아냐."

도무지 믿기 힘든 이야기였다. 엄마는 몇 달 전부터 동네 투석센터에서 간호사로 일하고 있었다. 어느 날 저녁, 열 살쯤 더 많은 엄마의 상사가 엄마에게 데이트 신청을 했고 엄마는 어쩔 수 없이 응했다. 엄마는 일주일 뒤에 프러포즈를 받았고, 뒤죽박죽이 되어버린 맷 아저씨와의 관계 때문에 결혼마저 승낙했다고 했다. 내가 이 이야기를 들은 건 목요일이었다. 그리고 그 주 토요일에 우리는 켄 아저씨네 집으로 이사했다. 2년 사이에 네 번째로 들어가게 된 집이었다.

켄 아저씨는 한국에서 태어나 미국인 참전 용사 부부에게 길러진 사람이었다. 아저씨네 집으로 들어간 첫 주에, 나는 자그마한 온실을 살펴보다가 우연히 꽤 큰 대마를 발견했다. 내게 이 이야기를 들은 엄마는 켄 아저씨에게 말을 전했고, 그날 해가 지기 전에 대마는 토마토로 바뀌어 있었다. 나와 마주쳤을 때 아저씨는 한참을 더듬거렸다. "의료 목적이란다. 걱정하지 않아도 돼."

켄 아저씨의 어린 딸과 내 또래의 아들 둘은 당시 상황을 나만큼이나 불편해했다. 큰 아들은 우리 엄마와 끊임없이 싸웠는데, 나는 애팔래치아 예법의 가르침을 받았던 터라, 엄마에게 거는 싸움을 내게 거는 싸움으로 받아들였다.

하루는 잠자리에 들기 직전에 아래층에 내려갔다가 그 애가 우리 엄마에게 '나쁜 년'이라고 지껄이는 소리를 들었다. 자존심이 있는 힐빌리라면 그냥 보고만 있을 수 없는 상황이었고, 나는 새로 생긴 의붓동생에게 초주검이 되도록 두들겨 패버리겠다고 아주 똑 부러지게 말했다.

까딱하면 주먹이 날아갈 일촉즉발의 긴장감이 감돌아서 엄마와 켄 아저씨는 그날 밤 나와 동생을 떨어뜨려 놓아야겠다고 결정했다. 그날이라고 유난히 더 화가 났던 건 아니었다. 싸우고자 하는 마음은 의무감에서 생긴 것이었다. 그러나 아주 강한 의무감이었고, 결국 엄마와 나는 그날 밤 할모네 집으로 가야 했다.

〈웨스트 윙The West Wing〉•에서 미국 교육을 다룬 회를 보던 기억이 난다. 드라마의 등장인물 대다수는 교육이야말로 정당하게 기회를 잡을 수 있는 열쇠라고 믿는다. 허구의 대통령이 바우처

• 1999년부터 NBC에서 방영한 정치 드라마.

제도를 강력히 추구할지 아니면 실패하는 학교를 개혁하는 데만 집중할지를 놓고 토론하는 장면이 나온다. 바우처 제도란 실패하는 학교를 피해서 진학할 수 있도록 정부에서 학생들에게 공금을 지급하는 제도다. 우리 학군에도 오랫동안 바우처 혜택을 받을 정도로 실패한 학교가 많았으니 그 자체는 분명 중요한 토론 주제였다.

하지만 가난한 아이들이 무엇 때문에 학교생활을 엉망으로 하는지, 그 원인을 찾는 회의 내내 공공 기관의 책임만 언급하는 부분은 쉬이 이해되지 않았다. 내가 다녔던 고등학교의 선생님이 최근에 내게 이렇게 말했다. "사람들은 우리가 방황하는 아이들의 목자가 돼주길 바라지. 그런 애들 대부분이 늑대에게 길러진다는 현실을 툭 까놓고 얘기하는 사람은 아무도 없다는 게 문제야."

엄마와 내가 켄 아저씨네 집에서 할모네 집으로 도망간 다음 날 무슨 일이 있었는지 모르겠다. 어쩌면 내가 대비하지 못했던 시험을 치렀을지 모른다. 혹은 끝마칠 시간이 없었던 숙제를 제출해야 했을지도 모른다. 기억나는 것이라고는 내가 아주 형편없는 고등학생이었다는 사실뿐이다. 기회를 가로막는 진정한 장애물은 내가 다녔던 표준 이하의 공립학교가 아니라 거듭되는 이사와 싸움이었다. 새로운 사람들을 만나고 사랑하고 잊어버리길 끝없이 반복해야 한다는 현실이었다.

그때는 몰랐지만, 나는 거의 벼랑 끝에 몰려 있었다. 고등학교

1학년 때 나는 평점 2.1을 받으며 거의 낙제할 위기까지 갔다. 숙제도 공부도 하지 않았고 출석률은 최악이었다. 꾀병을 부려서 학교를 빠진 날도 있었고, 아무 이유 없이 빠진 날도 있었다. 그나마 학교에 갔던 건 몇 해 전에 학교에서 받았던 우편물, 즉 내가 출석하지 않으면 행정기관에서 카운티의 사회복지 시설에 고발할 거라는 우편물을 다시 받지 않기 위해서였다.

바닥을 친 출석률은 곧 약물 실험으로 이어졌다. 심각한 건 아니었고, 내 손으로 구할 수 있는 술, 그리고 켄 아저씨의 아들과 내가 찾아낸 대마초 정도였다. 최종적으로 나는 토마토와 대마를 구분할 줄 알게 됐다.

살면서 처음으로 린지 누나와 동떨어졌다는 느낌이 들었다. 누나는 1년 넘게 결혼생활을 잘 유지하고 있었고 누나에게는 아장아장 걷는 아이도 있었다. 누나가 우리 집에서 일어난 모든 일을 보고 자라면서도 버젓한 직업을 갖고, 누나에게 잘해주는 사람을 만나 결혼했다니 어딘가 모르게 누나가 영웅 같아 보였다. 누나는 진심으로 행복해 보였다. 누나는 어린 아들을 애지중지하는 좋은 엄마였다. 그리고 크지는 않지만 할모네 집에서 멀리 떨어지지 않은 집에 살고 있었다. 누나는 자리를 잘 잡아가고 있는 것 같았다.

누나에게 잘된 일이라고 생각하면서도, 당시에는 누나를 떠올리면 나와 다른 세상 사람처럼 느껴졌다. 태어나서 여태껏 한 번도 누나와 떨어져 지낸 적이 없었는데, 이제 누나는 미들타운에 살고 있고, 나는 미들타운에서 30킬로미터쯤 떨어진 켄 아저씨네 집에서 살고 있었다. 누나는 엄마와는 거의 정반대의 삶을 꾸려 나갔다. 틀림없이 훌륭한 엄마가 될 것이었고, 결혼생활을 성공적으로 (그리고 한 번만) 할 것이었다.

그러나 나는 우리가 그토록 끔찍해하던 진창에 빠져 있었다. 누나와 매형이 플로리다와 캘리포니아로 여행을 떠난 동안, 나는 오하이오 마이애미즈버그Miamisburg에 있는 낯선 이의 집에 처박혀 있었다.

제2부

힐빌리의 이방인,
그러나 벗어날 수 없는 그늘

할모의 품으로

새로운 환경이 내게 어떤 영향을 미치고 있는지 할모는 거의 몰랐다. 내가 말을 안 했으니 그럴 수밖에 없기도 했다. 켄 아저씨네 집으로 들어간 지 겨우 한두 달 만에 찾아온 긴 크리스마스 연휴에, 나는 푸념이라도 늘어놓으려고 할모에게 전화를 걸었다. 할모가 전화를 받자 뒤에서 다른 친척들의 목소리가 들려왔다. 숙모가 있는 것 같았고 게일 이모와 다른 친척들도 꽤 모여 있는 것 같았다. 영락없는 명절 분위기였다.

애초에 나는 모르는 사람들과 살아야 한다는 게 너무 끔찍하다고, 전에는 누나가 곁에 있었고 언제든 할모 집으로 갈 수 있었던 덕분에 그나마 버틸 수 있었는데 이제 아무것도 없다는 말을 하려고 전화를 걸었다. 그러나 차마 그런 내 용건을 꺼낼 용기가 나지 않았다. 하릴없이 친척들에게 사랑한다는 인사를 전해달라는 부탁만 하고 전화를 끊은 뒤, 텔레비전을 보러 위층으로 올라갔다. 그때만큼 외로운 적이 없었다.

그나마 다행인 것은 계속 미들타운고등학교에 다니면서 친구들과 떨어지지 않아도 됐고, 몇 시간씩이라도 할모 집에 머물 수 있었다는 것이다. 학기 중에는 일주일에 몇 번씩 할모 집에 들렀고, 그럴 때마다 할모는 공부를 열심히 하는 게 얼마나 중요한 일인지에 대해 내게 설교를 늘어놓았다. 우리 집안에서 '성공할' 사람은 나뿐이라는 말도 빼놓지 않았다. 그런 할모에게 내 현실을 까발릴 배짱이 생기지 않았다. 나는 변호사나 의사, 사업가가 되어야 했지 고등학교 중퇴자가 되어서는 안 됐다. 그러나 나는 그 어떤 직업도 아닌 중퇴자의 길로 접어들고 있었다.

엄마가 나를 찾아와 소변 한 통을 받아달라고 했던 날 아침에 할모가 모든 사실을 알게 됐다. 전날 할모네 집에서 자고 일어나 등교 준비를 하고 있는데 엄마가 미친 사람처럼 헐레벌떡 날뛰며 집 안으로 들어왔다. 간호 협회에서 간호사를 대상으로 불시의 소변 검사를 실시하여 이를 통과한 이들에게만 면허를 갱신해줬는데, 그날 아침에는 엄마에게 전화를 해서 일과를 마치기 전에 소변 검사물을 제출하라고 통보했던 것이다. 할모의 소변은 십수 가지 처방 약물로 오염돼 있었으므로 엄마가 소변을 부탁할 사람은 나뿐이었다.

아들에게 소변을 달라고 부탁하는 사람의 태도치고는 너무나 당당했다. 엄마는 양심의 가책을 전혀 느끼는 것 같지 않았다. 해서는 안 될 부탁을 하고 있다는 것도 모르는 태도였다. 게다가 다시는 마약을 복용하지 않겠다던 약속을 깨놓고서 일말의 죄책감도 느끼지 않는 듯했다.

나는 엄마의 부탁을 거절했다. 그러자 엄마가 태도를 바꿔 미안하다며 절박하게 애원했다. 엄마는 눈물까지 흘리며 내게 매달렸다. "약속할게. 엄마가 앞으로 잘할게. 정말이야." 전에도 숱하게 들었던 말이라서 눈곱만큼도 믿음이 가지 않았다. 린지 누나가 언젠가 내게 엄마를 생존자라고 표현한 적이 있다. 엄마는 유년기에서 살아남았고, 자신을 거쳐 간 남자들 사이에서도 살아남았다. 또 법률에 저촉되는 행동을 일삼으면서도 살아남았다. 그리고 이제는 간호 협회에서 살아남기 위해 할 수 있는 모든 일을 하는 중이었다.

분노가 치밀었다. 엄마에게 깨끗한 소변이 필요하거든 신세 조지는 짓일랑 때려치우고 본인의 방광에서 받아다 써야 할 게 아니냐고 따졌다. 할모에게는 엄마를 가만히 보고만 있어서 이 지경까지 온 거라고, 30년 전에 할모가 호되게 다그쳤으면 자기 아들에게 소변을 달라고 하는 일은 없지 않았겠느냐고 따져 물었다. 엄마에게 아주 형편없는 어머니라고, 할모에게도 마찬가지로 형편없는 어머니라고 소리쳤다. 할모의 얼굴에서 핏기가 가시더니 할모는 내 눈조차 마주하려 하지 않았다. 정곡을 찌르는 내 말에 상처를 받은 게 분명했다.

모두 진심에서 우러나온 말이긴 했으나, 사실 내 소변도 깨끗하지 않을 가능성이 있었다. 소파에 엎드린 채 숨죽여 울고만 있는 엄마와 달리 할모는 내 말에 상처를 받고도 쉽게 물러서지 않았다. 나는 화장실로 할모를 데리고 가서, 몇 주 전에 켄 아저씨의 대마초를 두어 번 피웠다고 속삭이며 털어놨다. "그래서 줄 수가 없어요. 엄마가 내 소변을 가져갔다가는 둘 다 곤란해질 거예요."

우선 할모는 3주 동안 대마초 두어 번 빨았다고 해서 검사 결과에 영향이 미치는 건 아니라며, 날 안심시켰다. "게다가 네 놈 새끼는 아마 대마초를 어떻게 피우는지도 몰랐을 게다. 네 놈은 한다고 했어도 속까지 들이마시지도 못했을 게야." 그러고 나서는 내게 도리를 따졌다. "아가, 이게 잘못된 일인 건 할미도 안단다. 그래도 네 엄마고, 내 딸이잖니. 우리가 이번에 엄마를 도와주면 이번에는 정신을 차릴지도 몰라."

할모의 한마디는 내가 차마 거절할 수 없는, 놓을 수 없는 희망이었다. 그 희망 때문에 그 많은 약물 중독자 모임에 내 발로 걸어갔고 중독에 관한 책을 읽어댔고 엄마의 치료 프로그램에 최대한 참여했다. 열두 살 때, 당시 엄마의 상태라면 충분히 일을 저지를 수 있다는 걸 알면서도 엄마를 따라 차에 올라탔던 것도 그런 희망 때문이었다.

할모는 내 마음으로는 헤아릴 수 없을 만큼 비통하고 실망스러운 일을 겪고 난 뒤에도 결코 그 희망을 놓지 않았다. 사랑하는 이들에게 평생 그토록 배신을 당해놓고도, 언제나 그들을 믿을 구실을 찾아냈다. 그래서 나는 그날 할모의 말을 들은 걸 후회하지 않는다. 엄마에게 내 소변을 준 건 분명 잘못된 일이지만, 할모가 하자는 대로 한 걸 후회하진 않으리라. 할모는 결혼 초에 치가 떨릴 만큼 고생을 하고서도 희망 하나로 할보를 용서했다. 내게 할모가 가장 필요했던 시기에 나를 집으로 불러들인 것도 할모의 그런 희망 덕분이었다.

할모가 하자는 대로 해놓고도, 가슴속에서 무엇인가가 무너져 내린 것 같은 느낌이 들었다. 엄마를 돕지 말았어야 했다는 후회 때문에 펑펑 울어서 벌게진 눈을 하고 학교에 갔다. 이 일이 일어나기 몇 주 전 엄마와 중식 뷔페에 갔을 때, 멍한 상태로 입안에 음식을 욱여넣는 엄마를 보고 당황했던 적이 있다.

그때를 생각하면 지금도 피가 거꾸로 솟는다. 엄마는 숟가락이 접시 위로 떨어지면 다시 음식을 퍼서 입 안으로 집어넣기만 할 뿐, 눈을 뜨지도 입을 다물지도 못했다. 다른 테이블의 손님들이 이상한 시선으로 우리를 쳐다봤고, 당황한 켄 아저씨는 할 말을 잃었는데도 엄마는 아무것도 의식하지 못했다.

엄마가 그렇게 넋이 나갔던 건 처방받은 (마약성) 진통제 때문이었다. 그 일로 나는 엄마를 증오하며 엄마가 또다시 마약을 하는 날엔 반드시 집을 나가겠노라고 마음먹었다.

소변 사건은 할모에게도 마지막 지푸라기였다. 난리를 치른 날

학교를 마치고 돌아왔을 때 할모는 내게 더 이상 왔다 갔다 하지 말고 앞으로 쭉 할모와 함께 살자고 했다. 엄마도 별로 신경 쓰지 않는 것 같았다. 엄마는 그저 '휴식'이 필요하다고 말했는데, 나는 그 말을 엄마라는 역할로부터의 휴식이라고 받아들였다. 켄 아저씨와도 오래 가지 못했다. 같은 해 학기가 끝날 무렵, 엄마는 아저씨네 집에서 나왔고 나는 할모 집으로 들어갔다. 그리고 다시는 엄마와 엄마의 남자가 사는 집으로 돌아가지 않았다. 어쨌든 엄마는 소변 검사를 통과했다.

이집 저집을 오가면서도 내 물건은 거의 할모네 집에 두었기 때문에 딱히 짐을 쌀 것도 없었다. 애초에 할모는 켄 아저씨네 식구가 내 양말이나 셔츠 따위를 훔쳐갈지도 모른다며 짐을 많이 챙겨들고 가지 못하게 했다. 하지만 아저씨와 애들 중 누구도 내 물건을 훔치지 않았다.

할모와 함께 사는 일 자체는 매우 좋았지만, 동시에 할모는 여러 단계에 걸쳐 내 인내심을 시험했다. 나는 여전히 할모에게 짐이 되고 있다는 근심을 떨치지 못해 힘들었다. 무엇보다도 할모는 성질이 급하고 입이 험해서 같이 살기 힘든 사람이었다.

내가 제때 쓰레기를 갖다버리지 않으면 할모는 단박에 내게 소리쳤다. "느려터진 굼벵이처럼 꾸물거리지 말라고 했어, 안 했어!" 또 내가 숙제를 깜빡하고 안 하고 있으면 할모는 나를 '돌대가리'라고 부르며 공부라도 하지 않으면 쓸모없는 사람이나 진배

없다고 다그쳤다. 할모는 내게 카드 게임을 하자며 '진 러미Gin Rummy'•를 들고 올 때가 잦았는데, 할모가 지는 날은 없었다. 그렇게 게임이 끝나면 할모는 "내가 상대해본 놈 중에 최악이다, 최악"이라고 말하며 흡족해했다. (할모는 어떤 게임에서든 이기기만 하면 똑같은 소릴 했는데 할모가 '진 러미'에서 진 적이 없었으므로 이런 말을 들어도 기분이 나쁘지는 않았다.)

몇 년이 흐른 뒤 위 이모, 지미 삼촌, 린지 누나를 포함한 모든 친척이 각자의 기억을 떠올리며 "할모가 유독 너한테는 고약하게 구셨지, 너무 심했어"라고 말했다. 할모네 집에서 내가 지켜야 할 규칙은 세 가지였다. 바로 좋은 성적 받기, 일자리 구하기, '엉덩이 떼고 일어나서 할모 돕기'였다. 도와야 할 집안일은 정해져 있지 않았다. 그저 할모가 하고 있는 일이라면 무엇이든 도와야 했다. 게다가 할모는 내게 해야 할 일을 일러준 적도 없었다. 무엇이 됐든 할모가 하고 있는 일을 내가 돕고 있지 않으면 곧장 날벼락이 떨어졌다.

그래도 참 즐거웠다. 할모는 확실히 말만 거칠게 하는 사람이었다. 적어도 내게는 그랬다. 한번은 할모가 금요일 밤에 내게 같이 텔레비전을 보자고 했다. 할모가 즐겨 보던 살인 미스터리물이었다. 시청자들이 깜짝 놀라 펄쩍 뛰게끔 연출한 정점에 다다

• 손에 쥔 패의 합계가 10점 혹은 그 이하일 때 패를 보이는 카드 게임.

랐을 때, 할모는 갑자기 불을 끄고 내 귀에다가 꽥 소리를 질렀다. 할모는 전에도 똑같은 편을 본 적이 있었기에 어떤 장면이 나올지 미리 알고 있었다. 무서운 장면이 나올 때 손자를 놀래주려고 45분 동안이나 가만히 앉아 있었던 것이다.

할모와 살면서 가장 좋았던 점은 내가 할모의 마음을 이해할 수 있게 되었다는 것이다. 그전까지는 블랜턴 할모가 돌아가신 이후로 켄터키에 거의 가지 않는다는 게 늘 불만이었다. 처음에는 방문 횟수가 줄어드는 게 눈에 띌 정도까지는 아니었으나, 내가 중학교에 들어갈 무렵이 되자 켄터키에 가는 날이 1년에 몇 번밖에 되지 않았다. 게다가 며칠 묵지도 않고 집으로 돌아왔다.

나는 블랜턴 할모가 돌아가신 뒤에 할모와 로즈 할머니(보기 드물게 상냥한 분이었다)의 사이가 틀어졌다는 사실을 할모와 함께 사는 동안에 알게 됐다. 로즈 할머니는 블랜턴 할모가 살았던 집을 본인의 아들 내외에게 내주길 바랐고, 할모는 가족 공간으로 비워두길 바랐다. 로즈 할머니의 의견에는 일리가 있었다. 오하이오나 인디애나에 사는 형제자매들이 집을 관리할 만큼 자주 들르지 못할 바에야 실제로 사용할 수 있는 아들에게 내주는 게 타당하다는 주장이었다. 그러나 할모는 본거지가 없어지면 자기 자식들과 손주들이 잭슨에 오더라도 머물 곳이 없어질까 봐 걱정했다. 할모의 말에도 일리가 있었다.

나는 어째서 할모가 기꺼운 마음이 아니라 의무감으로 잭슨에 가는지 이해하기 시작했다. 내게 잭슨은 할아버지들을 만나고, 거북을 쫓고, 오하이오의 불안정한 생활을 잊고 평화를 찾을 수 있는 곳이었다. 잭슨에 가면 할모와 함께 지낼 수 있었고 오가는 3시간 동안 차에서 이야기를 나눌 수도 있었다. 게다가 잭슨의 모든 사람은 내가 그 유명한 짐과 보니 밴스 부부의 손자라는 걸 알고 있었다. 그러나 할모에게는 잭슨이 전혀 다른 의미를 지닌 곳이었다. 어릴 때 배고픔에 허덕이던 곳이고, 10대의 나이로 임신을 하는 바람에 도망쳐 나온 곳이기도 했으며, 친구 대부분이 탄광에서 평생을 바치다 세상을 떠난 곳이기도 했다.

내가 잭슨으로 벗어나고 싶었다면, 할모는 이미 잭슨을 벗어난 사람이었다.

노년에 들어서 거동이 불편해지자 할모는 텔레비전을 즐겨 봤다. 특히 저속한 유머와 서사 드라마를 좋아해서 텔레비전에 볼거리가 많았다. 그중에서도 가장 좋아하는 프로그램은 마피아 이야기를 다룬 HBO의 〈더소프라노스The Sopranos〉였다.

돌이켜보면, 지독히도 의리를 중요시하고 외부인을 난폭하게 다루는 드라마에서 할모의 모습이 보였던 건 어쩌면 당연한 일이었다. 배경이 되는 시대와 등장인물의 이름만 바꾼다면 드라마에 나오는 이탈리아 마피아는 과거 애팔래치아의 햇필드와 맥코이 가문처럼 보인다. 드라마의 주인공인 토니 소프라노는 잔인한 살인자로, 어느 모로 보나 끔찍한 사람이다. 그러나 할모는 소프라노가 의리를 중요하게 여긴다는 점과 가족의 명예를 지키기 위해서라면 어떤 일도 마다하지 않는다는 점을 높이 샀다. 주인공이 셀 수 없을 정도로 많은 사람을 살해하고 술을 지나치게 마셔댔지만, 할모의 원성을 샀던 단 한 가지 요인은 그의 불륜이었다. "꼭 저렇게 이 여자 저 여자하고 자고 다니더라. 꼴 보기 싫게 말이야."

할모와 함께 사는 동안, 나는 할모의 사랑을 받는 입장이 아닌 관찰하는 입장에서 할모가 아이들을 얼마나 예뻐하는지를 처음으로 목격했다. 할모는 린지 누나나 위 이모의 어린 자녀들을 자주 돌봐줬다.

언젠가 할모가 위 이모의 딸들과 뒷마당에 있는 개 한 마리까지 도맡아 봐주는 날이었다. 개가 짖으니 할모가 소리쳤다. "닥쳐, 개새끼야!" 내 사촌동생인 보니 로즈가 뒷문으로 쪼르르 달려가더니 거듭 외쳤다. "개새끼! 개새끼!" 할모가 절뚝거리며 다가가 보니를 번쩍 들어올리며 말했다. "쉿! 그만하지 않으면 할모 큰일 난다." 그러면서도 할모는 배꼽이 빠지도록 웃느라 하지 말라는 말조차 제대로 못하는 지경이었다.

그로부터 몇 주 후, 내가 학교를 마치고 돌아와 할모에게 오늘은 뭘 하셨느냐고 물었다. 할모는 린지 누나의 아들인 카메론을 돌보느라 아주 즐거웠다고 대답했다. "그놈이 나더러 할모 따라서 '젠장'이라는 말을 해도 되느냐고 묻는 거야. 그래서 우리 집 안에 있을 때만 그러라고 했지." 그러더니 나지막이 킥킥거렸다.

할모는 폐기종 때문에 숨을 제대로 못 쉬거나 고관절이 아파 걷기가 힘들 때도, 할모의 말마따나 '이 어린 것들과 시간을 보낼' 기회를 결코 마다하지 않았다. 할모는 아이들을 정말 예뻐했고, 나는 어째서 늘 할모가 학대받거나 버려진 아이들을 위한 변호사가 되고 싶어했는지 이해할 수 있었다.

할모는 통증 때문에 허리에 대수술을 받고난 뒤부터 걸음이 불편해졌다. 회복하기까지 몇 달간 요양 병원에 머무르게 되면서 내가 혼자 지내야 했는데, 다행히도 그 기간은 그리 오래가지 않았다. 할모는 밤이면 밤마다 린지 누나, 위 이모, 내게 돌아가며 전화를 걸어 똑같은 심부름을 시켰다. "빌어먹을 이놈의 병원 밥에는 도저히 입도 못 대겠다. 타코벨에 가서 부리토• 하나 사다 주련?"

사실 할모는 요양 병원이라면 어디든 치를 떨 정도로 싫어했다. 할모가 평생 요양 병원에 살아야 할 상황이 오면 자기의 44구경 매그넘을 장전해 머리에 쏴달라고 내게 부탁한 적이 있을 정도였다. "할모, 그런 부탁 마세요. 그랬다가는 저 평생 동안 옥살이해야 해요." 할모는 멈칫 생각하더니 이내 말을 이었다. "그렇

• 토르티야에 다진 고기와 콩, 채소 등을 넣고 말아 먹는 멕시코 음식.

담…… 옳지! 손에 비소를 좀 바르거라. 그렇게 하면 아무도 모를 거야."

할모의 허리 수술은 완전히 불필요했던 것으로 드러났다. 할모의 통증은 고관절 골절 때문이었고, 외과 의사가 고관절을 손보자마자 할모는 보행 보조기나 지팡이를 써야 하긴 했어도 다시 두 다리로 걸을 수 있게 됐다. 변호사가 되고 나서 생각해보니, 할모에게 불필요한 허리 수술을 집도했던 의사를 상대로 의료 과실 소송을 제기할 생각을 전혀 하지 않았다니 참 놀랍다. 물론 할모가 허락하지 않았을 것이다. 할모는 어쩔 수 없을 지경에 이르기 전까지는 어떤 일도 법적으로 해결하려고 하면 안 된다고 생각하는 사람이었다.

엄마를 며칠에 한 번씩 볼 때도 있었고 한두 주 동안 엄마 소식을 전혀 모르고 지낼 때도 있었다. 언젠가 엄마가 남자 친구와 헤어지고 나서 몇 달간 할모네 집 소파에서 지냈는데, 할모나 나나 그때 엄마와 함께 있는 시간을 꽤 즐겼다.

엄마도 나름대로 노력을 했다. 일을 하고 있을 때는 월급날마다 주머니 사정에 비해 지나치게 과한 용돈을 줬다. 납득이 안 되는 일이었지만, 엄마는 돈과 사랑을 동일시했다. 그래서 내게 용돈 다발을 안겨주지 않으면 내가 엄마의 사랑을 알 리 없다고 생각했는지도 모르겠다. 그러나 내가 엄마가 주는 돈에 신경을 쓴 적은 단 한 번도 없었다. 그저 엄마가 건강하길 바랄 뿐이었다.

가장 친한 친구들도 내가 할머니와 함께 산다는 걸 몰랐다. 주변에 전통적인 가족 형태를 이루고 사는 또래가 별로 없긴 했으나, 그중에서도 우리 집은 특히 비전통적이었다. 그리고 또 가난했다.

도저히 이해할 수 없었지만, 할모는 가난이 명예의 휘장이라도 되는 양 티를 내고 다녔다. 나는 크리스마스 선물로 받지 않는 한 아베크롬비 앤드 피치Abercrombie & Fitch나 아메리칸 이글American Eagle에서 옷을 사 입지 못했다. 할모가 학교에 날 데리러 올 때면, 매일 똑같은 헐렁한 청바지에 남자 티셔츠를 입고서 특대 사이즈 멘톨 담배를 입에 물고 있는 할모를 친구들이 볼 수도 있으니 제발 차 밖으로 나오지 말아달라고 부탁했다.

누가 묻기라도 하면, 나는 엄마와 함께 살고 있으며 우리가 병든 할머니를 모시고 있노라고 거짓말을 했다. 할모야말로 내 인생 최고의 선물이었다는 사실을 고등학생 때 너무 많은 사람들에게 숨겼다는 게 지금까지도 후회로 남아 있다.

고등학교 2학년 때 나는 삼각법, 대수학, 기초미적분을 다루는 고급 수학반에 들어갔다. 수학반 담당은 론 셀비 선생님이었다. 선생님은 아주 똑똑했으며 학생들에게 인기도 많았고 20년 동안 결근 한 번 하지 않을 만큼 성실하기로 유명했다.

미들타운 고등학교에는 셀비 선생님에 관해 전설처럼 내려오는 이야기가 있었다. 선생님이 수학 시험 감독을 하던 어느 날,

한 학생이 학교로 전화를 걸어 자기 사물함 속 가방에 폭탄을 숨겨놨다는 제보를 했다. 학교 안의 모든 사람이 밖으로 대피했는데, 셸비 선생님 혼자 건물 안으로 들어가더니 그 학생의 사물함에서 가방을 들고 나와 쓰레기통에 던져버렸다. 그러고는 학교에 와 있던 경찰관들에게 이렇게 말했다. "그놈은 내가 가르친 적이 있어서 아는데 제대로 된 폭탄을 만들 만큼 똑똑한 애가 아닙니다. 학생들은 문제를 마저 풀어야 하니 이제 들여보냅시다!"

우리 할모는 이 이야기를 듣고 아주 좋아하면서, 얼굴도 모르는 셸비 선생님을 존경하기 시작했다. 내게 선생님 말씀을 잘 들으라는 훈계도 빠뜨리지 않았다. 셸비 선생님은 수학반 학생들에게 가능하면 그래핑 계산기를 구입하라고 권했다. 당시 최고의 그래핑 계산기는 텍사스 인스트루먼트Texas Instruments에서 출시한 신제품 TI-89였고, 우리 집은 휴대전화는커녕 비싼 옷 한 벌도 살 수 없는 형편이었지만 할모는 결국 내 손에 그 계산기를 쥐어줬다.

그때 나는 할모가 교육을 얼마나 중요하게 생각하는지를 깨달았다. 그리고 완전히 다른 사람이 되어 학교생활을 하기 시작했다. 할모가 늘 했던 말마따나 내 돈 한 푼 들이지 않고 할모 덕에 180달러나 하는 그래핑 계산기를 얻었으니 정말로 학업에 매진해야 했다. 할모에게 계산기를 빚진 나는 한동안 이어진 잔소리를 피할 수 없었다.

"셸비 선생님이 내준 숙제는 다 마쳤니?"

"아직요."

"그럼 어서 시작해, 이놈아! 네 놈이 그거 가지고 온종일 빈둥대라고 내가 쌈짓돈 탈탈 털어서 손바닥만 한 컴퓨터를 사준 줄 알아?"

그 시절 누구에게도 방해받지 않고 할모와 함께 지낸 3년의 세월이 나를 절망에서 구해냈다. 그때는 할모와 함께한 시간이 내 인생을 어떻게 바꿔놓을지 전혀 몰랐다. 할모 집으로 들어오자마자 성적이 오르기 시작했다는 사실도 눈치 채지 못했으니, 우리가 서로 일생의 벗이 되어가고 있다는 것 또한 알았을 리 없다.

그때부터 할모와 나는 동네에서 일어나는 문제들에 관해 이야기를 나눴다. 할모는 내게 유익한 경험이 될 거라며 돈의 가치도 배울 겸 아르바이트를 해보라고 권했다. 하지만 그 권유가 먹혀들지 않자 이내 날 다그쳤고, 그제야 나는 동네 식료품 잡화점인 딜먼Dillman's에서 점원 일자리를 구했다.

점원으로 일하면서 나는 '아마추어' 사회학자가 됐다. 상점에 오는 손님들은 대부분 혼이 빠지도록 부산을 떨었다. 어떤 손님은 내가 미소를 짓지 않는다는 둥, 봉투에 물건을 너무 많이 혹은 너무 적게 담는다는 둥, 도가 지나치리만큼 사소한 이유로 소리를 질러댔다. 급하게 상점으로 들어와 통로를 헤집으며 정신

없이 물건을 찾는 사람도 있었고, 찬찬히 통로를 살피면서 손에 든 목록을 하나하나 지워가며 장을 보는 손님도 있었다. 통조림과 냉동식품으로만 장바구니를 잔뜩 채우는 사람이 있는가 하면 매번 신선식품으로 가득 찬 장바구니를 계산대에 올리는 손님도 있었다.

상대하기 피곤한 손님일수록 즉석 조리식품이나 냉동식품을 구매했고, 그럴수록 가난한 손님인 경우가 많았다. 그들이 가난하다는 사실은 몸에 걸치고 있는 해진 옷이나 계산할 때 내미는 푸드스탬프를 보면 알 수 있었다. 일을 시작한 지 몇 개월 지났을 때, 가난한 사람들만 분유를 구매하는 이유를 할모에게 물어보았다. "부자들도 아기를 낳을 것 아녜요?" 할모는 말이 없었고, 그때는 내가 부유한 사람들은 대부분 모유 수유를 한다는 사실을 배우기 훨씬 전이었다.

아르바이트를 하면서 미국의 계층 분화를 더욱 깊이 알게 될수록 부유층과 내가 속한 빈곤층을 향한 분노도 커졌다. 딜먼의 점주는 옛날 사람이라서 신용이 좋은 고객에게는 외상 장부를 만들어줬는데, 그중에는 1000달러가 넘는 장부도 있었다. 나는 우리 점주가 내 일가친척 누구에게도 1000달러가 넘는 외상을 주지 않으리라는 사실을 알고 있었다.

내 상사가 상점에서 고급 승용차에 장바구니를 싣고 돌아가는 사람들을 신뢰하면서, 나와 같은 계층의 사람들을 못미더워한다는 것이 아주 역겨웠다. 하지만 속으로 언젠가 그 빌어먹을 외상 장부에 내 이름을 꼭 올리고 말겠다고 다짐하며 마음을 달래야 했다.

빈곤층 사람들이 어떤 식으로 복지 제도를 악용하는지도 내 눈으로 똑똑히 확인했다. 푸드스탬프로 구입한 탄산음료 두 상자를 현금을 받는 대가로 정가보다 저렴하게 되파는 것이다. 그런 사람들은 계산도 따로따로 해달라고 했다. 식품 값으로는 푸드스탬프를 내밀었고 술과 담배 값만 현금으로 지불했다. 나는 이 사람들이 계산대를 지나가면서 휴대전화로 통화하는 모습을 자주 목격했다. 정부 보조금에 기대 사는 사람들이 나도 못 사는 휴대전화를 쓰는데, 우리 같은 사람들은 왜 돈을 벌면서도 이렇게 힘들게 살아야 하는지 도무지 이해가 되지 않았다.

할모는 내가 딜먼에서 겪은 일을 귀 기울여 들었고, 그때부터 나와 함께 빈곤층을 불신하기 시작했다. 빈곤 계층 사람들은 대부분 그저 그럭저럭 살기도 어려웠지만 그래도 생계를 꾸려나갔고 열심히 일하면서 형편이 나아지길 기대했다. 그러나 소수라고 해도 여전히 많은 숫자인 빈곤자들은 기꺼이 실업 수당에 의존해 살아갔다.

나는 2주에 한 번씩 적은 금액의 급여를 받았는데, 그때 딸려 오는 급여명세서에는 내 쥐꼬리만 한 임금에 대한 연방소득세와

주소득세 공제 내역이 표시되어 있었다. 이웃집 마약 중독자는 적어도 내가 급여를 받는 횟수만큼 티본 스테이크를 사 먹었다. '엉클 샘Uncle Sam'•은 내 입에 들어갈 스테이크도 못 사는 형편인 나더러 남이 먹을 스테이크를 사주라고 강요했던 것이다. 지금은 그때보다 훨씬 화가 누그러졌지만, 열일곱 살 무렵에 나는 그저 분노에 가득 차 있었다. 할모가 입버릇처럼 '노동자를 위한 정당'이라고 말하던 민주당의 정책이 사실 허울뿐일 수도 있겠다는 생각이 그때 처음으로 들었다.

한때 민주당의 견고한 지지층이었던 애팔래치아 산맥과 남부 지역 사람들이 어째서 한 세대가 지나기도 전에 충실한 공화당 지지자가 되었는지 설명하려고 많은 정치학자가 무던히 애를 썼다. 학자들은 이런 현상의 원인으로 시민 평등권 운동Civil Rights Movement••을 포용한 민주당을 탓하며 인종 관계를 지적하기도 했고, 사회보수주의가 해당 지역의 복음주의 개신교인들을 장악했기 때문이라며 종교적 신념을 지적하기도 했다.

그러나 주를 이루는 견해는 수많은 백인 노동자가 내가 딜먼에서 본 것과 똑같은 광경을 목격하고 분노했기 때문이라는 것이다. 과거 1970년대 누구의 말마따나 복지 제도에 기대 놀고먹는 사람들이 "정부에서 돈을 받으며 사회를 비웃는다! 우리 같이 열

• 미국 정부를 의인화한 캐릭터의 이름.

•• 1950~1960년대 미국에서 일어난 흑인 평등권 요구 운동.

심히 일하는 사람들은 매일 일터에 나간다는 이유로 조롱받고 있다!"라는 인식이 백인 노동 계층 사이에 팽배해지면서 공화당의 대선 후보 리처드 닉슨을 지지하기 시작했다.[20]

그맘때 할모와 할보의 가장 오랜 친구이자 이웃이었던 사람이 저소득층 주택 지원 정책인 '제8조 프로그램Section 8'•에 우리 옆집을 등록했다. 사실은 세를 놓은 집이 나가지 않자 상황을 바꿀 수를 쓴 것이었다. 할모는 그 '반역자' 친구 때문에 '형편없는' 사람들이 동네로 이사와 집값을 떨어뜨릴 게 빤하다고 못마땅해 했다.

할모와 나는 빈곤 계층의 노동자와 비노동자는 분명히 다르다고 여러 차례 선을 그었지만, 우리 이름에 먹칠을 한다고 생각했던 비노동자들과 우리는 사실 닮은 점이 많았다. 특히 '제8조 프로그램' 수급자들은 우리와 정말 비슷했다.

옆집에 첫 번째로 이사 온 집은 한부모 가정이었는데, 아이들의 엄마는 어렸을 때 부모를 따라 오하이오로 이주해온 켄터키 출신이었다. 이 여성과 만났던 두세 명의 남자는 아이만 남겨둔 채 떠나버렸다. 엄마와 아이들은 상냥했지만, 마약의 흔적과 늦은 밤의 다툼을 목격한 이웃들은 이 가정 또한 힐빌리 이주자 대부분에게 익숙한 문제를 겪고 있다는 사실을 알게 됐다. 할모 역

• 미국 주택법 제8조에 따라 저소득층의 주택 임대료를 70퍼센트까지 정부에서 지원하는 정책.

시 옆집의 이런 사정을 알게 되자 크게 실망하며 성을 냈다.

분노가 치밀어오른 보니 밴스 여사는 느닷없이 사회정책 전문가로 돌변했다. "게을러터진 걸레 같은 년! 일을 하게 만들어야 저년이 저렇게 안 살지. 내가 딱 질색인 건 빌어먹을 놈들이 저런 인간들한테 돈을 퍼줘서 우리 동네로 들어오게 한다는 거야." 할모는 식료품 잡화점에서 마주치는 사람들에게도 그들의 눈치를 전혀 보지 않고 큰 소리로 불평했다. "저런 저 빈대 같은 놈들이 우리가 낸 세금으로 술 처마시고 휴대전화도 쓰는데, 왜 평생을 일한 사람들이 근근이 먹고 사는지 이해가 안 된단 말이야."

이런 것들은 지나치게 동정심이 많은 우리 할모의 입에서 나왔다고는 믿기 어려운 의견이었다. 어느 날은 정부가 해도 너무하게 퍼준다고 맹비난을 했다가, 다음번엔 정부가 국민을 지독하게 안 도와준다며 혹평을 늘어놨다. 결국 정부는 그저 빈곤한 사람들에게 지낼 곳을 마련해준다는 취지였고, 할모는 누구든지 가난한 사람을 돕는 건 바람직하다고 생각하는 사람이었다. 어떤 철학적 신념에서 '제8조 프로그램'을 반대하는 것이 아니었다.

그렇게 할모의 내면에 숨어 있던 민주당 지지자가 다시 모습을 드러냈다. 할모는 일자리 부족 문제를 소리 높여 비난하면서, 우리 동네에 건실한 청년들이 더 이상 보이지 않는 것도 동네에 일자리가 없어져서인지 궁금해했다.

동정심이 더욱 깊어지는 순간이면 할모는 미국에 항공모함을 건조할 돈은 있으면서 엄마 같은 사람 누구나 약물 중독 치료 시설을 이용할 수 있도록 지원할 돈은 없다는 게 도대체 말이나 되느냐고 물었다. 이름 모를 부자들을 비난할 때도 있었다. 욕을 먹는 부자들은 할모가 보기에 눈곱만큼의 사회적 부담도 지고 싶어 하지 않는 이들이었다. 할모는 주민 투표에 부쳐진 교육 세금 징수가 번번이 부결되자, 이런 동네에서 나 같은 학생들이 질 높은 교육을 받기는 글렀다며 혀를 찼다.

할모의 정치 스펙트럼은 양극을 넘나들었다. 그날그날의 기분에 따라 급진적 보수주의자가 되기도 했고 유럽의 사회민주주의자가 되기도 했다. 그런 모습을 보고 처음에는 할모가 아무것도 모른다고 생각해서 할모가 정책이나 정치에 관해서 입을 뗐다 하면 난 귀를 닫아버렸다. 그러나 머지않아 할모의 모순된 견해에 굉장한 지혜가 담겨 있다는 사실을 알게 됐다.

오랫동안 그저 앞만 보고 달리다가 주변을 돌아볼 여유가 조금 생기고 나니, 나 또한 어느새 할모가 그랬던 것처럼 세상을 바라보고 있었다. 당시 나는 두려움과 혼란, 분노에 휩싸여 비탄에 빠져 있었다. 공장 문을 닫고 해외로 이전하는 대기업을 비난하다가, 문득 나도 할모와 똑같다는 생각이 들었다. 정부의 부족한 지원 정책을 비난하다가 사람들을 도우려는 정부의 노력이 사실은 문제를 더 키우고 있는 게 아닌가 하는 의문이 들었다.

할모가 해병대의 훈련 교관처럼 독설을 입에 달고 살긴 했어도, 동네에서 일어나는 일들을 보고 그저 열만 올리는 건 아니었다. 할모는 진심으로 마음 아파했다. 마약, 다툼, 가난보다 더 심각한 문제는 사람들이었고 그들의 생활은 너무도 비참했다. 이웃들의 삶에는 지독한 슬픔이 깃들어 있었다. 이를 악물고 쓴웃음을 지을 뿐 활짝 웃지 않는 엄마들이나 "엄마에게 비 오는 날 먼지 나도록 맞았다"며 농담을 주고받는 10대 딸들만 봐도 알 수 있었다. 나도 똑같은 어린 시절을 보냈으므로 사람들이 무엇을 감추려고 이런 거북한 우스갯소리를 하는지 알고 있었다. "이 악물고 견뎌라"라는 말이 있다. 이 말의 참뜻을 이해하는 사람이 단 한 명뿐이라면 그건 바로 우리 할모이리라.

동네의 문제가 남의 일이 아니었다. 엄마의 문제가 엄마만의 문제가 아니었다. 우리처럼 더 나은 삶을 찾아 수백 킬로미터를 이주해온 사람들 사이에서 그런 문제들은 복제되고 되풀이되고 되살아났다. 끝이 보이지 않았다.

할모는 가난한 산골을 벗어났다고 생각했으나, 경제적 빈곤에서는 벗어났을지언정 여전히 정서적 빈곤에서 허덕이고 있었다. 무엇 때문인지 할모의 노년기와 유년기가 섬뜩할 정도로 닮아 있었다. 대체 무슨 일이 일어나고 있었던 걸까? 이웃에 사는 10대 소녀의 미래는 어떻게 될까? 물론 개천에서 용이 날 가능성은 희박했다. 이런 생각이 꼬리를 물다가 갑자기 궁금해졌다. 나는 앞으로 어떻게 될까?

내가 집이라고 부르는 공간과 깊숙이 연관 짓지 않고서는 답을 찾을 도리가 없었다. 나는 다른 사람들은 우리처럼 살지 않는다는 것밖에는 아는 게 없었다. 지미 삼촌네 집에 놀러 갔을 때는 이웃집에서 고함치는 소리가 들리지 않았다. 위 이모와 댄 이모부가 사는 동네에 가보면, 집집마다 아름다웠고 잔디가 잘 정돈돼 있었으며 순찰하는 경찰들은 미소를 띠고 손을 흔들 뿐, 누군가의 어머니나 아버지를 순찰차 뒤에 태워가지 않았다.

문득 우리가 그들과 어떤 점이 다른 건지 궁금해졌다. 단지 나와 내 가족뿐만이 아니라 잭슨에서 미들타운으로 이주해서 이제 같은 동네나 같은 시에 살고 있는 모든 이들에게 말이다. 몇 해 전 엄마가 경찰에 끌려갔을 때 많은 이웃이 자기네 집 포치와 앞마당에서 그 꼴을 구경했다. 그러나 경찰이 엄마를 끌고 간 직후에 서로 손을 흔들며 인사를 주고받을 정도로 누구 하나 당황하지 않았다.

그날 엄마의 난동이 실로 대단했지만, 동네에서 처음 보는 광경은 아니었다. 그런 난리는 동네 사람들의 일상인 양 주기적으로 일어났다. 적당한 데시벨의 고성이 오갈 때는 몇몇 이웃만 덧문 틈으로 구경하거나 캄캄한 방 안에서 바깥을 훔쳐본다. 싸움이 점점 격해지면 더 많은 동네 사람들이 무슨 일인지 알아보려고 일어나면서 집집마다 침실의 불이 밝혀진다.

그러다 걷잡을 수 없는 상황이 되면 경찰이 출동해 누군가의 술 취한 아버지나 제정신이 아닌 어머니를 시 소재 건물로 데리고 간다. 그 건물에는 세무서, 공익사업체, 심지어 작은 박물관도 있었으나, 동네 아이들은 하나같이 그곳을 미들타운의 단기 교도소로 알고 있었다.

나는 사회정책과 근로 빈곤층에 관한 책을 탐독했다. 그중에서도 특히 저명한 사회학자인 윌리엄 줄리어스 윌슨William Julius Wilson의 『실로 혜택받지 못한 사람들The Truly Disadvantaged』이라는 책의 시각이 예리했다.

그 책을 처음 읽었던 게 열여섯 살 때라서 내용을 완벽하게 이해하지는 못했지만, 논점을 파악할 수는 있었다. 수백만 인구가 공장에 취직을 하려고 북부로 이주하면서 공장 주변에 우후죽순 생겨난 지역 사회들이 초기에는 활기가 넘쳤으나 그리 오래가지 못했다는 내용이었다. 공장들이 문을 닫자, 남겨진 주민의 발이 묶였고, 시에서도 더 이상 그렇게 많은 인구에게 양질의 일자리를 제공하지 못했다.

교육 수준이 높거나 부유하거나 인맥이 좋은 사람 대부분은 가난한 이들만 남겨진 지역 사회를 뒤로하고 다른 동네로 떠났다. 동네에 남아 스스로 적당한 일자리를 찾지 못하고 연줄의 혜택이나 사회적 지지를 거의 받지 못하면서 살아가는 자들을 '실로 혜택받지 못한 사람들'이라고 표현한 것이다.

책 내용이 정말 내게 와닿았다. 저자에게 편지를 써서 어쩜 그렇게 우리 동네 환경을 완벽하게 묘사했느냐고 묻고 싶을 정도였다. 그러나 한편으로는 책의 내용이 그렇게 개인적으로 와닿는다는 게 신기했다. 애팔래치아 출신의 힐빌리 이주자가 아니라, 도심의 흑인을 관찰한 책이었기 때문이다. 찰스 머레이Charles Murray의 매우 영향력 있는 저서인 『쇠락Losing Ground』도 흑인의 이야기를 다루며 정부가 사회복지 정책으로 사회적 부패를 조장한다는 점을 강조하는데, 그 책에 등장하는 상황 또한 힐빌리의 이야기라고 해도 무방할 정도로 우리가 처한 상황과 비슷하다.

두 권 모두 통찰력이 대단한 책이었지만, 날 괴롭히던 질문에 속 시원한 해답을 제시하지는 못했다. 이웃집 아주머니는 왜 폭력적인 남편을 떠나지 않았을까? 왜 마약을 사는 데 돈을 썼을까? 자기의 행동이 딸을 망치고 있다는 사실을 왜 몰랐을까? 왜 이런 모든 일이 다른 이웃에게서 그치지 않고 우리 엄마에게까지 일어났을까? 그때는 현대 미국 사회의 힐빌리 관련 문제들을 제대로 설명하는 책도 전문가도 분야도 없다는 사실을 깨닫기 몇 년 전이었다. 우리의 슬픈 노래는 물론 사회학적 문제이지만, 심리학적 문제이기도 하고 공동체와 문화, 신념에 관한 문제이기도 하다.

고등학교 2학년 때 이웃에 살던 패티 아주머니가 집주인에게 전화를 걸어 천장에서 물이 샌다고 알린 적이 있다. 집주인이 도착해보니 패티 아주머니가 약에 취해서 의식을 잃고 가슴을 드러낸 채로 거실 소파에 널브러져 있었다. 위층에 있던 욕조의 물이 넘치면서 물이 샜던 것이다.

아주머니는 목욕을 할 요량으로 욕조에 물을 틀어놓고서 처방받은 진통제 몇 알을 털어넣은 뒤 그대로 기절한 게 틀림없었다. 결국 집의 꼭대기 층과 가족들의 소지품 대부분이 못 쓰게 됐다. 우리 지역 사회의 현실이 이렇다. 자기 인생에 얼마 있지도 않은 가치마저 산산이 부서뜨리는 벌거벗은 마약쟁이, 어머니의 중독 때문에 장난감과 옷가지를 몽땅 잃은 아이들이 도처에 널린 게 우리의 현실이다.

또 다른 이웃은 분홍색으로 칠한 큰 집에 혼자 살았는데, 동네 사람들 사이에서도 베일에 싸인 은둔자였다. 아주머니는 오로지 담배를 피울 때만 집 밖으로 나왔으며, 밖에서도 사람들에게 인사를 건네지 않고 집 안의 불을 항상 꺼놓고 살았다. 남편과는 이혼을 했고 자식들은 교도소에 수감 중이었다.

아주머니는 고도 비만이었는데, 어릴 적에 나는 아주머니가 움직이기 힘들 만큼 몸이 무거워서 집 밖으로 나오기 싫어하는 게 아닐까 궁금했다.

길 아래편에는 어린아이를 키우는 젊은 여성과 그녀의 중년 남자 친구가 살았다. 남자는 일을 했으나, 여자는 며칠이고 〈더 영 앤드 더 레스트리스The Young and the Restless〉•를 보며 시간을 때웠다. 사랑스러웠던 그 집 아들은 우리 할모를 매우 따랐고, 자정이 지나서 할모를 찾아온 적도 있을 정도로 아무 때나 할모네 현관 계단에 올라와서 간식을 달라고 했다.

아이 엄마는 남는 게 시간이었는데도 아이가 낯선 사람의 집으로 들어가는 걸 내버려둘 정도로 아이를 돌보지 않았다. 언젠가는 그 아이가 제때 갈지 못한 기저귀를 계속 찬 채 돌아다녔다. 할모는 어린 꼬마를 어떻게든 구해주길 바라며 사회복지과에 연락을 취했지만, 아무런 조치도 이루어지지 않았다. 결국 할모는 손자의 것을 가져다가 꼬마의 기저귀를 갈아줬고, 그날 이후로 혹시 그 '꼬마 친구'가 돌아다니지 않는지 동네를 늘 유심히 살폈다.

누나의 친구 한 명은 둘째가라면 서러울 복지 여왕인 어머니와 함께 자그마한 2가구 주택에서 살았다. 그 누나는 형제자매가 일곱 명 있었는데 거의가 한 아버지의 자식이었다. 이런 말을 한다는 게 안타깝지만, 우리 동네에서는 아주 드문 일이었다. 일이라곤 해본 적이 없었던 그 집 어머니는 할모의 말마따나 '오로지 번식에만' 관심이 있는 사람 같았다.

자식들은 어떤 기회도 얻지 못했다. 딸 하나는 폭력적인 남자친구와 사귀다가 결국 담배를 구입할 수 있는 나이가 되기도 전

• CBS에서 1973년부터 현재까지 방영되고 있는 드라마.

에 엄마가 됐다. 큰아들은 마약을 남용하더니 고등학교를 졸업하고 얼마 지나지 않아서 체포됐다.

내가 사는 세상은 정말 비이성적인 행동으로 가득한 곳이었다. 우리는 그 가난한 살림에서 지출을 늘려나간다. 거대한 텔레비전과 아이패드를 산다. 이자가 센 신용카드나 고리대금을 얻어서 자식들에게 좋은 옷을 입힌다. 필요하지도 않은 집을 매매하고, 그걸로 재융자를 받아 소비를 더욱 늘리다가 결국 쓰레기로 가득 찬 집을 떠나며 파산 선고를 받기에 이른다.

절약은 우리의 존재에 반하는 행동이다. 우리는 상류층인 척하려고 돈을 쓰는 사람들이다. 그러다 우리를 덮고 있던 거품이 걷히고 나면(파산을 당하든 식구 하나가 다른 식구들을 우둔함의 구렁텅이에서 끌어내든), 남아 있는 거라고는 아무것도 없다. 아이들의 대학 학비도 없고 재산을 늘릴 투자금도 없고 실업을 대비할 불황 대비 자금도 없다. 물론 이런 식으로 소비를 해서는 안 된다는 걸 우리도 잘 안다. 반성하고 자책할 때도 있지만, 결국 제 버릇 개 주지 못한다.

가정은 혼돈의 도가니다. 마치 미식축구를 관람하기라도 하듯 소리를 지르거나 서로에게 언성을 높인다. 마약에 빠진 식구가 집집마다 적어도 한 명씩은 꼭 있다. 아버지인 경우도 있고 어머니인 경우도 있으며 둘 다인 경우도 있다. 스트레스를 특히 더 받을 때면, 어린 자녀가 보고 있든 말든 다른 식구들 앞에서 서로를 때리기까지 한다. 이웃들은 옆집에서 무슨 일이 일어나는지 다 듣고 있다.

우리에게 재수가 없는 날이란 싸움을 멈춰달라며 이웃 주민이 경찰에 신고하는 날이다. 자녀들은 위탁 가정으로 보내지지만, 결코 오래 머무르는 법이 없다. 우리가 아이들에게 사과하기 때문이다. 아이들은 우리가 정말 미안하다고 사과하는 말을 믿는다. 물론 우리도 그때는 진심으로 하는 말이다. 그러나 며칠만 지나면 우리는 또다시 부끄러운 짓을 일삼는다.

우리는 어릴 때 공부를 열심히 하지 않고, 부모가 됐을 때도 자녀들에게 공부를 시키지 않는다. 자녀들의 학교 성적은 형편없다. 성적을 핑계로 화를 내는 일은 있지만, 자녀가 공부에 집중할 수 있도록 집을 평화롭고 조용하게 유지하려고 노력하는 일은 없다.

아무리 명석하고 총명한 학생일지라도 집에서 가까운 대학교에 진학할 공산이 크다. 물론 그런 학생들이 가정이라는 전쟁터에서 살아남을 경우에 해당하는 말이다. 우리는 아이들에게 이렇게 말한다. "네가 노터데임University of Nortre Dame•에 가든 말든 알게 뭐야. 전문대에 가면 저렴하면서 훌륭한 교육을 받을 수 있는데." 역설적이게도 나처럼 가난한 사람들은 노터데임대학교에 진

• 미국 인디애나주에 있는 최상위권 사립대학.

학할 때 더 훌륭한 교육을 더 저렴하게 받을 수 있다.

우리는 일자리를 찾아 나서야 할 시기에 일을 하지 않는다. 일자리를 구할 때도 있지만, 그조차 얼마 가지 못한다. 밥 먹듯이 지각을 한다거나, 상품을 훔쳐 이베이eBay에서 판매한다거나, 입에서 술 냄새가 난다는 고객 불만이 접수된다거나, 근무 중에 다섯 차례씩이나 화장실에 간다며 매번 30분씩 쉬다 나온다거나 하는 이유로 해고를 당한다.

남들에게는 근면의 중요성을 강조하면서 스스로는 부당한 대우 때문에 일을 못 해먹겠다고 합리화한다. 오바마가 탄광을 폐쇄했기 때문이라느니, 중국인들이 일자리를 죄다 차지했기 때문이라느니 하는 이유를 대는 것이다. 그러나 이런 것들은 죄다 우리 앞에 놓인 세상과 우리가 추구하는 가치의 연결고리가 끊어지면서 생겨난 인지 부조화를 해소하려는 거짓말이다.

우리는 자녀에게 책임과 의무가 중요하다고 강조하여 말하지만, 행동으로 보여주지는 않는다. 예를 들면 이런 상황이다. 나는 수년간 독일셰퍼드 강아지를 키우고 싶어했다. 어디선가 엄마가 한 마리를 구해다 주었다. 독일셰퍼드는 우리 집에 온 네 번째 강아지였는데도, 나는 강아지를 어떻게 훈련시켜야 할지 아무것도 몰랐다. 우리 집에 왔던 강아지들은 경찰서에 맡겨지거나 다른 가족에게 보내지는 등 죄다 몇 년 만에 사라졌다. 네 번째 강아지를 보내고 난 뒤로는 슬프지도 않았다. 이런 식으로 우리는 정을 붙이지 않는 방법을 배운다.

우리의 식습관이나 운동습관을 보면 마치 요절하려고 작정한 사람들 같다. 실제로 그렇기도 하다. 켄터키 어느 지역의 기대 수명은 67세로, 인접한 버지니아보다 15년이나 낮다. 최근에 실시한 연구 결과를 보면, 미국 내 모든 인종 중에 유일하게 백인 노동 빈곤층의 기대 수명만 하락하고 있다. 우리는 아침으로 필스버리Pillsbury•에서 출시한 시나몬롤을 먹고, 점심은 타코벨에서, 저녁은 맥도날드에서 먹는다. 요리를 해먹는 편이 심신의 건강에 좋을뿐더러 가격도 더 저렴한데도 우리는 거의 요리를 하지 않는다. 운동이라고 해봐야 어릴 적에 뛰어논 게 전부다. 살던 동네를 떠나서 군대에 가거나 집에서 어느 정도 멀리 떨어진 대학에나 가야 길거리에서 조깅하는 사람을 볼 수 있다.

물론 백인 노동 계층이라고 해서 모두 비참하게 사는 건 아니다. 나는 이미 어렸을 때부터 우리 같은 사람들이 두 부류로 나뉘어 서로 다른 도덕관과 사회적 압력의 영향을 받는다는 걸 알았다. 우리 할모와 할보가 고지식하고 성실하며 독립적인 첫 번째 부류에 속했다. 두 번째 부류에 속하는 사람들은 우리 엄마를 비롯한 대부분의 동네 사람으로, 그 수는 날이 갈수록 더 늘고 있다. 대개 소비지상주의자들이며 화가 많고 의심이 많은 데다 고

• 미국의 식품회사 제너럴 밀스의 가공식품 상표명.

립된 채 살아간다.

우리 조부모님처럼 사는 사람들은 과거에는 많았고 지금도 여전히 일부 존재한다. 쉽게 눈에 띄지 않을 뿐이다. 예컨대 다른 이웃들이 정원 안팎을 말라비틀어지도록 방치할 때 자신의 정원을 부지런히 정돈하는 이웃집 어르신이 그렇다. 우리 엄마와 함께 자라고 이제는 다른 곳으로 이사했지만, 노모가 순조롭게 노년기를 보내게끔 돕기 위해 매일 우리 동네에 들르는 아주머니가 그렇다.

내가 이런 말을 하는 건 우리 할모와 할보의 생활방식을 낭만적으로 묘사하기 위해서가 아니다. 내 눈으로 직접 보고 느낀 바에 의하면 두 분의 삶은 오히려 문제투성이였다. 단지 여러 이웃이 문제를 겪는 와중에 두 분은 그래도 꽤 성공적으로 살았다는 점을 짚고 넘어가고 싶을 뿐이다.

물론 우리 동네에도 온전한 가족이 많고, 평화로운 분위기에서 식사를 하는 가정이 많고, 열심히 공부하며 자기만의 아메리칸 드림을 이루겠다고 다짐하는 학생들이 많다. 내 주변에도 미들타운이나 그 근방에서 번듯하게 살며 행복한 가정을 꾸린 친구들이 많다. 이들에게는 문제될 게 없다. 통계를 보더라도 온전한 가정에서 성장한 아이들은 미래를 낙관할 이유가 충분하다.

나는 늘 이 두 세계에 양다리를 걸치고 있었다. 할모가 지켜준 덕분에 우리 동네에서 일어나는 최악의 환경 속에 갇히지 않을 수 있었다. 그 덕분에 내가 여기까지 올 수 있었으리라. 내게는 필요할 때면 언제든지 갈 수 있는 안전한 공간과 언제라도 안길 수 있는 다정한 품이 있었다. 그러나 모든 이웃집 아이들의 상황이 나와 같은 건 아니었다.

할모가 위 이모의 아이들을 몇 시간 동안 돌봐주기로 했던 어느 일요일이었다. 이모는 오전 10시에 아이들을 집에 데려다주고 떠났다. 나는 당시 식료품 가게에서 일하고 있었고, 그날은 오전 11시부터 오후 8시까지, 9시간이라는 끔찍하게 긴 근무 시간이 짜인 날이었다. 아이들과 45분가량 놀다가 10시 45분에 출근길에 나섰다. 사촌 동생들을 뒤로하고 일을 하러 가야 한다니 그날따라 화가 치밀고 슬퍼지기까지 했다. 그저 할모와 동생들과 함께 시간을 보내고 싶을 뿐이었다.

할모에게 이런 얘기를 했을 때 나는 당연히 "쓸데없이 징징거리려면 입 다물고 있어"라는 쓴소리가 돌아올 줄 알았다. 그러나 예상과 달리 할모도 내가 집에 있을 수 있으면 좋겠다고 대답했다. 할모가 내 말에 공감하다니 이건 흔한 일이 아니었다. 그러나 할모는 이내 한마디를 덧붙였다. "가족들이랑 주말을 보내게 해주는 직장에 취직하려면 대학에 가서 출세해야 한다."

할모 화법의 정수를 보여주는 한마디였다. 할모는 그저 훈계만 늘어놓거나 비방하거나 다그치기만 하는 일이 없었다. '사랑하는 사람들과 보내는 평화로운 일요일 오후'처럼 피부에 와닿는 미래를 생생하게 제시하며 그걸 이룰 수 있는 방법을 확실히 알게 해줬다.

숱하게 많은 사회과학자가 안정적이고 다정한 가정환경의 긍정적 효과를 입증했다. 나는 할모네 집이 내게 그저 일시적인 피난처가 아니라, 더 나은 삶을 향한 희망을 심어준 장소라는 사실을 증명하는 논문을 10편은 족히 열거할 수 있다. 전체적으로 불안정한 가정환경 속에서도 다정한 어른들의 사회적 지지 덕분에 잘 자라난, '회복탄력성이 높은 아이들'을 심도 있게 연구한 논문들이다.

내가 할모의 존재를 다행으로 여기는 건 하버드대학의 어떤 심리학과 교수가 그렇게 말해서가 아니라 내가 직접 느꼈기 때문이다.

할모네 집으로 들어가기 전의 내 삶을 돌이켜보자. 3학년을 다니던 도중에 우리 가족은 미들타운과 할모, 할보를 떠나 밥 아저씨가 살던 프레블 카운티로 이사했다. 4학년이 끝나갈 무렵 프레블 카운티를 떠나 미들타운 매킨리가 200번지에 있는 2가구 주택으로 이사했다. 5학년을 마칠 때쯤 매킨리가 200번지를 떠나 300번지로 이사했고, 그 무렵 칩 아저씨가 나타났다. 칩 아저씨는 우리와 같이 살지는 않았으나, 우리 집을 제집 드나들 듯했다.

6학년을 마칠 즈음 우리 가족은 여전히 매킨리가 300번지에서 살고 있었지만, 칩 아저씨는 스티브 아저씨로 대체됐다. (그러면서 스티브 아저씨네 집으로 들어가자는 말이 수차례 오갔다.) 7학년이 끝날 때는 맷 아저씨가 나타났고, 엄마는 맷 아저씨의 집으로 들어갈 준비를 하면서 나도 같이 데이턴으로 이사하길 바랐다. 8학년을 마쳤을 때 엄마는 내게 데이턴으로 들어오라고 했고 나는 친아빠의 집을 잠깐 거친 후 그 제안을 받아들였다.

9학년을 마치면서 얼굴 한 번 본 적 없었던 켄 아저씨와 그의 자녀 셋이 살고 있는 집으로 들어갔다. 그 사이에 엄마는 마약을 했고, 가정 폭력으로 재판을 받았으며, 아동 복지과 직원들은 우리 집 사정을 꼬치꼬치 캐물었고, 할보가 세상을 떠났다.

지금, 당시 상황을 쓰기 위해 기억을 떠올리는 것만으로도 말로 표현할 수 없는 극심한 불안이 밀려든다. 얼마 전에 페이스북을 보다가 나와 비슷한 힐빌리 배경을 지닌 고등학교 동창이 빈번하게 남자 친구를 바꾸며 사는 걸 보게 됐다. 그 동창은 페이스북에서 연애의 시작과 끝을 알리는 상태를 수도 없이 바꿨고, 한 남성의 사진들을 올리다가 3주쯤 지나서는 다른 남자 사진을 올렸으며, 새로운 남자가 생기면 이전의 관계가 공개적으로 결딴나기 전까지 전 남자 친구와 소셜미디어를 통해 격렬하게 싸워댔다.

나와 동갑인 그 동창에게는 네 명의 아이가 있었는데, 마침내 정말 괜찮은 남자를 만났다는 게시물을 올리자(이전에도 여러 번 봤던 내용이었다) 열세 살 먹은 그의 딸이 이런 댓글을 달았다. "제발 그만 좀 하세요. 엄마도 이제 안 그러면 좋겠고 이런 일도 좀 멈췄으면 좋겠어요."

소녀의 마음이 어떨지 너무나 잘 알았기에 나는 그 소녀를 꽉 안아주고 싶었다. 7년이라는 긴 시간 동안 나 역시 그런 일이 그만 생기길 바랐다. 싸움이든 고함이든 심지어 마약까지도 크게 상관하지 않았다. 단지 우리 집이라는 공간이 있기를 그리고 그 공간에서만 지내길 바랐고, 빌어먹을 낯선 남자들이 꺼져주기만을 바랐다.

이제 내가 할모네 집에서 쭉 살기로 하고 들어온 이후의 삶을 간략하게 살펴보자.

10학년이 끝나갈 무렵 나는 할모 집에서 '다른 사람 없이' 할모와 함께 살고 있었다. 11학년이 끝나갈 무렵 나는 할모 집에서 '다른 사람 없이' 할모와 함께 살고 있었다. 12학년이 끝나 갈 무렵 나는 할모 집에서 '다른 사람 없이' 할모와 함께 살고 있었다.

할모와 함께 사는 집이 안겨준 평화로움 덕분에 나는 스스로 안전하다고 느끼는 공간에서 숙제를 할 수 있었다. 싸움이나 불안정함이 사라진 덕분에 학교 공부와 아르바이트에 집중할 수 있었다. 온전하게 같은 집에서 같은 사람과 지낸 덕분에 학교 친구들과 오랜 우정을 쌓을 수 있었다. 일을 하며 세상을 조금씩 배운 덕분에 내가 무엇을 하고 싶은지 명확하게 알 수 있었다.

지나고 보니, 이런 해석의 앞뒤가 맞아떨어진다. 그리고 나는 그 사이 어딘가에 진실이 존재한다고 확신한다.

사회학자와 심리학자가 한데 모이면 내가 어째서 마약에 흥미를 잃었는지, 어째서 내 성적이 올랐는지, 어떻게 SAT•에서 고득점을 받았는지, 어떻게 배움의 즐거움을 알게 해준 선생님들을 만났는지 틀림없이 설명할 수 있으리라.

그러나 무엇보다 중요한 건 기억 속의 내가 행복했다는 사실이다. 수업을 마치는 종소리가 더 이상 두렵지 않았고, 다음 달에 지낼 곳이 어딘지도 알고 있었으며, 누구의 낭만적인 결정도 내 삶에 영향을 주지 않았다. 그리고 그런 행복 덕분에 지난 12년 동안 정말 많은 기회가 찾아왔다.

• Scholastic Aptitude Test: 미국의 대학 입학 자격시험.

독립의 시작, 그리고 할모의 죽음

고등학교 졸업반 때 나는 학교 골프 대표팀 입단에 도전했다. 은퇴한 프로에게 1년 정도 레슨을 받고 새 학기가 시작하기 전 여름방학 때 골프장에서 일하며 얻은 무료 연습 기회를 활용해 꽤나 열심히 연습한 후였다.

할모는 어떤 운동에도 관심을 보이지 않았으나, '부자들은 골프를 치며 사업 얘기를 주고받는다고 하니' 내게 골프를 배우라고 권했다. 나름대로 머리를 써서 내린 결론이었겠지만, 사실 할모는 부유한 사람들의 사업 습관에 관해 아는 게 거의 없었다. 그러나 내가 그런 말을 하면 할모는 발끈했다. "닥쳐, 이놈의 새끼야. 부자들이 골프 좋아한다는 건 지나가는 똥개도 알아."

그러나 내가 집에서 스윙 연습을 할 때면(공 없이 연습했으므로 내가 피해를 입히는 곳은 바닥뿐이었다), 할모는 카펫 망가뜨리는 짓 좀 그만두라고 다그쳤다. 그러면 나는 대놓고 비아냥거렸다. "그렇지만, 지금 연습을 못하게 하시면 제가 평생 골프장에서 사업 얘기를 하는 일은 없을 텐데요. 그럴 바엔 차라리 지금이라도 학교를 그만두고 식료품 가게에 취직하는 게 나을지도 몰라요." 그러면 할모는 또 한 번 발끈했다. "저 건방진 놈, 입만 살아 가지고. 내가 다리만 멀쩡했어도 당장 일어나서 네 머리통이랑 엉덩짝을 대번에 때려줬을 거다!"

결국 할모는 내가 레슨 비용을 치르는 것을 도와줬고, 막내 동생인 게리 할아버지에게 중고 골프채를 구해달라고 부탁했다. 할아버지는 우리 형편으로는 살 수 없었던 맥그리거MacGregors• 골프채 세트를 보내줬고, 나는 최대한 자주 연습했다. 그렇게 골프팀 입단 시험을 치를 무렵에는 창피하지 않을 정도의 스윙 실력을 갖추게 됐다.

입단에는 실패했지만, 나는 입단한 친구들과 어깨를 나란히 할 만큼 향상된 실력을 보여줬고 그것으로 만족했다. 그리고 할모의 말이 옳다는 걸 깨달았다. 골프는 부자들의 오락이었다.

내가 일했던 골프장에는 미들타운의 노동 계층 고객이 거의 없었다. 처음으로 연습을 나갔던 날, 나는 골프화라고 생각하고서 구두를 신고 나갔다. 옆에 있던 오지랖 넓고 거만한 애가 첫 번째 티샷을 치기도 전에 내가 케이마트에서 산 갈색 로퍼를 신고 있다는 걸 알아채고서, 남은 4시간 내내 사정없이 날 놀려댔다. 나

• 골프 용품을 중심으로 스포츠 용품을 생산 및 판매하는 미국 기업.

는 손에 든 퍼터를 녀석의 귓구멍에 처박아버리고 싶은 충동을 느꼈지만, "골프장에 가본 사람처럼 행동하라"는 할모의 지혜로운 충고를 떠올리며 꾹 참았다. (이날 일에 관련해서도 힐빌리의 의리가 드러나는 일화가 있다. 최근에 내게 이 이야기를 전해들은 린지 누나는 그 녀석이 얼마나 형편없는 사람인지 장황하게 비난을 늘어놨다. 무려 13년 전에 일어난 일이었는데도 말이다.)

곧 미래를 위한 결정을 내릴 시기가 다가왔다. 친구들은 모두 대학에 갈 계획이었다. 공부 욕심이 있는 친구들을 사귀었던 건 전부 할모 덕분이었다. 중학교 1학년 때 또래의 동네 아이들 대부분은 이미 대마초를 피우고 있었다. 그 사실을 알게 된 할모는 내가 그런 부류의 아이들과 어울리지 못하게 했다.

청소년기 아이들은 대개 어떤 친구와 어울리지 말라는 어른의 지시를 무시하지만, 그건 지시를 내리는 어른이 보니 밴스 여사 같지 않아서일 거다. 할모는 만약 내가 금지 목록에 있는 친구와 놀고 있는 꼴을 본다면, 그 즉시 친구를 차로 받아버리겠다고 딱 잘라 말했다. 그러고서 위협적으로 속삭였다. "할미가 그랬다는 건 아무도 모를 거야."

나도 친구들처럼 대학에 가야겠다고 마음먹었다. 초반에 안 좋았던 성적을 상쇄할 수 있을 만큼 SAT 성적이 높아서, 내가 가고 싶었던 두 학교인 오하이오주립대학교와 마이애미대학교에 모두 합격할 걸 미리 알고 있었다. 졸업을 몇 달 앞두었을 때, 나는 별 생각 없이 오하이오주립대로 가겠다고 마음을 정했다. 곧 오하이오주립대의 학자금 관련 정보가 담긴 두꺼운 우편 봉투가 집으로 배송됐다.

서류에는 저소득층 학생에게 지원하는 정부의 학비 보조금과 무이자 학자금 대출, 이자가 붙는 학자금 대출, 장학금, '근로 장학'이라고 쓰여 있는 제도까지 세세히 설명돼 있었다. 내용이 무슨 뜻인지 제대로 이해할 수 있었다면 그때 아주 신바람이 났을 것이다. 그러나 할모와 내가 몇 시간 동안이나 머리를 싸매고 우편물을 들여다본 후 내린 결론은, 대학에 가면서 내가 짊어져야 할 빚이면 미들타운에 버젓한 집 한 채를 사고도 남겠다는 것이었다. 우리는 그때까지 신청서를 한 장도 작성하지 못하고 있었다. 그건 하루를 통째로 투자해야 할 만큼 대단한 노력을 기울여야 하는 일이었다.

들떠 있던 마음에 걱정스런 그림자가 드리웠지만, 대학 진학은 내 미래를 위한 투자라고 다시금 마음을 다독였다. 할모도 그렇게 말했다. "돈은 이럴 때 쓰라고 있는 거야. 지금 이보다 더 가치 있는 일이 어디 있겠니." 맞는 말이었지만, 사실 학자금 지원 신청서를 작성하는 일보다 더 큰 걱정거리가 있었다. 내가 아직 마음의 준비가 안 돼 있었다는 것이다. 모든 투자가 가치 있는 건 아니다. 그 큰 빚을 떠안아야 할 이유가 도대체 뭐란 말인가? 매일 술에 절어 살며 형편없는 성적을 받으려고? 대학생활을 잘하려면 근성이 필요한데, 나는 근성과는 거리가 먼 사람이었다.

고등학교 생활기록부만 보더라도 내게 부족한 점이 많다는 걸 알 수 있다. 결석과 지각이 수십 번이었고, 이렇다 할 교내 활동도 하지 않았다. 내가 상승세를 타고 있었던 건 분명했지만, 고등학교가 끝나 갈 무렵까지도 쉬운 수업에서 C학점을 받았다는 건 아직 혹독한 고등 교육을 받을 준비가 안 됐다는 의미였다. 할모네 집에 온 뒤로 마음이 편해졌지만, 학자금 지원 서류를 샅샅이 살펴보니 아직도 갈 길이 멀다는 느낌을 떨칠 수 없었다.

사실 나는 무엇이든 스스로 해야 하는 대학생활이 두려웠다. 건강한 음식으로 끼니를 챙기는 일부터 공과금을 납부하는 일까지, 단 한 번도 스스로 해본 적이 없었다. 물론 성공하고 싶은 마음도 있었다. 우수한 성적으로 대학을 졸업하고 좋은 직장에 취업해서 가족들에게 내가 누리지 못한 것들을 해주고 싶었다. 단지 아직은 여정에 나설 준비가 안 돼 있었다.

그 무렵에 해병대 출신인 레이철 누나가 "거기 가면 사람 돼서 나올 거야"라며 내게 군 입대를 권유했다. 레이철 누나는 지미 삼촌의 장녀로, 우리 항렬에서 최고참이었다. 나머지는 말할 것도 없고 린지 누나까지도 레이철 누나를 우러러볼 정도였으니, 누나의 조언은 내게 상당한 영향력이 있었다.

9·11테러가 일어난 게 내가 고등학교 3학년 때였으니 겨우 1년 전이었다. 자존심이 강한 여느 힐빌리와 마찬가지로 나도 중동으

로 달려가 테러리스트들을 모조리 쏴 죽이고 싶었다. 그러나 군대를 생각하면 떠오르는 것들, 이를테면 고함치는 훈련 교관과 쉴 새 없는 운동, 가족들과 떨어져 지내야 하는 시간이 너무나 두려웠다.

이런 고민에 빠져 있을 때 레이철 누나가 징모관과 상담해볼 것을 권했다. 그때까지 내게 해병대 입대란 화성 비행만큼이나 아득한 일이었다. 그러나 오하이오주립대학교의 입학 보증금 납부 기한이 당장 몇 주 앞으로 다가오자 나는 해병대에 입대하는 것 말고는 아무 생각도 할 수 없었다.

그렇게 나는 3월 말 어느 토요일에 신병 모집소를 찾아가 징모관에게 해병대에 관해 물었다. 징모관은 나를 설득하려는 의지가 전혀 없어 보였다. 월급은 쥐꼬리만 할 것이고 전쟁에 나갈 일이 생길지도 모른다고 말했다. "그래도 통솔력을 기를 수는 있을 걸세. 전역할 즈음이면 기강이 선 청년이 되어 있을 거야."

구미가 당기는 말이었지만, 미국 해병의 모습을 떠올리면 정말로 나도 그렇게 될 수 있을지 의문이 들었다. 나는 땅딸막한 체구에 긴 머리칼을 지닌 학생이었다. 체육 선생님이 1600미터 달리기를 시키면 적어도 반절은 걸어서 들어오는 학생이었다. 오전 6시 전에는 일어나본 적도 없었다. 그런데 이 조직에 들어가면 매일 새벽 5시에 일어나서 하루에 수 킬로미터씩 달리기를 해야 했다.

집으로 돌아가 내게 어떤 선택권이 있는지 생각해봤다. 국가에서 날 필요로 했고, 최근 일어난 전쟁에 참여하지 않으면 평생의 후회로 남을 게 뻔했다. 제대군인원호법GI Bill•의 혜택을 받으면 재정적으로 자유로워질 수도 있었다. 무엇보다 내게 다른 선택권이 없다는 걸 알고 있었다. 대학에 가거나 아무 데도 가지 않거나 해병대에 가는 수밖에 없었고, 앞의 두 가지는 전혀 내키지 않았다. 해병대에서 4년을 보내고 나면 내가 원하는 모습의 사람이 되는 데 도움이 될 거라고 혼잣말로 중얼거렸다.

그러나 역시 집을 떠나고 싶지는 않았다. 린지 누나가 막 둘째를 출산했을 무렵이었다. 누나는 사랑스러운 딸을 낳았고 셋째를 가질 계획도 갖고 있었으며 큰조카도 여전히 꼬맹이였다. 로리 이모의 아이들도 아직 아기들이었다. 그런 생각을 하면 할수록 더욱 군대에 가기 싫어졌다.

그러나 결정을 끝까지 미뤘다가는 결국 입대를 포기할 것임을 알았기에, 나는 2주 뒤 이라크 위기가 이라크 전쟁으로 불거졌을 때 신청서에 서명을 하고, 내 성인기의 첫 4년을 해병대에 바치겠다고 맹세했다.

처음에는 가족들이 내 결정을 비웃었다. 나와 어울리지 않는 선택이라고들 했다. 내가 마음을 바꾸지 않으리라는 걸 마침내

• 퇴역 군인에게 교육, 주택, 보험, 의료 및 직업 훈련의 기회를 제공하는 제도.

알게 된 가족들이 한데 모였고, 그중에는 신나 보이는 사람도 몇 명 있었다. 그러나 할모는 예외였다. 할모는 온갖 말로 내 마음을 돌리려 했다.

"이 멍청한 놈의 새끼야. 그놈들은 널 아주 망쳐놓은 다음에 내다 버릴 거야." "네가 가버리면 이 할미는 누가 돌보냐." "넌 너무 멍청해서 해병대엔 어울리지도 않아." "해병대에 가기엔 너무 똑똑하잖니." "얼마나 무서운 세상인데. 그러고 갔다가는 너 큰코다친다." "린지의 귀여운 애들 곁에 있고 싶지 않니?" "걱정되는구나. 할미는 우리 손자가 안 갔으면 좋겠어."

어쩔 수 없이 허락했지만, 할모는 끝까지 내 결정을 반기지 않았다. 신병훈련소로 떠나기 얼마 전 징모관이 우리 '연약한' 할모와 면담을 하고자 집에 방문한 적이 있다. 징모관을 밖에서 맞이한 할모는 할 수 있는 한 꼿꼿하게 몸을 펴고 서서 그를 노려보며 경고했다. "내 집 현관에 한 발짝이라도 대기만 해보쇼. 곧장 날려버릴 테니." 훗날 징모관이 내게 말했다. "진심으로 하는 말씀 같았어." 내가 앞마당에 서 있는 동안 둘은 그렇게 바깥에 서서 대화를 나눴다.

훈련소로 떠나는 날 가장 걱정됐던 건 이라크에서 죽거나 체력시험에서 떨어질지도 모른다는 두려움이 아니었다. 그런 걱정은 거의 하지도 않았다.

그날 나는 버스를 타고 공항에 가서 공항에서 비행기를 타고 신병 훈련소로 가야 했다. 엄마와 린지 누나, 위 이모가 나를 버스 정류장으로 데려다줄 때 나는 4년 뒤의 내 삶이 어떻게 달라져 있을지 상상해봤다. 문득 할모가 없는 세상이 그려졌다. 왠지 할모가 내 군 복무 기간을 넘기지 못하리라는 예감이 들었다. 그렇게 되면 영영까지는 아니겠지만, 집에 올 일이 없어질 것이다. 내게 집이란 할모가 있는 미들타운이다. 그런데 해병대를 전역하고 나올 무렵이면 할모가 더 이상 그곳에 없을 것만 같았다.

해병대 신병 교육대는 13주간 지속됐고, 매주 새로운 훈련으로 일정이 짜였다. 사우스캐롤라이나의 패리스 아일랜드Parris Island에 도착한 날 밤, 우리 무리가 비행기에서 내릴 때부터 잔뜩 화가 나 있던 훈련 교관이 우리를 맞이했다. 교관은 우리에게 버스에 탑승하라고 명령했다. 버스를 타고 조금 더 들어가니 이번에는 다른 교관이 우리에게 버스에서 내려서 그 유명한 '노란 발자국'•에 발을 맞추고 정렬하라고 지시했다.

이후 6시간 동안 나는 의료진들에게 눌리고 찔리며 검사를 받고 장비와 제복을 배급받았으며 길었던 머리카락을 몽땅 잃었다. 전화 한 통을 걸 수 있는 기회가 주어지자 나는 주저 없이 할모에게 전화를 걸어서 배급받은 편지 내용을 읽어 내려갔다.

• 신병 교육대에 도착한 신병들은 가장 먼저 바닥에 표시된 노란 발자국에 맞춰 줄을 서야 한다. 노란 발자국은 미국에서 해병대 생활의 시작을 가리키는 유명한 상징이다.

"패리스 아일랜드에 무사히 도착했습니다. 곧 주소를 보내겠습니다. 안녕히 계십시오."

"잠깐만! 이 돼지 같은 놈아! 괜찮은 거냐?"

"할모 죄송해요. 지금은 말 못 하는데, 아무튼 저는 괜찮아요. 되는 대로 빨리 편지 쓸게요."

허락받은 것보다 두 문장을 더 말한 걸 엿들은 교관이 '그 빌어먹을 이야기를 들을 시간이 충분했느냐'고 비꼬듯 물었다. 해병대에서 보낸 첫째 날이었다.

훈련소에 있는 동안은 전화 통화를 할 수 없었다. 린지 누나가 이복 남동생을 잃었을 때 딱 한 번 누나에게 전화를 걸게 해준 게 다였다.

나는 편지를 받아보며 우리 가족들이 나를 얼마나 사랑하는지를 실감했다. 하루 이틀에 한 통씩 편지를 받는 다른 졸병들(훈련병은 혹독한 훈련 과정을 완수해야 '해병대원'이라는 칭호를 얻을 수 있었고, 그전까지는 모두 우리를 졸병이라고 불렀다)과 달리 나는 하루에 대여섯 통씩 편지를 받는 날들도 있었다. 할모는 하루에도 몇 번씩 내게 편지를 써서, 세상이 이렇게 돌아가고 있는 이유에 관해 (남들 의견이 어떻든) 본인의 의견만을 장황하게 늘어놓았다.

그러나 그보다도 할모는 내가 어떻게 지내는지 알고 싶어했고, 내게 용기를 주고 싶어했다. 용기를 북돋우는 말이 훈련병에게 가장 큰 도움이 된다는, 징모관에게 들은 말 때문이었다.

고함치는 훈련 교관과 엉망인 나의 신체를 극한으로 몰고 갔던 체력 훈련 때문에 괴로울 때마다 나는 할모가 나를 자랑스럽게 여기고 있으며, 나를 사랑하고, 내가 포기하지 않을 걸 믿는다고 쓴 편지를 꺼내 읽었다. 내가 잘난 덕분인지, 못 버리고 쌓아두는 내 호더 기질 덕분인지, 나는 그때 가족들에게서 받은 편지를 지금까지 잃어버리지 않고 거의 다 보관하고 있다.

내가 집을 떠난 뒤에 어떤 재미있는 일들이 생겼는지 여러 사람이 소식을 전해주었다. 엄마는 편지에 내게 무엇이 필요하냐고 묻고 내가 아주 자랑스럽다고 쓴 다음에 곧 이런저런 소식을 들려줬다. "어느 날 엄마가 린지 누나네 아이들을 돌보고 있었단다. 밖에서 민달팽이를 데리고 놀고 있었지. 그때 카메론이 민달팽이를 손바닥에 올려놓은 채로 주먹을 꽉 쥐는 바람에 한 마리가 죽은 거야. 엄마가 얼른 다른 데로 던져서 카메론이 죽인 게 아니라고 말해줬어. 카메론이 자기가 민달팽이를 죽인 줄 알고 놀랐거든."

손주들과 함께 있는 걸 즐기는 다정하고 잘 웃는 여성. 이것이 가장 상태가 좋을 때의 엄마 모습이다. 같은 편지에서 엄마는 이제 기억도 나지 않는, 엄마의 남자 친구 같은 사람이었던 그렉 아저씨의 이야기를 시작했다. 그리고 우리가 정상적인 가족인 것처럼 보일 법한 이야기도 덧붙였다. 엄마는 자기 친구 이름을 언급하며 이야기를 시작했다. "맨디 아줌마 남편 테리 아저씨 알지?

테리 아저씨가 집행유예 기간에 또 법을 어겨서 구속됐잖아. 그러니까 뭐, 이제 다들 괜찮은 거지."

린지 누나한테서도 자주 편지가 왔다. 누나는 각각 다른 색깔 편지지에 여러 통의 편지를 써서 뒷면에 '두 번째, 마지막' 등의 순서를 매긴 뒤 편지들을 한 봉투에 넣어서 보냈다.

누나가 보낸 편지에는 조카들 이야기가 빠지지 않았다. 나는 누나의 편지를 읽으며 내 둘째 조카가 완벽하게 대소변을 가리게 됐다는 것과 큰조카가 축구 시합에 나갔다는 것, 막내 조카가 벌써 미소를 지었고 처음으로 뭘 잡으려고 시도했다는 걸 알았다. 일생의 희로애락을 함께했던 누나와 나는 이 아이들을 세상 무엇보다 더 아꼈다. 집으로 보내는 거의 모든 편지에 나는 누나에게 "아가들에게 뽀뽀해줄 때마다 삼촌이 사랑한다고 전해달라"는 부탁을 잊지 않고 적어 보냈다.

처음으로 집과 가족으로부터 떨어져 지내면서 나 자신과 우리 문화에 대해 그동안 몰랐던 많은 걸 배워갔다. 사회적 통념과 달리, 군대는 별다른 선택권이 없는 저소득층 자녀들이 몰리는 곳이 아니다. 나와 같은 소대에 배치된 69명의 신병 중에는 흑인도 있었고 백인도 있었고 히스패닉도 있었다. 북부 뉴욕 출신의 부잣집 애들도 있었고 웨스트버지니아에서 온 가난한 애들도 있었다. 천주교도부터 유대교도, 개신교도, 심지어 무신론자도 몇 명 있었다.

자연히 나는 나와 비슷한 사람들에게 끌렸다. 가족에게 보낸 첫 번째 편지에서 나는 새로 사귄 친구를 소개했다.

"저랑 가장 많이 얘기하는 동기는 켄터키 레슬리 카운티Leslie County 출신이에요. 꼭 잭슨 사람처럼 말을 하는 거 있죠? 제가 천주교인들이 얼마나 많은 자유 시간을 즐겼는지 말이 안 될 정도라고, 그게 다 교회 일정 때문에 생긴 자유 시간이었다고 말한 적이 있어요. 그랬더니 '천주교가 뭐냐?'고 묻는 거예요. 정말 촌놈이더라고요. 그래서 제가 기독교의 한 종파라고 설명했더니, '한번 가봐야겠네' 하더라고요."

할모는 그 친구의 고향이 어디인지 정확하게 알고 있었다. "레슬리 카운티는 켄터키 남부에 있단다 거기 사람들은 하나같이 뱀을 다룰 줄 안다더구나." 할모는 내게 이렇게 답장을 써 보냈는데, 그게 영 웃자고 하는 소리만은 아니었다.

내가 없는 동안 할모는 처음으로 약한 모습을 보였다. 내 편지를 받기만 하면 우리 이모나 누나에게 전화를 걸어 누구든 당장 집에 와서 읽기 힘든 내 악필을 해석해내라고 닦달했다.

"하늘만큼 사랑하고 하늘만큼 보고 싶구나. 우리 손자가 여기 없다는 걸 자꾸 잊는다. 금방이라도 위층에서 내려오는 널 보며 소리칠 수 있을 것 같아 네가 꼭 여기 있는 것만 같구나 관절염 때문인지 손가락이 아프구나…… 오늘은 이만 쓰고 나중에 더 쓰마, 사랑한다 건강 잘 챙겨라."

할모는 편지를 쓸 때 필요한 구두점을 찍는 법이 없었고, 내가 조금이라도 더 오랫동안 할모의 편지를 읽게 하려고 항상 기사를 옮겨 적었다. 기사는 대부분 「리더스 다이제스트Reader's Digest」에서 발췌한 것이었다.

사납고 지독하게 의리를 중요시하는 할모 본연의 모습도 여전히 존재했다. 훈련을 받기 시작한 지 한 달쯤 됐을 무렵 새로 부임한 고약한 훈련 교관이 나를 한쪽으로 데려가 팔 벌려 뛰기, 윗몸 일으키기, 단거리 뛰기 세 종목을 지쳐 나가떨어질 때까지 번갈아가며 시켰다. 사실 거의 모든 훈련병이 언젠가 한 번은 맞닥뜨려야 할 훈련 과정이었다. 오히려 그렇게 오랫동안 내 이름이 호명되지 않은 걸 행운으로 여겨야 했다.

이 일을 알게 된 할모는 편지에 분노를 담아 이렇게 적어 보냈다. "사랑하는 J. D., 할모는 그 지랄 맞은 놈들이 언제쯤 너를 못살게 굴지 기다리고 있었는데, 때가 왔구나. 그놈들 때문에 열 받은 할모 심정을 표현할 말이 세상에 없다…… 그저 최선을 다하면서 IQ가 2밖에 안 되는 멍청한 자식들은 지들이 뭐라도 되는 줄 알지만 여자들 속옷이나 입고 다니는 놈들이라고 생각하렴 그 놈들이 정말 끔찍하구나"

분노가 묻어난 편지를 읽으면서 나는 할모가 마음속에 담아뒀던 말을 몽땅 털어놨다고 생각했다. 그러나 다음날, 할모는 미처 하지 못한 말을 마저 이어갔다.

"우리 아가 잘 잤니? 망할 녀석들이 우리 손자한테 고함쳐대는 모습이 머릿속에서 떠나질 않는다 너한테 고함치는 건 내 담당이지 그 빌어먹을 놈들이 할 일이 아닌데 말이다 웃자고 한 소리다 너는 그놈들과 비교도 안 될 만큼 똑똑하니까 원하는 게 무엇이든 해낼 수 있을 게다. 네가 훨씬 잘난 걸 그놈들도 알거야 빌어먹을 녀석들! 정말 짜증나게 싫구나 고함치는 건 그 물건들이 하는 놀이의 일부야…… 할 수 있는 만큼 최선을 다하다 보면 곧 상황이 나아질 게다"

수백 킬로미터나 떨어져 있긴 했지만, 세상에서 가장 사나운 힐빌리 노인이 내 곁을 딱 지키고 있었다.

신병 훈련소의 식사 시간은 효율성의 극치를 보여준다. 식판을 든 신병들은 식당에 줄지어 서서 배식 담당자가 배식을 해주길 기다린다. 담당자가 그날의 식단표에 있는 모든 메뉴를 식판에 떠준다. 신병들은 싫어하는 음식을 소리 내어 말하기가 두렵기도 하고 말고기라도 흔쾌히 먹을 수 있을 만큼 너무 배고픈 상태이기 때문에 주는 대로 받아온다.

자리에 앉으면, (아마추어처럼 보일 수 있으므로) 식판을 쳐다보거나 (역시 아마추어처럼 보일 수 있으므로) 고개를 움직이지 않은 상태에서 그만 먹으라는 신호를 받을 때까지 숟가락으로 밥을 떠다가 입 속으로 집어넣는다. 이 모든 과정이 끝나기까지는 8분이 채 걸리지 않는다. 식후에 배가 부른 느낌이 들지 않더라도 금세 체한 것처럼 속이 더부룩해진다.

유일하게 자유재량을 허락하는 시간은, 대열 끝에 마련된 작은 접시에 놓인 후식을 먹는 시간이었다. 훈련소 첫째 날, 나는 케이크 한 조각을 들고 자리로 향했다. 밥이 죄다 맛없더라도 그 케이크만큼은 틀림없이 맛있으리라고 생각했다. 그때 테네시 억양을 쓰는 빼빼마른 백인 교관이 내 앞에 멈춰 섰다. 그는 작고 강렬한 눈으로 나를 위아래로 훑어보더니, 이런 질문을 던졌다. "뚱보 새끼, 이 케이크를 꼭 먹어야겠다 이거냐?"

나는 대답을 하려 했지만 교관이 내 손에 들린 케이크를 쳐내고 다음 희생자에게 가는 걸 보니, 그 질문은 대답을 듣자는 게 아니었다. 그날 이후로 나는 두 번 다시 케이크를 집어오지 않았다.

여기서 내가 얻은 교훈이 하나 있다. 그건 음식에 관한 것도 극기에 관한 것도 영양에 관한 것도 아니다. 그런 모욕을 당하고도 내가 군말 없이 케이크를 치우고 제자리로 돌아가다니, 입대 전의 나로서는 상상할 수 없는 일이었다. 어린 시절 갖가지 시련을 겪으면서 내게는 심신을 갉아먹는 자기 회의가 몸에 배었다. 나는 장애물을 극복해내는 자신을 축하하기보다는 다음 장애물에서 넘어지지 않을까를 늘 걱정했다. 그러나 크고 작은 도전 과제가 끊이질 않았던 해병대 신병 훈련소를 거치면서 그동안 내가 스스로를 과소평가했다는 사실을 깨우쳤다.

해병대 신병 훈련소에서의 경험은 내 인생을 새롭게 규정하는 계기가 됐다. 훈련소에서는 도착한 첫날부터 아무도 내 이름을 부르지 않는다. 각각의 개성을 버리라고 교육받기 때문에 '나'라는 말을 입 밖으로 꺼내서는 안 된다. 모든 질문에는 '본 신병'이라는 말로 대답해야 한다. "본 신병 화장실에 다녀와도 되겠습니까?" "본 신병 의무실에 다녀와도 되겠습니까?" 이런 식으로 말해야 한다.

해병대 문신을 새기고 훈련소에 입대하는 바보 같은 놈들은 무자비하게 욕을 먹는다. 언제 어디서나 신병들은 자신이 훈련소 과정을 마치고 '해병대원'이라는 칭호를 얻기 전까지는 쓸모없는 존재라는 사실을 잊어서는 안 된다. 최초 83명이었던 우리 소대에서 69명만이 훈련소 과정을 수료했다. 교관은 건강 문제로 중도 하차한 인원들을 언급하며 우리에게 훈련소 과정이 얼마나 가치 있는 도전인지를 강조했다.

훈련 교관이 고함쳐도 그 앞에 위풍당당하게 서 있을 때마다, 처음엔 뒤처졌던 달리기 훈련에서 점점 속도를 맞춰 따라가게 될 때마다, 그리고 외줄타기처럼 절대 내가 할 수 없는 일이라고 생각했던 일들을 배워나갈 때마다, 조금씩 나 자신을 향한 믿음이 생겨났다.

어릴 적에 그랬던 것처럼, 내가 내린 결정이 앞으로의 인생에 아무런 영향도 미치지 않는다고 생각하는 현상을 심리학자들은

'학습된 무기력'이라고 일컫는다. 기대할 것이라고는 없는 미들타운의 환경부터 혼란이 끊이질 않는 우리 집안의 상황까지, 인생은 내게 내 힘으로는 바꿀 수 있는 게 아무것도 없다고 가르쳤다. 할모와 할보가 내가 그런 생각에 완전히 사로잡히지 않도록 구해줬다면, 해병대는 내게 신기원을 열어줬다. 집에서 내가 학습된 무기력을 배웠다면, 해병대에서는 학습된 의지를 습득하고 있었다.

훈련소 수료식이 있던 날은 내 인생에서 최고로 자랑스러운 날이었다. 힐빌리 친척들 열여덟 명 모두가 내 수료식에 참석했다. 친척들 사이에 할모도 있었다. 휠체어에 앉아서 여러 장의 담요를 덮고 있던 할모는 내 기억보다 더 연약한 모습이었다. 나는 마치 복권에 당첨되기라도 한 사람처럼 들떠서 친척들에게 부대를 구경시켜줬다. 그리고 열흘간의 휴가를 받은 다음 날, 우리는 카라반caravan•을 타고 미들타운으로 향했다.

훈련소에서 돌아온 첫날, 나는 할보의 오랜 친구가 운영하는 이발소에 갔다. 해병은 늘 머리카락을 짧게 깎아야 했고, 나는 보는 사람이 없다는 이유로 아무렇게나 하고 다니고 싶지 않았다.

동네 이발소(그때는 몰랐지만, 점점 사라지는 추세였다)의 주인 할

• 승용차에 매달아 끌고 다니는 이동식 주택.

아버지가 처음으로 나를 어른 대하듯 대우했다. 나는 이발소 의자에 앉아 고작 몇 주 전에 주워들은 시시껄렁한 농담을 몇 개 던졌다. 훈련소 이야기도 주고받았다. 이발사 할아버지가 내 나이쯤일 때 육군에 입대해 한국으로 파병을 나갔던 경험이 있어서, 우리 둘은 육군과 해병을 한바탕 까댔다.

내 머리를 깎아주고서 할아버지는 돈 받기를 한사코 거절하며 내게 몸조심하라고 일렀다. 나는 전에도 거기서 이발한 적이 있었으며 18년 동안 거의 하루도 거르지 않고 그 이발소 앞을 지나다녔다. 그러나 이발사 할아버지가 내게 악수를 청하고 나를 동등한 어른으로 대우한 건 그날이 처음이었다.

훈련소를 마친 직후에 이런 경험을 꽤 많이 했다. 해병대원이 되고서 처음 며칠간은 계속 미들타운에 있었는데, 사람들을 만날 때마다 내가 누군지 일일이 설명해야 했다. 20킬로그램이나 살이 빠진 탓에 지인들이 나를 알아보지 못했기 때문이다. 훗날 내 결혼식에 들러리를 서준 친구인 네이트는 동네 쇼핑몰에서 내가 손을 내밀자 깜짝 놀라 멈칫거리기까지 했다. 어쩌면 내 행동이 전과 달라져서 그랬는지도 모르겠다. 내 오랜 고향이 그렇게 생각하는 것 같았다.

전에는 생각지도 못했던 새로운 관점도 생겼다. 내가 한때 즐겨 먹었던 음식 대부분이 해병대 식단에서 금지하는 식품이었다. 할모네 집에서는 닭고기나 채소절임, 토마토까지 모든 걸 다 튀겨 먹었다. 구운 빵으로 만든 볼로냐 샌드위치에 부순 감자칩을 얹어 먹는 음식이 이제 더는 건강해 보이지 않았다. 과일(블랙베리)과 곡물(밀가루)이 들어가 건강한 음식이라고 생각했던 블랙베리 코블러Cobbler●도 이제 건강식이라는 영예를 잃었다.

나는 할모에게 전에는 묻지 않았던 질문을 퍼붓기 시작했다. "여기에 설탕 넣으셨어요?" "이 고기엔 포화지방이 엄청 많이 함유돼 있나요?" "소금은 얼마나 넣으셨어요?" 한낱 음식에 불과했으나, 거기서 나는 이제 이전과 동일한 눈으로 미들타운을 바라보지 못하게 될 거라는 사실을 깨달았다. 겨우 몇 달 만에 해병대가 내 관점을 바꿔놓았던 것이다.

곧 해병대 임무를 수행하러 집을 떠났고, 그러는 동안 우리 집의 시간은 빠르게 흘러갔다. 나는 가능하면 자주 집에 들르려 했고, 주말을 낀 연휴와 관대한 해병대 휴가 제도 덕분에 보통 수개월에 한 번씩은 가족들을 볼 수 있었다.

아이들은 볼 때마다 조금씩 성장해 있었고, 엄마는 그러려고 했던 건 아니었지만 어쨌든 내가 훈련소로 떠나고 얼마 지나지 않아서 할모네 집으로 들어갔다. 할모는 전보다 더 수월하게 걸었고 살도 조금 붙었다. 그 모습을 보니 건강 상태가 조금은 더 나아진 것 같았다. 린지 누나와 위 이모의 가족들도 모두 건강하

● 설탕에 절인 과일 위에 밀가루 반죽을 얹어 구운 파이의 한 종류.

고 행복해 보였다. 입대하기 전에는 내가 없는 사이에 우리 가족에게 안 좋은 일이 생기면 어쩌나 하는 걱정을 가장 많이 했다. 해병대에 있을 때는 내가 도울 방도가 없기 때문이다. 그러나 다행스럽게도 그런 일은 일어나지 않았다.

2005년 1월에, 몇 달 후면 우리 부대가 이라크로 파병을 나가게 된다는 소식을 들었다. 신나기도 했고 긴장되기도 했다. 전화를 걸어 할모에게 소식을 전하자 할모는 아무 말도 하지 않았다. 몇 초 동안 불편한 침묵이 흐르고 나서야 입을 뗀 할모는 내가 떠나기 전에 전쟁이 끝났으면 좋겠다는 말을 했다. 할모와 나는 며칠에 한 번씩 통화를 하면서도 이라크의 '이' 자도 입 밖에 내지 않았다.

겨울이 지나고 봄이 왔고, 내가 그해 여름에 이라크로 떠난다는 사실을 모두가 알고 있었다. 그러나 할모가 이라크 파병을 말하기도 떠올리기도 싫어하는 것 같아서 나 또한 잠자코 있을 수밖에 없었다.

할모는 연로하고 병들어 쇠약한 상태였다. 나는 할모와 더 이상 함께 살고 있지 않았고, 이제는 전쟁에 나갈 채비를 하고 있었다. 입대한 이후로 할모의 건강이 어느 정도 호전되긴 했으나, 할모는 여전히 십여 가지의 약을 복용하고 있었고, 갖가지 질병으로 1년에 네 번은 병원에 가야 했다.

할보의 미망인 자격으로 할모에게 의료보험을 제공하던 AK스틸에서 보험료가 할증될 예정이라고 고지했으나, 할모에게는 그 돈을 지불할 여력이 없었다. 이전 보험료도 간신히 내는 형편이었는데 매달 300달러를 더 지불하라니. 어느 날 할모가 내게 그 얘기를 꺼냈고, 듣자마자 나는 비용을 부담하겠다고 나섰다.

그때까지 할모는 내게서 아무것도 받은 적이 없었다. 내가 딜먼에서 받은 임금이나 훈련소에서 받은 월급에서 한 푼도 받아가지 않은 사람이었다. 그런 할모가 매달 300달러를 부담하겠다는 손자의 말을 받아들이는 모습을 보고, 할모의 형편이 얼마나 절망적인지 짐작할 수 있었다.

내가 돈을 많이 버는 건 아니었다. 세금을 제하면 한 달에 1000달러쯤 받았는데 해병대에서 숙식을 제공했으므로 그 정도면 먹고 살기에 충분했다. 또 온라인으로 포커를 치면서 여윳돈을 벌었다. 아주아주 어릴 적부터 할보와 블랜턴 할아버지들과 함께 1센트, 10센트짜리 동전으로 포커를 치고 놀았던 걸 보면 포커를 잘 치는 건 타고난 재주였던 것 같다.

때마침 온라인 포커가 유행하는 바람에 거의 공돈을 번 것이나 다름없었다. 나는 일주일에 10시간 정도 적은 판돈만 걸고 포커를 쳐서 한 달에 400달러가량의 돈을 땄다. 원래는 그 돈을 저축할 계획이었으나, 그 대신 할모의 보험료로 냈다. 물론 할모는 내게 도박 습관이 생겨서 힐빌리 출신 타짜들과 산속 트레일러에 모여 앉아 노름을 하지 않을까 염려했지만, 나는 온라인상에서만 포커를 치고 있고 그건 합법적인 거라고 할모를 안심시켰다.

"글쎄다. 빌어먹을 인터넷이 뭔지 할미는 잘 모르는 거 알잖니. 딴소리 말고 술하고 여자는 가까이 하지 말거라. 도박하다 걸리는 쓰레기 같은 놈들이 늘 하는 짓이 그런 거야."

할모와 나는 둘 다 영화 〈터미네이터 2〉를 좋아했다. 둘이서 대여섯 번은 그 영화를 봤을 것이다. 할모는 강직하고 유능해 최고의 자리에 오른 아널드 슈워제네거Arnold Schwarzenegger를 아메리칸 드림의 전형이라고 생각했다. 나는 그 영화 속에서 내 인생을 봤다. 할모는 내 보호자이자 수호자였고, 필요하다면 내 터미네이터가 되어줄 사람이었다. 어린 시절에는 어떤 상황에서도 날 지켜줄 할모가 있었으므로 앞으로 어떤 일이 닥치더라도 괜찮을 것 같았다.

이제 할모의 보험료를 대신 납부하면서, 처음으로 내가 할모의 수호자가 된 것 같은 기분이 들었다. 전에는 상상도 해보지 못했던 만족감이 느껴졌다. 상상이나 할 수 있었을까? 해병대에 입대하기 전에는 누군가를 도울 만한 돈을 만져본 적이 없다. 그러나 이제 나는 집에 들를 때마다 엄마에게 점심을 대접하고, 아이들에게 아이스크림을 사주고, 누나에게 꽤 괜찮은 크리스마스 선물을 건넬 수 있게 됐다.

한번은 할모와 내가 린지 누나의 첫째와 둘째 아이를 데리고 위 이모와 댄 이모부를 만나기 위해 아름다운 호킹 힐스 주립공원Hocking Hills State Park에 간 적이 있다. 나는 출발할 때부터 도착할 때까지 운전대를 손에서 놓지 않았고, 주유비를 지불했으며, 모두에게 저녁을 샀다. (그래 봤자 내가 데리고 간 식당은 웬디스였다.) 진짜 어른, 멋진 남자가 된 기분이었다. 내가 가장 사랑하는 사람들이 내가 사는 밥을 먹으며 나와 함께 웃고 떠드는 모습을 보고 있자니, 어떤 말로도 표현할 수 없을 만큼 기쁘고 보람찼다.

나는 최악의 순간에서 느낄 수 있는 두려움과 최고의 순간에서 느낄 수 있는 안정감 사이를 오가며 평생을 보냈다. 못된 터미네이터에게 쫓기거나 선한 터미네이터에게 보호를 받거나 둘 중 하나였다. 그러나 한 번도 나 자신에게 사랑하는 사람들을 보살필 책임과 능력이 있다고 믿었던 적은 없었다. 할모는 내게 핑계를 대지 말고 목표를 이뤄내라고 말하며 책임감과 성실함을 강조했다.

어떤 격려 연설이나 강연에서도 보살핌을 받기만 하다가 누군가를 보살피게 될 때 어떤 느낌이 드는지 내게 알려주지 않았다. 그건 스스로 깨우쳐야 하는 것이었다. 그리고 한번 깨우치고 나면, 다시는 과거로 돌아갈 수 없었다.

할모의 일흔두 번째 생일은 2005년 4월이었다. 생일을 몇 주 앞둔 어느 날, 나는 월마트 슈퍼센터의 대기실에 서서 자동차 정비공이 내 차의 엔진오일을 다 갈 때까지 기다리고 있었다. 내 돈으로 산 휴대전화로 할모에게 전화를 걸자 할모는 그날 누나의 아이들을 돌봐준 이야기를 들려줬다.

"메건이 얼마나 귀여운지 몰라. 내가 유아 변기에다가 똥을 갈기라고 한 번 말했더니 3시간 동안 '똥을 갈겨, 똥을 갈겨, 똥을 갈겨' 하고 노래를 부르는 거 아니겠니. 그만하지 않으면 할모한테 큰일이 난다고 말을 해도 소용이 없었어."

나는 한참 웃고 나서 할모에게 사랑한다고 얘기했고, 이번 달 300달러도 제때 지불했다고 알렸다. 할모는 "J. D., 도와줘서 고맙다. 네가 정말 자랑스럽구나. 사랑한다"라고 말했다.

그로부터 이틀이 지난 일요일 아침, 나는 누나에게서 걸려온 전화를 받고 눈을 떴다. 폐 조직이 파괴돼 할모가 혼수상태로 병원에 누워 있으니 최대한 서둘러 집으로 오라는 전화였다.

2시간 뒤에 나는 도로 위를 달리고 있었다. 혹시 장례식에 필요할지도 몰라서 감색 제복도 챙겼다. 77번 국도를 달리고 있을 때 웨스트버지니아 소속 경찰관이 차를 멈춰 세웠다. 그러고는 내가 시속 150킬로미터로 달려 속도위반을 했다고 경고하며 무슨 일로 그렇게 서둘러 가는지를 물었다. 자초지종을 설명하자 경찰관은 오하이오 진입 직후까지, 그러니까 110킬로미터 이내에는 과속 단속 카메라가 없으니 거기까지는 최대한 밟아도 괜찮다고 알려줬다.

고맙게도 나는 경고만 받고서 오하이오에 진입할 때까지 시속

160킬로미터 이상으로 달릴 수 있었다. 그렇게 나는 평소에 13시간이 걸리는 거리를 11시간 만에 도착했다.

밤 11시에 미들타운 병원에 도착해보니 온 가족이 할모의 병상을 지키고 있었다. 할모는 어떤 반응도 보이지 않았다. 폐는 더욱더 팽창했고, 폐 조직을 파괴한 원인인 염증에는 치료 효과가 전혀 나타나지 않은 상태였다. 담당 의사는 반응이 나타나기 전에 할모를 깨우는 건 고문이나 다름없을 거라고 했다. 물론 할모가 의식을 되찾을 수 있을 때의 이야기였다.

우리는 약이 들어 염증이 사라지고 있다는 징후가 나타나길 며칠 동안 기다렸다. 그러나 정반대의 징후가 나타났다. 할모의 백혈구 수치는 꾸준히 올랐고, 의사는 일부 장기가 심각한 스트레스를 받고 있는 것으로 보인다고 했다. 담당 의사는 몸에 달린 산소호흡기와 영양관을 제거하면 할모가 돌아가실 거라고 설명했다.

가족 모두가 모여 상의한 결과, 다음 날에도 할모의 백혈구 수치가 계속 올라간다면 그때 호흡기를 제거하기로 합의했다. 법적으로는 위 이모의 단독 결정이었다. 내게 자기 결정이 잘못됐다고 생각하지 않느냐고 울먹이며 묻던 위 이모의 얼굴을 나는 평생 잊을 수 없을 것이다.

지금까지도 나는 이모와 우리가 올바른 결정을 했다고 믿지만, 사실 정답이 무엇인지는 끝내 알 수 없다. 그때 나는 우리 가족 중에 의사가 있으면 좋겠다는 생각을 했다.

의사는 호흡기를 떼면 15분에서 최대 1시간 내에 할모의 심장이 멎을 거라고 했다. 그러나 할모는 끝까지 죽음과 맞서 싸우며 3시간을 버텼다. 지미 삼촌, 엄마, 위 이모, 린지 누나, 매형 케빈, 나까지, 모두가 임종을 지켰다. 우리는 할모의 침상을 둘러싸고 서서 한 사람씩 돌아가며 할모 귀에 대고 나지막이 인사를 전하면서 할모가 우리의 말을 듣고 있기를 마음속으로 바랐다.

심장 박동이 느려지자 우리는 할모의 마지막 시간이 다가왔다는 걸 알았고, 나는 기드온 성경•을 꺼내 아무데나 펴서 읽기 시작했다. 고린도전서 13장 12절이었다. "우리가 지금은 거울로 보는 것 같이 희미하나 그때에는 얼굴과 얼굴을 대하여 볼 것이요, 지금은 내가 부분적으로 아나 그때에는 주께서 나를 아신 것 같이 내가 온전히 알리라." 몇 분 후, 할모는 숨을 거뒀다.

나는 할모가 돌아가신 순간에도, 그리고 그 후 며칠 동안에도 울지 않았다. 위 이모와 린지 누나는 너무 냉정하다며 내게 실망하기도 했고, 다른 가족들처럼 지금 슬퍼하지 않으면 언젠가 감정이 터져버릴 거라며 나를 걱정하기도 했다.

나는 나름의 방식으로 슬퍼하고 있었다. 단지 모든 가족이 금방이라도 쓰러질 것 같아서 나만은 괜찮다는 걸 보여주고 싶었다. 할보가 돌아가셨을 때 정서적으로 힘들어했던 엄마의 모습은

• 국제 기드온 협회에서 성경 보급을 목표로 호텔, 병원, 군부대, 학교, 교도소 등에 무료로 배포하는 성경.

모두가 지켜봐서 익숙했지만, 할모의 죽음은 한 번도 겪어보지 않은 새로운 압박감을 몰고 왔다.

우선은 할모의 재산을 정리하고 빚이 얼마인지 파악하고 부동산을 처분하고 남은 걸 분배해야 했다. 그때 지미 삼촌이 할모의 재정 상황에 엄마가 실제로 어떤 영향을 미쳤는지를 처음으로 알게 됐다. 약물 중독 치료비는 지불되지 않았고, 온갖 '대출금' 가운데 어느 것 하나 상환된 게 없었다. 그래서인지 지금까지도 삼촌은 엄마를 만나지 않으려 한다.

할모가 인정이 많은 사람이었다는 건 모두가 알고 있었기에 할모의 재정 상태를 보고 놀라는 사람은 없었다. 할보가 그렇게 열심히 일하면서 40년이 넘도록 저축을 했는데도, 남은 것 중에 값이 나가는 재산이라고는 50년 전에 할모와 할보가 사둔 집 한 채뿐이었다. 게다가 갚아야 할 빚이 너무 많아서 집을 팔아도 남을 게 별로 없었다. 그나마 우리에게 다행이었던 건 그런 일이 벌어진 때가 부동산 거품이 최고조에 달했던 2005년이었다는 사실이다. 할모가 3년 뒤에 돌아가셨더라면 파산을 면치 못했을 것이었다.

할모는 유서에, 빚을 정리하고 남은 재산을 세 자녀에게 똑같이 나눠주라고 썼다. 그런데 유서에는 한 가지 반전이 있었다. 엄마가 받을 몫을 나와 린지 누나에게 절반씩 나눠주라고 쓰여 있었던 것이다.

할모의 유언은 불붙은 엄마의 감정에 부채질을 했다. 나는 할모의 재정 문제에 신경 쓰고 몇 달간 못 봤던 친척들과 시간을 보내느라, 엄마가 할보가 돌아가셨을 때처럼 서서히 나락으로 떨어지고 있다는 사실을 눈치 채지 못했다. 그러나 나를 향해 돌진하는 화물 열차를 언제까지나 외면할 수는 없는 노릇이다. 무시무시한 속도로 달려드는 화물 열차가 금세 시야에 들어왔다.

할보가 그랬던 것처럼 할모도 오하이오에 사는 친구들이 모여 문상할 수 있도록 미들타운에서 조문객을 받길 바랐다. 할보가 그랬던 것처럼 할모도 잭슨의 디턴 장례식장에서 두 번째 장례식을 치르고 싶어했다.

장례를 치르고서 장례 차량이 켁Keck으로 출발했다. 켁은 할모가 태어난 곳에서 멀지 않은 골창으로, 우리 집안의 선산이 있는 마을이다. 가족들에게 전해들은 바로는 켁은 할모의 출생지 이상의 의미가 있는 마을이었다. 할모의 어머니인 사랑하는 블랜턴 할모가 태어난 마을이었고, 블랜턴 할모의 여동생인 아흔 살의 보니 할머니가 통나무집을 지어놓은 마을이었다. 통나무집에서 산으로 조금만 걸어 올라가면 비교적 편평한 땅이 나오는데, 바로 그곳이 우리 할보와 블랜턴 할모는 물론이고 19세기에 태어난 어르신들을 포함한 여러 친척이 잠들어 있는 자리였다.

먼저 떠난 가족들 곁으로 할모를 모셔다드리기 위해 좁다란 산길을 따라가는 장례 차량의 행선지가 바로 그곳, 켁이었다.

전에도 장례 차량을 대여섯 번 정도 타봤는데 그때마다 차 안에서 바깥 풍광을 바라보면 즐거웠던 옛 추억이 떠올랐다. 20분 넘게 차를 타고 가다 보면 모두가 "그때 기억나?"라는 말을 시작으로 고인에 관한 추억을 꺼내놓지 않을 수 없었다.

그러나 할모의 장례를 치를 때에는 아무도 할모, 할보, 레드 할아버지, 앵두 할아버지에 관한 즐거웠던 추억이나, 데이비드 할아버지가 운전하다가 산비탈로 추락하면서 수백 킬로미터 아래로 굴러떨어지고도 생채기 하나 없이 걸어 올라왔던 일 따위를 입 밖에 내지 않았다.

그 대신 린지 누나와 나는 엄마의 말을 가만히 듣고 있었다. 엄마는 우리가 할모를 너무 많이 사랑했기 때문에 이렇게 슬픈 거라고 하더니, 그래도 할모의 죽음을 가장 깊이 슬퍼할 자격을 갖춘 건 본인이라고 말했다. 엄마의 말을 그대로 옮기면 이유는 이랬다. "너희 엄마가 아니라 내 엄마니까!"

누군가에게 그때만큼 화가 난 적이 없다.

나는 수년간 엄마를 감싸줬다. 엄마가 약물 중독에서 벗어나려 노력할 때는 앞장서서 엄마를 돕고 중독에 관해 쓴 바보 같은 책들도 읽었으며 엄마를 따라 중독자 모임에도 나갔다. 수많은 아버지 후보자들이 들락거리며 하나같이 내게 공허함과 사람에 대한 불신만 심어주고 떠날 때도 불평 한마디 하지 않고 꾹 참았다. 엄마가 날 죽이겠다고 위협했던 그날도 같이 차를 타고 가자는 엄마 말을 순순히 따랐고, 이후에는 엄마를 감옥에 보내지 않으려고 판사 앞에서 거짓말까지 했다. 엄마를 따라 맷 아저씨네 집으로 따라 들어갔다가 켄 아저씨네로 옮겨갈 때도 아무 말도 하지 않았다.

나는 엄마가 제대로 살길 바랐고, 내가 엄마 뜻을 따르면 엄마가 나아질지도 모른다고 생각했다. 그러는 몇 해 동안 누나는 내가 엄마의 좋은 점만 보고 엄마를 감싸고 믿어준다며, 나를 '지나치게 관대한 자식'이라고 불렀다. 차 안에서 내가 엄마에게 아주 날 선 독설을 퍼부으려고 입을 뗀 순간, 누나가 먼저 말을 꺼냈다. "아녜요, 엄마. 할모는 우리 엄마이기도 했어요." 그 한마디면 충분했기에 나는 그대로 조용히 앉아 있었다.

장례식 다음 날, 나는 부대로 복귀하기 위해 노스캐롤라이나로 향했다. 버지니아 산속의 좁은 비포장도로에서 모퉁이를 돌아 나오다가, 바퀴가 물웅덩이에 빠져 미끄러지는 바람에 내가 통제할 수 없을 정도로 자동차가 빙글빙글 돌기 시작했다. 빠른 속도로 달리고 있던 터라 핑글거리며 가드레일로 돌진하는 자동차의 속도가 전혀 늦춰질 것 같지 않았다.

순간 차가 멈추자 이제 모든 게 끝이라는 생각이 들었다. 나는 가드레일 밖으로 튕겨 나갈 것이고 그러면 생각보다 조금 더 빨리 할모를 만나게 될 터였다. 그때 처음으로 초자연적 현상에 가까운 일을 겪었다. 물론 마찰력으로 그 상황을 설명할 수 있겠지만, 나는 산등성이로 전복되려는 차를 할모가 멈추게 해준 거라고 믿었다. 곧 자동차의 방향을 다시 잡고 차선으로 차를 끌고 온 뒤 갓길에 차를 세웠다.

그제야 지난 2주 동안 참았던 눈물이 터지면서 온몸이 무너져 내렸다. 운전대를 다시 잡기 전에 린지 누나와 위 이모에게 차례로 전화를 걸었다. 그리고 몇 시간 뒤에 나는 기지로 복귀했다.

해병대에서의 마지막 2년은 별다른 일 없이 금세 지나갔으나, 내 관점을 바꿔놓은 두 번의 계기가 있었다. 첫 번째는 내가 이라크에 있을 때였다. 이라크에서 나는 운 좋게도 실제 전투에는 한 번도 투입되지 않았는데 그럼에도 느낀 바가 컸다.

나는 공보 업무를 담당하면서 파병 군인들의 일상을 파악하는 부대로 배정받았다. 우리는 민간 언론사를 호위할 때도 있었지만, 보통은 사진을 찍거나 해병대원 또는 그들의 임무에 관한 짤막한 기사를 작성했다. 초반에는 지역 사회 원조를 담당하는 민사작전 부대로 배정받았다. 민사 업무를 담당하면 소수의 해병대원이 무방비 상태로 이라크 영역에 들어가 주민들을 상대해야 하므로 일반적으로 민사 업무는 다른 임무들에 비해 더 위험한 일로 간주된다.

언젠가 특별 임무를 수행하는 중이었다. 선임 대원들이 학교 관계자들과 만나 회의를 할 때 나머지 대원들은 보안을 유지하거나 학생들과 어울리며 축구를 했고, 학생들에게 사탕과 학용품을 나눠줬다. 그때 수줍음이 굉장히 많은 한 소년이 내게 다가와 손을 내밀었다. 그 손에 조그마한 지우개를 하나 쥐어주자, 순간 기쁨의 미소로 얼굴이 환해진 소년이 2센트짜리 선물을 쥔 손을 높이 들고 의기양양하게 가족의 품으로 뛰어갔다. 그렇게 신이 난 어린아이의 얼굴은 처음이었다.

나는 에피파니가 존재한다고 믿지 않는다. 인생을 바꾸는 순간이 있다고도 생각하지 않는다. 인생을 바꾸는 건 순간적으로 되는 일이 아니기 때문이다. 달라지겠다는 깊은 갈망에 빠져 있다가 실제로 변한다는 게 얼마나 어려운 일인지 깨닫고, 결국 패기만 잃어버린 사람들을 살면서 너무 많이 봤다. 그러나 그 소년을 만났던 순간은 내 인생을 제법 바꿔놓았다고 할 수 있다.

그전까지 나는 늘 세상에 분노를 품고 있었다. 엄마와 아빠에게 화가 나 있었다. 학교에 갈 때 다른 애들은 친구들끼리 차를 타고 가는데 나는 버스를 타야 해서 화가 났고, 내 옷이 아베크롬비에서 산 게 아니라서 화가 났고, 우리 할보가 돌아가셔서 화가 났고, 좁은 집에 살아야 해서 화가 났다.

그런 분노가 한순간에 사라진 건 아니지만, 전쟁으로 피폐해진 나라의 수많은 아이들과, 그 애들이 다니는 수돗물도 안 나오는 학교, 그곳에서도 매우 기뻐하는 소년의 얼굴을 가만히 바라보고 있노라니 내가 얼마나 행운아였는지 조금씩 깨닫게 됐다. 나는 지구 최대의 강대국에서 태어나 문명의 이기를 누렸다. 다정한 두 힐빌리 노인의 지지를 받으며 자랐고, 별난 면이 있는 가족들이긴 했어도 그들에게 조건 없는 사랑을 받았다.

그때 나는 누군가 지우개를 건넬 때 미소 짓는 사람이 되기로 마음먹었다. 아직 만족할 만큼 이뤄내지는 못했지만, 그날의 경험이 없었더라면 노력조차 하지 않았을 테다.

해병대 복무 중 내 인생을 바꿔놓은 또 다른 계기는 한 가지 사건이 아니다. 무시무시한 훈련 교관과 케이크 사건을 겪었던 첫날부터 제대명령서를 받아들고 집으로 달려간 마지막 날까지, 해병대는 내게 어른답게 사는 방법을 가르쳐줬다.

해병대에서는 사병을 극도로 무식한 사람들로 여긴다. 체력 단련이나 개인위생, 재정 관리에 관해 어떤 것도 배운 적이 없는 깜깜무식쟁이로 간주하는 것이다.

나는 군에서 복무하면서 수표책 쓰는 법, 저축, 투자에 관련한 필수 과목들을 수강했다. 하지만 훈련소에서 받은 1500달러를 그저 그런 지역 은행의 계좌에 입금하고 휴가를 나왔다. 그때 선임은 나를 평판 좋은 신용 조합인 해군연방신용조합Navy Federal Credit Union으로 데려가더니 그곳에서 계좌를 개설하라고 명령했다. 또 패혈성 인두염에 걸려 참고 견디려고 했을 때도 내 몸 상태를 알아챈 부대장이 내게 의무실로 가라고 명령을 내렸다.

나 같은 사병들은 군인이라는 직업과 민간의 직업을 비교하고,

눈에 띄는 차이점을 한없이 불평한다. 민간 세계에서 부하직원은 업무 시간만 지나면 상사의 간섭을 받지 않는다. 그러나 해병 상관은 내가 일을 잘하고 있는지만 확인하는 게 아니라, 방을 깨끗하게 치웠는지, 머리를 단정하게 깎았는지, 제복을 다림질했는지까지 확인했다.

내가 인생의 첫 자동차를 구매하러 갈 때도 해병대에서는 선임을 딸려 보내 내가 사고 싶었던 BMW가 아니라 도요타나 혼다처럼 실용적인 차를 구매하도록 감독했다. 내가 곧장 자동차 대리점을 통해 21퍼센트의 이자율로 대출을 받아 차를 구매하려고 하자, 보호자격이었던 선임은 버럭 화를 내며 내게 해군연방신용조합에 전화를 걸어 다시 대출 견적을 받으라고 명령했다. 시키는 대로 견적을 받아보니 이자율이 절반도 채 되지 않았다.

그때까지 나는 사람들이 이런 일들을 하고 산다는 걸 전혀 몰랐다. 은행을 비교한다고? 두말할 것도 없이 나는 은행이 모두 똑같은 줄 알았다. 대출을 알아봐서 고른다고? 나는 대출을 받을 수 있다는 것 자체를 너무 다행이라고 생각해서 곧바로 서명을 하려고 했다. 해병대는 내가 이러한 결정을 내릴 때 전략적으로 사고하라고 요구하며 그 방법을 하나씩 가르쳤다.

그뿐만 아니라 해병대는 스스로를 향한 기대치도 바꿔놓았다. 훈련소에 있을 때는 9미터 줄타기를 생각하기만 해도 공포가 밀려왔으나, 1년이 지나서는 한 손만 쓰고도 줄을 탈 수 있게 됐다.

또한 입대하기 전에는 1600미터를 쉬지 않고 달려본 적이 없었으나, 마지막 체력 검사에서 나는 1600미터 거리의 경주로 세 바퀴를 19분 만에 돌고 들어왔다.

게다가 나는 해병대에서 처음으로 다 큰 성인에게 명령을 내리고 감독하는 일을 했다. 내게 해병대는 통솔력이란 부하들을 쥐잡듯 잡음으로써가 아니라 그들의 존경을 받음으로써 생긴다는 사실과, 내가 어떻게 해야 그런 존경을 받을 수 있는지를 가르쳐준 곳이다. 그리고 각기 다른 인종과 사회계층 출신의 남녀가 한 팀을 이루어 가족과 같은 유대를 맺고 작업할 수 있다는 것을 일깨워준 곳이다.

내가 처절하게 실패할 수 있는 첫 번째 기회를 주면서 어떻게든 그 기회를 잡도록 하고, 실패했을 때에는 어떻게 해서든 두 번째 기회를 준 곳이 해병대였다.

공보 업무를 담당하게 되면 최고참 대원들이 언론 관련 업무를 도맡는다. 언론 담당은 해병대 공보 업무의 꽃이었다. 가장 많은 독자와 가장 큰 이권을 보유하고 있었기 때문이다.

내가 있었던 체리포인트Cherry Point의 언론 담당 장교는 내가 모르는 이유로 우리 기지 고관의 총애를 잃은 대위였다. 나보다 여덟 계급이나 높은 직책이었는데, 그가 면직됐을 때는 이라크 전쟁과 아프가니스탄 전쟁 때문에 자리를 채울 준비된 보충병이 없었다. 결국 내 상관은 내게 복무 기간이 끝날 때까지인 9개월 동안 동해안에서 가장 큰 규모에 속하는 기지를 담당하는 언론 홍보 장교의 역할을 수행하라고 명령했다.

그즈음 나는 무작위로 배정되기도 하는 해병대의 임무에 꽤 익숙해진 상태였다. 그러나 이건 완전히 다른 이야기였다. 날 놀리던 친구의 말처럼 내 얼굴은 텔레비전에 나오기 적합하지 않을 정도로 못생긴 라디오용이었고, 기지에서 무슨 일이 일어나고 있는지 생방송으로 중계할 준비도 전혀 되어 있지 않았다. 그러나 해병대는 나를 늑대 소굴로 던져넣었다. 처음에는 약간 버벅거렸다. 사진사가 기밀에 해당하는 항공기 사진을 찍도록 허락하기도 했고, 장교 회의에서 주제넘게 참견했다가 호되게 욕을 먹기도 했다.

내 상관이었던 숀 헤이니는 실수하지 않으려면 어떻게 해야 하는지를 내게 차근히 설명해줬다. 그리고 언론과 어떻게 관계를 쌓아나갈지, 의사 전달은 어떻게 해야 하는지, 시간 관리는 어떻게 해야 하는지에 관해 나와 함께 전략을 짜줬다. 내 실력은 점차 늘었고, 나중에는 매년 2회 개최하는 에어쇼에서 수십만 명의 관중을 앞에 두고 한껏 역량을 발휘하여 표창까지 받았다.

'나도 할 수 있다'는 귀중한 교훈을 안겨준 경험이었다. 필요하다면 나도 하루 24시간 내내 일할 수 있었다. 코앞에 카메라를 들이대고 있어도 자신감 있게 또박또박 말할 수 있게 되었고, 소령과 대령, 장군들과 한방에서 대화할 때도 꿋꿋하게 내 입장을 고

수할 수 있었다. 또한 속으로 못 할 거라고 두려워하고 있을 때도 대위의 임무를 충실히 해낼 수 있었다.

이 모든 건 "뭐든 할 수 있다. 절대 자기 앞길만 막혀 있다고 생각하는 빌어먹을 낙오자처럼 살지 말거라"라고 통렬하게 꾸짖은 할모 덕분이었다.

입대하기 전에는 할모의 충고가 마음 깊숙이 와닿지 않았다. 그러나 군에 복무하면서 나와 같은 환경에서 자란 사람들이 신통치 못하다는 사실, 미들타운에서 아이비리그 졸업생을 한 명도 배출하지 못한 건 우리의 유전적 문제나 기질적 결함이라는 사실을 깨달았다. 그런 상태에서 벗어나기 전까지, 나는 내 정신력이 얼마나 형편없는지 전혀 몰랐다. 그런데 해병대가 내 형편없던 정신력을, 변명을 혐오하게 만드는 다른 무엇인가로 바꿔놓았다.

헬스장이나 체육 시간에 들어봤을 법한 "최선을 다하자"가 우리의 구호였다. 처음으로 5킬로미터를 달렸을 때 나는 25분이라는 그럭저럭한 기록에 만족했으나, 무시무시한 선임 훈련 교관이 결승선에서 나를 맞이하며 고함을 쳤다. "지금 토하지 않는다는 건 게으름을 피웠다는 증거다! 빌어먹을 게으름 따위는 갖다버리지 못하겠나!" 그러고서 내게 내 위치에서 그 교관이 있는 곳까지 세 번 연속으로 전력 질주를 하라고 명령했다. 쓰러질 것 같다는 느낌을 받고 나서야 교관의 화가 누그러졌다.

나는 간신히 숨을 쉴 수 있을 정도로 헐떡거렸다. 그걸 본 교관이 내게 소리쳤다. "매번 뛰고 나면 지금과 같은 느낌이 들어야 한다!" 해병대에서는 최선을 다하는 것이 살아가는 방식이었다.

능력이 중요하지 않다는 말을 하려는 게 아니다. 능력은 당연히 큰 도움이 된다. 그러나 노력 부족을 능력 부족으로 착각해서 스스로의 가치를 떨어뜨리며 살아왔다는 사실을 깨닫는 건 굉장히 중요하다. 이것이 사람들이 내게 백인 노동 계층의 어떤 점을 가장 변화시키고 싶으냐고 물을 때마다, 내가 "자신의 결정이 중요하지 않다고 느끼는 마음"이라고 대답하는 까닭이다. 해병대는 외과 의사가 종양을 도려내듯 내게서 그런 마음을 도려냈다.

스물세 번째 생일을 보내고 며칠이 지나서, 나는 생전 처음으로 큰돈을 지출해서 구매했던 구식 혼다 시빅에 올라타서 제대명령서를 손에 쥐고 노스캐롤라이나의 체리포인트에서 오하이오의 미들타운으로 가는 마지막 길에 올랐다.

해병으로 복무하는 4년 동안, 나는 존재하는지조차 몰랐던 수준의 빈곤을 아이티에서 목격했고, 주거 지역으로 추락한 비행기 사고의 끔찍한 여파를 목도했다. 할모의 임종을 지켰고, 몇 달 뒤에는 전쟁터로 나갔다. 그리고 나는 누구보다도 열심히 훈련받았던 마약상 출신의 해병대원과 친구가 됐다.

해병대 입대는 내가 어른으로 살 준비가 안 됐기 때문에 선택한 길이기도 했다. 대학교에 제출할 학자금 지원 신청서는커녕 수표장을 어떻게 쓰는 줄도 몰랐기 때문이다. 전역 후 나는 무엇을 하고 싶은지, 그러려면 어떻게 해야 하는지 정확하게 알게 됐다. 그리고 3주 뒤면 나는 오하이오주립대학교에서 수업을 받게 될 것이었다.

미국에서 가장 비관적인 집단

2007년 9월 초에 나는 오하이오주립대학교의 오리엔테이션에 참석했고, 그 어느 때보다 들떠 있었다. 그래서 그날 무엇을 했는지 아주 세세한 것까지도 다 기억한다. 린지 누나에게는 처음인 치폴레Chipotle•에서 점심을 먹었고, 오리엔테이션이 진행됐던 건물을 나와 콜럼버스에서 내 집이 될 남자 기숙사까지 천천히 거닐었다.

아주 화창한 날이었다. 지도교수를 만나 1학년 시간표를 짰는데, 수업이 있는 날은 일주일에 나흘뿐이었고 제일 이른 수업 시간이 9시 30분이었다. 매일 새벽 5시 30분에 일어나야 했던 해병대를 전역하고서 내게 이런 행운이 찾아오다니 믿기지 않을 만큼 기뻤다. 콜럼버스에 있는 오하이오주립대학교의 본 캠퍼스는 미들타운에서 160킬로미터 정도 떨어져 있어서 주말에 가족들

• 멕시코 음식을 전문으로 하는 프랜차이즈 식당.

을 보러 집에 갈 만했다. 몇 년 만에 처음으로, 가고 싶을 때면 언제든지 미들타운에 갈 수 있게 된 것이다. 해병대 기지에서 가장 가까운 도시였던 노스캐롤라이나의 해블록Havelock은 미들타운과 크게 다를 바 없었으나, 콜럼버스는 눈이 휘둥그레질 만한 대도시였다.

콜럼버스는 예나 지금이나 북적북적한 대학가를 기반으로 미국에서 가장 빠르게 성장하고 있는 도시로 손꼽힌다. 이제 그런 도시 안에 내 집이 있었다. 오하이오주립대학교의 졸업생들이 콜럼버스에서 사업을 시작하고 역사적 건물들이 새로운 식당과 술집으로 바뀌면서, 가장 후미진 동네들까지도 매우 활성화되고 있는 것 같았다. 콜럼버스로 이사 오고 얼마 지나지 않아서 친한 친구 한 명이 지방 라디오 방송국의 홍보 담당으로 일하게 됐다. 덕분에 나는 시내에서 어떤 일이 일어나고 있는지를 항상 알고 있었을 뿐 아니라, 지역 축제의 입장권부터 연례행사인 불꽃놀이의 VIP석까지 연줄로 얻어낼 수 있었다.

대학생활은 여러모로 익숙했다. 친구도 아주 많이 사귀었는데, 사실 거의가 오하이오 남서부에서 온 친구들이었다. 같은 방을 쓰게 된 친구들 여섯 명 중 다섯 명이 미들타운고등학교 졸업생이었고 나머지 한 명은 근처 트렌턴Trenton시의 에지우드고등학교 졸업생이었다. 나는 군 복무를 마치고 오느라 일반적인 신입생의 나이를 이미 넘겨서 친구들이 나보다 몇 살씩 아래였지만, 그래도 대부분은 고향에서부터 알고 지내던 사이였다. 친한 친구들은 이미 졸업을 했거나 곧 졸업할 예정이었으나, 졸업 후에도 대다수가 콜럼버스에 정착했다. 그때는 몰랐는데 사회과학자들이 '두뇌 유출'이라고 부르는 현상을 직접 목격한 셈이었다.

두뇌 유출이란 떠날 능력이 있는 사람들이 대개 죽어가는 도시를 벗어나 학교나 일자리가 있는 도시로 떠났다가 그곳에 정착하는 현상을 가리킨다. 수년이 흐르고 결혼식 때 내 들러리를 서준 여섯 친구들을 보니 하나같이 나처럼 대학교에 진학하기 전까지는 오하이오의 소도시에서 자란 애들이었다. 그 친구들은 한 명도 빠짐없이 고향이 아닌 곳에서 직장생활을 시작했고, 그중에 고향으로 돌아가고 싶다는 애는 단 한 명도 없었다.

오하이오주립대학교에서 학업을 시작할 무렵에, 나는 해병대에서 익힌 불요불굴의 의지가 몸에 배어 있었다. 강의를 듣고, 과제를 하고, 도서관에 가서 공부를 하고, 늦지 않게 집에 돌아와 자정이 훌쩍 지나도록 친구들과 술을 마시고, 다음 날 아침 일찍 일어나 조깅을 했다.

빠듯한 일과였으나, 열여덟 살 때는 무섭기만 했던 독립생활의 모든 면이 이제는 식은 죽 먹기처럼 느껴졌다. 몇 년 전만 해도 할모와 함께 학자금 지원 신청서를 훑어보며 '부모/후견인'란에 엄마 이름을 써야 할지 할모 이름을 써야 할지 몰라서 골머리를 앓던 나였다. 또 어떻게든 내 법적 아버지인 밥 하멜의 재무 정보를 입수해서 제출하지 않았다가는 사기죄가 되는 게 아니냐며 걱정했던 나였다.

그런 과정을 겪으면서 내가 세상 돌아가는 상황을 얼마나 모르고 살았는지를 절실하게 깨달았다. 고등학교 때는 기초 영어 과목에서 D와 F를 받으며 퇴학까지 당할 뻔했다. 그러나 이제 나는 공과금을 스스로 납부하고 주립대학교의 본 캠퍼스를 다니며, 수강하는 모든 과목에서 A를 받고 있었다. 처음으로 내 운명을 완벽하게 장악하고 있다는 느낌이 들었다.

오하이오주립대학교에 입학했을 때, 이제는 말이 아니라 행동으로 보여줄 시기라는 사실을 염두에 두고 있었다. 해병으로 복무하면서 나는 원하는 걸 할 수 있다는 자신감만 얻은 게 아니라 계획을 짜고 실행할 능력도 갖추게 됐다. 나는 로스쿨에 진학하고 싶었고, 명문 로스쿨에 진학하려면 학부 성적은 물론이고 어렵기로 악명 높은 LSAT•에서도 우수한 성적을 거둬야 한다는 사실을 알고 있었다.

물론 모르는 것도 많았다. 미들타운에서 '부잣집 애들'은 부모님이 의사나 변호사 둘 중 하나였고, 나는 피를 보며 일하고 싶지 않다는 것 외에는 로스쿨에 가고 싶은 까닭을 딱히 설명할 수 없었다. 그 밖에 무엇이 더 필요한지도 잘 몰랐으나, 내가 이미 알

• Law School Admission Test: 로스쿨 입학시험.

고 있는 약간의 지식이 앞으로 나아가야 할 방향을 제시해줬고, 우선 그 정도면 내게 충분했다.

나는 빚과 빚에 몰리는 느낌이 너무 싫었다. 제대군인원호법으로 교육비의 대부분을 지원받았고 오하이오주립대학교는 주내 거주자에게 상대적으로 아주 적은 액수의 학비만 청구했으나, 그래도 약 2만 달러를 내 손으로 구해야 했다.

나는 신시내티 출신의 밥 슐러Bob Schuler라는 매우 친절한 상원 의원에게 고용되어 오하이오주 의사당에 취직했다. 슐러 씨는 좋은 사람이었고, 나는 그의 정치관이 마음에 들어서 유권자들이 전화를 걸어 항의를 하면 최선을 다해 그의 입장을 설명했다.

일하는 동안 나는 의사당을 들락거리는 로비스트들을 보기도 하고 상원 의원이 참모들과 특정 법안이 유권자들에게 유리한지, 의원의 지위에 유리한지, 아니면 둘 다에게 유리한지 의논하는 내용을 엿듣기도 했다. 의사당 내부에서 정치 과정을 관찰해보니 유선 방송의 뉴스만 봐서는 절대 기를 수 없는 식견이 생겼다. 할모는 모든 정치가들이 사기꾼이라고 생각했지만, 그건 정견을 불문하고 오하이오주 의사당의 의원들에게는 전혀 해당하지 않는 말이었다.

오하이오주 의사당에 취직하고 수개월이 흘렀지만, 납부해야 할 고지서는 쌓여갔고 수입과 지출의 격차를 줄일 방법은 점점 더 줄어들어서(혈장 기증을 일주일에 두 번밖에 할 수 없다고 들었다•)

일자리를 하나 더 구하기로 마음먹었다. 나는 시급 10달러를 받고 일할 시간제 근로자를 구한다는 비영리 단체의 구인 광고를 보고 달려갔다. 그러나 군복 바지에 추레한 라임색 셔츠, 운동화를 대신할 유일한 신발이었던 해병대 전투화를 신고 면접장에 들어갔을 때 면접관의 반응을 보니 그날 운은 다했다는 걸 금방 알 수 있었다. 일주일 뒤에 이메일이 왔고 나는 메일을 열어보기도 전에 불합격을 통보하는 내용이란 걸 알았다.

학대당하거나 버림받은 아이들을 돕는 비영리 단체가 있었고, 그곳 역시 시간당 10달러를 지급했다. 나는 곧장 대형 마트인 타깃Target에 가서 깔끔한 셔츠 한 벌과 검정 구두 한 켤레를 샀고, 그 비영리 단체에서 '상담사'라는 자리를 따냈다. 단체의 사명에도 관심이 있었고, 그곳 사람들도 매우 좋았다. 나는 당장 그 일을 시작했다.

두 군데에서 일하면서 수업까지 듣자니 일과가 매우 빠듯했지만, 크게 개의치 않았다. 교수님이 내게 쓰기 과제에 대해 상의할 시간을 정하자는 이메일을 보내기 전까지는 열심히 사는 내 일과에 특별한 점이 있다고 생각하지 않았다. 답장에 내 일과표를 첨부했더니 교수님은 나를 만났을 때 소스라치게 놀라며, 내게 지금은 학업에 매진해야 할 시기이고 돈벌이가 앞길을 막도록 해서

• 미국에서는 헌혈로 돈을 벌 수 있기 때문에, 생활비 충당을 위해 혈장을 팔기도 한다. 단, 주 2회로 제한되어 있다.

는 안 된다고 준엄하게 충고했다. 나는 미소를 짓고 교수님과 악수를 하며 감사하다는 인사를 건네면서도 그의 충고를 귀담아듣지 않았다.

늦게까지 과제를 한 뒤 서너 시간만 자고 일찍 일어날 때 느껴지는 뿌듯함이 좋았다. 다른 가족이나 이웃들처럼 마약 또는 술 중독에 빠지거나 교도소에 수감되거나 돌보지 못할 아이들을 기르게 될까 봐 수년간 걱정하고 두려워한 끝에, 내게 어마어마한 추진력이 생긴 것 같은 느낌이었다.

나는 통계 수치를 잘 알고 있었다. 어렸을 때 사회복지사 사무실에 갔다가 관련 소책자를 읽어본 적이 있고, 저소득층 치과에서 일하는 치위생사의 연민 어린 눈길도 받아본 적이 있었다. 세상은 내게 성공할 부류가 아니라고 했지만, 나는 혼자 힘으로 아주 잘해내고 있었다.

내가 너무 무리했느냐? 분명 그랬다. 수면이 절대적으로 부족했다. 술을 너무 많이 마셨고 거의 모든 끼니를 타코벨에서 때웠다. 아주 지독한 감기에 걸렸다고 생각한 지 일주일쯤 됐을 때 의사는 내가 전염성 단핵증mononucleosis•에 걸렸다고 진단했다. 하지만 나는 의사의 말을 무시하고 나이퀼과 데이퀼NyQuil & DayQuil••을

• 성인과 청소년들이 걸리는 바이러스성 감염질환으로 인후통, 열, 오한, 무력감과 피곤감, 림프선 종양 확대 등의 증세가 나타난다.

•• 미국인이 흔하게 복용하는 P&G사의 감기약으로 나이퀼은 밤 전용, 데이퀼은 낮 전용이다.

만병통치약처럼 복용하며 기존의 생활을 유지했다. 그렇게 일주일이 더 지나자 소변이 갈색을 띠었고, 체온이 39도를 넘어섰다. 몸을 좀 챙겨야겠다는 생각이 들어서 타이레놀 두 알을 삼키고 맥주 두 캔을 마신 뒤 잠자리에 들었다.

이를 알게 된 엄마가 콜럼버스로 달려와 나를 응급실로 데리고 갔다. 엄마가 모든 걸 완벽하게 알고 있지도 않았고 심지어 현업에 종사하는 간호사가 아니었는데도, 엄마는 우리가 어떤 의료 서비스를 받고 있는지 일일이 확인하는 것을 자존심 문제라고 생각했다. 엄마는 의사에게 필요한 질문을 했고, 제대로 된 답변을 듣지 못할 때는 짜증을 내면서 반드시 내가 필요한 치료를 받도록 했다.

나는 의료진이 내 몸에 수분을 보충하고자 생리식염수 다섯 팩을 주사하고, 내가 단핵증 외에도 포도상구균에 감염되어 그렇게 아팠던 거라는 진단을 받을 때까지 꼬박 이틀을 병원에 누워 있었다. 그러고 나서야 퇴원해도 좋다는 허락을 받았다. 엄마는 간호를 위해 날 미들타운의 집으로 데려갔다.

병세는 몇 주간 더 지속됐으나, 다행스럽게도 그 기간이 학교의 봄 학기와 여름 학기 사이에 낀 방학과 겹쳤다. 미들타운에 있는 동안 나는 엄마 집과 위 이모 집에서 지냈고, 두 분 다 나를 친아들처럼 보살펴줬다.

할모가 더 이상 존재하지 않는 미들타운에 갔던 그때, 처음으로 내 안에서 대립하는 두 가지 감정을 느꼈다. 엄마의 마음을 상하게 하고 싶진 않았지만 엄마와 나 사이에 생긴, 이미 갈라져버린 틈이 평생 가도 메워질 것 같지 않았다. 그러면서도 나는 끝내 이런 감정에 정면으로 맞서지 않았다. 엄마가 얼마나 극진히 날 보살펴주건 간에(내가 단핵증에 걸렸을 때는 정말 최고의 엄마였다) 엄마가 곁에 있으면 내 마음이 그저 불편하다는 말을 결국 꺼내지 못한 것이다.

엄마네 집에서 지낸다는 건 엄마의 다섯 번째 남편이자 내게는 가까운 미래에 엄마의 '전 남편'이 될 남자 그 이상도 이하도 아닌, 상냥하지만 낯선 남자와 말을 섞어야 한다는 걸 의미했다. 그리고 엄마의 가구를 보며 지난날 엄마가 밥 아저씨와 싸울 때 그 뒤에 숨어 있었던 내 모습을 떠올려야 한다는 걸 의미했다. 엄마가 얼마나 모순된 사람인지(엄마에게는 병원에서 며칠 동안 내 곁에 차분히 앉아 있던 여성의 모습과, 한 달 뒤 가족들에게 거짓말을 하면서 돈을 뜯어낼 중독자의 모습이 모두 존재했다) 이해하려 노력해야 한다는 걸 의미했다.

내가 위 이모와 가깝게 지낼수록 엄마가 상처를 받는다는 걸 알고 있었다. 엄마는 늘 같은 말을 하고 또 했다. "네 엄마는 이모가 아니라 나잖니." 내가 다 커서도 어릴 때만큼 용기가 있었더라면 엄마의 상황이 나아졌을까 하는 생각이 요즘도 종종 든다. 중독자들은 정서적으로 괴로울 때 가장 나약해지는데, 슬픔에 빠져 허우적거리던 엄마를 내 손으로 구할 수 있었던 기회가 최소 몇 차례는 있었기 때문이다.

그러나 솔직히 더는 감당할 수 없었다. 무엇 때문에 내가 달라졌는지는 모르겠으나, 이제 나는 더 이상 그런 사람이 아니었다. 어쩌면 그저 스스로 자신을 보호하려는 자기 보호의 일환이었는지도 모르겠다. 여하튼 엄마와 함께 있으면서 편한 척할 수 없었다.

몇 주 지나고 나니 콜럼버스로 돌아가 수업을 들을 만큼 몸이 회복됐다. 4주 동안 10킬로그램 가까이 살이 빠지긴 했지만, 그것 외에는 몸이 꽤 가뿐했다. 병원비 청구서가 쌓여갈 즈음 프린스턴 리뷰Princeton Review•에 일자리를 구했고, 거기서 SAT 개인 지도를 맡아 시간당 18달러라는 말도 안 되게 높은 급여를 받았다. 그러나 세 군데에서 일을 하기는 너무 버거웠기에 내가 가장 좋아하는 직장이었던 오하이오주 의사당 일을 포기했다. 급여가 가장 적어서였다. 나는 보람 있는 일자리보다는 나를 재정적으로 자유롭게 만들어줄 돈이 필요했다. 보람 있는 직업은 나중에 갖게 될 거라고 마음을 달랬다.

내가 의사당을 그만두기 직전에 오하이오 상원 의원들은 고리대금업계의 관행을 대폭 제한할 정책에 관해 논의하고 있었다.

• SAT 성적 향상을 위해 이용하는 미국의 유명 사교육 업체.

다수의 의원과 달리 내가 모시던 의원은 그 법안에 반대했다.

그 이유를 직접 들은 적은 없지만, 나는 슐러 의원과 나 사이에 어떤 공통점이 있을지도 모른다고 생각하고 싶었다. 법안을 논의하는 상원들과 정책 참모들은, 나 같은 사람들로 가득한 지하 경제에서 대부업이 어떤 역할을 하는지 제대로 이해하고 있지 않았다. 대부업자들을 그저 과도한 이자를 붙여 돈을 빌려주고, 터무니없는 수수료를 받고 수표를 현금으로 바꿔주는 등 약탈을 일삼는 사기꾼으로 여겼다. 의원들에게 대부업자란 그저 하루라도 빨리 사라져야 할 암적인 존재였다.

하지만 내게 대부업체는 중대한 재정난을 해결해주는 고마운 존재였다. 과거에 내가 재무 의사 결정을 어리석게 내렸던 탓에 (내 잘못이 아니었던 때도 있지만, 거의 내 탓이었다) 신용 등급이 형편없어서 신용카드를 발급받을 자격이 안 됐기 때문이었다. 데이트를 하고 싶거나 교재가 필요한데 통장에 돈이 없다면, 달리 선택할 여지가 없었다. (이모나 삼촌에게 도와달라고 할 수도 있었겠지만, 혼자 힘으로 해결하고 싶은 마음이 간절했다.)

어느 금요일 오전이었다. 월세를 하루만 더 미뤘다가는 50달러의 연체료가 붙겠기에, 우선 수표를 써서 월세를 지불했다. 수표를 처리할 만한 돈이 계좌에 없었지만, 그날이 월급날이어서 퇴근하는 길에 월급을 입금할 수 있을 터였다. 그러나 온종일 정신없이 일하는 바람에 퇴근하기 전에 급여 수표를 챙기는 걸 깜빡하고 말았다. 실수를 알아차렸을 때는 이미 집이었고, 의사당 직원들도 퇴근하고 난 후였다. 그날 몇 달러의 이자만 붙는 대부업체의 3일짜리 대출 덕에, 나는 어마어마한 초과 인출 수수료를 면할 수 있었다.

대부업의 장점을 논하는 의원들 중에도 그런 상황을 언급하는 사람은 없었다. 여기서 얻을 수 있는 교훈이 무엇일까? 힘 있는 사람들은 나 같은 사람의 처지를 제대로 알지도 못한 채 우리를 도우려고 할 때가 있다는 것이다.

대학에서 맞은 두 번째 해도 첫해만큼이나 화창하고 기분 좋게 시작했다. 새로운 일을 하면서 조금 더 바빠졌지만, 그건 괜찮았다. 그보다는 대학교 2학년치고는 너무 많은 스물넷이라는 나이가 신경 쓰였다. 4년간 해병으로 복무하면서 다른 학생들과 나이만 멀어진 게 아니었다.

한번은 외교 정책 과목의 학부 세미나에서 보기 흉한 턱수염을 기른 열아홉 살 학생이 이라크 전쟁에 관해 지껄이는 소리를 들어야 했다. 그 학생은 이라크 전쟁에 참전한 군인들은 본인처럼 고등학교 졸업하고 곧바로 대학에 진학한 사람들보다 멍청한 사람들이라고 말하며, 그들이 무자비하게 이라크의 민간인을 학살하고 멸시했다는 게 증거라고 주장했다. 객관적으로 보더라도 정말 말이 안 되는 의견이었다.

내 해병대 동기들은 다양한 스펙트럼의 정치적 견해를 지니고 있었으나, 전쟁에 관해서는 거의 하나같이 상상 가능한 범위 내에서 의견을 내놓았다. 동기들은 대부분 당시 최고사령관이었던 조지 W. 부시를 눈곱만큼도 존경하지 않는 굳건한 진보주의자들이었고, 미국이 너무 적은 이익을 위해 지나치게 큰 희생을 감당하고 있다고들 생각했다. 그렇지만 그 학생처럼 몰지각한 소리를 내뱉는 이는 아무도 없었다.

그 학생이 입을 놀리는 동안 나는 '누구에게도 발바닥을 보이지 말 것' '이슬람 전통 의상을 입은 여성에게 말을 걸기 전에 반드시 그 여성의 남성 친인척에게 먼저 허락을 구할 것'과 같은 이라크 문화를 존중하는 훈련을 끊임없이 받았던 파병 시절을 떠올렸다. 그리고 이라크의 여론 조사원들을 보호했던 일과 그들이 맡은 임무의 중요성을 설명할 때 우리의 정치적 견해를 강요하지 않도록 신중하게 다가갔던 일을 떠올렸다.

영어를 한마디도 할 줄 모르는데도 미국의 힙합 가수 50센트의 〈인 더 클럽In da Club〉의 랩을 완벽하게 따라했던 이라크 소년을 보면서 소년의 친구들과 함께 흥겨워했던 일도 떠올렸다. 전신에 3도 화상을 입은 친구 생각도 났다. 이라크 알 카임Al-Qaim 지역에서 급조폭발물IED• 공격을 받고도 '운 좋게' 살아난 친구

• Improvised Explosive Device: 개인이나 집단이 현장에서 구할 수 있는 재료나 폭탄을 이용하여 제조하는 살상 무기.

였다. 그런데 지금 수업 시간에 듬성듬성하게 수염을 기른 쓰레기 같은 놈이 우리가 오락으로 여기면서 사람들을 살해했다고 떠들어대고 있었다.

되도록 빨리 대학을 졸업하고 싶다는 충동이 들었다. 지도 교수를 만나서 하루빨리 대학에서 나갈 길을 모색했다. 그러려면 여름방학 중에도 수업을 들어야 했고, 몇 학기 동안은 최저 이수 학점의 두 배가 넘는 학점을 이수해야 했다. 내 높은 기준에서 보더라도 혹독한 한 해였다. 그중에도 특히 더 잔인했던 2월에 나는 달력을 펴놓고 책상에 앉아 마지막으로 하루에 4시간 넘게 잠을 잔 게 언제였는지 날을 세어봤다. 39일 전이었다.

그렇지만 나는 꾸준히 그런 생활을 유지했고, 마침내 오하이오주립대에 입학한 지 1년 11개월 만인 2009년 8월에 복수 학위를 취득하며 최우등 학생으로 졸업했다. 졸업식을 건너뛰고 싶었으나, 가족들이 허락하지 않았다. 결국 3시간이나 불편한 의자에 앉아 있다가 단상에 올라가 대학 졸업장을 받아왔다.

당시 오하이오주립대학교 총장이었던 고든 지Gorden Gee가 내 앞의 여학생과 유달리 오랫동안 사진을 찍기에, 그 틈에 나는 비서에게 손을 뻗어 보이며 졸업장을 달라고 신호를 보냈다. 졸업장을 건네받고 지 박사의 뒤로 지나가서 단상 아래로 내려왔다. 그날 졸업식에서 총장과 악수하지 않은 졸업생은 나밖에 없었을 것이다. '**뒤에 있는 학생과 하시길**'이라는 생각이었다.

8월에 졸업을 하는 바람에 2009년 학기에는 로스쿨에 입학할 수 없었고, 이듬해 말에나 학교에 가게 될 것이었기에 우선 돈을 모을 겸 미들타운으로 돌아갔다. 위 이모는 우리 가족의 대표로서 할모의 집에 살고 있었다. 집에 불이 나면 불을 끄고, 가족 모임을 열어서 가족들이 뿔뿔이 흩어지지 않도록 애쓰는 게 이모가 맡은 역할이었다. 할모가 돌아가시고 난 후로 이모는 내게 언제든 방을 내줬지만, 10개월이나 얹혀 지내자니 민폐를 끼치는 것 같았다. 이모 가족의 생활을 방해한다는 달갑지 않은 생각이 들어서였다. 그러나 이모는 내게 단호하게 말했다. "J. D., 이제 여기가 네 집이야. 무조건 여기서 지내야 해."

마지막으로 미들타운에서 지냈던 이 시기가 내 인생에서 가장 행복했다. 나는 마침내 대학 졸업생이 됐고, 로스쿨 입학이라는 또 다른 꿈을 곧 이뤄내리라고 믿고 있었다. 틈틈이 일을 하며 돈을 모았고, 이모의 두 딸과도 점점 더 가까워졌다.

매일 막노동을 뛰고 먼지와 땀으로 뒤범벅된 채 집에 돌아오면, 저녁 밥상에 앉아서 10대 사촌 동생들이 학교에서 무슨 일이 있었는지, 친구와 어떤 문제가 있었는지 재잘거리는 소리를 들었다. 동생들의 숙제를 도와줄 때도 있었다. 사순절 기간에는 금요일마다 성당에 나가 생선튀김 만드는 일을 도왔다. 대학에 가서 느꼈던 감정인, 수십 년간 혼란과 시련 속에서 살다가 마침내 정반대의 세상에 안착했다는 느낌이 더욱 깊어졌다.

굉장히 낙관적이었던 내 삶은 너무 많은 이웃의 비관적인 삶과 첨예하게 대립했다. 수년간 생산직의 경기 불황이 이어지면서 미들타운 주민의 앞날도 불 보듯 훤했다. 대침체를 겪은 후로 경기가 제대로 회복하지 못하면서 미들타운의 경기도 급격하게 내리막을 향해 내달렸다. 게다가 가히 종교적이라고 할 만한 수준의 냉소가 지역 사회에 이미 만연해 있었고, 그런 분위기는 단기간의 경기 침체보다 훨씬 더 심각한 문제였다.

문화적으로 우리에겐 어떤 영웅도 존재하지 않았다. 그러니 정치적 영웅은 말할 것도 없었다. (아마 여전히 그렇겠지만) 당시에는 버락 오바마가 미국에서 가장 존경받는 인물이었는데, 오바마의 등장으로 온 나라가 떠들썩해졌을 때도 미들타운 사람들은 그를 의심의 눈초리로 바라봤다.

2008년에 조지 W. 부시를 좋아하는 사람은 거의 없었다. 당시 여전히 많은 사람이 빌 클린턴을 좋아했으나, 그보다 훨씬 더 많은 사람이 클린턴을 미국의 도덕적 타락의 상징으로 여겼고, 로널드 레이건은 이미 오래전에 세상을 떠난 사람이었다. 우리는 군대를 사랑했지만, 우리가 생각하기에 현대 군대에는 조지 S. 패튼• 같은 장군이 없었다. 이웃들 중에 고위급 군 장교 이름을 하

• '패튼 대전차군단'으로 유명한 제2차 세계대전의 명장이다. 거침없는 성격으로 많은 사람들의 사랑과 미움을 동시에 받은 개성적인 장군이었다.

나라도 댈 수 있는 사람이 있을지 모르겠다. 오랫동안 자존심의 근간이 됐던 우주 프로그램은 도도새처럼 완전히 사라져버렸고, 자연스럽게 유명 우주 비행사도 도도새와 운명을 함께했다.

결론적으로 미국 사회의 핵심 조직과 우리를 하나로 엮을 만한 고리가 아무것도 없었다. 우리는 '우리 동네 출신의 아군이 턱없이 적게 배치된 전쟁'과 '아메리칸 드림의 가장 기본 조건인 안정적 임금 제공에 실패한 경제 전쟁'이라는 두 전쟁의 전장에 갇힌 기분이었고, 도저히 거기서 이기고 나올 수 없을 것 같아 보였다.

우리 가족과 이웃, 지역 사회의 정체성이 애국심에서 나왔다는 걸 알아야 우리가 어째서 문화적으로 분리됐는지 이해할 수 있으리라. 나는 브레싯 카운티의 시장이 어떤 사람인지, 그곳의 의료 복지 혜택은 어떤지, 그곳에 어떤 유명한 사람이 살고 있는지 아무것도 모른다.

그러나 브레싯 카운티가 '피의 브레싯'이라는 별명을 얻은 까닭이 제1차 세계대전 때 각 카운티마다 할당받은 징집 인원을 미국에서 유일하게 브레싯 카운티에서만 지원자로 충당해서라는 사실은 익히 들어서 알고 있다. 주변의 모든 사람이 실제로 있었던 일이라며 귀에 딱지가 앉을 정도로 일러준 탓에, 이제는 거의 한 세기가 지났는데도 브레싯 카운티 하면 내 머릿속에 가장 먼저 떠오르는 이야기가 됐다.

언젠가 제2차 세계대전이 주제인 숙제를 하면서 할모를 인터

뷰한 적이 있다. 할모는 70년간 결혼과 출산, 손주, 죽음, 빈곤, 성공 등 많은 일을 겪고도, 그중에서 자신과 자신의 가족이 제2차 세계대전에 기여했던 과거를 가장 자랑스럽게 여겼다. 우리는 전투 식량, 로지 더 리베터Rosie the Riveter•, 전쟁 중에 할모의 아버지가 태평양에서 할모의 어머니에게 써 보냈다는 연애편지, '폭탄을 투하한' 날 등 전쟁에 관련한 이런저런 얘기를 한참 동안 주고받았다.

할모는 늘 두 신을 모시고 살았다. 하나는 예수 그리스도, 다른 하나는 미합중국이었다. 그건 나도 마찬가지였다. 내가 아는 모든 사람들이 우리와 다르지 않았다.

나는 아셀라ACEsla••에 탄 사람들이 비웃는, 그런 애국자다. 컨트리 가수 리 그린우드Lee Greenwood가 부른 촌스러운 애국 찬가인 〈신이여 미국을 축복하소서God Bless The USA〉를 들으면 목이 멘다. 열여섯 살 때는 길에서 참전 용사를 만나면 내가 끼어들기 어색한 상황이더라도 가던 길을 멈추고 꼭 악수를 청하겠다고 맹세했다. 그리고 지금도 절친한 친구들이 아니라면 다른 사람과 함께 영화 〈라이언 일병 구하기〉를 보지 않는다. 마지막 장면에서 터져나오는 눈물을 주체할 수 없어서다.

• 제2차 세계대전 당시 전쟁터에 나간 남자들을 대신해 여성의 노동을 장려했던 정치 캠페인에 등장한 여성 캐릭터 이름.

•• 고속철도 회사 암트랙의 고속철로 미국 동북부 노선을 운행한다.

할모와 할보는 우리가 지구상에서 가장 훌륭하고 위대한 나라에 살고 있다고 내게 가르쳤다. 그리고 그런 가르침은 어린 내게 큰 힘이 됐다. 집에서 벌어지는 사건이나 난동 때문에 괴로울 때도 다른 나라와는 달리 삶을 스스로 개척할 수 있는 나라에 살고 있으므로 내 앞날은 밝을 거라는 믿음을 가질 수 있었다.

이제 나는 아름답고 상냥하며 재기 넘치는 인생의 반려자와 함께 있고, 어릴 때 바라던 대로 경제적 안정을 갖추었으며, 멋진 친구들과 함께 새롭고 신나는 경험을 쌓아나가고 있다. 내가 누리는 인생이 실로 얼마나 굉장한 것인지 돌이켜보면 이 미국이라는 나라에 진심으로 감사한 마음이 든다. 진부한 말이라는 걸 나도 알지만, 이런 내 마음은 어쩔 수 없다.

미합중국이 할모의 두 번째 신이었다면, 우리 동네 사람들은 종교와 비슷한 어떤 것을 잃어가고 있었다. 이웃을 한데 결속시켰던 유대와 날 고무했던 애국심처럼, 이웃들을 고무했던 유대가 사라져버린 것 같았다.

유대의 끈이 사라졌다는 징후는 도처에 널려 있다. 보수 성향의 백인 유권자 상당수(약 3분의 1)가 버락 오바마를 이슬람교도라고 생각한다. 한 여론조사에서는 보수층의 32퍼센트가 오바마를 외국 태생으로 믿는다고 대답했고 19퍼센트가 잘 모르겠다고 대답했는데, 이는 백인 보수층 대부분이 오바마를 미국 사람이라고 확신조차 못하고 있다는 사실을 드러낸다. 나는 지금도 지인이나 먼 친척들이 오바마를 두고 이슬람 극단주의 조직과 연관 있는 사람이라거나 반역자라거나 혹은 멀리 떨어진 변방 국가에서 태어난 외국인이라고 말하는 소리를 심심찮게 듣고 있다.

성인이 돼서 알게 된 친구들은 오바마 대통령의 피부색 때문에 사람들이 편견을 갖는 거라고 지적하기도 한다. 그러나 미들타운 사람이 오바마 대통령을 이방인이라고 느끼는 까닭은 피부색과 전혀 관련이 없다. 내가 다녔던 고등학교에서 아이비리그에 진학한 사람이 한 명도 없었다는 사실을 떠올려보라. 버락 오바마는 아이비리그 두 군데를, 그것도 뛰어난 성적으로 졸업했다. 명석하고 부유한데다가 마치 법학 교수처럼(물론 실제로 교수였다) 연설한다.

오바마를 보고 있으면 내가 어렸을 때 존경하던 사람들과 비슷한 구석이라고는 찾아볼 수 없다. 명확하고 완벽하게 표준 발음을 구사하는 오바마의 억양은 그저 생경하고, 그의 스펙은 입이 떡 벌어질 정도로 화려하다. 오바마는 복잡한 대도시인 시카고에서 자랐으며, 현대 미국의 엘리트 사회가 자신을 위해 펼쳐진 사회임을 아는 듯이 매사에 자신감 넘치게 행동한다. 물론 미들타운 사람과 비슷한 역경을 혼자 힘으로 극복해낸 바 있으나, 그건 우리가 그를 알기 훨씬 이전의 일이었다.

오바마 대통령은 우리 지역 사회 사람들이 현대 미국의 엘리트 사회가 우리를 위한 게 아니라고 믿기 시작하던, 바로 그때 등장했다.

우리는 우리가 안녕하지 못하다는 현실을 잘 알고 있다. 그건 하루도 빠짐없이 우리의 일상에서 드러난다. 신문의 부고란에는 유독 10대 청소년의 사망 원인만 비어 있으며(약물 과다 복용이라는 속뜻이 담겨 있다), 딸들은 순 게으름뱅이 같은 놈들과 어울리며 시간을 축낸다. 그런데 버락 오바마라는 사람이 나타나더니 우리의 불안정한 삶이 가진 문제의 정곡을 찌른 것이다.

미들타운의 수많은 아버지들과 다르게 오바마는 훌륭한 아버지다. 미들타운에서는 출근할 직장이라도 있는 운 좋은 사람들이라야 멜빵바지를 입고 일터에 나가는 반면, 오바마는 정장을 입고 출근한다. 대통령 영부인은 우리더러 자녀들에게 특정 음식을 먹이면 안 된다고 말하고, 우리는 그런 영부인을 미워한다. 틀린 말을 했다고 생각해서가 아니라 우리도 영부인의 말이 옳다는 걸 알고 있기 때문이다.

백인 노동 계층이 분노하고 냉소하는 원인을 허위 정보 탓으로 돌리려는 이들도 많다. 물론 오바마의 종교부터 혈통에 이르기까지 터무니없는 헛소문을 퍼뜨리며 음모를 꾸미는 업계가 있다는 사실을 나 또한 인정한다. 그러나 주요 언론사들은 오바마의 시민권 신분과 종교적 견해에 관해 사실만을 보도했다. 허구한 날 손가락질 받는 폭스뉴스Fox News까지도 말이다.

내가 아는 사람들은 주요 언론사에서 그런 문제를 어떻게 보도하는지 잘 알고 있으면서도 그냥 믿지를 않는다. 미국에서 언론을 '매우 신뢰할 만한' 매체라고 생각하는 유권자는 전체의 겨우 6퍼센트에 불과하다.[21] 우리는 미국 민주주의의 보루와도 같은 자유 언론을 그저 허풍선이 정도로 여기고 있다.

언론 신뢰도가 거의 바닥이다 보니, 우리는 인터넷을 떠돌며 디지털 세상을 점령하고 있는 음모설의 진위 여부조차 확인하지 않는다. 버락 오바마는 적극적으로 미국을 파괴하려 하는 외국 태생의 이방인이며, 언론에서 하는 말은 모조리 거짓이다. 이처럼 백인 노동자 대부분이 우리 사회가 처할 수 있는 최악의 시나리오를 믿는다. 아래에 열거한 목록은 내가 친구들이나 친척들에게 받은 이메일과 문자 메시지에서 발췌한 내용이다.

- 우파 성향의 라디오 진행자 알렉스 존스Alex Jones는 9·11테러 10주년에 테러리스트 공격에 관한 '풀리지 않은 의문'을 다룬 다큐멘터리에서 미국 정부가 자국민을 대량 학살하는 데 한몫했다는 식으로 발언했다.
- 오바마케어를 실행하려면 건강 보험 대상자에게 마이크로칩을 삽입해야 한다는 내용으로 주고받은 이메일에서 발췌한 내용이다. 성서에서 예언한 마지막 때의 '짐승의 표'가 곧 전자 장치가 될 것이라고 믿는 사람이 많아지면서 종교적 논란

이 더해졌다. 소셜 미디어 상에서 친구들이 주변인들에게 이런 위협을 알리며 경고했다.
- 미국에서 보수 성향의 인터넷 사이트로 유명한 '월드넷데일리WorldNetDaily'에는 총기 규제 법안을 향한 여론을 다른 데로 돌리려고 미국 연방 정부가 코네티컷 뉴타운Newtown의 총기 난사 사건을 조작했다는 논점의 사설이 실려 있다.
- 다수의 인터넷 매체에서 오바마가 3기 연속 집권하고자 곧 계엄령을 선포할 거라고 말한다.

이런 목록은 끝이 없다. 수많은 음모설 중에 하나 이상의 설을 사실이라고 믿는 사람이 얼마나 많은지 가늠하기도 불가능하다. 의심할 여지 없이 모든 증거가 만천하에 드러난 대통령의 출생 문제에까지 여전히 한 공동체의 3분의 1에 달하는 인원이 의혹을 품고 있다면, 다른 음모설들은 생각보다 훨씬 더 널리 퍼졌으리라.

이는 민주주의 사회에서 바람직하다고 평가받는 행동인, 정부의 정책을 자유지상주의적으로 불신하는 행위가 아니다. 오히려 민주주의라는 제도를 뿌리 깊게 의심하는 행위다. 그리고 이런 분위기는 점점 더 주류를 이루는 추세다.

우리는 저녁 뉴스를 신뢰할 수 없다. 정치인도 신뢰할 수 없다. 더 나은 삶을 얻기 위한 관문인 대학교는 우리 같은 이들에게 불리한 방식으로 운영된다. 우리는 일자리도 구하지 못한다. 아무것도 믿지 못하기 때문에, 사회에서 의미 있는 활동을 하지도 못한다.

사회심리학자들이 집단 신념은 능력 향상에 강력한 동기부여 요소가 된다는 사실을 증명한바 있다. 어떤 집단이 열심히 노력하면서 목표를 달성해야겠다는 의식을 공유하면, 그 구성원들은 비슷한 환경에서 노력한 개인보다 더 나은 기량을 발휘한다는 의미다. 이유는 분명하다. 열심히 노력하면 결실을 얻을 수 있다는 믿음이 있기 때문이다. 노력해봤자 성공할 수 없다고 생각하면 뭐 하러 굳이 노력을 하겠는가?

일을 그르칠 때 남 탓을 하는 것도 이와 비슷한 심리가 작용하기 때문이다. 언젠가 미들타운 술집에서 오랜 지인과 마주쳤는데, 그는 내게 아침에 일찍 일어나는 게 신물이 나서 얼마 전에 직장을 그만뒀다고 말했다. 얼마 후에, 나는 그 친구가 '오바마 경제' 때문에 자기 인생이 이 모양이라고 불평하며 페이스북에 올려놓은 글을 읽었다.

오바마의 경제 정책이 여러 사람에게 영향을 미친 건 명확하나, 그 친구는 전혀 그들 축에 들지 않는다. 그의 인생은 오롯이 본인의 선택으로 이뤄낸 것이었으므로, 더 나은 선택을 해야만 인생도 나아질 것이다. 더 나은 선택을 하려거든 우선 대답하기 괴로운 질문을 퍼붓는 환경에 노출되어야 한다. 그러나 백인 노동자들 사이에는 개인의 문제를 사회나 정부 탓으로 돌리는 움직임이 일고 있고, 거기에 동조하는 사람도 날로 늘고 있다.

현대 보수파의 미사여구가 그들의 최대 유권자가 겪고 있는 실질적 문제들을 파고들지 못하는 까닭이 여기에 있다. 보수파 세력은 내 또래 청년층에게 취업을 독려하는 대신 사회적 고립을 점진적으로 조장함으로써 그들의 포부를 짓밟았다.

내 주변에는 건실한 어른으로 성장한 친구들도 있고, 미들타운에 감도는 끔찍한 유혹의 희생자가 되어 너무 이른 나이에 부모가 되거나 약물에 중독되거나 교도소에 수감된 친구들도 있다. 본인의 삶에 대한 기대치가 있느냐 없느냐에 따라 누구는 성공한 어른이 됐고, 누구는 실패자가 됐다. 그런데도 '낙오자가 된 건 개인의 문제가 아니다. 그건 정부의 실패다'라고 외치는 우파의 목소리는 점점 더 커지는 형국이다.

우리 아빠를 예로 들자면, 아빠는 열심히 노력한다는 사람을 비난하지는 않았지만, 신분 상승을 할 수 있는 가장 확실한 방법들마저 신뢰하지 않았다. 내가 예일대학교에 가겠다고 했을 때 아빠는 나더러 입학 지원서를 쓸 때 '흑인인 척했느냐고, 진보주의자인 척했느냐고' 물었다. 백인 노동 계층의 문화적 기대가 이 정도로 바닥이라는 것이다. 이런 태도가 퍼질수록 더 나은 삶을 위해 기꺼이 일하려는 사람들이 점점 더 줄어들 것임은 불 보듯 뻔하다.

퓨 자선 신탁The Pew Charitable Trusts에서 '경제적 이동성 프로젝트The Pew Economic Mobility Project'를 진행하면서 미국인이 본인의 경제적 지위 향상 가능성을 어떻게 평가하는지 조사했는데, 결과가 충격적이었다. 백인 노동 계층보다 더 비관적인 집단이 없었다. 흑인, 라틴계, 대학을 졸업한 백인 집단에서는 절반을 훌쩍 넘는 인원이 자녀들이 본인보다 경제적으로 더욱 풍요롭게 살 것이라고 기대했다. 그러나 같은 기대를 품는 백인 노동 계층은 겨우 44퍼센트에 그쳤다.

훨씬 더 놀라운 것은, 42퍼센트에 달하는 백인 노동 계층이 부모 세대보다 지금 본인들이 경제적으로 덜 풍족하게 살고 있다고 대답했다는 사실이다.

그러나 2010년의 내 마음가짐은 전혀 이들 같지 않았다. 당시의 내 위치에서 행복했고, 미래를 생각하면 희망으로 가슴이 벅찼다. 태어나서 처음으로 미들타운의 외부인이 된 것 같았다. 그리고 나를 이방인으로 만든 요소는 바로 낙관이었다.

신분 상승의 이면

로스쿨 1차 모집 기간에, 나는 소위 '3대 명문' 대학교라고 불리는 예일이나 하버드, 스탠퍼드에는 지원조차 하지 않았다. 들어갈 가망이 없다고 생각하기도 했고, 무엇보다 모든 변호사가 좋은 직장을 얻으므로 학교 이름은 중요하지 않다고 생각해서였다. 어디가 됐든 로스쿨에 들어가는 게 문제일 뿐, 일단 입학하기만 하면 존경받는 전문직과 높은 보수가 보장되는 아메리칸 드림이 실현되면서 탄탄대로가 열릴 줄 알았다.

그러던 즈음, 내 절친한 친구인 대럴이 워싱턴디시의 한 유명 레스토랑에서 동기생과 마주쳤다는 얘기를 했다. 로스쿨 학생이었던 그 여자애는 식탁 위의 빈 그릇을 치우고 있었다고 했다. 얻을 수 있는 일자리가 딱히 없었던 것이다. 2차 모집 때 나는 예일과 하버드에 지원서를 넣어보기로 했다.

미국 최고 명문으로 꼽히는 스탠퍼드에는 그때도 지원하지 않았다. 왜 그랬는지 이유를 들어보면 어째서 내가 어릴 때 얻은 교훈들이 살면서 방해가 되기도 했다고 말하는지 이해할 수 있을 것이다. 스탠퍼드 로스쿨은 서류 전형에서 지원자들에게 학부 성적표와 LSAT 점수, 에세이 따위의 일반적인 서류만 요구하는 게 아니었다. 학장의 추천서 또한 필수였다. 지원자는 자신이 얼간이가 아니라는 사실을 입증하는 서류를 학장에게 받아서 스탠퍼드에 제출해야 했던 것이다.

나는 오하이오주립대학교의 학장과 아는 사이가 아니었다. 그곳은 꽤 큰 학교다. 물론 학장은 인품이 좋은 사람일 테고 추천서는 그저 형식적인 절차일 게 뻔했다. 그런데도 도저히 입이 떨어지지 않았다. 개인적으로 학장을 만난 적도 없었고, 수업 한 번 들어본 적도 없었으며, 무엇보다 그녀를 신뢰할 수 없었다. 학장이 어떤 덕망을 갖춘 사람이었든 간에, 내게는 그저 생판 남일 뿐이었다.

그전까지 내가 추천서를 부탁했던 교수들은 내가 신망하는 사람들이었다. 나는 매일같이 그런 교수들의 강의를 들으며 시험을 치르고 보고서를 제출했다. 방대한 지식과 경험을 쌓게 해준 오하이오주립대학교와 그 구성원들을 사랑했지만, 잘 알지도 못하는 사람의 손에 내 운명을 맡길 수는 없는 노릇이었다.

그래도 한번 해보자고 스스로 설득도 해봤다. 서식을 출력해 학교로 가져가기까지 했으나, 막상 부탁해야 할 순간이 닥치자 나는 결국 그 종이를 잔뜩 구겨 쓰레기통에 던져버렸다. J. D.와

스탠퍼드 로스쿨은 인연이 아니었다.

내가 가장 가고 싶었던 학교는 예일이었다. 소규모로 수업을 진행하고, 독자적인 방식으로 학생들을 평가한다는 점에서 예일은 특별한 매력이 있었다. 학교 측은 이런 제도 덕분에 예일 로스쿨 학생들이 큰 스트레스 없이 법조계로 진출할 수 있노라고 자랑했다.

그렇지만 입학생 대부분이 나 같은 주립대학교 출신이 아니라 명문 사립대학교 출신이었기 때문에 당연히 나는 떨어질 거라고 예상했다. 그래도 한번 지원해보기로 마음먹고, 비교적 간편한 온라인을 이용해 원서를 접수했다. 2010년 이른 봄날 저녁나절에 전화기가 울렸다. 발신번호 표시창에는 203이라는 낯선 지역 번호가 찍혀 있었다. 전화를 받으니, 수화기 저편에서 예일대학교 로스쿨의 입학 처장이라는 사람이 내가 2013학년도 신입생으로 입학 허가를 받았다고 말했다.

나는 벅차오르는 환희를 참지 못해 통화하는 3분 내내 집 안을 방방 뛰어다녔다. 그가 끝인사를 건넬 즈음에는 내 숨이 턱까지 차서, 합격 소식을 전하려고 위 이모에게 전화를 했을 때 이모는 내가 막 교통사고를 당한 줄 알았다고 했다.

나는 총 20만 달러가량의 빚이 쌓일 것을 알면서도 예일 로스쿨에 가겠다고 마음먹었으나, 학교에서 예상치 못한 액수의 학자금을 지원해준 덕분에 첫해 학비의 거의 전액을 면제받았다. 장학금을 받을 수 있었던 건 내가 잘나서가 아니라 학교에서 가장 가난한 학생층에 속해서였다. 예일은 빈곤한 학생 수만 명에게 장학금을 지원했다. 찢어지게 가난한 살림 덕을 본 것은 그때가 처음이었다. 예일은 내가 꿈꾸던 학교이기도 했지만, 가장 저렴한 선택지이기도 했다.

얼마 전 「뉴욕타임스」는 학비가 아주 비싼 학교들이 저소득층 학생들에게는 오히려 저렴하다는 역설적인 내용의 기사를 보도했다. 가령 어느 학생의 부모가 연간 3만 달러를 번다고 치자. 3만 달러를 아주 큰 소득이라고 할 수는 없지만, 그렇다고 이 가정을 빈곤층이라고 할 수도 없다. 이 학생이 위스콘신대학교의 여러 캠퍼스 가운데 상대적으로 입학이 수월한 곳을 골라 진학한다면 1만 달러쯤 되는 학비를 부담해야 하겠지만, 메디슨에 있는 본 캠퍼스에 진학한다면 학비는 6000달러로 줄어든다. 만약 하버드에 간다면 이 학생은 4만 달러가 넘는 학비 중에 1300달러만 부담하게 될 것이다.

그런데 나 같은 환경에서 자란 아이들은 물론 이런 사실을 모른다. 내 평생지기이자 내 주변에서 손꼽히게 똑똑한 친구인 네이트도 시카고대학교 학부 과정에 진학하고 싶어했지만, 학비를 감당할 수 없다며 시도조차 하지 않았다. 그러나 내가 예일에서 다른 학교와는 비교도 안될 만큼 적은 학비를 납입했듯이, 네이트도 시카고대학교에 갔더라면 오히려 오하이오주립대학교보다 학비가 훨씬 덜 들었을 것이다.

합격 통보를 받은 후 몇 달간은 로스쿨로 떠날 준비를 하며 지냈다. 이모, 이모부의 친구가 자신이 운영하는 바닥 타일 물류 창고에 일자리를 구해줘서, 나는 여름방학 내내 지게차를 부리고 타일을 선적하고 거대한 창고를 청소하는 일을 했다. 여름이 끝날 무렵에는 예일대학교가 있는 뉴헤이븐으로 걱정 없이 이사할 만큼의 돈을 모았다.

뉴헤이븐으로 이사하던 날, 이전에 미들타운을 떠났던 때와는 사뭇 다른 기분이 들었다. 해병대에 입대할 때는 복무 중에도 집에 들를 일이 있을 것이며 복무를 마치면 한동안 고향에 머물 것도 같다는 느낌이 들었다. (그리고 정말 그렇게 됐다.) 4년 동안의 군 복무를 마치고 대학에 가기 위해 콜럼버스로 이사할 때도 그다지 대수로울 게 없었다. 이미 미들타운을 떠나는 일에 익숙해져서, 그럴 때면 약간 쓸쓸한 마음이 드는 게 다였다.

그러나 이번엔 내가 다시는 이곳에 돌아올 일이 없으리라고 직감했다. 그래도 아무렇지 않았다. 더는 미들타운이 고향 같지 않았다.

예일에 등교한 첫날, 복도 곳곳에 토니 블레어Tony Blair 전 영국 총리의 방문 행사를 알리는 포스터가 붙어 있었다. 토니 블레어가 겨우 몇 십 명의 학생 앞에서 연설을 한다고? 도무지 믿기지 않았다. 오하이오주립대학교에 블레어가 온다면 강당에 1000명은 족히 모일 터였다. "자주 있는 일이야. 블레어 아들이 여기 학부생이거든." 친구가 내게 귀띔해줬다.

또 며칠 뒤에는 내가 로스쿨 건물의 정문으로 들어가려고 모퉁이를 돌다가 다른 사람과 부딪칠 뻔했는데, "죄송합니다"라고 인사를 건네고서 고개를 들었더니 눈앞에 조지 파타키George Pataki 뉴욕주지사가 서 있었다. 일주일에 적어도 한 번씩은 이런 일이 생겼다. 예일은 마치 수재들의 할리우드 같았고, 늘 나는 입을 다물지 못하는 관광객이 된 것 같았다.

첫 학기 일정은 신입생들이 학교생활에 적응할 수 있도록 수월하게 짜였다. 다른 로스쿨에 진학한 친구들은 엄청난 학업량과 더불어 동기들끼리 직접적으로 경쟁을 해야 하는 상대평가 방식에 숨이 막힐 지경이라고 했지만, 예일 로스쿨의 학장은 오리엔테이션에서 신입생들에게 성적 걱정에 너무 얽매이지 말고 열정이 이끄는 대로 따라갈 것을 당부했다. 첫 학기에 수강한 네 과목의 성적이 통과 또는 낙제로만 매겨져서, 우리는 안심하고 학장의 말을 따를 수 있었다.

네 과목 가운데 하나였던 헌법 세미나를 함께 수강했던 열여섯 명의 학생들은 내게 가족 같은 친구들이 됐다. 특히 우리 반에는 애팔래치아 출신의 보수적인 힐빌리부터 인도 이주민의 엄청나게 똑똑한 딸, 온갖 경험을 해서 세상 물정에 밝은 흑인계 캐나 다인, 피닉스Phoenix에서 온 신경과학자, 예일대 캠퍼스에서 몇 분 밖에 걸리지 않는 곳에서 나고 자란 패기 넘치는 인권 변호사, 빼어난 유머 감각을 지닌 극진보적 동성애자 등 다양한 배경을 지닌 학생들 천지였고, 이런 우리를 실질적으로 엮을 만한 마땅한 말이 없어서 우리는 스스로를 '고장 난 장난감 섬the island of misfit toys'•이라고 불렀다. 그래도 서로에게는 완벽한 친구들이었다.

예일에서의 첫해는 좋은 의미로 어마어마했다. 나는 어릴 때부터 미국 역사광이었는데, 교정에는 독립전쟁 이전에 지어진 건물들도 있었다. 가끔 교정을 거닐며 건물의 건립 연도가 적힌 현판을 찾아다녔다.

신고딕 양식으로 지어진 건물들은 그 자체로도 뛰어난 걸작이어서 보고만 있어도 숨이 막힐 지경이었다. 내부의 복잡한 석각과 목조 장식을 보고 있노라면 중세 시대의 로스쿨에 와 있는 게 아닌가 싶은 기분이 들었다. 우리를 보고 『해리포터』 시리즈에 나오는 이름을 따서 '호그와트 로스쿨'에 다닌다고 말하는 사람들도 있었다. 판타지 소설 시리즈를 언급하는 게 우리 로스쿨의 외관을 가장 잘 묘사하는 방법이었다.

수업이 어려워서 밤늦도록 도서관에 있어야 할 때도 있었지만,

• 1964년 NBC에서 방영된 크리스마스 애니메이션 〈빨간 코 순록 루돌프(Rudolph the Red-Nosed Reindeer)〉에서 등장한 말로, 고장 나거나 흠이 있는 장난감은 선물용으로 부적합해 산타에게 선택받지 못하고 섬에 남겨진다.

못 따라갈 정도로 힘들지는 않았다. 한편으로는 내가 지능적 사기꾼이었음이 결국 탄로 나고, 행정실에서는 엄청난 착오가 있었다고 내게 사과하며 미들타운으로 돌아가 달라고 요청하면 어쩌나 하는 걱정이 들었다. 또 다른 한편으로는 여기 학생들은 세계에서 내로라하는 수재들이고 나는 그 정도는 아니지만, 남들보다 훨씬 더 많이 노력한다면 해낼 수 있지 않을까 하는 생각이 들었다.

그러나 꼭 그렇지도 않았다. 드물게 천재들이 보였지만, 동기 대부분은 똑똑하긴 해도 내가 덤비지 못할 정도는 아니었다. 나는 토론 수업이나 시험에서 누구 못지않은 기량을 발휘했다.

물론 모든 게 수월하진 않았다. 그때까지 나는 스스로 글을 꽤 잘 쓴다고 자부하며 살아왔다. 그런데 예일에서 엄하기로 유명한 교수님이 내준 과제 보고서를 대충 작성해서 제출했다가 엄청난 혹평을 받았다. 돌려받은 한 보고서에는 "형편없음"이라는 문구가 휘갈겨 쓰여 있었다. 다른 보고서에는 내가 작성한 긴 문단 전체에 동그라미 표시가 되어 있고 여백에 이렇게 쓰여 있었다. "문단을 가장한 문장의 토사물에 불과함. 수정할 것."

전에 그 교수님이 "우리가 보충 수업을 해주는 사람들도 아닌데, 보충 수업을 받아야 할 놈들이 너무 많습니다"라고 말하며 예일대 입학생으로 하버드, 예일, 스탠퍼드, 프린스턴 같은 명문대 출신자들만 뽑아야 한다고 생각한다는 풍문을 들은 적이 있었다.

그 일을 계기로 나는 교수님이 생각을 바꾸도록 전념을 다해 노력했다. 학기를 마칠 무렵 교수님은 내 보고서를 보고 "완벽하다"고 칭찬하며 주립대학교를 향한 자신의 편견이 틀렸을 수도 있겠다고 인정했다. 학년 말이 다가올 즈음 나는 의기양양했다. 교수님들과 사이가 좋았고 성적도 잘 받았으며 여름방학 동안 현직 미국 상원의원의 수석 자문이라는 꿈꾸던 일을 하게 되었기 때문이다.

즐거움과 흥미진진함이 가득했지만, 가끔은 이곳이 과연 내가 있을 곳이 맞는지 의문이 들기도 했다. 예일은 내가 꿈조차 꿔보지 못한 곳이었다. 고향에 있을 때는 아이비리그 출신인 사람을 단 한 명도 알지 못했다. 우리 식구들 중에서 대학교에 진학한 사람은 내가 처음이었고, 친척들까지 통틀어도 전문대학원에 간 사람은 나뿐이었다. 내가 입학한 2010년 8월까지 가장 최근에 미국 대법원 판사를 역임한 법관 세 명 가운데 두 명이 예일 출신이었고, 최근 대통령 여섯 명 가운데 두 명도 예일을 졸업했다. 당시 국무장관(힐러리 클린턴)도 마찬가지였다.

그래서인지 예일의 사교 파티에는 어딘가 묘한 구석이 있었다. 칵테일파티나 연회에 모인 사람들은 업무에 필요한 인맥을 구축하는 한편, 개인적으로는 결혼할 상대를 찾았다. 그리고 나는 고향 사람들이 경멸조로 '엘리트'라고 부르는 사람들 틈에서 살고 있었다. 훤칠한 키에 피부색이 하얀 혈기 왕성한 청년이었으므로 겉으로 보기에는 그들과 다를 바가 없었다. 지금껏 살면서 한 번도 내가 어울리지 않은 곳에 있다고 느낀 적이 없었지만, 예일은 내가 있을 곳이 아닌 것 같았다.

그런 감정을 느낀 데는 사회 계층의 역할이 꽤 컸다. 학생들을 대상으로 한 설문조사 결과, 예일 로스쿨 재학생의 95퍼센트 이상이 중상류층 이상이었고 그중에서도 대부분이 내로라하는 부유층이었다. 물론 나는 중상류층도 부유층도 아니었다. 겉모습은 비슷했을지 몰라도, 예일에는 나 같은 학생이 거의 없었다. 아이비리그는 다양성에 집착한다는 특성이 있지만, 흑인이든 백인이든 유대인이든 이슬람교도든 사실상 학교의 거의 모든 학생이 돈 걱정을 할 필요가 없는 온전한 가정에서 온 이들이었다.

1학년 초에, 같은 수업을 듣는 친구들과 밤늦도록 술을 마시고서 다 같이 뉴헤이븐의 통닭집에 갔다. 우리 패거리가 휩쓸고 간 자리는 말도 못하게 지저분했다. 더러운 접시와 닭뼈, 랜치 드레싱, 음료수 따위가 식탁 위에 널려 있었다. 나중에 이걸 치워야 할 사람을 생각하니 미안해서 도저히 그냥 갈 수가 없었서, 나는 뒷정리를 하려고 식당에 남았다. 열 명이 넘는 일행 중에 날 도운 사람은 자밀 한 명뿐이었다. 자밀도 나처럼 가난한 집안 출신이었다. 나중에 나는 자밀에게 남들이 어지럽힌 걸 치워본 사람은 학교에 우리 둘 뿐일 거라고 말했다. 자밀은 고개를 끄덕이며 암묵적으로 동의했다.

내 삶이 평탄했던 건 아니었지만, 미들타운에 있을 때는 한 번도 이방인이 된 것 같은 느낌이 들지 않았다. 미들타운의 부모들은 거의 대학 문턱에도 가보지 않은 사람들이었다. 친한 친구들 모두 저마다의 문제를 겪고 있었다. 부모님이 이혼을 하거나 재혼을 하거나 별거를 했고, 교도소에 다녀온 아버지를 둔 친구도 있었다. 드물게 변호사나 기술자, 교사로 일하는 부모님도 있었다. 할모는 그런 사람들을 '부자'라고 생각했으나, 내가 그들을 근본적으로 다르다고 생각할 만큼 그들이 큰 부자는 아니었다.

그들은 여전히 우리 집 근처에 살면서 자녀들을 공립 고등학교에 보내며 전반적으로 우리와 똑같이 생활했다. 미들타운에서는 상대적으로 부유한 친구들과 어울릴 때도 소외감을 느껴본 적이 없었다.

그러나 예일 로스쿨에 있을 때는 마치 내 우주선이 오즈에 불시착한 느낌이었다. 사람들은 아무렇지도 않게 의사 어머니와 기술자 아버지를 둔 가정을 중산층이라고 일컬었다. 연봉 16만 달러면 미들타운에서는 어마어마한 연봉이었으나, 예일 로스쿨에서는 학생들이 졸업 직후 첫 연봉으로 기대하는 액수였다. 그것도 부족할 것 같다고 걱정하는 학생들이 벌써부터 많았다.

단순히 누가 돈이 많다거나 내가 상대적으로 가난하다는 게 문제가 아니었다. 문제는 사람들의 인식이었다. 내가 살아온 삶을 남들이 신기하게 생각한다는 느낌을 받은 건 예일에 있을 때가 처음이었다. 내가 오하이오에서 자라며 평범한 공립 고등학교를 다녔고 우리 부모님이 대학을 안 나왔다는, 내게는 그저 지루한 이야기에 대해 교수님들과 동기들은 진심으로 신기해했다. 나와 같은 배경을 지닌 사람을 예일에서는 찾아볼 수 없었다. 해병대 복무도 오하이오에서는 꽤 흔한 일이었으나, 예일에서는 최근에 벌어진 전쟁에 참전한 군인과 말을 섞어본 친구를 찾기가 거의 불가능했다.

꼭 나쁜 일은 아니었다. 로스쿨에 입학한 첫해에는, 엘리트들이 모인 로스쿨에서 나만 유일하게 남부 억양을 쓰는 해군 출신이라는 사실을 한껏 즐겼다. 그러나 로스쿨 친구들과 가까워질수록 내가 해놓은 거짓말 때문에 마음이 불편해졌다.

나는 친구들에게 엄마가 간호사라고 말했다. 그 말은 물론 더는 사실이 아니었다. 나는 내 출생증명서에 기록된 법적 아버지가 무엇을 해서 먹고사는지도 전혀 몰랐다. 남이라고 해도 무방할 사이였다. 미들타운에 있을 때 로스쿨에 제출할 자기소개서를 읽어봐달라고 부탁했던 친한 친구들 말고는, 내가 어떤 삶을 살아왔는지 아는 사람이 없었다. 예일에서는 이제 그렇게 살지 않기로 했다.

무엇 때문에 그런 마음을 먹었는지는 잘 모르겠다. 다만 과거와 달리 내 환경이 더 이상 부끄럽지 않았다. 우리 부모님의 실수가 내 잘못은 아니므로 굳이 숨겨야 할 이유가 없었다. 그리고 무엇보다 우리 조부모님이 내 인생에 얼마나 큰 영향을 미쳤는지 아무도 모른다는 게 마음에 걸렸다. 할모와 할보가 없었더라면 내가 얼마나 참혹한 삶을 살고 있을지 아는 친구들이 거의 없었다. 어쩌면 마땅한 이들에게 감사한 마음을 전하고 싶었는지도 모르겠다.

다른 이유도 있었다. 내가 예일대 동기들과 얼마나 다른지 실감할수록 고향 사람들과 얼마나 많이 닮았는지 이해하게 됐다. 무엇보다 최근에 예일 로스쿨 입학이라는 큰 성과를 이루면서 심각한 내적 갈등을 겪었다.

예일에 입학한 뒤 처음으로 미들타운에 가던 길에 위 이모네 집에서 멀지 않은 주유소에 들른 적이 있다. 그때 바로 옆 주유기에 있던 여자가 내게 말을 걸었는데, 그 사람이 입고 있던 예일대 티셔츠가 눈에 들어왔다.

내가 "예일대 나오셨나요?" 하고 묻자, 여자가 대답했다. "아뇨, 저 말고 조카가 거기 다녀요. 예일대 학생이세요?" 나는 거기서 뭐라고 대답해야 할지 몰라 머뭇거렸다. 아니, 그 여자의 조카가 예일대에 다닌다는데도 나는 왠지 스스로 아이비리그 학생이라고 밝히기가 영 거북했다. 여자가 자기 조카가 예일대 학생이라고 대답하는 찰나에, 나는 예일대 로스쿨 학생이 될 건지 힐빌리 조부모님을 둔 미들타운 청년이 될 건지 선택을 해야 했다.

전자를 택하면 서로 인사치레를 하고 뉴헤이븐이 얼마나 아름다운지 담소를 나누게 되겠지만, 후자를 택하면 그녀는 눈에 보이지 않는, 나와 다른 편이 되어 내가 믿지 못할 존재가 될 터였다. 그녀는 조카와 함께 참석한 칵테일파티나 근사한 만찬에서 오하이오 사람들이 얼마나 촌스러운지, 그들이 총과 종교에 얼마나 빠져 사는지 얘기하며 깔깔댔을 게 뻔했다.

나는 거기에 동조하고 싶지 않았다. 그래서 한심한 대답으로나마 문화적 저항을 드러냈다. "아뇨. 저는 아니고요. 제 여자 친구가 다녀요." 나는 곧장 차 안으로 돌아가 그대로 차를 몰고 떠나버렸다.

어디 가서 자랑할 만한 경험은 아니었으나, 급격한 신분 상승을 이루고서 내가 어떤 내적 갈등을 겪었는지를 잘 드러내는 경험이었다. 나는 배신자가 된 듯한 느낌을 피하려고 낯선 사람에게 거짓말을 했다. 주유소에서 있었던 일을 돌이켜보면, 전에도 말한 것처럼 사회적 고립은 나 같은 사람들로 하여금 성공을 그저 거머쥘 수 없는 것으로 여기게 할 뿐 아니라, 나와는 전혀 다른 사람들의 전유물로 여기게 만든다는 사실을 알 수 있다. 할모는 내 안에 있는 그런 염세적인 태도를 없애려고 늘 애썼고, 그런 면에서 할모의 노력은 성공적이었다.

또 한 가지 알게 된 사실은 외부인에게 강경한 태도를 취하는 게 꼭 우리 지역 사회의 특징만은 아니라는 것이었다. 명문대가 아닌 주립대학교 출신의 지원자를 예일대 로스쿨에 입학시켜서는 안 된다고 주장했던 교수님처럼, 우리가 신분 상승을 이룬 다음에 만나게 되는 사람들도 마찬가지였다.

이러한 태도가 노동 계층에게 얼마나 영향을 미치는지를 측정할 방법은 없다. 그러나 노동 계층에 속하는 미국인이 높은 경제적 지위에 오를 가능성이 적은 데다가 최고의 지위에 오르더라도 곧 추락할 가능성이 높다는 사실은 이미 알려져 있다. 본인의 정체성을 뒤로 하고 떠난다는 껄끄러운 마음이 이런 문제에 어느 정도는 영향을 미치리라고 생각한다. 그러므로 신분 상승을 활성화하려면 상류층은 단순히 획기적인 공공 정책만 밀어붙일 게 아니라 상류층으로 새롭게 진출하여 잘 어울리지 못하고 있는 사람들을 열린 마음으로 보듬어줘야 할 것이다.

우리가 사회적 신분 상승을 찬양하지만, 거기에는 부정적인 면도 존재한다. 어떤 성질의 것이든 이동이라는 뜻을 담고 있는 신분 상승이라는 용어는 이론적으로 더 나은 삶을 향해 간다는 의미이지만, 어딘가로부터 떠난다는 의미이기도 하다. 그리고 일단 떠나고 나면 과거의 생활을 더는 뜻대로 통제할 수 없다.

지난 몇 년간 나는 파나마와 영국에서 휴가를 보냈다. 이제 홀푸드Whole Foods•에서 장을 본다. 그리고 이따금 오케스트라 연주

• 첨가물을 넣지 않은 유기농 식품을 판매하는 미국의 슈퍼마켓 체인.

회를 보러 다닌다. (쓸데없이 많은 단어가 포함된 용어인) '정제되거나 가공된 설탕'에 중독된 식습관을 개선하려고 노력하고 있으며, 우리 가족이나 친구들이 인종 편견 때문에 차별을 받게 될까봐 염려하고 있다.

달라진 내 생활이 나쁠 건 없다. 영국 여행은 내 어릴 적 꿈이었고, 당 섭취를 줄이는 것 또한 건강에 도움이 되므로 오히려 잘된 일이다. 동시에 나는 신분 상승이 단순히 돈만 많아지는 문제가 아니라 생활방식이 달라지는 문제라는 사실을 알게 됐다.

부자와 권력자들은 그저 돈만 많거나 권력만 거머쥔 사람들이 아니다. 이들은 우리와는 다른 규범과 관습을 따르는 사람들이다. 노동 계층이었던 사람이 전문 직종을 가진 중상류층이 되면, 이전 생활방식의 거의 대부분이 좋게 말하자면 한물간 게 되고, 나쁘게 말하자면 건강에 해로운 게 된다. 내가 예일대 친구를 처음이자 마지막으로 크래커배럴Cracker Barrel•에 데려갔을 때 아주 분명히 깨달았다. 내가 어렸을 때 크래커배럴은 고급 식당의 최고봉이었으며 우리 할모와 내가 가장 좋아하는 식당이었다. 그러나 예일대 친구들에게는 그저 공중위생을 위협하는 지저분한 식당에 불과했다.

물론 그런 것들이 중대한 문제는 아니다. 다시 선택권이 주어

• 남부 음식을 주로 판매하는 미국의 프랜차이즈 식당.

지더라도 나는 재고할 여지없이, 약간의 사회적 불편함을 감수하고서라도 내가 살아온 삶을 선택할 것이다. 그러나 이런 새로운 세상에서 내가 문화적 이방인이라는 사실을 알아갈수록 10대 시절부터 궁금했던 것들이 또다시 궁금해졌다.

어째서 우리 고등학교에서는 아이비리그에 진학한 사람이 나 말고 아무도 없는 걸까? 어째서 우리 집 같은 가정에서는 가정 문제가 이렇게 흔한 걸까? 어째서 나는 예일대나 하버드대를 갈 수 없는 곳이라고 생각했던 걸까? 어째서 성공한 사람들은 그렇게 다르게 생각할까?

그들만의 세상

내 정체성에 대해 더 깊이 생각하면 할수록 같은 수업을 듣던 우샤라는 친구에게 빠져들었다. 공교롭게도 우리는 입학 후 처음으로 받은 큰 과제에서 짝꿍이 됐고, 덕분에 1년 동안 많은 시간을 함께 보내며 서로를 알아갔다. 우샤는 마치 인간이 지닐 수 있는 모든 긍정적인 면을 다 가진 돌연변이 같았다. 총명하고 성실했으며 늘씬하고 아름다웠다. 내가 친구에게 우샤가 성격만 괴팍했더라면 에인 랜드Ayn Rand•의 소설에 나오는 여주인공을 빼다 박았을 거라고 농담할 정도였다.

그러나 우샤는 뛰어난 유머 감각과 더불어 굉장히 직선적인 말투를 지닌 사람이었다. 다른 사람들이라면 "저기, 이 문장을 고치는 게 좋지 않을까?" "이거 말이야. 혹시 다른 생각도 해봤니?"라고 조심스럽게 물어볼 만한 말을 우샤는 "이 문장은 손을 봐야겠

• 미국의 소설가이자 극작가, 시나리오 작가, 철학자. 미국 지성사의 주요 인물로 손꼽힌다. 대표작으로 『파운틴헤드』『아틀라스』 등이 있다.

어"라거나 "이 주장은 영 아니다"라고 아주 솔직하고 직선적으로 말해줬다.

한번은 술집에 앉아 있던 우샤가 내 친구를 올려다보더니 조금도 비꼬는 기색 없이 이렇게 말했다. "너 머리 정말 작구나." 확실히 우샤는 전에는 한 번도 본 적 없는 독특한 사람이었다.

그전에도, 때로는 진지하고 때로는 가벼운 연애를 해본 적이 있었다. 그러나 우샤에게 드는 내 감정은 차원이 달랐다. 머릿속에서 우샤가 한순간도 떠나질 않았다. 내가 '상사병'에 빠진 거라고 놀리는 친구도 있었고, 내 이런 모습을 처음 본다고 말하는 친구도 있었다. 1학년이 끝나갈 무렵 우샤에게 남자 친구가 없다는 사실을 알아냈고, 나는 곧바로 데이트 신청을 했다. 몇 주간의 추파와 단 한 번의 데이트 끝에 나는 우샤에게 사랑한다고 고백했다. 요즘 같은 시대에 이런 식의 사랑 고백은 금물이라고 배웠으나 신경 쓰지 않았다.

우샤는 내 예일대 생활의 정신적 지주 같은 존재였다. 우샤는 학부도 예일에서 다닌 터라, 맛있는 식당과 커피숍을 줄줄 꿰고 있었다. 아는 건 또 얼마나 많은지, 내가 물어야 하는지조차 몰랐던 문제들을 미리 예상하고서 나로서는 존재하는지도 몰랐던 기회를 얻을 수 있도록 늘 도와줬다.

하루는 내게 이렇게 말했다. "면담 시간에 교수님 한번 찾아가 봐. 여기 교수님들은 학생들이랑 어울리는 거 좋아하셔. 여기서 할 수 있는 경험이라고 생각하면 돼." 예일은 내게 늘 조금은 낯선 공간이었으나, 우샤가 있어서 마음을 놓을 수 있었다.

내가 예일대에 입학했던 건 법학 학위를 받기 위해서였다. 그러나 입학 첫해에 예일은 내게 세상이 어떻게 돌아가는지를 가르쳐줬다.

8월이면 명문 로펌의 채용 담당자들이 뉴헤이븐에 와서 다음 세대를 이끌어갈 능력 있는 법률가를 찾아다녔다. 그 시기에 열리는 가을 면접 프로그램Fall Interview Program을 학생들은 줄임말로 FIP라고 불렀는데, 그 기간이 되면 일주일 내내 만찬과 칵테일 면담, 환대실 면담, 면접이 잡혔다. 2학년 수업이 시작하기 직전이었던 FIP 첫날, 나는 여섯 군데의 로펌에서 면접을 봤다. 그중에는 내가 가장 가고 싶었던 로펌인 워싱턴디시의 깁슨 던 앤드 크러처Gibson, Dunn & Crutcher, LLP도 있었다.

깁슨 던에서 면접을 꽤 잘 보고나서, 뉴헤이븐의 최고급 식당에서 열리는 악명 높은 만찬에 초대받았다. 소문에 의하면 그 저녁식사 자리는 2차 면접 같은 것이었다. 우리는 유쾌해야 했고 매력적이어야 했으며 상대의 호감을 사야 했다. 그렇게 하지 않으면 워싱턴디시나 뉴욕의 사무실에서 열리는 최종 면접에 초대받을 수 없었다. 식당에 들어서자, 내 생애 가장 값비싼 식사를 이토록 부담스러운 상황에서 해야 한다는 현실이 참으로 애석했다.

식사를 들기 전에 우리는 따로 마련된 연회장에 모여 와인을 마시며 대화를 나눴다. 나보다 열 살은 족히 많아 보이는 여성이 아름다운 리넨으로 감싼 와인 병을 들고 돌아다니며, 몇 분마다 사람들에게 새로운 종류의 와인을 따라줄지 같은 종류의 와인을 채워줄지를 물었다.

처음에 나는 너무 긴장돼서 와인을 한 모금도 입에 댈 수 없었다. 잠시 후, 누군가 내게 다가와 와인을 마시겠느냐고 물었을 때 마침내 용기를 내서 그러겠다고 대답했다. 그랬더니 어떤 종류를 원하느냐는 질문이 돌아왔다. 나는 "화이트 와인으로 주세요"라고 말하며 이 정도 대답이면 충분할 거라고 생각했다.

"소비뇽 블랑으로 드릴까요, 샤르도네로 드릴까요?" 처음에는 그 여자가 일부러 그러는 줄 알았으나, 잠깐 머리를 굴려 보니 두 가지 다른 종류의 화이트 와인이겠거니 싶었다. 나는 샤르도네로 주문했는데, 소비뇽 블랑이 뭔지 몰라서가 아니라(물론 잘 모르기도 했지만) 샤르도네가 발음하기 더 쉬워서였다. 그렇게 나는 첫 번째 위기를 간신히 모면했다. 그러나 아직 갈 길이 구만리였다.

그런 자리에서는 겸손함과 당당함 사이에서 균형을 잘 유지해야 한다. 상대를 피곤하게 만들면 안 되지만, 그렇다고 상대가 내게 악수 한 번 청하지도 않은 채 자리를 뜨게 해서도 안 된다. 나는 늘 스스로 사교적이면서도 편안한 사람이라고 생각했고, 거기서도 그런 내 모습 그대로 행동하려고 애썼다. 그러나 입을 떡 벌린 채 식당에 놓인 화려한 장식품들을 넋 놓고 쳐다보며 도대체 얼마나 비싼 것들일까 하고 궁금해하는 얼굴이 본래 '나다운 모습'인 양, 나는 식당 분위기에 압도되고 말았다.

'와인잔들은 마치 유리 세정제 윈덱스Windex로 닦은 것처럼 투명하다. 저 친구가 입고 있는 정장은 실크 재질 같아 보이는 것이, 할인할 때 한 벌 가격으로 세 벌을 묶어 파는 조스 에이 뱅크Jos. A. Bank에서 산 옷이 아닌 것 같다. 식탁에 깔린 리넨은 내 침대보보다 더 부드러워 보인다. 이따가 이상한 사람처럼 보이지 않도록 한번 슬쩍 만져봐야지.' 한마디로 내게는 새로운 계획이 필요했다. 저녁 식사를 시작하려고 자리에 앉았을 때 나는 눈앞에 닥친 '취업'에 집중하고 바보스러운 짓은 나중으로 미뤄두기로 마음먹었다.

하지만 바보스러운 내 행동은 이후로도 몇 분간 이어졌다. 자리에 앉으니 웨이트리스가 다가와 내게 무료로 제공되는 정수와 '반짝거리는 물Sparkling water' 중에 무엇을 마시겠느냐고 물었다. '반짝거리는' 수정이나 '반짝거리는' 다이아몬드도 아니고 물을 '반짝거리다'라고 표현하다니 아무리 고급 식당이라고 해도 허세가 지나치다고 생각했다. 어쨌든 나는 반짝거리는 물을 주문했다. 건강에 더 좋을 것 같았고 오염도 덜 됐겠지 싶었다.

그런데 물을 한 모금 들이켜다가 문자 그대로 내뿜어버렸다. 여태껏 먹어본 음식 중에 가장 역겨웠다. 언젠가 샌드위치 전문점인 서브웨이에서 음료수 기계에 시럽이 떨어진 걸 모르고 다이

어트 콜라를 뽑아서 마셨던 적이 있다. 그때 그 맛과 이 고급 식당의 '반짝거리는' 물의 맛이 완벽하게 일치했다.

웨이트리스를 불렀다. "물이 좀 이상하네요." 웨이트리스는 내게 사과하며 다른 산펠레그리노St. Pellegrino를 가져다주겠다고 했다. 그때 나는 '반짝거리는' 물이 '탄산이 든' 물이라는 걸 처음으로 알았다. 수치심이 몰려왔으나, 운 좋게도 무슨 일이 일어났는지 쭉 지켜봤던 사람은 딱 한 명뿐이었고 같은 반 여학생이었다. 정말 다행이었다. 이제 더 이상의 실수는 없었다.

한숨 돌리자마자 앞에 놓인 식기로 눈을 돌렸다가 이상한 점을 발견했다. 양식기가 아홉 개씩이나? 이상했다. 숟가락이 왜 세 개나 필요하지? 버터 바르는 칼은 왜 여러 개가 있을까? 그러다가 영화에서 본 장면이 떠오르며 양식기의 배치와 크기에 사회적 관습이 녹아 있다는 게 생각났다.

나는 양해를 구하고 화장실로 들어가서 내 정신적 지주에게 전화를 걸었다. "빌어먹을 포크들을 도대체 어떻게 써야 해? 머저리 같아 보이고 싶지 않은데." 수화기 너머로 우샤가 말했다. "바깥에 있는 것부터 사용하면 돼. 음식이 바뀌면 포크도 바꾸고. 아, 그리고 뚱뚱한 숟가락은 수프 먹을 때 쓰는 거야." 우샤의 답변으로 완전무장한 나는 미래의 고용주들을 현혹시킬 준비를 마치고 식탁으로 돌아갔다.

남은 시간은 순조롭게 흘러갔다. 예의바른 태도로 담소를 나눴고, 입을 다물고 음식을 씹으라는 린지 누나의 충고도 잊지 않았다. 한 식탁에 앉은 우리들은 로스쿨, 로펌 문화는 물론이고 정치에 관한 대화도 조금 나눴다. 함께 식사한 채용 담당자들은 매우 상냥했고, 그 자리에 있던 모든 학생은 일자리를 제안받았다. 반짝거리는 물을 내뿜은 남자까지도.

닷새간의 피 말리는 면접 가운데 첫날 가졌던 식사 자리에서 나는 '그들만의 세상'이 어떻게 돌아가는지 그 내막을 이해하기 시작했다.

교내 취업상담과에서는 우리에게 자연스럽게 말해야 하며 면접관이 비행기에 탔을 때 옆자리에 앉고 싶은 사람으로 보여야 한다는 점을 강조했다. 하긴, 머저리와 함께 일하고 싶은 사람이 누가 있겠는가? 분명 이치에 맞는 소리이긴 했으나, 면접장에서 이제 막 커리어를 쌓아가려는 풋내기가 따르기에는 쉽지 않은 조언이었다. 그러나 예일 법대라는 간판 덕분에 우리는 이미 한쪽 발을 업계에 들여놓은 거나 다름없다는 주변 사람들의 말대로 우리가 치른 면접은 성적이나 이력서 위주로 진행되지 않았다. 면접은 소속감과 자기주장, 잠재 고객과의 인맥 형성 능력 따위의 사회성을 확인하는 시간이었다.

취업할 때 가장 어려운 관문은 우선 내 말을 들어줄 면접관을 모으는 일이다. 하지만 예일에서 나는 굳이 그런 일에 나설 필요가 없었다. 면접이 진행된 일주일 내내 나는 미국에서 가장 존경

받는 변호사들을 이렇게 쉽게 만날 수 있다는 사실에 놀라움을 금치 못했다. 친구들은 거의 기본으로 열두 번 이상의 면접을 봤고, 면접은 대부분 취업 제의로 이어졌다. 내가 복에 겨웠기도 했고 면접 절차에 너무 시달린 탓에 나중에 두어 개를 거절했지만, 내 경우에도 주 초반에는 열여섯 번의 면접 일정이 잡혀 있었다.

2년 전만 해도 나는 학부를 마치고 보수가 좋은 일자리를 찾아서 열 군데도 넘는 곳에 지원서를 보냈다가 번번이 퇴짜를 맞았다. 그런데 예일 법대를 겨우 1년 다녔다는 이유로 동기들과 나는 연방 대법원에서 변론을 하던 사람들에게서 여섯 자리 숫자에 달하는 금액의 연봉을 제안받고 있었다.

이 직업 세계에 어떤 불가사의한 힘이 작용하는 게 확실했다. 그리고 그때 나도 살면서 처음으로 그 힘을 받기 시작했다. 그때까지는 일자리가 필요하면 온라인에서 구인광고를 찾아봐야 한다고 생각했다. 이력서 수십 부를 제출하고 누군가 내게 전화를 걸어주길 기다린다. 운이 좋으면 친구가 내 이력서를 서류 더미 맨 위에 놓아줄지도 모른다. 회계사처럼 수요가 매우 높은 전문직에 종사하는 사람이라면 일자리를 찾기가 조금은 더 쉬울 수도 있으나, 기본적으로 이런 규칙은 동일하게 적용된다.

문제는 그런 규칙을 따르는 사람들이 사실상 성공과는 거리가 멀다는 것이다. 성공하는 사람들은 전혀 다른 규칙을 따른다는 사실을 FIP 면접 주간에 내 눈으로 직접 확인했다.

이들은 어떤 고용주가 면접 볼 영광을 베풀어주길 기대하며 구직 시장에 이력서를 뿌려대지 않는다. 대신 인맥을 활용한다. 지인의 지인에게 이메일을 보내서 자신의 이름이 고용주의 눈에 들게 한다. 삼촌에게 부탁해 삼촌의 대학 동창에게 전화 한 통 넣어달라고 할 수도 있다. 취업상담과는 이들을 대신해 수개월 전부터 면접 일정을 잡아놓는다. 어떤 옷을 입을지, 어떤 말을 할지, 누구와 담소를 나눌지 조언해주는 부모도 있다.

이력서나 면접에서 잘할 필요가 없다는 뜻은 아니다. 두 가지 다 물론 중요하다. 그러나 경제학자들이 부르는 '사회적 자본'에는 실로 어마어마한 가치가 있다. 사회적 자본은 전문 용어지만 그 개념은 꽤 단순한데, 우리 주변의 인맥이 실질적인 가치를 보유하고 있다는 의미다. 인맥이 있어야 적절한 사람과 연이 닿고 기회를 얻을 수 있으며 중요한 정보를 전달받을 수 있다. 인맥이 없으면 모든 걸 혼자서 해내야 한다.

나는 그걸 긴 FIP 주간의 끄트머리에 어렵게 깨달았다. 그 무렵 면접관들은 고장 난 음반처럼 같은 말을 되풀이했다. 내 관심사가 무엇인지, 내가 가장 좋아하는 과목은 무엇인지, 어떤 세부 전공을 택할 것인지 물은 뒤 내게 궁금한 게 있느냐고 질문했다. 여러 번의 면접 경험으로 나는 빈틈없이 대답했고 로펌을 속속들이 알고 있는 사람처럼 마지막 질문을 던졌다.

그러나 실상은 전혀 달랐다. 나는 내가 뭘 좋아하는지, 어떤 세부 전공을 택하고 싶은지 전혀 몰랐다. 심지어 '기업 문화'와 '일과 삶의 조화'에 관한 내 질문이 무슨 의미인지도 정확히 몰랐다. 전체적인 면접 과정이 그저 상투적인 쇼에 지나지 않았다. 어쨌든 나는 머저리 같아 보이지 않았고 덕분에 면접을 수월하게 통과해나갔다.

그러다 곧 난관에 부딪혔다. 마지막 면접관에게서 준비하지 않은 질문을 받은 것이다. "로펌에 입사하고 싶은 이유가 뭡니까?" 평이한 질문이었으나, 나는 (최소한으로 꾸며냈던) 최근의 관심사인 독점 금지 소송에 대해 대답하는 데 너무 익숙해져 있던 터라, 별 것 아닌 질문에 어처구니없이 당황했다. 최고의 회사에서 일하며 배우고 싶다든지, 큰 소송을 맡아보고 싶다는 대답을 했어야 했다. 어떤 대답이든 실제로 내 입에서 나온 말만은 아니었어야 했다.

"글쎄요, 잘은 모르겠지만 연봉이 나쁘진 않잖아요! 하하!" 면접관은 마치 눈이 세 개 달린 괴물을 발견하기라도 한 듯한 눈초리로 날 쳐다봤고, 우리의 대화는 끝내 원활하지 않았다.

끝장났다고 확신했다. 최악의 방법으로 면접을 망쳤다. 그러나 현실은, 날 추천했던 한 분이 이미 전화 통화로 물밑 작업을 마친 후였다. 그분은 고용 파트너에게 내가 똑똑하고 바른 학생이며 장차 뛰어난 변호사가 될 재목이라고 말해놓은 상태였다. "당신을 격찬하던데요." 나중에 관계자가 일러줬다.

어쨌든 채용 담당자들이 다음 면접 일정을 잡는 전화를 돌릴 때 내 이름도 최종 명단에 들었다. 내가 채용 과정 중에 가장 중요한 단계라고 생각했던 데서 비참하게 실패하고도 결국 그 일자리를 얻어낸 것이다. 실력보다 운이 먼저라는 속담이 있다. 그러나 확실히 그 둘보다도 적절한 인맥이 더 낫다.

예일대에는 우리가 있는지도 모르고 마시는 공기처럼 인맥의 힘이 널리 퍼져 있다. 1학년 말이 다가오자 학생들은 『예일 로 저널The Yale Law Journal』에 자신의 글이 실리길 바라며 원고를 준비했다. 저널에는 학자들을 주 독자층으로 겨냥한 장문의 법률 분석 논문이 게재된다. 난방기 사용 설명서처럼 딱딱하고 상투적이며 외국어를 적절히 섞어가며 쓴 논문들이다. (예시: "평가방식의 대단한 가능성에도 불구하고 이를 피하려는 사법기관의 소극적인 태도 때문에 규제 계획과 구현, 실행의 불비라는 심각한 문제에 시달리고 있다.")

농담은 그만두고, 저널의 회원으로 발탁된다는 건 매우 중대한 사안이다. 법조계 고용주들이 생각하는 가장 중요한 과외 활동이고, 일부 고용주는 편집위원 출신들만 고용하기도 한다.

그래서 『예일 로 저널』의 편집위원을 목표로 하고 로스쿨에 입학하는 학생들도 있을 정도였다. 논문 경연 대회는 4월에 시작했고, 3월이 되면 일부 학생들은 미리 준비에 들어갔다. 먼저 입학한 절친한 친구의 조언을 듣고서 크리스마스 전부터 준비하는 착실한 학생도 있었다. 굴지의 컨설팅 회사에 다니는 졸업생들이 모여서 후배들에게 편집 기술을 쏟아내기도 했다. 대회를 한 달 앞두고 어떤 2학년 학생은 하버드 학부 시절 룸메이트였던 1학년 학생을 도와 함께 전략을 짜주기도 했다. 어디서나 학생들은 1학년 때의 가장 중요한 대회를 앞두고 정보를 얻기 위해 친구들과 졸업생의 인맥을 활용하고 있었다.

그 틈에서 난 어찌할 바를 몰랐다. 예일에는 오하이오주립대 졸업생 모임이 없었다. 내가 입학했을 때 오하이오주립대 출신자는 로스쿨 전체에 나까지 포함해서 두 명이 다였다. 연방 대법관인 소니아 소토마요르Sonia Sotomayor가 편집위원을 지냈으므로 그 저널이 중요하긴 한가 보다 하고 어렴풋이 생각했을 뿐, 정확한 이유는 몰랐다. 그 저널이 어떤 역할을 하는지조차 몰랐으니까. 내게는 이 모든 과정이 열리지 않는 상자 같았고, 내 주변엔 그 상자의 열쇠를 쥔 사람이 아무도 없었다.

정보를 얻을 수 있는 공식 통로가 있긴 있었다. 그러나 그곳에서는 학생들에게 상충하는 정보를 전해줬다. 예일은 우리 학교가 스트레스가 적고 경쟁이 없는 로스쿨이라고 자부하지만, 안타깝게도 그런 기풍이 혼란을 불러일으키기도 한다. 편집위원이라는 경력이 실제로 어떤 가치를 지니는지 아는 사람이 없는 것 같았다. 저널 경력이 취업을 하는 데 엄청난 경력이 될 거라고 했다가, 그렇게 중요한 일이 아니니 스트레스 받을 필요 없다고 했다가, 또 일부 직업군에서는 필수로 요구하는 경력이라고 말했다.

다 맞는 말이긴 했다. 저널 편집위원 경력을 그저 시간 낭비로 여기는 직업군이 많았다. 그러나 내가 어떤 진로를 택할지는 모르는 일이었다. 그리고 그걸 어떻게 알아내야 할지도 몰랐다.

에이미 추아Amy Chua 교수님이 내게 저널이 어떤 역할을 하는지 정확하게 일러준 게 그 무렵이었다. "판사나 교수가 될 거라면 편집위원 경력이 유용해요. 그게 아니면 시간 낭비일 뿐이고요. 어떤 일을 하고 싶은지 아직 잘 모르겠다면 일단 도전해보세요."

100만 달러짜리 조언이었다. 나는 어떤 일을 하고 싶은지 확신이 없었으므로 교수님의 조언에 따라 도전하기로 했다. 1학년 때는 탈락했으나, 2학년 때는 목표를 달성해 권위 있는 간행물의 편집위원이 됐다. 요점은 내 글이 실렸느냐 실리지 않았느냐가 아니다. 중요한 건 교수님의 도움 덕분에 정보 격차를 해소했다는 사실이다. 마치 세상을 바라보는 눈이 생긴 듯한 기분이 들었다.

낯선 데서 헤매는 내게 에이미 교수님이 손을 내밀어준 건 그 때가 마지막이 아니었다.

로스쿨은 3년간 숱한 장애물을 넘으며 삶의 방향과 직업을 결정하는 과정이다. 많은 기회를 얻는다는 건 감사한 일이지만, 다른 한편으로 나는 그 많은 기회로 무엇을 해야 할지, 어떤 기회를 잡아야 장기 목표를 달성하는 데 도움이 될지 전혀 아는 바가 없었다. 기회는커녕 내게는 어떠한 장기 목표도 없었다. 그저 로스쿨을 졸업하고 좋은 데 취직하고 싶은 게 전부였다. 로스쿨 학자금을 상환하고 난 다음에 공공사업을 하고 싶다는 생각을 어렴풋이 하긴 했으나, 염두에 둔 직업은 없었다.

시간은 날 기다려주지 않았다. 졸업을 하면 로펌에 취직해야겠다는 마음을 굳히자마자 주변에서 재판연구원Judicial clerkships•이라는 자리에 관해 얘기하기 시작했다. 재판연구원이 되면 연방법원 판사와 1년 동안 일하게 된다. 재판연구원은 법원 기록을 열람하고 판사에게 필요한 법률적 쟁점을 검토할 뿐 아니라 판결문 작성을 돕기도 하므로, 젊은 법조인 지망생에게 더할 나위 없이 좋은 경험이 된다. 재판연구원 출신들은 입을 모아 이 제도를 격찬하고, 사기업 고용주들은 대개 수만 달러의 계약금을 들여가며 이들을 채용한다.

재판연구원에 관해 내가 아는 건 이 정도였고 모두 사실이었으나, 동시에 매우 피상적이기도 했다. 재판연구원이 되기까지의 절차는 몹시 복잡하다. 우선 가장 많은 재판을 담당하는 지방 법원에서 근무하고 싶은지 아니면 항소심을 심리하는 항소 법원에서 근무하고 싶은지를 먼저 결정해야 하고, 그 다음으로는 어느 지역으로 지원할지를 결정해야 한다.

• 재판연구원은 사법연수원 또는 법학전문대학원(로스쿨)을 거쳐 변호사 자격을 취득한 사람 중에서 선발해 일정 기간 법원과 검찰 등의 업무보조로 실무에 종사시키는 제도다.

만약 연방 대법원의 재판연구원이 되고 싶다면, 자신의 재판연구원을 연방 대법원으로 올려주는 '특정' 판사 밑으로 들어가야 한다. 당연히 그런 판사들의 재판연구원 자리는 경쟁률이 훨씬 높으므로 위험 부담도 그만큼 크다. 경쟁에서 살아남는다면 미국 최고 법원의 판사실 문턱까지 온 것이나 다름없으나, 거기서 패배한다면 재판연구원이라는 경력은 물 건너간 채로 발만 묶이게 된다.

여기서 중요한 것은 재판연구원이 되면 판사들과 긴밀히 협력하게 된다는 사실이다. 검은 법복을 입은 머저리에게 욕을 먹어가며 1년을 허비하고 싶은 사람은 아무도 없으리라.

그러나 어떤 판사가 괜찮은지, 어떤 판사 밑으로 가야 연방 대법원으로 갈 수 있는지, 1심과 항소심 중에 어떤 일이 적성에 더 잘 맞을지 따위를 찾아볼 수 있는 자료는커녕 재판연구원에 관한 기본적인 정보를 담고 있는 데이터베이스조차 없었다.

사실 학교에는 이런 이야기를 하는 것을 꼴사납게 여기는 풍조가 있었다. 판사에게 내 이름을 추천해준 교수를 찾아가 그 판사가 괜찮은 사람이냐고 어떻게 물어볼 수 있겠는가? 그건 생각보다 훨씬 더 곤란한 일이다.

그러므로 그런 정보를 얻으려거든 학생모임이나 재판연구원으로 일한 경험이 있는 친구들, 잔인하리만큼 솔직한 조언을 건넬 만한 교수와 같은 인맥을 활용해야 한다.

그동안의 경험에 비춰본 결과, 인맥을 활용하려면 무조건 물어보는 수밖에 없었다. 그래서 나는 에이미 교수님을 찾아갔다. 교수님은 내 목표가 뚜렷하다면 재판연구원이라는 경력이 크게 유용하지 않을 테니 굳이 특정 판사의 재판연구원이 되려고 애쓸 필요가 없다고 말했다. 그러나 나는 끝까지 몰아붙여서, 교수님으로부터 다수의 연방 대법관을 잘 알고 있는, 권위 있는 연방 법원 판사에게 나를 추천해주겠다는 약속을 받아냈다.

나는 이력서와 여러 번 다듬은 작문 샘플, 그리고 간절함을 담은 자기소개서까지 필요한 모든 서류를 제출했다. 무엇 때문에 그렇게 열심이었는지는 모르겠다. 남부 특유의 늘어지는 말투와 보잘것없는 집안 배경 때문에 재판연구원이라는 경력으로라도 내가 예일 로스쿨에 어울리는 사람이라는 걸 증명해 보여야 한다고 생각했던 것 같기도 하다. 아니면 다들 하니까 나도 그저 따라 하고 있었는지도 모른다. 이유가 뭐였든 간에 내겐 그 경력이 필요했다.

서류를 제출하고 며칠 지나자 에이미 교수님이 나를 교수실로 불러 내가 최종 후보자 명단에 들었다는 소식을 전해줬다. 가슴이 두근거렸다. 이제 면접 기회만 잡으면 그 일자리를 얻을 수 있었다. 교수님이 나를 충분히 밀어준다면 틀림없이 면접까지 갈 수 있을 것이었다.

나는 그때 사회적 자본의 진가를 알게 됐다. 교수님이 판사에게 전화를 걸어 내게 꼭 면접 기회를 주라고 했다는 말을 하려는 게 아니다. 그전에 교수님은 내게 진지하게 할 말이 있다고 했다. 그러더니 아주 노골적으로 말했다.

"지금 J. D.는 합리적인 이유로 재판연구원에 도전하는 것 같지 않아요. 오로지 경력을 쌓겠다고 이러는 것 같은데 물론 그래도 상관은 없지만, 이 경력이 J. D.의 진로에 크게 도움이 되지 않거든요. 대법원의 내로라하는 송무 변호사litigator•가 되고 싶은 게 아니라면 이 자리에 그렇게 집착할 필요 없어요."

그러고는 그 판사 밑에서 재판연구원으로 일하는 게 얼마나 힘들지 미리 일러줬다. 그 판사는 극히 까다로운 사람이라, 재판연구원으로 들어갔던 사람들이 1년 내내 하루도 쉬지 못했다고 했다. 다음에는 사적인 이야기로 넘어갔다. 교수님은 최근에 내가 연애를 시작했고 여자 친구에게 푹 빠져 있다는 사실을 알고 있었다. "이건 두 사람의 관계를 무너뜨릴 만한 자리예요. 내 의견을 묻는다면 나는 우샤를 우선순위에 두고 J. D.에게 정말로 적합한 일을 찾아보라고 권하고 싶네요."

전에 들어본 적 없는 최고의 조언이었다. 나는 조언을 기꺼이 받아들이고, 교수님에게 내 신청서를 철회해달라고 부탁했다.

물론 내가 그 자리를 차지했을지 떨어졌을지는 모를 일이다.

• 송무 변호사는 소송을 전문으로 하는, 즉 법정에 나가는 변호사를 의미한다.

성적과 이력서는 그럭저럭 괜찮은 편이었으나, 그렇다고 뛰어나지도 않았으므로 혼자 김칫국부터 마셨는지도 모른다. 그러나 에이미 교수님의 조언 덕분에 나는 인생을 뒤엎을 만한 결정을 피할 수 있었다. 훗날 결혼한, 당시의 여자 친구가 있는 데서 수천 킬로미터 떨어진 곳으로 떠나는 일을 만들지 않았다는 의미다. 무엇보다도 낯선 학교에서 내 원래 모습을 찾을 수 있게 됐다. 남들을 따르지 않고 나만의 앞길을 계획해도 괜찮았고, 눈앞의 야망보다 사랑하는 여자에게 우선순위를 두어도 괜찮았다. 교수님이 내게 나답게 살아도 된다고 허락했던 것이다.

그 조언의 가치를 돈으로 환산하기는 어렵다. 말하자면 꾸준히 배당금을 지불해야 하는 그런 조언이었다. 그냥 하는 말이 아니라 그건 정말로 가시적인 경제 가치를 지닌 조언이었다.

사회적 자본이란 친구에게 당신을 소개해주거나 과거의 상사에게 당신의 이력서를 건네주는 사람과의 관계에서만 존재하는 게 아니다. 어쩌면 그에 앞서, 사회적 자본은 친구들이나 동료, 멘토에게서 얼마나 많이 배울 수 있는지를 측정하는 척도라고 할 수 있으리라.

나는 그때 내 선택권의 우선순위를 어떻게 매겨야 할지 몰랐고 내게 더 나은 선택권이 있는지도 몰랐다. 이런 것들을 내게 일깨워준 게 바로 인맥이었다. 구체적으로 말하자면 매우 관대한 교수님 덕분이었다.

이후로도 나는 꾸준히 사회적 자본의 덕을 봤다. 현재 시사 월간지 「더 애틀랜틱The Atlantic」의 기고자로 활동하는 언론인이자 오피니언 리더인 데이비드 프럼David Frum의 웹사이트에 내가 잠깐 기고를 했던 적이 있다.

내가 워싱턴디시에 있는 로펌에 취직하려고 마음먹었을 때 데이비드는 내게, 부시 행정부 출신으로 최근에 대표 변호사로 승진한 자신의 친구 두 명이 근무하는 다른 로펌에 가보라고 권했다. 그중에 한 사람이 나를 면접했고, 내가 그 로펌에 취직한 뒤로 그분은 내 중요한 멘토가 되어줬다. 훗날 예일대 학회에서 그 분과 마주쳤을 때 그는 부시 정부 출신의 오랜 친구이자 내 정치적 우상인 인디애나주지사 미치 대니얼스Mitch Daniels에게 나를 소개했다.

데이비드의 조언이 아니었다면 나는 그 로펌에서 일할 기회도, 가장 존경하는 공인과 짧게나마 대화를 나눌 기회도 얻지 못했으리라.

나는 다시 재판연구원이 되고 싶다는 마음을 굳혔다. 다만 앞뒤 없이 뛰어들었던 이전과는 다르게, 이번에는 재판연구원이라는 경험을 하면서 무엇을 얻고 싶은지 확실하게 알고 있었다. 내가 존경하는 사람 밑에서 일을 하고, 최대한 많은 걸 배우면서 우샤와 가까이 있고 싶었다. 그래서 나는 우샤와 함께 재판연구원에 지원하기로 했다. 그리고 고향에서 그리 멀지 않은 켄터키 북부로 가게 됐다. 더 바랄 것 없는 환경이었다. 상사 또한 우리가 훗날 결혼식 주례를 부탁할 만큼 좋은 사람이었다.

내 경험은 성공한 사람들의 세계가 어떻게 돌아가는지를 보여주는 단면에 지나지 않는다. 그러나 사회적 자본은 늘 우리 주변에 존재한다. 사회적 자본을 활용하는 사람들은 성공하는 반면, 그렇지 않은 사람들은 아주 불리한 조건으로 인생이라는 경주에 뛰어들게 된다. 나와 같은 부류의 아이들에게는 심각한 문제다. 다음은 내가 예일 로스쿨에 입학했을 때 알지 못했던 것들의 일부 목록이다.

- 구직 면접에 갈 때는 정장을 입어야 한다.
- 그러나 고릴라도 들어갈 만큼 펑퍼짐한 정장은 부적절하다.
- 버터 바르는 칼은 장식용이 아니다(버터 바르는 칼을 사용해야 하는 음식을 먹기에는 숟가락이나 집게손가락이 더 제격이긴 하지만).
- 피혁과 모조피혁은 서로 다른 재질이다.
- 구두와 허리띠의 색깔은 서로 맞아야 한다.
- 특정 도시 및 주州의 취업 전망이 더 밝다.
- 좋은 대학에 가면 우쭐댈 권리 외에도 혜택이 따라온다.
- 금융은 사람들이 종사하는 산업 분야다.

힐빌리를 하나같이 군침이나 흘리는 바보 천치들이라고 생각하는 고정관념에 대해 할모는 늘 분개했다. 그러나 내가 출세하는 데 몹시 무지했다는 게 현실이었다.

다른 사람들은 다 아는 걸 모르고 있으면 경제적으로 심각한 타격을 입기 십상이다. 나는 학부 시절에 면접 복장으로 전혀 적절하지 않은 해병대 전투화와 군복 바지를 입고 일자리를 구하려다 대가를 톡톡히 치렀고, 로스쿨에서도 매번 나를 도와준 이들이 없었더라면 학부 때보다 훨씬 더 큰 대가를 치렀을지도 모른다.

벽장 속 괴물

로스쿨 2학년에 접어들었을 때 나는 세상을 다 얻은 기분이었다. 상원 의회에서 일하는 여름방학 동안 새로운 인맥과 경험을 잔뜩 쌓고서 뉴헤이븐으로 돌아갔다. 아름다운 여자 친구를 곁에 두고 있었고, 잘나가는 로펌의 일자리도 떼놓은 당상이었다.

이것은 나 같은 출신의 아이들에게는 거의 불가능한 일이나 다름없었으므로, 희박한 확률을 깼다는 점에서 스스로 자랑스러웠다. 나는 약물 중독자인 엄마나 날 두고 떠나버린 아버지 후보자들보다 더 나은 삶을 살고 있었다. 다만 할모와 할보가 이런 내 모습을 볼 수 없다는 게 아쉬웠다.

잘 풀리지 않는 일도 있었다. 특히 우샤와의 관계가 그랬다. 우리가 사귄 지 몇 달 되지 않았을 때 우샤가 완벽한 내 닮은 꼴을 찾아냈다며 나더러 꼭 거북 같다고 했다. "너는 껄끄러운 일이 생길 때마다, 아니 의견 충돌이 생길 기미라도 보이면 꽁무니를 빼버려. 숨겨놓은 등딱지라도 있는 것처럼 그리로 쏙 숨어버린다니까."

사실이었다. 연애를 하다 문제가 생길 때면, 나는 어떻게 대처해야 좋을지 전혀 알 수 없어서 그냥 피해버렸다. 내 마음에 안 드는 행동을 하는 우샤에게 고함을 칠 수도 있었지만, 그건 너무 야비해 보였다. 그러니 남은 건 자리를 피해 도망치는 방법뿐이었다. 내 손에 들린 패는 그게 전부였다.

우샤와 싸운다는 생각을 하면 우리 집안 대대로 내려오는 기질의 늪 속으로 빨려 들어가는 것 같았다. 나는 물려받지 않았다고 생각했던 종류의 스트레스, 슬픔, 두려움, 불안이 내 안에서 요동쳤다. 그것도 아주 극심하게.

이런 까닭으로 싸움을 피하려 했지만, 우샤가 허락하지 않았다. 모른 척하려고 할 때마다 우샤는, 내가 자신에게 아무런 관심이 없는 게 아니라면 그건 정말 어리석은 짓이라고 힐난했다. 결국 나는 언성을 높이고 고함을 쳤다. 그토록 혐오했던 엄마의 행동을 내가 그대로 쏟아내고 있었다.

그러고 나면 나는 죄책감에 시달렸고 극도로 불안해졌다. 거의 일평생 내게 엄마는 악인이었는데 이제 내가 엄마처럼 행동하고 있다니. 벽장 속에 가둬놓은 괴물로 변해가고 있다는 두려움은 무엇에 비할 수 없이 끔찍했다.

당시 2학년이었던 우리는 로펌 몇 곳에서 2차 면접 제의를 받고 워싱턴디시로 떠났다. 어느 날 내가 매우 가고 싶었던 로펌의 면접을 망쳐서 낙담한 채로 호텔 방으로 돌아왔는데, 우샤가 날 위로하려 다가왔다. 생각보다 잘했을 거라고, 그렇지 않았더라도 기회는 얼마든지 있다는 우샤의 말을 듣고서 나는 폭발하고 말았다. "잘했다는 말 좀 집어치워!" 버럭 소리를 질렀다. "멍청하게 행동해놓고 핑계나 대라는 소리야? 내가 핑계나 대면서 여기까지 온 줄 알아?"

나는 방을 뛰쳐나와 두어 시간가량 디시의 상업 지구를 배회했다. 엄마가 밥 아저씨와 한바탕 싸우고서 우리 집 강아지였던 토이푸들과 나를 미들타운의 컴포트 인Comfort Inn•으로 데려갔던 일이 생각났다. 할모가 엄마에게 집으로 돌아가 어른답게 문제를 해결하라고 설득할 때까지 우리는 이틀쯤 그곳에 묵었다. 이어서 엄마의 어린 시절이 떠올랐다. 알코올 중독자인 아버지를 피해 여동생과 엄마와 함께 뒷문으로 뛰쳐나가는 모습이 그려졌다. 나는 3세대 도피자였다.

존 윌크스 부스John Wilkes Booth가 에이브러햄 링컨을 암살한 역사적 장소인 포드 극장 근처까지 갔다. 거기서 반 블록쯤 더 가면 링컨 기념품을 파는 모퉁이 상점이 있었다. 상점 안에서 링컨 모형을 한 바람 인형이 지나가는 사람들을 쳐다보며 유별나게 활짝 웃고 있었다. 마치 한껏 부푼 링컨 인형이 나를 조롱하고 있는 것

• 미국의 중저가 호텔 체인.

같았다. 나는 '**도대체 뭐가 좋아서 저렇게 웃고 있담?**' 하는 생각이 들었다. 링컨은 우울할 수밖에 없는 상황이었으니 말이다. 설사 기분 좋은 일이 있더라도, 머리에 총알이 박힌 장소로부터 엎어지면 코 닿을 곳에서 웃음이 나올 리는 전혀 없었다.

모퉁이를 돌아 몇 걸음 더 걸어가자 포드 극장 계단에 쪼그려 앉아 있는 우샤의 모습이 눈에 들어왔다. 혼자 뛰쳐나간 내가 걱정돼 곧바로 날 따라왔던 것이다.

그제야 사랑하는 이들에게 상처를 주는 우리 집안사람들의 문제가 대를 거쳐 나에게까지 영향을 미쳤다는 사실을 깨달았다. 그게 어떤 문제든 간에 피하지 말고 맞서야 했다. 나는 우샤에게 진심을 다해 사과했다. 진실한 사과는 항복을 의미하고, 상대방이 항복하면 우리는 그 상대에게 잡아먹을 듯한 기세로 달려들게 마련이다. 나는 우샤가 내게 꺼져버리라고, 내가 한 짓은 하루아침에 용서받을 일이 아니라고, 너는 끔찍한 사람이라고 말할 줄 알았다.

그러나 우샤에게는 전혀 그럴 의지가 없어 보였다. 우샤는 눈물을 흘리며 그렇게 도망치는 건 절대 용납할 수 없다고, 너무 걱정됐다고, 너는 대화하는 방법을 배워야 한다고 차분히 말했다. 그러더니 날 안아주며 내 사과를 받아들이겠다고, 내가 무사해서 다행이라고 말했다. 그날 우리의 싸움은 그렇게 끝났다.

힐빌리들이 일상생활에서 어떻게 싸우는지 우샤가 알 리 없었다. 추수감사절을 맞아 내가 우샤의 가족을 처음으로 만났을 때 우샤의 집에 아무런 사건이 없어서 깜짝 놀랐다. 우샤의 어머니는 뒤에서 남편을 험담하지 않았다. 가족의 친한 친구에게 거짓말쟁이라거나 중상모략가라고 말하지도 않았고, 시누이와 언쟁하는 듯한 기미도 없었다.

우샤의 부모님은 진심으로 우샤의 할머니를 좋아하는 것 같았고, 자신들의 형제자매들에 관해 이야기할 때도 그들을 사랑한다는 게 느껴졌다. 우샤의 아버지에게 조금이라도 소원하게 지내는 친척이 있느냐고 물어봤을 때, 나는 당연히 우샤의 아버지가 그 친척의 성격에 문제가 있다며 욕지거리를 한바탕 쏟아낼 줄 알았다. 그러나 그 대신 동정심과 약간의 슬픔이 서려 있는 대답이 돌아왔다. 인생의 교훈이 담긴 대답이었다.

"지금도 한 번씩 전화를 걸어서 잘 지내는지 확인한다네. 나한테 관심을 안 보인다고 해서 잊고 살 순 없잖은가. 노력을 해야지. 그 사람도 가족이니까."

나는 상담사를 만나보려고 했으나, 도저히 자신이 없었다. 낯선 사람에게 내 감정을 터놓고 얘기한다니 생각만 해도 토할 것 같았다. 대신 나는 도서관에 갔고, 내가 대수롭지 않게 여겼던 행동들이 학계에서는 꽤 열띤 연구 주제였다는 걸 알게 됐다.

린지 누나와 내가 일상적으로 겪었던 일들이 심리학자들 사이에서는 '아동기의 부정적 경험ACEs: Adverse Childhood Experiences' 이라는 이름으로 불렸다. ACEs는 유년 시절에 겪은, 정신적 외상을 초래할 만큼 충격적인 경험을 의미하며 이는 성인기까지도 영향을 미친다. ACEs는 꼭 신체적 트라우마로 국한되지 않는다. ACEs에 속하는 가장 흔한 경험이나 감정은 다음과 같다.

- 부모에게 욕설을 듣거나 모욕감을 받은 적이 있다.
- 부모가 밀치거나 멱살을 잡거나, 혹은 부모가 던진 물건에 맞은 적이 있다.
- 가족이 서로 의지하는 것 같지 않다.
- 부모가 별거 혹은 이혼했다.
- 집안에 알코올 중독자나 마약 복용자가 있다.
- 집안에 우울증 환자나 자살을 시도했던 사람이 있다.
- 사랑하는 사람이 신체적으로 학대를 당하는 모습을 목격한 적이 있다.

ACEs는 어디서나 일어나지만, 다양한 연구에서 밝혀낸 바에 의하면 내가 살던 세상에서 훨씬 더 흔하게 발생한다. '위스콘신 아동 신탁기금Wisconsin Children's Trust Fund'에서 수행한 연구 결과를 보면, 노동 계층이 아닌 **석사 이상의 학위를 지닌 사람들 중에** ACEs를 경험한 사람은 절반도 되지 않았다. 한편 노동 계층 중에서는 최소 한 가지 항목의 ACE를 경험한 사람이 절반을 훨씬 웃돌았고, 두 가지 항목 이상을 경험한 사람들도 40퍼센트나 됐다. 노동 계층 열 명 가운데 네 명씩이나 유년기에 그렇게 자주 트라우마를 겪었다니 굉장히 충격적이었다. 노동 계층을 제외한 경우의 수치는 29퍼센트였다.

심리학자들이 ACEs를 측정할 때 묻는 문항을 위 이모와 댄 이모부, 린지 누나, 우샤에게 물어봤다. 각각 6점을 기록한 린지 누나와 나를 누르고 위 이모가 7점이라는 최고득점을 기록했다. 이상하다 싶을 정도로 화목한 가정에서 자란 이모부와 우샤는 둘 다 0점을 기록했다. 우리 가족에게 이상한 사람이란 아동기 트라우마를 겪지 않은 사람들이었다.

여러 항목의 ACEs를 경험한 어린이들은 불안과 우울증, 심장 질환과 비만뿐 아니라 특정 암에 걸릴 확률이 높다. 학교에서 낮은 성적을 받기 쉽고 성인이 돼서도 불안정한 관계로 고통받을 가능성 또한 크다. 심지어 지나치게 언성을 높이는 것만으로도 아이의 안정감에 부정적인 영향을 미칠 수 있고, 이는 훗날 아이의 정신 건강 문제와 행동 장애의 원인이 될 수 있다.

하버드 소아과 전문의들이 아동기 트라우마가 심리적으로 어떤 영향을 미치는지 연구해보니, 지속적인 스트레스가 미래의 건강 문제를 야기할 뿐만 아니라, 어린이의 뇌 속 화학 작용을 실제로 변화시킨다는 사실을 발견했다. 스트레스는 결국 생리학적 반응으로 나타난다. 신체 기관에 아드레날린과 다른 호르몬들이 과도하게 분비될 때 대개 특정 자극에 반응함으로써 나타나는 결과다.

이런 과정의 전형이 우리가 초등학교 때 배우는 투쟁-도피 반응fight-or-flight response이다. 투쟁-도피 반응의 결과로 평범한 사람들이 간혹 거짓말 같은 괴력이나 용기를 발휘하는 것이다. 엄청 무거운 물체 밑에 아이가 깔렸을 때 아이의 어머니가 괴력을 발휘해 물체를 들어올린다거나, 연로한 여성이 남편을 구하기 위해 맨손으로 퓨마와 싸울 수 있는 게 바로 이 때문이다.

안타깝게도 투쟁-도피 반응은 파괴적 동반자 같은 존재다. 나딘 버크 해리스Nadine Burke Harris 박사가 말했듯이 이 반응은 "우리가 숲속에서 곰을 마주쳤을 때 아주 유용하다. 그러나 그 곰이 매일 밤 창살을 넘어 집으로 찾아올 때는 문제가 된다".

하버드 연구진이 밝혀낸 바에 의하면, 그런 상황이 발생할 때 극도의 스트레스를 담당하는 뇌 영역이 활성화된다. 논문에는 "초기 아동기에 상당한 스트레스를 받으면 두려움과 불안을 느낄 가능성이 높아지며 과민 반응을 일으키거나 생리적 스트레스 반응이 만성적으로 활성화되는 결과를 낳는다"고 적혀 있다.

나 같은 아이들의 경우에는 스트레스와 갈등을 담당하는 뇌 부위가 항상 활성화돼 있어서 이를 제어하는 스위치가 무한정 켜져 있다. 알코올 중독자인 아빠 혹은 제정신이 아닌 엄마라는 곰에 늘 노출돼 있다 보니 항상 투쟁하거나 도피할 준비가 돼 있다. 갈등을 대하는 프로그램이 우리 안에 내장된 것이다. 그리고 더 격을 갈등이 없을 때조차 그 회로는 그대로 남아 있다.

이는 단순히 싸움의 문제가 아니다. 어느 모로 보나, 미국의 노동 계층 가정은 세계 어디서도 볼 수 없을 정도의 불안정을 경험한다. 남편감을 끝없이 바꿔가며 만나던 우리 엄마를 떠올려보라. 이런 일이 미국만큼 일어나는 나라는 없다. 프랑스에서는 아이들이 어머니의 동반자를 세 명 이상 만날 확률이 0.5퍼센트다. 200명 중에 한 명 꼴인 셈이다. 두 번째로 높은 비율인 2.6퍼센트를 차지한 나라는 스웨덴으로, 수치를 환산하면 40명 중에 한 명 꼴이 된다. 미국은 8.2퍼센트라는 충격적 수치를 기록했으며, 이를 환산하면 12명 중에 한 명이다. 게다가 이 수치를 노동 계층으로 제한하면 그래프는 수직 상승한다.

그중에서도 가장 침울한 현실은 혼란스러운 가정과 같은, 관계의 불안정이 악순환한다는 것이다. 사회학자 폴라 폰비Paula Fornby와 앤드루 첼린Andrew Cherlin은 "상당량의 문헌을 검토한 결과, 여러 차례의 가족 구조 변화를 경험한 아이들은 두 부모가 있는 안정적인 가정 혹은 한부모 가정이지만 안정적인 환경에서 자란 아이들보다도 발달이 훨씬 더딜 수 있다"는 사실을 밝혀냈다.

불안정한 환경에 노출된 아이 대부분이 처음에는 피하고 싶은 충동을 느끼지만, 그때 올바른 출구를 택하는 아이는 드물다. 우리 이모가 열여섯의 나이에 폭력적인 남편과 결혼했던 것이 이와 비슷한 맥락이다. 고등학교 졸업식 때 개회사를 낭독했던 우리 엄마가 아이도 얻고 이혼 경험도 얻었지만, 10대가 가기 전에 대학 학점이라고는 단 1학점도 따지 못했던 것도 같은 맥락이다. 산 넘어 산이다. 혼돈은 혼돈을 낳는다. 불안정은 불안정을 낳는다. 여기가 바로 미국의 힐빌리 가정이다.

내 경우에는, 과거를 받아들이고 인생이 여기서 끝나는 게 아니라고 생각하면서 괴로웠던 어린 시절을 극복할 수 있다는 희망과 용기를 갖게 됐다. 진부한 말일 수도 있겠으나, 가장 잘 들었던 약은 나를 이해하는 사람들에게 터놓고 얘기하는 것이었다.

나와 비슷한 문제를 겪어본 적이 있느냐고 위 이모에게 물어봤더니 이모는 거의 반사적으로 대답했다. "물론이지. 이모도 언제든 이모부와 싸울 준비가 돼 있었어. 크게 싸우려고 마음을 도스르고 이모부가 말을 다 마치기도 전에 시비를 건 적도 있었는걸."

너무 뜻밖이라 깜짝 놀랐다. 이모와 이모부는 내가 본 사람들 중에서 가장 행복하게 결혼생활을 하는 사람들이었다. 20년이 지나서도 마치 작년에 사랑에 빠진 사람들처럼 지낸다. 이모는 그렇게 늘 경계 태세를 취할 필요가 없다는 걸 깨닫고 나서부터 결혼생활이 훨씬 더 행복해졌다고 말했다.

린지 누나도 같은 말을 해줬다. "싸울 때마다 네 매형한테 욕을 퍼부으면서, 어쨌거나 떠나고 싶다는 거 잘 알고 있으니까 가버리라고 그랬어. 그럴 때마다 네 매형이 물었지. '도대체 뭐가 문제니? 어째서 내가 네 원수라도 되는 것처럼 달려드는 거야?'라고." 왜냐하면 우리 집에서는 적군과 아군을 구별하기 어려울 때가 많았기 때문이다. 16년이 흘렀지만, 누나는 여전히 결혼생활을 유지하고 있다.

집에서 살았던 18년 동안 내 감정을 자극하는 요인이 무엇인지 나 자신을 아주 많이 돌아봤다. 돌이켜보니 나는 사과를 신뢰하지 않았다. 경험상 사과란 상대방의 경계를 늦추려는 목적일 때가 많았기 때문이다. 십수 년 전에 엄마 차에 올라탔다가 끔찍한 일을 겪었던 것도 '미안하다'는 말 한마디를 믿어서였다. 또 어째서 내가 말을 무기로 삼았는지도 조금씩 이해가 됐다. 주변의 모두가 그랬으므로 나도 살아남으려면 어쩔 수 없었다. 의견 충돌은 곧 전쟁이었고, 전쟁에서는 이겨야 했다.

이런 습관들을 하루아침에 고친 건 아니다. 지금까지도 끊임없이 갈등을 겪으며, 이따금 가다 한 번씩 내게 달려드는 통계학적 가능성과 싸우고 있다. 통계상 내가 교도소에 들어가 있거나 네 번째 사생아의 아버지 노릇을 하고 있어야 맞는다고 생각하면 조금은 편하기도 하다. 하지만 갈등이나 가정 붕괴를 겪는 삶이 결국 내가 피할 수 없는 운명이라고 생각하면 또다시 괴로워진다. 너무나 힘들 때면 어차피 빠져나갈 구멍이 없다고, 내가 아무리 노력해봤자 타고난 파란 눈과 갈색 머리칼처럼 이런 내 기질 또한 어찌할 수 없다고 생각하기도 한다.

슬픈 사실은 우샤 없이 혼자서는 결코 이겨낼 수 없었으리라는 것이다. 나는 아주 멀쩡할 때조차도 시한폭탄 같다. 그것도 정교한 기술 없이는 해체할 수 없는 그런 폭탄이다. 내가 나를 제어하는 방법을 익혔다기보다 우샤가 나를 길들이는 방법을 터득했다고 하는 편이 더 적절할 것이다. 나 같은 사람 둘이 한집에 있을 때 극단적인 상황이 펼쳐졌다고 생각해보라. 위 이모, 린지 누나, 게일 이모처럼 우리 집안에서 성공적인 결혼생활을 유지하는 가족들은 하나같이 다른 배경을 지닌 배우자와 결혼한 사람들이라는 건 어떻게 보면 당연한 얘기다.

이런 것들을 깨닫는 순간, 그동안 내가 내 삶이라고 생각했던 모습이 산산이 부서졌다. 머릿속에서 나는 과거보다 더 나은 사람이고 강한 사람이었다. 가능한 한 빠르게 동네를 떠났고, 해병으로 복무하면서 나라를 지켰으며, 오하이오주립대학교에서 우수한 성적을 거뒀고, 명문 로스쿨에 진학했다. 내게는 나쁜 영향력도, 성격적 결함도, 어떤 문제도 없었다. 그런데 현실은 그렇지 않았다. '행복한 배우자와 꾸리는 행복한 가정'이라는 가장 소중한 꿈을 이루려면 끊임없이 정신을 차리고 집중해야 했다. 내 자아상은 오만함이라는 가면을 쓴 괴로움에 가까웠다.

로스쿨 2학년이 시작되고 몇 주가 지났을 때 나는 엄마와 수개월째 말을 섞지 않고 있었다. 그렇게까지 대화가 끊긴 건 처음 있는 일이었다. 그때 그동안 엄마에게 사랑, 동정, 분노, 증오 등 수십 가지의 감정을 느끼면서도 공감하려 한 적은 한 번도 없었다는 생각이 들었다. 나는 엄마를 이해하려고 해본 적이 없었다. 기껏해야 엄마가 끔찍한 유전자를 물려받고 힘들어하는 걸 보고서, 나는 그걸 물려받지 않았으면 좋겠다고 생각하는 정도였다.

하지만 내 안에서 비집고 나오는 엄마의 모습과 마주하는 순간이 자꾸 늘어나자 나는 엄마를 이해해보기로 했다.

지미 삼촌이 오래전에 할모와 할보가 대화하는 걸 우연히 들은 적이 있다고 말했다. 엄마가 문제를 일으켜서 두 분이 보석금을 지불하고 엄마를 빼내야 하는 상황이었다. 자주 있는 일이었고, 그럴 때마다 할모와 할보는 엄마에게 조건을 달았다. 엄마에게 필요한 돈이 얼마인지 듣고서 두 분이 만든 계획을 내놓는 식이었다. 엄마가 두 분의 계획을 따르는 것이 도움을 받는 대가였던 것이다.

그날 삼촌은 전에 본 적 없던 할보의 약한 모습을 봤다고 했다. 두 분이 앉아서 의논을 하던 중에 할보가 갑자기 머리를 양손에 파묻더니 흐느끼기 시작한 것이다. "내가 걔를 망쳤어." 할보는 울부짖으며 했던 말을 또 했다. "내가 망친 거야. 내가 걔를 망쳤다고. 우리 예쁜 딸을 내가 망쳤어."

좀처럼 보기 힘든 할보의 무너지는 모습에서, 나는 힐빌리가 당면한 중요한 문제를 고민하게 됐다. 잘 풀리건 안 풀리건 간에 인생에서 개인의 탓은 어느 정도인가? 대를 거쳐 결점을 물려준 문화와 가족, 자식을 망쳐버린 부모의 탓은 어느 정도인가? 엄마의 인생에서 엄마의 잘못은 얼마나 되는가? 어디까지 비난을 해야 하고 어디서부터 공감을 해야 하는가?

각자 저마다의 의견을 내놓았다. 엄마의 잘못된 선택이 할보 잘못이라고 생각하느냐는 말에 지미 삼촌은 순간 발끈했다. "아버지가 베브를 망친 건 아니지. 베브한테 무슨 일이 생겼든 그건 빌어먹을 자기 잘못이라고." 위 이모도 삼촌과 같은 생각이었다. 어느 누가 이모를 비난할 수 있으랴. 엄마보다 고작 9개월 어린 이모는 할모와 할보가 최악의 부모였던 시기를 엄마와 함께 지켜봤고, 스스로 시행착오를 겪은 뒤에는 최악의 정반대 편에 놓인 상황으로 빠져나왔다. 이모가 해냈다면 엄마도 할 수 있어야 했다.

이해심이 좀 더 많은 린지 누나는 누나와 내 삶에 악귀가 따라붙었던 것처럼 엄마의 삶에도 악귀가 붙었던 것이라고 생각했다. 그러나 그런 누나조차 변명을 대지 않고 책임감을 보여야 할 때가 있다고 말했다.

내 견해는 반반이다. 엄마의 부모인 우리 할모와 할보가 내 삶에 얼마나 긍정적인 역할을 했든지 간에, 두 분의 끊임없는 다툼과 알코올 중독 문제가 엄마에게 피해를 준 건 분명했다.

엄마와 이모는 어렸을 때부터 부모님의 부부 싸움에 서로 다르게 반응했다. 할모와 할보에게 진정하라고 애원하거나 할모에게 화가 나 있는 할보의 관심을 자신에게 돌리려고 일부러 할보의 화를 돋웠던 이모와 달리, 엄마는 숨거나 도망치거나 손바닥으로 귀를 틀어막은 채 바닥에 주저앉아버렸다. 자신의 오빠나 여동생만큼 상황에 잘 대처하지 못한 셈이다.

어떻게 보면 엄마는 통계라는 게임에서 진, 밴스 가문의 자손이었다. 그 게임에서 진 사람이 집안에 한 명뿐이라니 오히려 우리 가족은 운이 좋은 편일지도 모른다.

내가 확실히 아는 한 가지는 엄마가 나쁜 사람이 아니라는 사실이다. 엄마는 누나와 나를 사랑하는 사람이다. 엄마의 노력이 때로는 결실을 맺기도 하고 때로는 수포로 돌아가기도 했지만, 좋은 엄마가 되려고 무던히 애를 썼던 건 사실이다. 엄마는 사랑과 일 모두에서 행복을 찾으려 했으나, 내면에서 자신을 흔들어대는 악마의 유혹을 뿌리치지 못했다.

어쨌든 엄마는 여러모로 비난받아 마땅하다. 어릴 때 겪은 일을 핑계로 평생 도덕적 비난을 면할 수는 없다. 그건 린지 누나도, 위 이모도, 나도, 엄마도 마찬가지다.

일평생 엄마만큼 나를 감정적으로 만든 사람이 없었다. 할모도 엄마만큼은 아니었다. 어렸을 때는 유치원에서 엄마의 우산을 보고 비웃는 친구에게 주먹을 날릴 정도로 엄마를 사랑했다. 약물 중독 앞에서 번번이 무너지는 엄마를 볼 때면 너무나 미운 마음에 차라리 엄마가 치사량의 진통제를 복용해, 나와 누나를 이 지긋지긋한 삶에서 해방시켜주길 바라기도 했다. 실연의 아픔을 이기지 못하고 침대에 누워 흐느끼는 엄마를 보면 누구라도 죽일 수 있을 만큼의 분노가 치밀었다.

로스쿨이 끝나갈 무렵 린지 누나가 내게 전화를 걸어 엄마가 이번에는 헤로인에 손을 댔다고, 그래서 엄마를 다시 재활 센터에 입원시키기로 했다고 알렸다. 벌써 몇 번째 입원인지, 엄마가 약에 취해 의식조차 희미한 상태로 병원에서 보낸 밤이 도대체 얼마나 많은지 셀 수도 없었기에 딱히 놀랄 일이 아니었으나, '헤로인'이라는 말에 정신이 번쩍 들었다. 헤로인은 중독성이 워낙 강해서 마약계의 '켄터키 더비Kentucky Derby'•라고 불리는 약물이다.

엄마가 최근에 손대기 시작했다는 약물이 무엇인지 듣고 나서 몇 주 동안은 눈앞에 먹구름이 낀 듯 암담했다. 어쩌면 그때 엄마를 향한 모든 내 희망이 끝내 무너져내렸는지도 모르겠다.

그때부터는 엄마를 떠올리면 증오도 사랑도 분노도 아닌 두려움이 일었다. 엄마의 안전에 대한 두려움과 수백 킬로미터 떨어

• 영국의 경마 대회인 '더비'를 모방한 경마 레이스로 미국의 3대 경마 대회로 꼽힌다. 이 책에서는 켄터키 더비만큼 헤로인이 마약계에서 중독성이 강하기로 손꼽힌다는 의미로 쓰였다.

진 곳에 살고 있는 나를 대신해서 누나 혼자 이 문제를 처리해야 한다는 두려움이었다. 무엇보다 이 지긋지긋한 문제에서 아직도 벗어나지 못했다는 두려움이 컸다. 몇 달만 지나면 예일 로스쿨을 졸업할 예정이니 세상을 다 가진 기분이 들어야 정상일 터였지만, 나는 여전히 지난해에 했던 고민에 휩싸여 있었다. 우리 같은 사람이 과연 변할 수 있을까?

우샤와 내가 졸업하던 날, 단상을 가로질러 걸어가는 내 모습을 지켜본 식구들은 데이비드 할아버지와 펫 할아버지의 딸들인 데니스 이모와 게일 이모를 포함하여 총 열여덟 명이었다. 거친 우리 식구들과는 전혀 다르지만, 마찬가지로 끝내주게 멋진 사람들인 우샤의 부모님과 삼촌도 졸업식에 참석했다. 그날이 우샤네 가족과 우리 가족이 처음으로 한자리에 모인 날이었고, 우리는 꽤 점잖게 처신했다. (다 같이 갔던 미술관에서 데니스 이모가 모던 '아트'를 발음할 때 사투리를 쓰긴 했지만!)

엄마의 약물 중독 문제는 언제나 그랬듯 불편한 휴전으로 마무리됐다. 엄마가 내 졸업식에 오진 않았지만, 그때는 엄마가 마약을 하고 있지도 않았고 나도 아무렇지 않았다.

졸업식 연설에서 소니아 소토마요르 대법관은 우리에게 어떤 일을 하고 싶은지 확신이 서지 않아도 괜찮다고 격려했다. 물론 진로에 관한 조언임을 알고 있었지만, 내게는 훨씬 더 큰 의미로 다가왔다.

나는 예일에서 풍부한 법적 지식을 습득했다. 그리고 뒤늦게 접한 새로운 세상은 언제나 조금은 낯설 수밖에 없다는 사실과, 힐빌리로 살다 보면 사랑과 전쟁의 차이를 구분하지 못할 때도 생긴다는 사실 또한 깨우쳤다. 졸업할 때까지도 확신이 들지 않는 일들이란 바로 이런 것들이었다.

미들타운에 필요한 것

지독한 거미들이 가장 기억에 남는다. 타란툴라나 뭐 그런 종류처럼 정말로 큰 거미들이었다. 나는 도로변에 죽 늘어선 초라한 모텔 중 한 곳의 창구 앞에 서 있었고 맞은편 두꺼운 판유리 너머에는 호텔경영과는 전혀 무관해 보이는 여자가 앉아 있었다.

금방이라도 내 위로 폭삭 무너져 앉을 것만 같은 차양과 모텔 건물 사이에 쳐진 여러 개의 거미줄이 여자의 사무실 조명에 반사되어 반짝거렸다. 거미줄마다 최소 한 마리의 거대한 거미가 매달려 있어서, 너무 오랫동안 다른 데로 눈길을 돌리고 있다가는 그 소름끼치는 생물 한 마리가 내 얼굴로 달려들어 피를 빨아먹을 것만 같았다. 내가 거미를 무서워하는 것도 아닌데 그놈들은 커도 너무 컸다.

애초에는 여기까지 올 생각이 없었다. 이런 장소에 다시는 발을 들이지 않으려고 평생을 바쳐 노력해왔다. 내가 고향을 '벗어난다고' 한 것은 바로 이런 곳에서 벗어나겠다는 의미였다. 자정을 넘긴 시간이었다. 가로등 불빛 아래로 트럭에 반쯤 걸터앉은 남자의 실루엣이 보였다. 남자는 열린 차 문 밖으로 발을 덜렁거리고 있었고 팔에는 틀림없는 피하주삿바늘이 꽂혀 있었다. 내가 다른 지역에 있었더라면 충격을 받았겠지만, 여긴 미들타운이었다. 불과 몇 주 전에 경찰이 동네 세차장에서 의식을 잃고 쓰러진 여성을 발견한 동네였다. 그 여자가 타고 있던 차의 조수석에는 헤로인 한 봉지와 숟가락이 널브러져 있었고 바늘은 여전히 여자의 팔에 꽂혀 있었다.

그날 밤 모텔을 지키고 있던 여자는 차마 눈 뜨고 볼 수 없을 정도로 측은한 몰골을 하고 있었다. 마흔 살쯤이나 됐을 것 같았는데, 길고 희끗하고 떡진 머리칼과 듬성듬성 빠진 치아, 무거운 짐이라도 이고 있는 사람처럼 잔뜩 찌푸린 표정 때문에 훨씬 더 늙어 보였다. 틀림없이 고달픈 삶을 살아온 사람이었으리라. 여자는 어린아이 같은 목소리를 냈는데, 그것도 걸음마를 막 뗀 아기의 목소리 같았다. 거의 들리지 않을 정도로 힘이 없었고 매우 구슬펐다.

내가 신용카드를 내밀자 여자는 당황한 기색이 역력했다.

"사람들이 보통 현금으로 내서요."

"아까 전화로 말씀드렸다시피 저는 카드로 지불하려고 합니다만, 곤란하다면 얼른 현금인출기에 다녀오겠습니다."

"아, 죄송해요. 제가 깜빡했나 보네요. 그러실 필요 없어요. 카드기가 여기 어디에 하나 있을 거예요."

곧 여자가 카드를 긁으면 노란 용지에 카드 정보를 찍어내는, 아주 오래된 카드 단말기 하나를 들고 나타났다. 카드를 건넬 때 보니 그녀는 자기 인생의 죄인이라도 된 듯 쩔쩔매는 눈빛으로 나를 바라보고 있었다. "편히 묵으세요." 너무 이상한 인사말이었다. 전화를 걸어 내가 묵을 방이 아니라 오갈 데 없는 어머니가 지낼 방이라고 얘기한 지 1시간도 채 되지 않은 시각이었다. 그렇지만 별 수 없이 대답했다. "네, 감사합니다."

나는 예일 로스쿨 졸업생이고 명성 있는 『예일 로 저널』의 전 편집자이며 변호사 협회의 건실한 회원이었다. 두 달 전 어느 맑은 날에 켄터키 동부에서 우샤와 결혼식도 올렸다. 모든 식구들이 결혼식에 참석했고, 우리 둘 다 성을 밴스로 바꾸면서 마침내 나도 가족들과 같은 성을 갖게 됐다.

좋은 직장에 다니고 있었고, 최근에 집도 샀으며, 내가 사랑하는 신시내티라는 도시에서 사랑이 넘치는 부부로 행복하게 살고 있었다. 우샤와 나는 로스쿨을 졸업하고 나서 1년 동안 재판연구원으로 근무하기 위해 신시내티로 돌아왔고, 거기서 집을 지어 반려견 두 마리와 함께 지냈다. 신분 상승이었다. 나는 청운의 꿈을, 아메리칸 드림을 실현해냈다.

최소한 남들 눈에는 그렇게 보였으리라. 그러나 신분 상승은 결코 뚜렷하게 이루어지는 게 아닐뿐더러, 떠난 세상은 자꾸만 나를 다시 잡아끌려고 하게 마련이다. 어떤 일련의 사건이 나를 그 모텔로 불러들였는지 정확히는 모르겠으나, 굵직한 맥락은 알고 있었다. 엄마가 다시 마약을 복용하기 시작한 것이다. 아마 아편제였던 것 같은데, 엄마는 그 마약을 사려고 다섯 번째 남편이 상속받은 재산에 손을 댔다가 집에서 쫓겨났다. 둘은 결국 이혼 절차를 밟고 있었고, 엄마는 갈 데가 없었다.

다시는 엄마를 돕지 않겠다고 맹세했던 나였지만, 그런 나도 변했다. 쉬운 일이 아니었으나, 나는 수년 전에 등졌던 기독교 신앙을 다시 탐구하는 중이었다. 그러면서 처음으로 엄마가 어렸을 때 얼마나 마음의 상처를 입었는지 헤아리게 됐고, 그런 상처는 평생 치유되지 않는다는 것도 알게 됐다. 그래서 엄마가 곤경에 빠졌다는 소식을 들었을 때, 엄마에게 싫은 소리를 주절대거나 전화를 끊지 않았다. 대신 내가 먼저 돕겠다고 나섰다.

처음에는 미들타운의 호텔에 전화를 걸어 내 신용카드 번호를 알려주려고 했다. 일주일 숙박비는 150달러였고, 일주일이면 계획을 세울 수 있을 거라고 생각했다. 그러나 호텔 측에서 유선 상으로는 신용카드 결제를 할 수 없다고 하는 바람에, 엄마가 길거리에 나앉지 않게 하려고 화요일 밤 11시에 약 1시간을 운전해 신시내티에서 미들타운으로 달려갔던 것이다.

내 계획은 꽤 단순했다. 엄마에게 자립할 수 있도록 넉넉한 돈을 주는 것이다. 그러면 엄마는 살 집을 구하고, 돈을 저축해 간호사 면허를 재취득한 뒤 새롭게 출발할 것이다. 그러는 동안 나는 엄마의 금융 기록을 감시하며 엄마가 마약에 손을 대지 않고 안정적으로 지내는지 확인한다. 이런 계획을 짜고 있노라니 과거에 할모와 할보가 '계획'을 세우던 모습이 떠올랐다. 그러나 이번에는 다를 거라고 굳게 믿었다.

엄마를 돕는 건 어렵지 않았다. 과거의 내 모습을 차분히 받아들이면서, 나는 초등학생 시절부터 날 괴롭혀왔던 문제를 바로잡을 수 있었다. 이해심을 갖고 엄마의 어린 시절을 이해하면서 엄마가 약물 중독을 극복할 수 있도록 인내심 있게 도울 수 있게 된 것이다. 그러나 그 추잡한 모텔을 상대하기는 힘들었다. 그리고 계획했던 만큼 적극적으로 엄마의 재정을 관리하려니 내가 가진 것보다 더 큰 인내심이 필요했다.

감사하게도 지금 나는 더 이상 엄마를 피해 숨지 않는다. 그렇다고 모든 것을 내 힘으로 바꿀 수는 없다. 다만 이제는 엄마가 선택한 삶을 향한 분노와 엄마의 어린 시절에 대한 동정심을 한데 품을 여유가 생겼다. 그리고 내 재정과 감정이 허락하는 선에서 엄마가 필요할 때 도와줄 여유가 생겼다.

물론 엄마를 돕다가 결국 내 생활비가 부족해지거나 인내심이 바닥나 가장 소중한 사람들을 챙길 여유가 없어질 때면, 스스로 한계를 느끼고 엄마에게서 벗어나고 싶은 마음이 들기도 한다.

이처럼 불안정한 교착상태에 빠져 있지만, 지금 당장은 괜찮다.

가끔 내게 우리 지역 사회의 문제를 '해결'할 방법이 있느냐고 묻는 사람들이 있다. 나는 그들이 마법처럼 문제를 해결할 공공 정책이나 획기적인 정부 프로그램을 바란다는 걸 잘 알고 있다. 그러나 가족과 신념, 문화와 관련한 문제들은 루빅큐브 같은 게 아니므로 그런 해결책은 존재하지 않는다고 생각한다.

한동안 백악관에서 일했던, 노동 계층의 처지에 상당히 관심을 가진 친한 친구가 내게 이런 말을 했다. "지금 상황을 제대로 들여다보려거든 문제를 해결할 수 없을지도 모른다는 사실을 먼저 인지해야 할 것 같아. 문제는 앞으로도 늘 존재할 거야. 소외된 사람들에게 조금이나마 힘을 실어줄 수야 있겠지만."

실제로 내게 힘을 실어준 일이 많았다. 내 삶을 돌이켜보면, 얼마나 많은 변수가 제자리에 꼭 맞아떨어져서 내게 기회가 됐는지 아주 놀라울 정도다.

부모가 아무 때나 집에 드나드는 걸 막으려고 엄마와 의붓아버지가 멀찌감치 이사를 갔을 때조차도 할모와 할보는 항상 내 곁에 있었다. 아버지 후보자들이 꾸준히 드나들었으나, 주변에는 늘 따뜻하고 상냥한 남자 어른들이 있었다. 내게 잘못한 것도 많았지만, 엄마는 배움과 학습을 향한 평생의 열정을 내 안에 심어줬다.

또, 내가 누나보다 몸집이 더 커지고 난 뒤에도 우리 누나는 나를 보호해줬다. 이모부와 이모는 내가 물어보지도 못하고 절절매고 있을 때 내게 대문을 활짝 열어줬다. 그보다 한참 앞서서 이모 내외는 사랑스럽고 행복한 결혼생활이 가능하다는 사실을 내게 일깨워줬다. 여러 선생님, 먼 친척들, 친구들 또한 내게 많은 힘을 실어줬다.

이들 가운데 누구라도 내 삶의 방정식에 변수로 들어오지 않았더라면 나는 아마 엉망이 됐을 것이다. 희박한 가능성을 뚫고 성공한 다른 사람들도 내가 겪은 것과 유사한 형식의 개입이 있었다고 고백한다.

제인 렉스Jane Rex는 애팔래치안주립대학교에서 편입생 관리를 담당한다. 그녀도 나처럼 노동 계층 가정에서 자랐고 가족 중에 최초로 대학에 진학했다. 그리고 40년 가까이 결혼생활을 유지하며 자녀 셋을 바르게 양육했다. 제인에게 성공 요인을 물어보면, 그는 자신을 구속하지 않고 스스로 미래를 통제할 수 있는 힘을 실어준 안정적인 가족에 관한 이야기를 들려줄 것이다. 덧붙여 세상을 폭넓게 바라봐야 큰 꿈을 꿀 수 있다는 말도 해줄 것이다.

"주변에 귀감으로 삼을 만한 좋은 사람들이 있어야 한다고 생각해요. 아주 친한 친구의 아버지가 은행장이어서 저도 새로운 세상을 볼 수 있었거든요. 저 너머에 또 다른 삶이 있다는 걸 알게 됐죠. 그렇게 세상에 노출이 돼야 꿈을 품을 수 있어요."

게일 이모는 내가 어릴 때부터 정말 좋아했던 사람이다. 이모는 우리 엄마 세대, 그러니까 블랜턴가 자식들 중에 맏이다. 그림 같은 집에서 세 명의 똘똘한 자녀를 기르고 행복한 결혼생활을 유지하며 성자 같은 삶을 사는 이모의 인생은 아메리칸 드림의 전형이라고 할 만하다. 손주와 증손주인 우리들 눈에 거의 신이나 다름없는 블랜턴 할모를 제외하고 우리가 '세상에서 가장 좋은 사람'이라고 부르는 사람은 없었다. 그러나 게일 이모는 전적으로 그런 칭호를 받을 자격이 있는 사람이었다.

나는 동화 속 이야기 같은 이모의 삶이 당연히 부모로부터 물려받은 것이리라고 생각했다. 이모처럼 좋은 사람은 없다고, 특히 이모처럼 크게 불행한 일을 겪지 않고 자란 사람은 없을 거라고 생각했다. 그러나 게일 이모 역시 블랜턴 가문의 자손이었고, 힐빌리의 피를 가지고 있었다. 힐빌리 중에 큰 실수 한번 저지르지 않고 어른이 되는 사람이 없다는 사실을 내가 간과했던 것이다.

게일 이모의 가슴 속에도 가족을 향한 응어리가 맺혀 있었다. 이모가 일곱 살 때 이모의 아버지가 집을 나갔다. 열일곱 살 때 이모는 고등학교를 졸업하면 마이애미대학교에 진학할 계획을 하고 있었다. 그런데 그때 문제가 생겼다고 했다. "어머니가 남자 친구랑 헤어지지 않으면 대학에 안 보내줄 거라고 말하더구나. 그래서 5월 말에 있었던 졸업식 다음 날 가출한다고 집을 나왔는데, 8월에 아기가 생긴 거야."

이모의 인생은 곧바로 허물어지기 시작했다. 흑인 혼혈 아기가 태어날 거라고 발표하자 집안은 인종 편견으로 들끓었고, 그렇게 이모의 임신 발표는 집안싸움으로 이어졌다. 이모는 어느 날 보니 곁에 아무도 남아 있지 않았다고 했다.

"누구 하나 내게 연락하는 친척이 없더구나. 어머니는 두 번 다시 내 이름을 듣고 싶지 않다고 하셨어."

가족들이 등을 돌렸다는 사실과 당시 게일 이모의 어린 나이를 고려하면 이모의 결혼생활이 금세 끝장날 게 당연해 보였다. 그러나 가족을 잃기만 한 게 아니라 전적으로 이모만 바라보는 어린 딸이 생기면서, 이모의 인생은 한층 더 복잡해졌다.

"인생이 완전히 달라졌어. '엄마'가 내 정체성이 된 거야. 전까지는 히피처럼 살았을지 몰라도 엄마가 되고부터는 규칙을 세웠지. 마약이든 술이든 사회복지과에서 금쪽같은 내 새끼를 데려갈 만한 일은 절대 하지 않기로 했어."

당시 이모는 기댈 곳 하나 없는 혈혈단신의 10대 미혼모였다. 이런 상황이라면 대부분 지쳐 포기했을 테지만, 힐빌리 소녀는 씩씩하게 책임을 졌다. 이모는 그때를 회상하며 이렇게 말했다. "내 아버지는 코빼기도 안 비쳤단다. 벌써 몇 년째였지. 물론 어머니하고도 말 한마디 하지 않았고. 그런 와중에도 부모님한테서 배운 교훈이 하나 있었단다. 바로 내가 원한다면 무엇이든 할 수 있다는 거였어. 나는 내 아기를 지키고 싶었고 또 잘 키우고 싶었어. 그리고 결국 해냈지."

이모는 근처의 전화기 회사에 취직해 승승장구했고, 나중에는 대학에도 갔다. 재혼할 무렵에는 이미 보란 듯이 잘 살고 있었다. 두 번째 남편 앨런과의 동화 같은 결혼은 그야말로 금상첨화였다.

내가 자란 곳에는 게일 이모와 유사한 경험을 한 사람들이 꽤 있다. 본인의 선택이건 타인의 영향이건 간에 10대 때 곤경에 빠지는 일이 비일비재하다. 그들이 느끼기에 어려움을 이겨내고 보란 듯이 성공하기란 장대로 하늘을 재는 일이나 다름없기 때문에 대부분 거기서 주저앉아버리고 만다. 범죄에 빠지거나 최악의 경우에는 어린 나이로 삶을 마감하고, 기껏 잘해야 가정불화를 겪으며 복지 제도에 의존한 채 살아간다.

물론 성공한 사람들도 있다. 제인 렉스가 그렇다. 할모를 잃은 슬픔을 겪으면서도 활기를 잃지 않은 린지 누나가 그렇고, 폭력적인 남편을 떠나서 순조로운 삶을 찾은 위 이모가 그렇다. 그들에게는 기댈 수 있는 가족이 있었다. 그리고 그들은 가족의 친구나 삼촌, 또는 직장의 멘토를 지켜보며 본인이 어떤 일을 할 수 있을지 두 눈으로 직접 확인했다.

내가 미국의 노동 계층이 성공할 수 있도록 도울 방법에 대해 고민한 지 얼마 지나지 않았을 때, 라즈 체티Raj Chetty를 포함한 경제학자 연구진이 미국 내 기회에 관해 연구한 획기적인 논문을 발표했다. 아니나 다를까 그 연구는 가난한 아이들이 미국이라는 엘리트 사회에서 성공할 확률이 우리의 바람보다 훨씬 더 적다는 결론을 내렸다.

연구진이 내세운 기준에 근거하면, 아메리칸 드림을 이루기에는 대부분의 유럽 국가가 미국보다 더 유리해 보였다. 연구진이 지적한 더 심각한 문제는 기회가 미국 전역에 고르게 분포돼 있지 않다는 현실이다. 유타나 오클라호마, 매사추세츠 같은 지역에서는 아메리칸 드림이 외국만큼 혹은 더 잘 실현되고 있었다.

빈곤층 아이들이 정말로 분투하는 지역은 남부, 러스트벨트, 애팔래치아 지역이었다. 연구 결과를 접한 많은 이가 충격을 받았지만, 나는 조금도 놀라지 않았다. 해당 지역에서 잠깐이라도 살아본 사람에게는 전혀 놀랄 일이 아니었다.

데이터를 분석한 논문에서 체티와 공동 저자들은 지리적 위치에 따라 기회가 불균등하게 배분되는 까닭을 한부모 가정과 소득 계층별 분리 현상의 확대라는 두 가지 주요 요인을 들어 설명했다.

주변에 한부모가 많은 환경에서 자라거나 이웃들이 거의 빈곤층인 가난한 동네에서 살다 보면 실제로 가능성의 영역이 좁아진다. 할모나 할보처럼 바른 길로 잡아줄 사람이 주변에 없다면 절대 성공할 수 없을 지도 모른다는 의미다. 또한 교육을 받고 열심히 노력했을 때 어떤 결실을 맺게 되는지 본보기를 보여줄 사람이 주변에 없다는 의미다. 아울러 나나 린지 누나, 게일 이모, 제인 렉스, 위 이모가 행복을 좇을 수 있었던 모든 요소가 빠져 있다는 뜻이기도 하다.

그렇기 때문에 나는 논문이 제시한 수치에서 건실한 교회와 유기적 공동체, 완전한 가정 속에서 살아가는 유타의 모르몬교도들이 오하이오의 러스트벨트를 완패시켰다는 사실에 전혀 놀라지 않았던 것이다.

내가 어떤 삶을 살았는지 들여다보면, 정책을 어떻게 활용해야 꼭 필요한 곳에 힘을 보탤 수 있을지 알 수 있으리라. 이를테면 사회복지과에서 문제 가정을 대할 때 지금과 다른 방식으로 접근하도록 조정하는 것도 한 가지 방법이다.

엄마가 경찰차에 실려가는 모습을 목격한 열두 살의 J. D.를 떠올려보라. 물론 나는 그전에도 엄마가 체포되는 모습을 본 적이 있었으나, 그때는 상황이 달랐다. 그 일이 벌어진 이후로 우리 집은 사회복지사가 집에 방문해 가정 상담을 진행하는 방식으로 체계적인 감시를 받아야 했다. 게다가 다가오는 재판일을 생각하면 마치 머리 위에서 단두대의 칼날이 대롱거리는 것만 같았다.

사회복지사들은 표면상 나를 보호하려고 온 사람들이었지만, 내가 느끼기에는 그저 넘어야 할 산이나 다름없는 존재였다. 내가 그동안 거의 할모, 할보와 살았고 앞으로도 그러고 싶다고 얘기하자, 그들은 법원에서 내 말을 받아들이지 않을 거라고만 대답했다. 법적으로는 우리 할모가 자격증이 없는 양육 도우미였기 때문이다.

재판이 엄마에게 불리하게 진행됐더라면 나는 십중팔구 위탁 가정에 보내졌을 것이다. 사랑하는 사람들로부터 떨어져 지내야 한다니 생각만 해도 끔찍했다. 결국 나는 입을 꾹 다물고 사회복지사에게 모든 게 괜찮다고 말했다. 재판이 열리고 공판기일에 불려가서 증언할 때도 제발 가족을 잃는 일만은 생기지 않길 바랐다.

일은 내 바람대로 진행됐다. 엄마는 교도소에 가지 않았고 나는 할모와 함께 지내게 됐다. 내가 원할 때는 엄마와 지내도 되지만, 그렇지 않을 때는 언제든 할모에게 갈 수 있다는 합의가 비공식적으로 이루어졌다. 집행 절차도 역시 비공식적이었다. 할모는 나를 할모에게서 떼어놓으려고 하는 사람이 있으면 누구든 가만두지 않겠다고 으름장을 놓았다. 할모가 무슨 짓이라도 할 수 있는 사람임을 모든 식구가 알고 있었으므로, 할모의 으름장에 반기를 드는 사람은 없었다.

물론 우리 할모처럼 제정신이 아니지만 손자에게 든든한 버팀목이 돼주는 힐빌리가 흔한 건 아니다. 아동보호 서비스는 대다수 어린이가 마지막으로 의지할 수 있는 안전망이다. 여기서조차 실패하면 아이들을 붙잡아줄 방법은 거의 없다.

가족을 정의하는 법률에도 문제가 있다. 우리 집과 비슷한 환경의 가정이나 흑인 또는 라틴 아메리카 가정에서는 조부모나 사촌, 이모, 삼촌들이 중요한 역할을 하는 경우가 많다.

그런데 아동보호 서비스는 우리 집에 그랬던 것처럼 친척들을 당사자와 관련 없는 제3자로 간주한다. 일부 주에서는 위탁 부모에게 간호사나 의사 같은 직업 면허를 요구하기도 한다. 위탁하겠다고 나선 사람이 할머니나 다른 가까운 친척이어도 말이다. 한마디로, 미국의 사회복지 서비스는 힐빌리 가정에 도움이 되기는커녕 비참한 상황을 한층 더 비참하게 만드는 경우가 허다하다.

대수롭지 않은 사안이라면 그나마 나으련만, 현실은 그렇지 않다. 짧은 기간이라도 가정위탁을 받는 어린이들이 연간 64만 명에 달하며, 대부분은 빈곤 아동이다. 거기에 학대를 당하거나 방치되고도 어떤 까닭으로 가정위탁 보호를 받지 않아서 집계에 포함되지 않은 아이들의 수를 더해보면, 이 문제가 전염병처럼 만연하며 지금의 정책이 이런 상황을 더 악화하고 있다는 사실을 한눈에 알 수 있을 것이다.

우리가 할 수 있는 일이 또 있다. 나와 같은 환경에 놓인 아이들의 앞길을 가로막는 요소가 무엇인지 먼저 이해한 후에 정책을 수립하는 것이다.

내가 가장 힘들었던 건 내게 기회를 주지 않는 사회 때문이 아니었다. 내가 다녔던 초등학교와 중학교의 환경은 더 바랄 나위 없이 충분했다. 선생님들은 최선을 다해 나를 이해하고 도와줬다. 내가 다닌 고등학교는 오하이오에서 거의 최하위에 속했으나, 그건 선생님의 수준이 아니라 학생들의 수준을 평가한 순위였다. 나는 정부의 학비 보조금과 저금리 학자금 대출로 대학교 학비를 충당했고, 저소득층 장학금으로 로스쿨을 다녔다. 할모가 본인 앞으로 나왔던 노인생활보조금을 내게 아낌없이 나눠준 덕분에 배를 곯고 다닌 적도 없었다.

이런 제도들이 결코 완벽하지는 않으나, **내가 최악의 어리석은 판단을 내려 운명에 굴복할 뻔했던 건 절대 정부의 잘못이 아니었다.**

얼마 전에 내 모교인 미들타운고등학교의 선생님들과 만나 대화를 나눴다. 선생님들은 현 사회가 교육계에 너무 많은 자원을 너무 늦게 쏟아붓고 있다며 이런저런 우려를 표했다.

한 선생님이 내게 말했다. "이 나라 정치인들은 오로지 대학밖에 모르는 것 같다니까. 대학 교육이 물론 아주 유용하지만, 우리 동네 학생들 같은 아이들은 대학을 나오는 데 필요한 노력을 전혀 하지 않는다는 게 문제인데."

다른 선생님이 맞장구쳤다. "애들이 아주 어렸을 때부터 보고 자란 거라고는 치고받고 싸우는 게 전부잖아요. 내가 가르치는 여학생 한 명은 열쇠를 잃어버리듯 자기 아이를 잃어버리고 다녀요. 어디로 갔는지 모르겠다는 거예요. 2주 전에는 글쎄 마약 밀매상인 애아버지가 살고 있는 뉴욕에서 아이를 발견했다고 하더라고요."

기적이 일어나지 않는 한 그 불쌍한 아이의 앞날은 불 보듯 훤하다. 정부가 개입하면 상황이 나아질지 모르는데도 현재 그 학생은 거의 아무런 지원도 받지 못하고 있다.

그러므로 성공적인 정책 프로그램을 개발하려면 먼저 우리 선생님들처럼 아이들이 어떻게 생활하는지를 충분히 인지해야 할 것이다. 이런 학생들의 진짜 문제는 가정에서 어떤 일이 일어나느냐(혹은 일어나지 않느냐)와 관련이 있다.

예를 들어 우리라면 제8조 프로그램이 빈곤한 사람들을 별도의 집단 거주지로 몰아넣는 방식으로 관리되면 안 된다고 생각할 것이다. 제8조 프로그램은 가난한 사람을 한곳에 몰아넣지 않는 방식으로 관리돼야만 한다. 미들타운고등학교 선생님인 브라이언 캠벨Brian Campbell은 내게 이렇게 말했다.

"소수의 중산층 납세자의 지원으로 다수의 부모와 아이들이 제8조 프로그램의 혜택을 받게 되면, 역삼각형 구조가 되는 거란다. 동네에 저소득층 이웃들만 살고 있으면 심리적으로도 재정적으로도 더 궁핍해져. 저소득층 주민을 한데 몰아넣었다가는 절망의 늪이 더 깊어질 테니까 그럴 수는 없지. 반대로 저소득층 아이들과 다른 생활 방식을 지닌 아이들을 함께 두면, 저소득층 아이들이 투덜거리게 될 거야."

최근 미들타운에서 특정 지역 내 제8조 프로그램 수급자의 수를 제한하려 하자, 연방 정부가 반기를 들었다. 내 생각엔 그런 아이들을 중산층 아이들과 떼어놓는 게 더 나을 것 같다.

정부의 정책만으로 우리 지역 사회의 다른 문제들까지 해결할 순 없을 것이다. 어렸을 때 나는 공부를 여성스러운 일이라고 생각했다. 남자다운 사람이란 강하고, 용기 있고, 싸움을 잘하고, 커서는 연애를 잘하는 사람이라고 생각했다. 좋은 성적을 받는 남자애들은 '계집애 같은 놈'이나 '호모 새끼'가 됐다.

무엇 때문에 그런 편견을 갖게 됐는지는 모르겠다. 할모는 내게 늘 좋은 점수를 받아오라고 했으니 확실히 할모 때문은 아니었고, 할보 때문도 아니었다. 그런데도 내게 그런 생각이 박혀 있었다. 최근에 한 논문에서 보니, 나와 같은 노동 계층의 소년들은 공부를 여성스러운 활동으로 보기 때문에 학교 성적이 여학생에 비해 훨씬 저조하다고 한다. 이런 문제를 새로운 법이나 정책 프로그램으로 개선할 수 있을까? 그러지 못할 것이다. 여러 사람이 많은 힘을 보태더라도 쉽사리 움직이지 않는 수레가 있는 법이다.

어릴 때는 내 생존을 가능하게 했던 기질이, 커서는 성공을 방해한다는 사실을 깨달았다. 나는 갈등을 마주할 때면 도망치거나 싸울 태세를 갖췄다. 지금 우샤와의 관계에서 그렇게 한다는 건 말도 안 되지만, 어린 시절에 이런 태도를 취하지 않았더라면 우리 가정이 진작 나를 파괴해버렸으리라.

나는 과거에 엄마나 다른 사람이 내 돈을 찾아내 '빌려'간다는 핑계로 빼어가지 못하도록 돈을 이곳저곳에 분산시켜놓아야 한다는 걸 깨달았다. 그래서 가진 돈을 나누어 일부는 침대 매트리스 아래에, 일부는 속옷 서랍장 안에, 그리고 나머지 일부는 할모 집에 숨겨두었다.

결혼 후 재산을 합칠 때 우샤는 내게 여러 개의 통장과 소액의 신용카드 미납금이 있다는 사실을 알고서 충격을 받았다. 우샤는 지나가는 얌체 운전자나 우리 집 개들을 싫어하는 이웃 등 우리 곁을 맴도는 사소한 모든 문제 때문에 **피 터지게 싸울 필요는 없다고, 지금까지도 내게 당부한다.** 그럼 나는 늘 인정하고 한발 물러난다. 속은 부글부글 끓어오르지만, 우샤 말이 옳으리라고 생각하기 때문이다.

1~2년 전에 신시내티에서 우샤와 함께 차를 타고 가는데 다른 차가 우리 앞을 가로막았다. 내가 경적을 울리자 차 안에 있던 남자가 내게 중지를 들어 보이며 손가락 욕을 했고, 신호에 걸려 두 차가 나란히 멈췄을 때 나는 안전벨트를 풀고 자동차 문을 열어젖혔다. 사과를 받아낼 작정이었으나(필요하면 싸우려고 했다), 바깥으로 나가기 전에 이성을 되찾고 문을 도로 닫았다.

함께 있던 우샤는 내게 (예전에 그랬던 것처럼) 미친놈 같이 굴지 말라고 고함치기 전에 스스로 정신을 차려 기쁘다며 본성을 이겨낸 내가 자랑스럽다고 칭찬했다.

그 운전자의 죄목은 내 명예를 모욕했다는 것이었고, 그 명예는 어린 시절의 거의 모든 행복을 주관했던 요소였다. 그 덕분에 학교에서 왕따를 주도하는 애들이 나를 건드리지 못했고, 엄마가 만났던 남자들이나 그의 자식들이 엄마를 모욕할 때(욕하는 내용에 내가 동의를 했을지라도) 엄마와 나를 하나로 묶어줬으며, 사소한 일이지만 내가 주도권을 가지고 통제하고 있다는 느낌을 갖게 했다.

인생의 첫 18년 동안은 상대에게 무릎을 꿇으면 '풋내기' '약골' 혹은 '계집애' 같은 빈정거림을 당했다. 사람들이 객관적으로 올바르다고 생각하는 행동을, 내 인생은 강직한 청년이라면 역겹게 느껴야 마땅한 행동이라고 내게 가르쳤다. 나는 바람직하게 행동하고도 몇 시간 동안이나 조용히 스스로를 비난했다.

그러나 이 또한 진전 아닌가? 그런 머저리에게 안전하게 운전하는 법을 가르쳐주려다가 감방에 앉아 있는 것보다는 나을 테니 말이다.

에필로그

작년에 크리스마스를 코앞에 두고서 나는 워싱턴디시에 있는 월마트의 어린이 코너에서 손에 들린 쇼핑 목록을 하나씩 읽어 내려가며 장난감을 살펴보고 있었다. 그해에 불우한 어린이 한 명을 후원하겠다고 자원하자 우리 지역에 있는 구세군 지부에서 선물 목록을 건네주며 그 선물들을 구입하고 포장해서 보내달라고 했던 것이다.

쉬운 일 같이 들리겠지만, 나는 거의 모든 목록을 읽을 때마다 트집을 잡아야 했다. 잠옷이라고? 가난한 사람들은 잠옷을 입지 않는다. 우리는 속옷만 입고 자거나 청바지를 입은 채 잠을 잔다. 지금까지도 나는 잠옷을 보면 캐비어나 자동 제빙기처럼 불필요한 사치품이라는 생각을 떨칠 수 없다. 목록에 장난감 기타가 적힌 걸 보고는 그건 재미있으면서 꽤 유용하겠다는 생각이 들었다.

그러나 언젠가 우리 조부모님이 내게 전자 키보드를 사줬던 때가 떠올랐다. 엄마의 남자 친구 중 한 명이 내게 아주 못되게 "그 벌어먹을 것 집어치우지 못해!"라며 핀잔을 줬다. 내가 젠체하는 사람처럼 보일까 봐 학습 보조 도구들이 진열된 판매대는 그냥 지나쳤다. 결국 나는 옷가지와 장난감 휴대전화, 장난감 소방차 몇 대를 장바구니에 담았다.

나는 사람들이 크리스마스를 보낼 비용을 어떻게 마련할지 걱정하는 세상에서 자랐다. 그리고 지금은 부자와 특권층이 지역사회의 빈곤층에게 아낌없이 베풀 기회가 넘쳐나는 세상에서 살고 있다.

여러 일류 로펌에서 '천사 프로그램Angel Program'을 후원해 소속 변호사와 아이들을 일대일로 연결시켜 아이들이 바라는 선물을 해준다. 우샤가 전에 일했던 법원에서는 명절이 되면 사법당국의 직원들에게 법의 심판을 받았던 이들의 자녀를 한 명씩 후원하라고 권했다. 프로그램의 책임자는 누군가 그 아이들에게 선물을 사주면, 그들의 부모가 범죄라도 저질러서 자녀들에게 선물을 사다줘야겠다는 충동을 덜하지 않을까 기대하는 것이다. '어린이에게 장난감을Toys for Tots'•이라는 오랜 프로그램도 있다. 지난 몇 년간 크리스마스 연휴가 다가오면 어느새 나는 큰 백화점에서 얼굴도 모르는 아이에게 줄 장난감을 고르고 있다.

선물을 고르고 있자니 어릴 때의 나보다 훨씬 더 힘들게 사는

• 불우한 어린이에게 줄 장난감을 기부받는 미국 자선단체의 연례행사.

사람이 많다는 생각이 들었다. 크리스마스에 선물을 챙겨줄 할머니, 할아버지가 없는 아이들이 그렇고, 새로 나온 장난감을 사서 트리 밑에 두고 싶은데 돈이 없어서 (대부업체에서 대출을 받느니) 범죄를 저지르는 부모들이 그렇다. 그런 의미에서 선물 쇼핑은 내게 큰 깨달음을 주는 경험이다. 가난에 찌들었던 내 삶이 풍요로워진 지금, 타인의 삶을 들여다보면 내가 정말 얼마나 운이 좋은지 깨닫게 된다.

저소득층 아이들에게 줄 선물을 고르고 있으면 아직도 내 어린 시절이 어땠는지, 크리스마스 선물이 어떻게 집안의 지뢰가 됐는지 머릿속에 떠오른다. 우리 동네의 부모들은 지금 내가 사는 동네 사람들과 매우 다른 방식으로 연례 의식을 치르며 한 해를 시작했다. 이들의 연례 의식이란 아이들에게 어떻게 '멋진 크리스마스'를 선물할지 고민하는 과정을 의미하고, 멋진 크리스마스란 크리스마스트리 아래 잔뜩 쌓인 선물 더미를 의미했다.

크리스마스를 일주일 앞두고 친구들이 집에 놀러와 텅 빈 트리를 보기라도 하면 아이들은 둘러대느라 바빴다. "엄마가 아직 쇼핑을 안 가서 그래." "아빠가 연말에 상여금을 엄청나게 받을 거라서, 받고 나면 되게 많이 사오실 거야." 누구나 알고 있는 우리의 현실을 감춰보려는 변명이었다. 우리는 너나 할 것 없이 가난한 형편이었고, 닌자 거북이 장난감이 아무리 많아도 그런 우리 형편이 달라질 일은 없었다.

우리 가족은 형편과 무관하게 명절이 올 때마다 분수에 넘치는 돈을 써댔다. 신용카드를 발급받을 자격이 안 됐지만, 신용카드 말고도 수중에 없는 돈을 쓸 수 있는 방법은 많았다. 그중 하나가 '후일부post-dating'라고 부르는 건데, 수표에 날짜를 일부러 늦춰 적어서 계좌에 입금하기 전까지는 수령인이 수표를 현금으로 바꾸지 못하게 하는 것이다. 대부업체에서 단기 대출을 받을 수도 있었다.

이도저도 안 될 때는 할모나 할보에게서 돈을 빌렸다. 실제로 겨울이 되면 엄마가 할모와 할보를 붙잡고, 손주들에게 멋진 크리스마스를 만들어줄 수 있도록 돈을 좀 빌려달라고 간청하던 모습이 생각난다. 할모와 할보는 선물만 준다고 해서 멋진 크리스마스가 되는 게 아니라고 엄마를 늘 야단쳤으나, 그래도 예외 없이 엄마의 부탁을 들어줬다. 엄마는 크리스마스 하루 전에라도 트리 밑에 최신 유행하는 선물을 산더미 같이 쌓아놓았다. 잔액이 거의 없다시피 한 통장을 탈탈 털어서라도, 텅 빈 통장을 마이너스로 만들어서라도, 꼭 우리에게 줄 선물을 사놓았다.

내가 아주 어렸을 때 엄마와 린지 누나가 엄청난 인기로 당시 품절 대란을 일으켰던 테디 럭스핀Teddy Ruxpin 인형을 구하러 미친 듯이 돌아다닌 적이 있다. 이 인형은 겨우 두 살인 내게는 과할 정도로 고가의 장난감이었다. 어쨌든 누나는 인형을 사려고 온종일 쏘다녔던 날을 여전히 기억하고 있었다.

어디서 들었는지 엄마는 꽤 많은 웃돈을 얹어주면 중고 럭스핀 인형을 팔겠다는 사람이 있다는 정보를 입수했고, 엄마와 누나는 곧장 그 사람의 집에 찾아가 아직 걷지도 못하는 어린아이와 다가올 크리스마스의 꿈에 부푼 남자 사이에 세워져 있던 그 시시한 장난감을 사가지고 왔다.

내가 기억하는 그 중고 곰 인형의 유일한 모습은 수년이 흐른 뒤 상자 안에서 발견된, 너덜너덜한 스웨터에 딱딱하게 굳은 코딱지로 얼굴이 뒤덮인 지저분한 모습이었다.

내가 세금 환급 제도에 관해 알게 된 것도 크리스마스 때문이었다. 세금 환급 제도란 지난해에 재정 위기를 겪은 빈곤층을 구제하기 위해 그들에게 적은 액수의 돈을 지급하는 제도인데, 우리 집도 그 혜택을 받고 있었다. 우리 같은 가정에는 소득세 환급이 최후의 안전망이었다. "이쯤이야 여유 있지. 까짓것 환급받을 돈으로 갚으면 돼." 이 말은 곧 크리스마스의 모토가 됐다.

그러나 조령모개한 정부의 정책 탓에 1월 초에 엄마가 세무 대리인을 만나고 집으로 돌아올 시간이 되면 그 어느 때보다 불안했다. 환급금이 생각보다 더 많이 나올 때도 있었으나, '공제액'이 생각보다 적어서 크리스마스에 부린 사치를 '엉클 샘'이 해결해줄 수 없는 경우도 있었다.

이럴 때면 우리는 한 달 내내 손가락만 빨아야 했다. 그 자체만으로도 1월의 오하이오는 충분히 암울했다.

나는 부자들도 우리처럼 크리스마스를 보내는 줄 알았다. 물론 돈 걱정 없이 훨씬 더 좋은 선물들을 살 테지만. 사촌동생 보니가 커갈수록 우리와 전혀 다른 위 이모네의 크리스마스 풍경이 내 눈에 들어왔다.

어찌된 영문인지 사촌동생들은 그 나이 때의 나와 다르게 저속한 선물을 더 이상 바라지 않았다. 그 집에는 아이 한 명당 200~300달러에 달하는 선물을 해야 한다는 강박이 없었고, 아이들이 최신 전자제품을 선물로 받지 못하면 속상해할 거라는 걱정도 없었다.

우샤는 크리스마스 선물로 대개 책을 받았다. 보니는 열한 살 때 자기의 크리스마스 선물을 살 돈으로 미들타운의 불우한 이웃을 위해 기부해달라고 부모에게 부탁했다. 놀랍게도 이모와 이모부는 보니의 뜻을 받아들였다. 이들은 크리스마스라는 명절의 가치를 딸이 받는 선물의 가격으로 매기지 않았다.

그래도 사람들은 가진 자와 없는 자, 교육을 받은 자와 받지 못한 자, 상류 계층과 노동 계층을 나누는 선을 긋고 서로 다른 세상에 사는 사람들의 선물하는 방식이 어떻게 다른지 알고 싶어한다. 나는 완전히 다른 세상으로 옮겨간 문화적 이주자로서, 두 부류의 차이점을 뼈저리게 느낀다. 가끔은 엘리트 세상에 사는 사람들이 눈꼴사납게 보일 때도 있다. 이를테면 최근에 한 지인이 내게 '한담을 나누자confabulate'•라는 표현을 썼는데, 듣고 있기에 얼마나 꼴사납던지 듣자마자 정말 소리를 지르고 싶었다.

그럼에도 나는 그들을 인정할 수밖에 없다. 그들의 자녀는 내가 살던 동네의 아이들보다 행복하고 건강하며, 그들의 이혼율은 우리보다 더 낮고 교회 출석률은 더 높으며 수명도 더 길다. 우리는 우리만 아는 게임에서 참혹하게 패배하고 있다.

나는 우리 지역 사람들에게 대물림되는 최악의 상황을 피할 수 있었다. 지금의 새로운 삶이 어색하고 불편하더라도 내가 어릴 때 꿈꾸던 모습으로 살고 있으므로 불평을 늘어놓을 수도 없다. 내가 그렇게 불가능해 보이는 꿈을 꿀 수 있도록 도와준 사람들이 굉장히 많다. 지금의 나를 만든 건 바로 내 가족과 멘토, 평생지기 친구들이다.

그들이 없었더라면 내가 지금 어떻게 살고 있을까 문득문득 궁금해진다. 그럴 때면 고등학교 1학년 때 낙제 수준이었던 성적과 엄마가 할모 집에 들어와 내게 소변을 받아달라고 부탁했던 날 아침이 생각난다. 또는 그보다 더 전에, 생물학적 아버지와 법적 아버지라는 두 명의 아버지를 두고도 누구 하나 자주 보지 못해 외로운 아이였던 내 어린 시절과, 살아 있는 동안에는 최선을 다해 최고의 아빠가 돼주겠다고 약속했던 할보 생각이 난다.

• 'confabulate'는 미국인들이 일상생활에서 거의 사용하지 않는 고급 단어다.

엄마가 재활 센터에 입원해 있는 동안 10대였던 린지 누나가 날 보살피며 엄마 노릇을 대신했던 날들도 생각난다. 언제였는지 기억도 잘 나지 않지만, 집안 상황이 심각해지면 전화를 하라고 누나에게 당부하며 할보가 엄마 몰래 장난감 상자 아래에 전화기를 설치해줬던 일도 생각난다. 그때 내가 얼마나 깊은 구렁텅이에 빠져 있었는지, 이제와 생각해보면 온몸에 소름이 돋는다. 나는 더럽게 운이 좋은 개자식임에 틀림없다.

얼마 전에, 열다섯 살의 J. D.를 꼭 빼닮은 브라이언이라는 학생과 만나 점심을 먹었다. 우리 엄마처럼 브라이언의 어머니도 마약성 진통제에 빠져 있었고, 나처럼 브라이언도 아버지와의 관계가 복잡했다. 브라이언은 마음이 넓고 예의가 바른, 사랑스러운 아이다. 거의 평생을 켄터키의 애팔래치아 지역에서 살고 있었는데, 그 동네에는 별달리 갈 만한 식당이 없어서 우리는 동네 패스트푸드점으로 점심을 먹으러 들어갔다.

브라이언과 이야기를 나누는 동안, 다른 사람들이라면 알아차리지 못하고 지나쳤을 만한 이상한 행동 몇 가지가 내 눈에 들어왔다.

브라이언은 말끝마다 "부탁합니다" 또는 "감사합니다" 같은 인사말을 잊지 않는 붙임성 있는 성격인데도 자신의 밀크셰이크를 나눠 먹고 싶어하지 않았다. 게다가 앞에 놓인 음식을 허겁지

겁 먹어치우고서 불안한 눈빛으로 이 사람 저 사람을 쳐다보고 있었다.

뭔가 하고 싶은 말이 있는 것 같기에 내가 팔을 뻗어 브라이언의 어깨를 감싸면서 필요한 게 있느냐고 물었더니 브라이언이 내 눈을 피하며 입을 뗐다. 그리고 속삭이듯 말했다. "아, 네……. 혹시 감자튀김 좀…… 더 먹을 수 있을까요?" 아이는 배가 고팠던 것이다. 2014년, 지구상에서 가장 부유한 나라에 살고 있는 브라이언은 음식을 조금 더 먹고 싶다는 말조차 편히 하지 못했다.

신이여, 우리를 도와주소서.

우리가 마지막으로 만나고 몇 달 지나지 않아, 브라이언의 어머니가 갑작스레 사망했다. 브라이언은 몇 년째 엄마와 떨어져 살았으므로 잘 모르는 사람들은 그가 어머니를 잃은 슬픔을 이겨내기 쉬웠을 거라고 생각할지도 모르겠다. 그렇다면 정말 모르는 소리다.

브라이언이나 나 같은 사람들이 부모와 연락을 끊는 건 그들을 사랑하지 않아서가 아니라 단지 살아남기 위해서다. 우리는 한 순간도 우리 부모를 사랑하지 않은 적이 없으며, 우리가 사랑하는 그들이 변하리라는 희망의 끈을 놓은 적도 없다. 오히려 경험으로 터득한 지혜나 법적 조치 때문에 자기보호적 태도를 취하게 되는 것이다.

브라이언은 어떻게 될까? 브라이언의 곁에는 우리 할모나 할보 같은 사람이 없다. 다행히 친척들의 도움으로 위탁 가정에 보내질 처지는 면했으나, '평범한 생활'을 향한 꿈은 사라진 지 오래다. 물론 이 역시 브라이언이 한 번이라도 그런 꿈을 꿔봤을 때의 이야기다. 내가 브라이언을 만났을 때 그의 어머니는 이미 영구적으로 양육권을 박탈당한 상태였다. 브라이언은 길지 않은 삶에서 벌써 숱한 아동기 트라우마를 겪었다. 그리고 부유층이나 특권층 자녀들에게도 쉽지 않은 문제인, 직업이나 교육에 관한 결정을 내려야 할 시기가 수년 내에 브라이언에게도 들이닥칠 것이다.

브라이언이 본인의 가족이나 나, 그리고 내 친척들과 같은 힐빌리 공동체 안에서 살아갈 가능성도 있다. 그렇다면 우리 힐빌리들은 이제 제발 정신 차려야 한다. 브라이언이 겪은 어머니의 죽음은 아주 비참했으나, 우리 손에는 여전히 많은 패가 쥐어져 있다. 지역 공동체에서는 브라이언이 자신의 미래를 잘 결정하도록 힘을 실어줄 수도 있고, 스스로 통제하지 못하고 분노 속으로 빠져들도록 부추길 수도 있다. 브라이언이 교회에 다니며 그리스도의 사랑, 가정과 목표의 중요성을 알게 될 수도 있다. 브라이언에게 긍정적인 영향을 선사하고자 모인 사람들이 서로 감정적·정서적으로 버팀목이 되어줄 수도 있다.

나는 우리 힐빌리들이야말로 세상에서 가장 강하고 지독한 사람들이라고 생각한다. 우리는 어머니를 모욕한 사람을 찾아가 전기톱을 들이대는 사람들이다. 또 우리는 여동생의 명예를 지키기 위해 여동생을 모욕한 놈의 입을 벌려 면 속옷을 욱여넣는 사람들이다.

그러나 생각해보자. 우리는 브라이언 같은 아이들을 돕기 위해 마땅히 해야 할 일을 할 만큼 강한가? 나 같은 아이들이 세상을 등지기보다 맞서 일어서도록 힘을 실어줄 교회를 세울 만큼 강한가? 거울에 비치는 자신을 똑바로 마주하고 우리가 아이들에게 해를 입히는 행동을 일삼고 있다는 현실을 인정할 만큼 강한가?

공공 정책은 문제를 해결하는 데 도움이 될 수는 있다. 그러나 우리의 문제를 해결해줄 정부는 어디에도 존재하지 않는다.

내 사촌 마이크가 우리 집안사람들이 한 세기 넘게 살았던 어머니의 집을 왜 팔았는지 돌이켜보라. 우리 이웃들이 자기 어머니의 집을 들쑤시지 않고 가만히 내버려둘 거라는 믿음이 없어서였다. 할모는 우리에게 더 이상 자전거를 사주지 않았다. 자물쇠를 걸어놔도 포치에 세워둔 자전거가 연거푸 사라졌기 때문이다. 노년으로 접어들수록 할모는 초인종에 응답하기를 두려워했다. 옆집에 사는 건장한 여인이 푸드스탬프를 팔아달라며 끊임없이 귀찮게 한 탓이다. (마약 살 돈을 마련하기 위해 그랬다는 건 나중에야 알았다.) 이런 문제들을 만든 건 정부도, 기업도, 그 누구도 아니다. 모든 문제는 우리가 만들었으므로 우리만이 해결할 수 있다.

그렇다고 우리가 캘리포니아나 뉴욕, 워싱턴디시의 상류층처럼 살 필요는 없다. 로펌이나 투자 은행에서 주당 100시간씩 일할 필요도 없다. 칵테일파티에 참석해서 사람들과 어울릴 필요도 없다. 다만 세상의 수많은 J. D.와 브라이언이 공평하게 기회를 누릴 수 있는 여지를 만들어야 한다. 나도 무엇이 정답인지 정확하게 알지 못하지만, 오바마나 부시, 또는 얼굴도 모르는 기업을 향한 비난을 멈추고 우리가 할 수 있는 일이 무엇인지를 자문해봄으로써 변화가 시작되리라는 사실은 알고 있다.

브라이언에게 나처럼 악몽을 꾼 적이 있느냐고 물어보고 싶었다. 나는 거의 20년 동안 반복되는 끔찍한 악몽에 시달렸다. 처음으로 그 꿈을 꿨던 건 블랜턴 할모의 침대에서 단잠에 빠져 있던 일곱 살 때였다. 꿈속에서 나는 커다란 나무집의 거대한 회의실에 갇혀 있다. 회의실은 마치 키블러Keebler• 난쟁이들이 단체 소풍을 마친 직후에 수십 개의 식탁과 의자가 그대로 남아 있는 듯한 모습이다. 방 안에 린지 누나, 할모와 함께 있는데 갑자기 엄마가 의자와 식탁을 닥치는 대로 집어던지며 방으로 돌진해온다. 고함치는 엄마의 목소리가 마치 로봇에서 나오는 목소리처럼 일그러진다. 마치 라디오에서 잡음이 섞여 나오는 것 같다.

할모와 누나는 바닥에 난 구멍으로 도망친다. 짐작건대 나무집

• 시리얼로 유명한 켈로그의 과자 브랜드로, 로고에 난쟁이 그림이 그려져 있다.

에서 빠져나가는 출구이리라. 뒤처지던 내가 마침내 출구에 다다랐는데, 그 순간 엄마가 바짝 따라붙는다. 엄마에게 붙잡히려는 찰나 잠에서 깨어나는데, 그 순간 내가 괴물에게 붙잡혔다는 것뿐만 아니라 할모와 누나에게 버림받았다는 사실을 깨닫는다.

다른 괴물이 나오는 꿈도 꿨다. 바로 미친개, 악역, 호랑이 교관으로 불리던 해병대 신병 훈련소 교관이다. 할모와 누나는 어김없이 등장하는데, 언제나 나보다 먼저 출구로 빠져나간다. 그 꿈을 꿀 때면 극심한 공포가 몰려온다.

처음 그런 꿈을 꿨을 때는 잠에서 깨자마자 늦게까지 텔레비전을 보고 있던 할모에게로 달려갔다. 그러고는 할모에게 꿈 이야기를 하며 절대 나를 떠나지 말라고 애원했다. 할모는 절대 그럴 일이 없을 거라고 약속하며 내가 다시 잠들 때까지 머리를 어루만져줬다.

이런 내 잠재의식은 수년간 잠잠하다가 로스쿨을 졸업하고 몇 주쯤 지났을 때 난데없이 되살아났다. 또 그 꿈을 꿨지만, 눈에 띄게 달라진 점이 있었다. 괴물이 쫓는 대상이 내가 아니라 며칠 전 나를 화나게 만들었던 우리 집 강아지 캐스퍼였다는 것이다. 이번 꿈에는 린지 누나도 할모도 나오지 않았다. 그리고 다른 누구도 아닌 바로 내가 그 괴물이었다.

나는 어서 캐스퍼를 잡아서 목을 졸라버리고 싶다는 마음으로 나무집을 돌며 불쌍한 우리 집 강아지를 뒤쫓는다. 그러나 캐스퍼가 두려움에 떨고 있다는 걸 알아차린 순간 내가 욱했다는 사실에 부끄러워진다. 마침내 캐스퍼를 잡지만, 나는 잠에서 깨어나지 않는다. 대신 꿈속의 캐스퍼가 나를 향해 고개를 돌리더니 오직 개에게서만 나올 수 있는, 심장을 파고드는 듯한 슬픈 눈으로 나를 바라본다. 나는 목을 조르는 대신 캐스퍼를 꼭 안아준다. 잠에서 깨기 전에 마지막으로 든 감정은 화를 참아냈다는 안도감이었다.

물을 마시려고 침대에서 일어나 뒤를 돌아보니, 캐스퍼가 도대체 저 인간은 이 시간에 뭘 하고 돌아다니는지 궁금해하는 듯한 표정으로 나를 빤히 바라보고 있었다. 새벽 2시였다. 처음 그 악몽을 꾸다가 잠에서 깼던 20년 전의 그날과 같은 시간이었던 것 같다.

이제 나를 달래줄 할모는 없다. 그러나 마룻바닥에 우리 집 강아지 두 마리가 있고 침대에는 내 인생의 사랑이 누워 있다. 내일이면 나는 출근을 할 것이고 개들을 데리고 공원에 갈 것이며 우샤와 함께 장을 봐서 근사한 저녁식사를 만들어 먹을 것이다. 내가 원했던 그대로의 삶이다. 나는 캐스퍼의 머리를 쓰다듬고 나서 다시 잠자리에 들었다.

감사의 글

이 책을 쓰는 건 내 생애 가장 어렵고 또 가치 있는 일이었다. 책을 집필하며 내 문화와 이웃, 가족에 대해 몰랐던 사실을 많이 알게 됐고, 그동안 잊고 지냈던 것들을 다시금 깨달았다. 내가 신세를 진 사람이 너무도 많다. 특정한 순서 없이 나열한다.

훌륭한 에이전트 티나 베넷Tina Bennett은 나보다도 먼저 이 기획에 확신을 보여줬다. 그녀는 시기적절하게 나를 격려하고 다그쳤으며 초기에 두려움에 벌벌 떨던 나를 출판 과정 내내 잘 이끌어줬다. 힐빌리의 심장과 시인의 마음을 지닌 그녀를 친구라고 부를 수 있어 영광이다.

티나 외에도, 예일대 교수인 에이미 추아의 공이 아니었더라면 지금 이 책은 존재하지 않을 것이다. 그녀는 내가 살아온 인생과 그 안에서 이뤄낸 결실이 글로 옮겨지기에 충분한 가치가 있다고 내게 확신을 심어줬다. 존경 받는 학자의 지혜와 '타이거 맘'의 꿋꿋한 말솜씨를 겸비한 그녀의 덕을 본 일이 여러 번 있었다.

하퍼콜린스HarperCollins 팀 전체의 공도 굉장히 컸다. 내 담당 편집자인 조너선 자오Jonathan Jao는 내가 이 책을 통해 전달하려는 메시지가 무엇인지 비판적으로 생각할 수 있도록 도움을 줬고, 내가 책을 마무리할 때까지 인내심 있게 기다려줬다. 소피아 그루프먼Sofia Groopman은 절실하게 필요한 시기에 신선한 시각으로 내 원고를 읽어줬다. 조안나Joanna, 티나, 케이티Katie는 홍보 과정 내내 뛰어난 능력과 온정으로 나를 안내했다. 팀 더건Tim Duggan은 굳이 그럴 필요가 없을 때에 이 기획과 나를 믿고 모험을 걸었다. 모든 이들과 나를 대신한 그들의 노고에 심심한 감사를 드린다.

많은 분들이 여러 차례 원고를 읽으며 특정 문장의 단어 선택에 관한 조언부터 한 장 전체를 삭제하는 게 좋겠다는 조언까지 매우 유용한 피드백을 건네줬다. 찰스 타일러Charles Tyler는 초기 원고를 읽고 내게 몇 가지 핵심 주제에 초점을 맞추라고 조언했다. 카일 범가너Kyle Bumgarner와 샘 루드먼Sam Rudman은 집필 과정 초기에 굉장히 도움이 된 피드백을 줬다. 수년간 내 글쓰기를 공식적·비공식적으로 도맡아 가르쳐준 키엘 브레넌 마르케스Kiel Brennan-Marquez는 수정 원고들을 읽어가며 평론해줬다. 모두의 수고에 매우 감사하다.

제인 렉스와 샐리 윌리엄슨Sally Williamson, 제니퍼 맥거피, 민디 파머Mindy Farmer, 브라이언 캠벨, 스티비 반 고든Stevie Van Gordon, 셰리 개스턴Sherry Gaston, 카트리나 리드Katrina Reed, 엘리자베스 윌킨스Elizabeth Wilkins, JJ 스니도우JJ Snidow, 짐 윌리엄슨Jim Williamson 등 내게 마음을 터놓고 자신의 일과 생활에 관해 이야기를 들려준 많은 이들에게 고맙다. 이들에게서 새로운 아이디어와 경험을 접한 덕분에 더 좋은 책이 나올 수 있었다.

대럴 스타크Darrell Stark, 네이트 엘리스Nate Ellis, 빌 자보스키Bill Zaboski, 크레이그 볼드윈Craig Baldwin, 자밀 지바니Jamil Jivani, 이선 (더그) 팔랑Ethan 〈Doug〉 Fallang, 카일 월시Kyle Walsh, 아론 카시Aaron Kash를 만난 건 내 인생의 행운이다. 이들은 모두 내게 친구를 넘어 형제 같은 이들이다. 론 셀비Ron Selby, 마이크 스트래턴Mike Stratton, 섀넌 알레지Shannon Arledge, 숀 해니Shawn Haney, 브래드 넬슨Brad Nelson, 데이비드 프럼, 맷 존슨Matt Johnson, 데이비드 버닝David Bunning 판사, 리한 살람Reihan Salam, 아자이 로얀Ajay Royan, 프레드 몰Fred Moll, 피터 티엘Peter Thiel 등 능력이 출중한 멘토들과 친구들을 만난 것 역시 행운이다. 덕분에 나는 내게 과분한 기회를 얻을 수 있었다. 이들 중 여럿이 초고를 읽고서 중요한 피드백을 건네주기도 했다.

가족들에게 아주 큰 신세를 졌다. 고통스럽고 힘든 일인데도 내게 마음을 터놓고 과거의 이야기를 공유해준 식구들에게 특히 더 고맙다. 이 책을 쓸 수 있도록 도와주기도 했지만, 내 인생 전반에 걸쳐 나를 지지해준 우리 누나 린지 래틀리프Lindsay Ratliff와 내가 위 이모라고 부르는 로리 마이버스Lori Meibers에게 특별한 감사를 전한다. 짐 밴스, 댄 마이버스Dan Meibers, 케빈 래틀리프Kevin Ratliff, 엄마, 보니 로즈 마이버스Bonnie Rose Meibers, 해나 마이버스Hannah Meibers, 카메론 래틀리프Kameron Ratliff, 메건 래틀리프Meghan Ratliff, 엠마 래틀리프Emma Ratliff, 해티 하운셸 블랜턴Hattie Hounshell Blanton, 아빠 돈 보먼, 셰릴 보먼Cheryl Bowman, 코리 보먼Cory Bowman, 첼시 보먼Chelsea Bowman, 락슈미 칠루쿠리Lakshmi Chilukuri, 크리쉬 칠루쿠리Krish Chilukuri, 슈레야 칠루쿠리Krish Chilukuri, 도나 밴스Donna Vance, 레이철 밴스Rachael Vance, 네이트 밴스Nate Vance, 릴리 허드슨 밴스Lilly Hudson Vance, 데이지 허드슨 밴스Daisy Hudson Vance, 게일 후버Gail Huber, 앨런 후버Allan Huber, 마이크 후버Mike Huber, 닉 후버Nick Huber, 데니스 블랜턴Denise Blanton, 아치 스테이시Arch Stacy, 로즈 스테이시Rose Stacy, 릭 스테이시Rick Stacy, 앰버 스테이시Amber Stacy, 애덤 스테이시Adam Stacy, 테히탄 스테이시Taheton Stacy, 베티 세바스찬Betty Sebastian, 데이비드 블랜턴David Blanton, 게리 블랜턴Gary Blanton, 완다 블랜턴Wanda Blanton, 펫 블랜턴Pet Blanton, 앵두 블랜턴Teaberry Blanton을 비롯해 친척이라고 말할 수 있는 영광을 내게 선사해준 모든 미치광이 힐빌리에게 감사의 마음을 전한다.

마지막으로 감사를 표해야 할 사람은 내 소중한 아내 우샤다. 우샤는 내 원고의 한 글자 한 글자를 말 그대로 열두 번씩 읽으며 내게 피드백을 건네줬고(내가 원하지 않을 때도!), 그만두고 싶다는 마음이 들 때 내게 힘을 줬으며, 진전이 있을 때면 함께 축하해줬다. 책뿐만 아니라 내가 행복한 삶을 살고 있는 것도 우샤의 공이 크다. 할모와 할보가 우샤를 만나보지 못했다는 게 인생의 아쉬움으로 남지만, 내가 우샤를 만난 건 내 생애 최고의 행운이다.

열여덟 살, 태어나서 처음으로 탄 비행기는 나를 미국 웨스트버지니아주의 소도시 파슨스Parsons로 데려갔다. 미국 하면 막연하게 대도시를 떠올렸던 고등학생의 눈앞에 펼쳐진 그곳은 그야말로 산골 촌구석이었다. 파슨스는 이 책의 저자인 밴스가 묘사한 잭슨의 모습과 판박이다.

나는 그곳의 봄과 여름을 특히 좋아했다. 집 뒤편으로 흐르는 골짜기의 물소리를 따라 숲속을 걷다 보면 새 소리, 바람 소리, 풀잎 소리에 정신이 팔려 길어진 해가 지도록 시간 가는 줄 몰랐다.

공항에 날 데리러 나왔던 가족의 집에서 두어 달간 지냈다. 책에서는 미국 사람들을 개인주의적 성향이 강하다고 설명했는데 내가 겪은 미국은 전혀 그렇지 않았다. 쓰는 말과 생김새는 달랐지만, 마치 우리나라 시골처럼 느껴질 만큼 만나는 사람마다 다정하고 따뜻했다.

날 맞이한 부부는 내 또래의 두 딸과 함께 너른 언덕 위에 증축

한 이층집에서 살고 있었다. 아저씨는 탄광 회사에 다녔고 아주머니는 동네 어린이집에서 보육 교사로 일했다. 그 집에 사는 동안 급식비가 면제됐던 일을 미뤄보건대 아마 저소득층에 속했던 것 같다.

이후 머물렀던 두 번째 집도 내 또래의 딸이 두 명 있는 가정이었고 아저씨 또한 교대 근무를 하는 생산직 노동자였으나, 이전 집과는 사뭇 다른 분위기였다. 끼니마다 집에서 요리를 했고 간식도 거의 만들어 먹었다.

주말이 되면 쇼핑몰이 아니라 교회에 갔고, 예배를 마치면 옆 동네에 사는 할머니 댁에 들러 다른 친척들과 화목한 시간을 보냈다. 할머니는 늘 포치에 앉아 담배를 태웠고, 우리가 차에서 내리면 한 사람 한 사람을 있는 힘껏 안아주며 쪽 소리가 나도록 볼에 뽀뽀를 해 줬다. 총을 들고 다닐 만큼 무시무시한 사람은 아니었지만, 밴스의 '할모'만큼이나 입이 걸고 유쾌한 대장부였다.

한국인의 눈에는 밴스의 가정환경이 아주 유별나 보일지 모르지만, 미국 애팔래치아 지역에서는 어렵지 않게 볼 수 있는 모습이다. 나는 1년이라는 그리 길지 않은 시간 동안 웨스트버지니아에 살면서 10대 임신, 약물 중독, 이혼 가정, 복지 여왕 등 밴스가 언급한 대부분의 문제를 실제로 목격했다. 밴스가 제기한 문제들은 실제로 그 동네에 만연한 것들이었다. 특히 복지 여왕을 향한 근로 빈곤층의 분노가 대단했다.

작년 여름에 이 책의 검토서를 작성하다가 '제8조 프로그램'이 퍼뜩 이해되지 않아 웨스트버지니아 출신의 친구에게 물었던 적이 있다. 설명을 마친 친구는 복지 여왕들을 향해 욕을 한바탕 퍼부었다. 밤낮없이 일해도 먹고 싶은 음식, 사고 싶은 물건을 마음껏 사지 못하는데 복지 여왕들은 자기가 낸 세금 덕분에 손 하나 까딱 안 하고 편하게 산다고 분통을 터뜨렸다.

친구의 비난에는 밴스가 아르바이트를 하면서 느꼈던 절망과 분노가 고스란히 담겨 있었다. 그 부분을 친구에게 읽어주었더니 친구는 저자가 마음에 든다며 속이 후련하다고, 책을 꼭 읽어봐야겠다고 얘기했다. 그리고 곧 이 책은 내 친구와 같은 힐빌리, 레드넥에게 깊은 공감을 얻으며 엄청난 베스트셀러가 되었다.

이 책에 열광하는 건 비단 백인 노동 계층만이 아니다. 유명 인사들 또한 다양한 매체를 통해 꾸준히 이 책을 추천하고 있다. 무엇 때문일까? 힐빌리의 삶에 공감을 해서는 아닐 것이다. 밴스의 경험은 애팔래치아 지역에서만 흔한 일이기 때문이다.

미국 내 다른 지역에 살거나 여행하며 만난 사람 대부분은 내가 웨스트버지니아에서 1년을 살았다고 하면 비슷한 반응을 보였다. 그들에게 웨스트버지니아란 아주 가난하고, 교육 수준이 낮고, 비만한 사람들이 많고, 우스운 억양의 사투리를 쓰는 촌스러운 동네였다. 어떤 배경 때문에 촌사람들이 이토록 비참하게 살고 있는지, 이들이 어떤 생각을 하는지 궁금해하는 사람은 거의 없었다.

참담한 현실을 숨기려는 힐빌리의 특성 탓에 이들의 목소리를 들을 기회가 없었는지도 모르고, 촌구석에서 답답하게 사는 사람들은 어떤 생각을 하든 중요하지 않다고 생각했는지도 모른다. 어차피 세상을 바꾸는 건 권력이나 지식, 돈을 많이 가진 자들의 목소리라고 생각하지 않았을까?

힐빌리와 전혀 다른 세상에서 살고 있는 지도층 인사들이 이 책을 추천하는 건, 어쩌면 백인 노동 계층의 문제에 공감하지 못했다는 반성의 일환일 수도 있으리라는 생각이 든다. 수많은 힐빌리들의 공감을 산 밴스의 『힐빌리의 노래』는 미국 내에서 '공감'의 중요성을 일깨우며 사회에 큰 반향을 불러일으켰다.

돌아보면 우리 주변에도 여전히 자신의 목소리를 어떻게 내는지조차 모르는 사람들이 수두룩하다. 이들의 목소리가 들리지 않는다고 귀를 닫을 것인가? 무지한 사람들이라고 비난을 퍼부을 것인가? 정신 똑바로 차리라며 이들에게 돌을 던지기 전에, 이들이 처한 실상을 이해하고 이들의 눈으로 세상을 바라보려는 노력이 선행돼야 할 것이다. 역사가 말해 주듯 결국 세상을 바꾸는 건 상위 2퍼센트의 지도층이 아니기 때문이다.

2017년 무더운 여름에

김보람

미주

1 Razib Khan, "The Scots-Irish as Indigenous People," *Discover* (July 22, 2012), http://blogs.discovermagazine.com/gnxp/2012/07/the-scots-irish-as-indigenous-people/#.VY8zEBNViko.

2 "Kentucky Feudist Is Killed," *The New York Times* (November 3, 1909).

3 Ibid.

4 Phillip J. Obermiller, Thomas E. Wagner, and E. Bruce Tucker, *Appalachian Odyssey: Historical Perspectives on the Great Migration*, (Westport, CT: Praeger, 2000), Chapter 1.

5 Ibid.; Khan, "The Scots-Irish as Indigenous People."

6 Jack Temple Kirby, "The Southern Exodus, 1910 – 1960: A Primer for Histori-ans," *The Journal of Southern History 49*, no. 4 (November 1983), 585 – 600.

7 Ibid.

8 Ibid., 598.

9 Carl E. Feather, *Mountain People in a Flat Land: A Popular History of Appalachian Migration to Northeast Ohio*, 1940 – 1965 (Athens: Ohio University Press, 1998), 4.

10 Obermiller, *Appalachian Odyssey*, 145.

11 Kirby, "The Southern Exodus," 598.

12 Elizabeth Kneebone, Carey Nadeau, and Alan Berube, "The Re-Emergence of Concentrated Poverty: Metropolitan Trends in the 2000s," Brookings Institution(November 2011), http://www.brookings.edu/research/papers/2011/11/03-poverty-kneebone-nadeau-berube.

13 "Nice Work if You Can Get Out," *The Economist* (April 2014), http://www.economist.com/news/finance-and-economics/21600989-why-rich-now-have-less-leisure-poor-nice-work-if-you-can-get-out.

14 Robert P. Jones and Daniel Cox, "Beyond Guns and God." Public Religion Institute (2012), http://publicreligion.org/site/wp-content/uploads/2012/09/WWC-Report-For-Web-Final.pdf.

15 *American Hollow* (documentary), directed by Rory Kennedy (USA, 1999).

16 Linda Gorman, "Is Religion Good for You?," The National Bureau of Economic Research, http://www.nber.org/digest/oct05/w11377.html.

17 Raj Chetty, et al., "Equality of Opportunity Project." Equality of Opportunity." 2014. http://www.equality-of-opportunity.org. ("Rel. Tot. variable"에서 저자들이 특정 지역의 종교성을 측정했는데, 남부와 러스트벨트 지역은 미국의 여러 지역에 비해서 훨씬 낮은 점수를 기록했다.)

18 Ibid.

19 Carol Howard Merritt, "Why Evangelicalism Is Failing a New Generation," The Huffington Post: Religion (May 2010), http://www.huffingtonpost.com/carol-howard-merritt/why-evangelicalism-is-fai_b_503971.html.

20 Rick Perlstein, *Nixonland: The Rise of a President and the Fracturing of America* (New York: Scribner, 2008).

21 "Only 6% Rate News Media as Very Trustworthy," Rasmussen Report. February 28, 2013, http://www.rasmussenreports.com/public_content/politics/general_politics/february_2013/only_6_rate_news_media_as_very_trustworthy (accessed November 17, 2015).

추천의 글

얼마 전 서울 변두리의 빈민 지역에 가볼 기회가 있었다. 그 마을의 가난한 여고생들이 신촌 대학가에 놀러갔다가 가슴에 책을 안고 다니는 예쁜 옷차림의 여대생을 바라보면서 울었다는 얘기를 들었다. 지방 소도시의 한 고등학교에서는 방과 후에 여학생 몇 명이 집에 가지 않고 학교 숙직실에 모여 있었다. 그 여학생들은 모두 가난해서 학비를 면제받고 있었다. 여학생들은 술 취한 아버지가 무서워서 집에 가지 못한다면서 울었다. 가난은 이 눈물들 이상일 것이었다.

부자들은 가난을 통계 지표로 객관화해서 이해하지만, 가난은 개념poverty이 아니라 생활being poor이다. 가난은 사회적 차별, 모욕, 억압이고 기회와 정보로부터의 단절이다. 가난은 희망의 부재, 목표 설정의 어려움이며 때로는 인간성의 파탄에까지 이른다.

이 책은 미국에서 대대로 하층 노동자로 살아온 사람들인 힐빌리의 아들로 태어난 한 청년이 그 가난을 딛고, 가난에 뿌리를 대고, 가난을 넘어서는 과정을 보여준다. 그는 내부자의 감성으로 가난을 이해하고 내부자의 언어로 그 가난의 내용을 전한다. 그는 어머니로부터 가장 큰 상처를 받지만 한편으론 가난한 가족들, 누이와 외조부모의 사랑으로 존재의 안정감을 회복하고 해병대의 엄한 규율에 적응하면서 삶에 대한 긍정적 자세를 배운다.

희망은 멀리서 반짝이는 등대처럼 존재하는 것이 아니라 가까운 곳에 있다. 이 책은 가난의 한복판에서 가까운 희망을 찾아낸 사람의 이야기다.

- 김훈, 소설가

나는 전부터 『힐빌리의 노래』를 굉장히 읽고 싶어했는데, 이 책이 미국 정치에 미친 영향 때문만은 아니다. 아내와 나는 경제 사다리의 밑바닥에 있는 미국 국민이 어떻게 해야 위로 올라갈 수 있을지(전문가들이 빈곤 탈출이라고 부르는 현상)에 관해 수년간 공부하고 있다.

『힐빌리의 노래』는 많은 데이터를 포함한 책이 아니지만, 이 책을 읽으면서 가난의 원인이 되는 문화의 다면적인 성격과 가족의 중요성에 관해 새로운 시각을 갖게 됐다. 나는 이 책이 단순히 주목할 만한 책이 아니라 굉장히 훌륭하기까지 한 책이라는 사실에 놀랐다.

- 빌 게이츠

엘리트 집단은 '경제 침체'나 '불평등'이 사회적 위기를 야기한다고 생각하는 경향이 있다. 그러나 J. D. 밴스는 탁상공론에 가려져 눈에 띄지 않는 곳에 살고 있는 사람들이 현실적으로 겪는 이야기를 설득력 있게 풀어낸다.

- 피터 틸, 『제로 투 원Zero to one』 저자, 기업가 겸 투자가

J. D. 밴스의 회고록 『힐빌리의 노래』는 산산조각 난 믿음 속에서 살아가는 가정의 마음이 어떠한지를 냉혹하리만큼 솔직하게 기록한다. 올해, 미국을 이해하는 데 『힐빌리의 노래』보다 더 주목할 만한 책은 없을 것이다.

-「이코노미스트」

만약 당신이 중산층 가정에서 부족함 없이 자랐으며 제대로 된 교육 제도 안에서 적절한 교육을 받았다면, 이 책이 '나머지 절반의 사람들이 어떻게 생활하는지' 몰랐던 당신의 눈을 뜨게 할 것이다. 나머지 절반의 사람들이란 노동 계층으로, 이들은 최근까지는 실제로 '노동' 계층이었으나 근래에 와서 노동뿐만 아니라 인간으로서의 존엄성, 경제적 안정, 안정적 고용이 불러오는 희망까지도 빼앗겼다.

- 피터 클로시어, 「허핑턴포스트」

『힐빌리의 노래』를 통해 J. D. 밴스는 우리로 하여금 잊힌 외딴 지역의 경제적 · 정신적 고통을 마주보게 한다. 이토록 설득력 있

고, 이토록 유용한 회고록은 처음이다.

-「내셔널리뷰」 편집장 리한 살람

밴스는 정부의 정책이 아니라 희망을 심어주려는 공동체의 노력, 스스로의 운명을 장악할 수 있도록 용기를 주는 가족의 노력이 있어야 소외된 사람들이 현재의 상황을 벗어날 수 있다고 말한다. 이 역동적인 회고록은 사회의 계층 문제를 면밀하게 관찰한다.

-「퍼블리셔스 위클리」

한 소년이 중독으로 얼룩진 불안한 애팔래치아 가정에서 예일 로스쿨에 진학하기까지의 여정을 아름답고 설득력 있게 기록한 회고록인 『힐빌리의 노래』는 충격적이고 애통하고 고통스러운 동시에 너무나도 웃기다. 충격적인 진실 속에서 진정한 희망을 던져준다는 측면에서 굉장히 주목할 만한 책이다.

- 에이미 추아, 예일 로스쿨 교수

『힐빌리의 노래』는 두 부분으로 나뉜다. 한 부분은 읽다 보면 내가 실제로 겪은 일인 것 같은 착각이 들 정도로 밴스가 생생하게 묘사한 가족 이야기이고, 다른 한 부분은 밴스가 제기하는 문제들이다. 그중에서도 특히 중요한 문제는 바로 이것이다. 힐빌리들이 겪는 불운한 인생에 이들의 책임이 얼마나 있는가?

밴스는 문화를 파괴하는 것은 게으름이 아니라 '학습된 무기력'이라고 비판한다. 그가 이 책에서 진짜로 전달하고자 하는 것은 절망이다. 밴스는 이 문제에 대한 해답을 쥐고 있진 않지만, 이 책을 통해 사회적 대화의 포문을 열어준 것은 분명하다.

- 제니퍼 시니어, 「뉴욕타임스」

백인 노동 계층의 붕괴에 관한 비범한 증언이 담겨 있는 매우 강렬한 책이다. 그동안 읽어본 책 중에 가장 훌륭하고, 가장 주목할 만한 책이다. J. D. 밴스의 이 책을 읽기 전에는 현재 무슨 일이 일어나고 있는지 이해할 수 없으리라.

- 로드 드레어, 「아메리칸 컨서버티브The American Conservative」

밴스는 이 책에서 자신의 가족에게 일어났던 알코올 중독, 마약 남용, 힐빌리의 예법이 빚은 끔찍한 희생을 그린다. 놀라운 것은 이런 행동을 두둔하지도 비난하지도 않으면서 매우 설득력 있게 묘사했다는 점이다. 솔직 담백하고 통찰력이 돋보이며 분명한 목적의식과 참신함을 지닌 『힐빌리의 노래』는 위기에 처한 공동체의 울부짖음이다.

-「북리스트」

미국에서 공적으로 오고가는 담론 가운데 노동 계층의 삶을 개인적으로 경험한 목소리는 거의 존재하지 않으며, 이들 대부분은 도널드 트럼프의 매력 요인을 설명하는 데 실패했다. 그러나 밴스의 책은 학식 있는 독자들에게 미국의 육체노동자들이 느끼는 좌절감과 환멸을 생생하게 전달한다. -「런던타임스」

미국의 '화이트 트래시' 힐빌리를 노래하는 감동적이고 예리한 엘레지! - 데이비드 아로노비치,「타임스」

훌륭하다! 수많은 유권자가 공화당의 이단아에게 마음을 빼앗기게 된 원인을 예리하게 관찰했다. -「옵서버」

밴스의 『힐빌리의 노래』는 포퓰리즘이 만연한 현재 사회에 의미심장한 메시지를 전달한다. - 이안 비렐,「인디펜던트」

『힐빌리의 노래』는 지난 대선 기간에 미국 내 노동 계층이 그들의 어려운 처지에 전혀 관심이 없는 허풍선이 억만 장자를 지지하는 현상을 설명하는 데 활용됐다. 버림받았다는 생각과 박탈감에 빠진 근로 노동 계층이, 그들의 지역 사회가 번성했었고 자녀들이 잘 살았던 먼 옛날을 냉소적으로 들먹이는 이의 바짓가랑이를 붙들고 자신들의 운수를 기꺼이 시험해보겠다고 나선 것이다.

나는 이 책이 주류에게 버림받았으나 더 나은 대접을 받아 마땅한 집단을 잠시나마 진지하게 들여다볼 수 있는 기회를 제공하는 책이라고 생각한다. 이 책에서 저자가 던지는 메시지는 미국에만 국한된 것이 아니다.

– 엘리너 블랙, 「스터프」

미국 백인 노동 계층의 삶을 기록한 처절한 회고록……. 자신과 같은 환경에서 자란 사람이 성공하는 게 이토록 어려운 까닭을 매우 설득력 있게 설명한다. 눈을 뗄 수 없는 책이다.

– 「월스트리트저널」

과장 없는, 매력적인 데뷔……. 건강과 경제적 문제가 대두되고 있는 사회적 계층을 향한 뼈아픈 시선이 담겨 있다.

– 「커커스리뷰」

2017년 초 나는 촛불 집회보다 오히려 그 옆의 '태극기' 집회에서 있었던 시간이 더 많았다. 그 집회에 참가한 이들은 진지했고, 뜨거웠고, 분노하고 있었다. 그리고 자신들의 마지막 정신적 아이콘이라 할 대통령의 몰락이 가져올 미래에 대해 두려워하며 떨고 있었다. 박정희를 반신반인으로 믿고 문재인을 공산주의자라고 생각하는 그들은 분명히 나와는 전혀 다른 정신세계에 살고 있는 이들이었다. 하지만 그들 속에 묻혀 서 있었던 길고 긴 시간, 그 넘을 수 없는 거리와 깰 수 없는 침묵을 타고서 강한 메시지가 내 머리에 꽂혀 들었다.

'이들 모두가 자신의 이야기와 사연이 있는 이들이라는 것. 그리고 이들과 같은 나라에서 더불어 함께 살아가는 나는 그 이야기와 사연을 듣고 이해할 의무가 있으며, 그들은 또 그렇게 스스로를 드러내고 이해받고 존중받을 권리와 가치를 가진 이들이라는 것'이다.

그들 중 많은 이가 바로 이 책에 나오는 '힐빌리'의 한국형이라고 할 만한 사람들이었다. 못 배우고 가진 것 없어 가난과 사회의 냉대를 일생동안 끼고 살아왔을 법한 어르신들이 특히 많았다. 나는 그이들의 이야기를 묵묵히 듣고 싶었다.

이 책은 그이들과 비슷한 미국 중부의 '힐빌리'들의 이야기를 들려준다. 물론 지난 반세기 대한민국의 근대화를 통과해온 그 어르신들과 미국 중부의 '힐빌리'들 사이에는 태평양만큼이나 넓은 문화적·역사적 차이가 있다. 하지만 분명히 동일한 테마 하나가 근저에 흐르고 있다.

문화와 교육에서 소외되고 가족 및 공동체 관계가 형해화된 환경에서 살아오던 이들이 탈산업화로 인해 일자리마저 빼앗기게 되면서 어떤 절망과 분노가 쌓이게 되는가. 그리고 그러한 쌓임이 어떻게 해서 어처구니없는 정치적 열망으로 분출되는가. 그리고 그것이 다시 그들의 삶을 더 궁지로 몰아넣는 악순환의 고리를 형성하게 되는가.

그래서 다른 생각을 하고 다른 삶을 살고 있는 이들의 삶과 문화, 생각의 세계를 함께 이해하려는 노력을 해야 한다. 그렇게 하지 않는다면, 트럼프와 박근혜 같은 비극은 또다시 일어날 수 있다. 이 책을 읽으면서, 나는 내가 거의 아는 바가 없는 우리나라의 '힐빌리'인 그들이 떠올랐다. 소주 냄새와 남루한 복장과 욕지거리에 찌들대로 찌든 그들의 그날 밤 '태극기' 집회도. 함께 읽고 함께 살아가자.

- 홍기빈, 글로벌정치경제연구소장

20년 전 무일푼으로 서울에 기어올라 왔다. 그나마 본 적은 있었던 남산타워에 올라가 서울의 야경을 바라보며 생각했다. '저토록 무수한 불빛들 중에서 나를 반겨주는 빛은 하나도 없구나.'

서울에서 20년째 밥벌이란 걸 하고 있다. 지금도 이방인이란 인식은 가시질 않는다. 한국의 경제적 변두리이고 문화적 황무지인 지방 소도시 출신이라는 성장환경은 서울의 엘리트 사회와 패션 산업과 셀러브리티 시장 안에서 나를 어쩔 수 없이 겉돌게 만든다.

그래서 더 애썼다. 엘리트의 언어로 한국 사회의 정치경제를 분석하려고 애썼고, 패션의 시선으로 한국 사회의 소비문화를 해석하려고 애썼으며, 셀러브리티의 논리로 한국 사회의 이면 거래에 참여해보려고 애썼다. 그렇게 중심의 언어로 변두리의 나를 설명하려고 애썼다.

그런데 『힐빌리의 노래』 저자 J. D. 밴스는 애쓰지 않는다. 거꾸로 변두리의 언어로 덤덤하게 자신을 이야기한다. 경기 침체니 불평등이니 하는 엘리트적 용어들을 걷어낸 힐빌리의 모습은 현실 그 자체일 뿐이다. 기어오르고 싶지만 자꾸만 굴러떨어진다. 애써 기어올라도 영원한 주변인일 뿐이다. 밴스의 독백엔 내면의 고통과 냉철한 성찰과 힐빌리에 대한 연민이 가득하다.

『힐빌리의 노래』는 단지 트럼프 시대와 러스트벨트의 백인 유권자들과 미국의 변두리 힐빌리들에 관한 이야기가 아니다. 미국 정치에 관한 분석서도 아니고 자본주의 경제에 관한 비판서도 아니다. 그저 한 변두리 인생의 이야기다.

어느 사회에나 변두리 인생이 있다. 자본주의는 필연적으로 중심과 주변을 만든다. 변두리에서 어찌어찌 기어 나왔지만 끝내 주변부를 맴돌 수밖에 없는 인생이 있다. 자본주의에 가까스로 적응한 듯 보이지만 내면은 흉터투성이인 사람들이다. 『힐빌리의 노래』는 세상 모든 변두리 인생들의 이야기다. 그랬다. 어쩌면 나도 한국 사회의 힐빌리였다.

– 신기주, 『에스콰이어』 편집장

이 책은 행복이 가능하다는 것을 알려준다. 이것 자체가 놀라운 일이다. 왜냐하면 매일 매일의 삶에 온갖 악다구니와 걱정거리가 달라붙어 있기 때문이다. 주위를 둘러봐도 무기력이 가득한데 어떻게 그것이 가능했을까? 이유가 있었다. 눈을 뜨고 있었기 때문이다. 밴스가 자신의 삶에 드리워진 그림자를 걷어낼 수 있었던 이유는 과연 무엇 때문일까? 외면하지 않았기 때문이다. 관찰하고 질문하면서 나쁜 길을 피하고, 나아 보이는 길을 선택했기 때문이다.

아직도 좋은 선택은 가능하다. 이 책의 저자인 밴스는 고난에 질식당하지 않고 희망을 따라 선택함으로써, 꼼짝하지 않을 것만 같았던 상황을 바꿨다. 물론 기운을 냈을 때 적절한 지원을 해줄 수 있는 제도가 있다는 것도 큰 역할을 했다.

우리가 잘 알지 못하는 힐빌리인 밴스의 운명과 우리 운명 사이에는 공통점이 있다. 아주 쾌적하고 좋은 조건 속에서가 아니라 깊게 드리워진 어두움 속에서, 불안과 두려움, 걱정과 미숙함 속에서, 불리한 사회적 조건 속에서, 슬픔 속에서, 나부터 달라지고 내 삶과 나와 같이 어려움에 처한 사람들이 속한 사회를 더 살만하게 바꿔야 하는 운명이라는 것이다.

특히, 이 책에는 결코 잊지 못할 힐빌리 터미네이터인 할모와 할보가 등장한다. 미국의, 저 쇠락한 도시의 노부부가 하지 못한 일, 해낸 일, 잃은 것, 지킨 것, 생각도 못 해본 것, 남긴 것을 헤아려보는 일도 즐거웠다.

- 정혜윤, CBS 프로듀서·칼럼니스트

나는 1983년, 홍대입구 인근의 성산동이라는 동네에서 나고 자랐다. 성미산 자락을 끼고 형성된 다세대 연립들이 많았고 고개를 넘어가면 곧 서울시의 쓰레기 매립지였던 난지도가 나타났다. 성미산과 가까워질수록, 골목과 골목을 틈틈이 들어갈수록, 아이들이 입고 다니는 옷의 차림새나 싸오는 도시락의 반찬 모양이 조금씩 달라졌다.

초등학생(그때는 국민학생)이던 때, 어느 친구의 집에 갔다가 지금도 잊을 수 없는 경험을 했다. 함께 걷던 친구가 머리를 깎으러 가야겠다고 했고, 그가 아버지에게 돈을 받아야 한다고 해서 구불구불 골목과 골목을 올라, 그가 사는 다세대 연립에 도착했다.

집에 들어간 그가 "머리 깎고 올게요, 돈 좀 주세요"라고 하자, 그의 아버지는 그에게 몹시 화를 내기 시작했다. 나는 평일 오후에 속옷 차림으로 집에 있는 성인 남성이 익숙지도 않았고, 무엇보다도 아들이 머리를 깎겠다는데 "오락실 가려는 거지? 넌 맞아야 돼"라며 그를 우악스럽게 때리는 모습이 잘 이해가 되지 않았다. 적어도 나의 부모는 내 머리카락이 귀를 덮기 전에 이발소에 다녀오라며 이발 비용보다 몇 백 원이라도 더 손에 쥐어주는, 그런 사람들이었다.

나는 현관문 사이로 그가 맞는 것을 보면서 멍하니 서 있었다. 그의 아버지는 결국 "너를 기다리는 친구들이 있는 곳으로 가자"면서 그의 머리채를 잡고 길을 나섰고, 가는 내내 아들을 발로 차면서 분노에 찬 욕설을 내뱉었다. 나는 울면서 그들을 따라갔다.

골목을 내려와 나의 집에 이르자 마침 나와 있던 내 어머니가 그 꼴을 보고는 대체 뭐하는 것이냐고 물었다. 그의 아버지는 "이 놈이 이전에도 500원을 달라고 해서 어디에 썼는지 모르겠는데, 나쁜 놈들하고 어울리는 게 분명하다"고 자신의 아들을 바라보면서 말했고, 내 어머니는 별 대꾸 없이 나를 데리고 집으로 들어갔다.

그 친구가 지금 어디에서 무엇이 되어 있는지는 잘 모른다. 다만, 『힐빌리의 노래』를 읽는 동안, 1984년 미국 태생인 저자의 삶과 비슷한 시기에 서울 성미산 자락에서 나고 자란 그와 나의 삶이 교차했다. 내 주변에는 부모의 지지나 지원을 받지 못하는 또래들이 꽤 많았다.

J. D. 밴스의 조부모는 1940년대 후반의 많은 백인 노동자들이 그러했듯, 신흥 공업도시인 오하이오주 미들타운으로 이주했다. 저자에 따르면 그들을 미국 사회는 "힐빌리, 레드넥, 화이트 트래시"라고 부른다. 한때 번성했던 미국의 제조업 도시들은 이제 몰락했고, 힐빌리의 후손들은 자신의 삶을 통해 그것을 증언하고 있다. 『힐빌리의 노래』는 그 당사자가 쓴 삶의 증언록이다.

J. D. 밴스는 예일대학교 로스쿨 출신이고 실리콘밸리의 잘나가는 젊은 사업가다. 그러니까, 아메리칸 드림에 성공한 몇 안 되는 힐빌리인 셈이다.

그러나 그는 자신의 성공을 조명하기보다는 자신이 자란 그 '개천'이 어떠한 공간이었는지를 섬세하게 드러낸다. 마약 중독자인 자신의 어머니가 소변을 대신 제출해달라고 했던 아픈 기억을 비롯해, 힐빌리들을 둘러싸고 그 지역 사회에서 벌어지는 각종 사회문제들을 당사자의 눈으로 담담하게 말한다.

이 책은 자신이 어떠한 노력을 통해 가난과 결별했는지를 증언하는 흔한 '자기계발서'가 아니다. "더욱 노력해야 한다"면서 자기 주변의 평범한 개인을 폄하하고 독려하는 서사들은 이미 너무나 많다.

J. D. 밴스는 자신이 그저 운이 좋았을 뿐이라고 여러 차례에 걸쳐 힘주어 말한다. 특히 "이들 가운데 누구라도 내 삶의 방정식에 변수로 들어오지 않았더라면 나는 아마 엉망이 됐을 것이다"라면서, 자신의 주변에 늘 따뜻함과 상냥함을 잃지 않는 이들이 있었음을 상기시킨다. 힐빌리들을 바라보는 그의 온도는 언제나 적당하다. 그들이 누군가의 머리에 총구를 들이댄 일화를 서술하다가도 곧 가족을 따뜻하게 끌어안는 모습을 내보인다.

물론 국가의 복지 제도를 악용하는 '복지 여왕'이나, 건강보험을 보장해 주는 시급 16달러의 직장을 저버리고 빈곤으로 빠져드는 젊은이들에 대한 그의 시선은 곱지 않다. 노력하지 않는, 자신의 삶을 끌어올리려 하지 않는 이들에 대한 혐오감은 여기저기에서 짙게 묻어난다.

해병대 복무 시절의 서사에 이르러서는 그것이 다소 과하게 드러나기도 한다. 그래도 이 책은 개인과 그를 둘러싼 구조에 대해 어느 한쪽에 과하게 치우치지 않은 채, 우리 시대 개인과 사회의 문제를 양쪽에서 함께 상상해 볼 수 있게 해준다. 그것이 이 책이 가진 미덕이다.

『힐빌리의 노래』에 등장하는 복지 여왕의 이야기를 읽으면서 나는, 2016년에 개봉한 영화 〈나, 다니엘 블레이크〉를 떠올렸다.

영화의 주인공 다니엘도 실업급여를 받기 위해 이런저런 일터를 찾아가 간단한 면접을 보고 업주에게 서명을 받는다. 며칠 후, 어느 업주에게 일하러 나오라는 전화를 받지만 다니엘은 그것이 실업급여를 받기 위한 절차였음을 고백한다.

그러자, 업주는 당신에게 실망했다면서 일하지 않는 자들에 대한 깊은 혐오를 드러낸다. 다니엘은 거기에 제대로 된 반박을 하지 못한 채 전화를 끊는다.

〈나, 다니엘 블레이크〉는 모두에게 제대로 닿지 못하는 복지제도가 한 개인의 삶과 인격을 어떻게 파괴할 수 있는지를 보여준다. 개인에 대한 보다 따뜻한 시선을 드러낸 작품이다.

반면, 『힐빌리의 노래』는 평범한 백인 노동자들이 그러한 복지 여왕들에게 가지고 있는 혐오감의 실체를 적나라하게 드러낸다. 책에서도 지적하고 있듯, 미국 사회는 이것을 디트로이트를 비롯한 '러스트벨트'의 백인 노동자들이 압도적으로 트럼프를 지지한 현상으로 해석해냈다. 포퓰리즘에 대한 혐오감이 공화당 지지로 이어졌다는 것이다.

우리 주변에도 힐빌리의 노동자들과 다니엘들이 공존한다. 나는 실업급여를 받으러 온 노동자들이, 일하지 않고 실업급여를 받는 이들에 대한 깊은 혐오감을 내비치는 것을 여러 번 보았다. 그리고 그것은 대개 복지 제도를 포퓰리즘으로 규정하고 비판하는 데로 이어졌다. 결국, 자신을 닮은 상대방을 혐오하게 되는 것이다. 트럼프와(박근혜와) 공화당을(자유한국당을) 지지하는 평범한 개인들의 선택은, 그처럼 역설적으로 자신들을 위해 만들어진 제도에 영향을 받기도 한다.

『힐빌리의 노래』는 한 개인과 집단의 삶이 그다지 간단하게 구성되지 않는다는 사실을 우리에게 상기시켜준다. 그에 더해 개인들을 둘러싼 제도와 인식들이 그들을 필연적으로 어디로 이끄는가를, 또 어떠한 선택을 하게 하는가를 상상하게 해준다.

이것은 아름다운 개인의 성공담이 아니라 직시해야 할 어둠의 실체를 바로 비추어주는, 지금 우리 모두가 꼭 들어야 할 절박한 노래다.

- 김민섭, 작가 · 『대리사회』 저자

위기의 가정과 문화에 대한 회고

힐빌리의 노래

초판 1쇄 발행 2017년 8월 21일
초판 19쇄 발행 2024년 7월 29일

지은이 J. D. 밴스
옮긴이 김보람
펴낸이 유정연

이사 김귀분
기획편집 신성식 조현주 유리슬아 서옥수 황서연 정유진 **디자인** 안수진 기경란
마케팅 반지영 박중혁 하유정 **제작** 임정호 **경영지원** 박소영

펴낸곳 흐름출판(주) **출판등록** 제313-2003-199호(2003년 5월 28일)
주소 서울시 마포구 월드컵북로5길 48-9(서교동)
전화 (02)325-4944 **팩스** (02)325-4945 **이메일** book@hbooks.co.kr
홈페이지 http://www.hbooks.co.kr **블로그** blog.naver.com/nextwave7
출력·인쇄·제본 (주)삼광프린팅 **용지** 월드페이퍼(주) **후가공** (주)이지앤비(특허 제10-1081185호)

ISBN 978-89-6596-228-1 03840